潜航せよ

福田和代

角川文庫
19760

潜航せよ　目次

プロローグ

岩礁を刳《く》り貫《ぬ》いた艇庫を出た時から、艦は緩やかなローリングを始めていた。今夜、膠州湾《こうしゅうわん》周辺の海域では、風が強く波が荒れている。外海に比べると湾内は穏やかだとはいえ、港の漁船はおもちゃのように波浪に弄《もてあそ》ばれていることだろう。

艇庫では、出港前に盛大な式典が行われた。海軍の将官ら幹部だけではない。ごく秘密裏にではあるが、中央の共産党幹部も姿を見せていた。見送りには総員が敬礼で応《こた》えたが、艦が沖に向かい艇庫が見えなくなると、狭い艦橋からほぼ全員が引き上げて、ここ発令所に降りてきた。寒かった。任務のためにただひとり残った哨戒長《しょうかいちょう》は、双眼鏡片手に寒さに耐えているだろう。艦外の気温は摂氏六度だ。

「春の嵐ですね」

脇に立ち計器を見つめる呉勝英《ごしょうえい》副長が、何気なく呟《つぶや》く。劉暁江《りゅうぎょうこう》は無言で微笑した。自分より五歳若い勝英は、育ちのいい率直さを隠さない。勝気な眉《まゆ》と、好奇心の旺盛《おうせい》なきらめく双眸《そうぼう》を持つ男だ。

青島《チンタオ》軍港から水路を抜けるまでは、海面に浮上して航海する。港に面した岩山を刳り貫き、自然を利用した艇庫を造ったのは、あのいやらしい衛星の照相機《カメラ》から艦を隠すためだった。谷歌《グーグル》を使えば誰でも衛星写真を見ることができる。即時情報ではないが、係留中の潜水艦すら覗《のぞ》き見の対象になるのだ。

発令所の内部は静かだった。機関や機器類が立てるかすかな唸《うな》りだけが聞こえる。操舵《そうだ》装置や注排水制御の制御卓に向かう士官たちは、黙々と自分の務めを果たしている。海の男は寡黙だと言われるが、潜水艦乗りはとりわけ寡黙だ。敵側潜水艦に発見されるのを防ぐため、艦内では無用の音を立てない。不用意な雑音が、いつか命取りを招く可能性もある。鋼鉄の部材同士がぶつかる金属音を防ぐために、各所に橡膠《ゴム》製の緩衝材を挟むほどだ。艦の外周には、吸音タイルという黒い橡膠状の板を張り付けて、消音に努めている。

ゆっくりとしたローリングは続いている。潜水艦は、海面に浮上している時が最も揺れるのだ。潜航開始の頃合いだった。劉暁江を艦長とする０９４型原子力潜水艦《長征《ちょうせい》七号》は、今夜から三か月弱の任務につく。０９４型は、ＮＡＴＯ加盟国の符牒《ふちょう》で晋《ジン》級と呼ばれる中国人民解放軍海軍の最新型原潜だ。西側諸国は、中国の潜水艦に過去の王朝の名称を借用して呼んでいる。中国最初の原子力潜水艦となった０９１型は漢《ハン》級、０９２型は夏《シア》級、０９４型の基礎になった０９３型は商《シャン》級と呼ばれている。

長征七号は、全長百三十七公尺《メートル》、全幅十一公尺、排水量八千噸《トン》。百四十名の乗員が乗り込む巨大な鋼鉄の鯨だ。二〇〇四年に進水して九年の間に、乗員の汗と体臭、厨房《ちゅうぼう》での炊事の匂い、鋼鉄を滑らかに操作するために塗り込められた潤滑剤の臭いなどが染みついて、一種独特の異臭が漂っている。三か月も艦内で暮らして陸に上がると、臭いだけで潜水艦乗りだと看破されるほど身体に染みついてしまう。近代化された長征七号は給排気機能が改善されたが、古い潜水艦ではこれに汚物の臭気が加わり、時には反吐《へど》を吐きたくなるような悪臭がした。もっとも、その臭いが鼻につくのは乗り込んだ直後だけだ。この臭いに慣れれば一人前の潜水艦乗りだとも言える。

「間もなく潜航する」

暁江の声は、低く穏やかでも発令所の隅々にまでよく届く。士官たちの背中に、軽い緊張が漲《みなぎ》った。どれほど潜水艦に慣れ親しんでも、潜航の際には背筋が伸びる思いがする。ましてや、今回の航海には特別な事情も加わった。どれほど緊張しても足りない。

「潜航開始！」

暁江は凛《りん》と声を張った。

「潜航！」

艦橋に残る哨戒長が復唱し、マイクを通じて艦内全てに「潜航」命令が下る。哨戒長が艦橋から降りてハッチを堅く閉鎖した。

「空気出せ！」

哨戒長の指示で艦内に圧縮空気を張る。ハッチなどの開口部から空気が洩《も》れていないか、潜航前に気圧の最終確認を行うのだ。

「閉鎖よし」

「ベント開け！」

哨戒長の合図とともに、油圧手が復唱してバラストコントロールパネルにずらりと並ぶスイッチを両手の指を使って入れ、次々にベント弁を開いていく。

潜水艦は、艦全体にかかる浮力と、艦の重量とのバランスを変化させて、潜航と浮上を行っている。潜航の際には、三か所あるメインバラストタンクと呼ぶ巨大な空間に海水を注入し、艦の重量を増やす。逆に浮上する時は、メインバラストタンクに圧縮空気を入れて排水し、艦を軽くして浮き上がる。

今頃、タンクから押し出された空気が、艦の外に噴出して白い水煙を上げているはずだった。鋼鉄の鯨が潮を噴く瞬間だ。嵐の中、外部で観察している人間がいたなら、さぞかし見ものだろう。取り込んだ海水の重みを借りて、艦は気泡を噴出しながら水中に潜る。

「ベント全開！」

「深さ三十」

哨戒長が深度を指示した。嵐を避けて、さっさと深い場所に潜り込んでしまいたいものだった。海面とは別世界の、光など届かない深海こそ、潜水艦が本領を発揮できる場所だ。

「深さ三十、ダウン五度」

潜航指揮官と舵手《だしゅ》とが、潜舵と横舵を使って艦の姿勢を調整し、適正な深度にまで持って行く。勝英が腕時計と深度計を交互に厳しい目で見つめている。適正な深度に到達するまでの時間を計測しているのだ。早く目的深度に到達できれば、潜航指揮官の評価が高まる。暁江は何も心配していなかった。現在、発令所で艦を制御している士官や操舵手たちは、何年もこの長征七号を共に運用した仲間だった。それぞれの気性も腕も呑《の》み込んでいる。

「……二十四、二十五、二十六……深度三十メートル」

「トリムよし」

深度三十メートルで姿勢と速度が安定すると、勝英の角ばった肩も丸みを帯びた。水中では十メートル深く潜るごとに、一気圧ずつ艦にかかる圧力も増えていく。この深さで艦体がきしむことはないが、深く潜るほど艦はわずかに縮む。外界が見えないことも、圧迫感を増幅させる。

こうして発令所の中にいると、自分たちが海面下三十メートルにいるとは信じられなかった。海の底を、海図とソナー、慣性航法装置を頼りに十数ノットで泳ぎ続ける。原子力潜水艦は、いったん潜航に入れば三か月でも四か月でも潜り続けることができるのだ。原子炉の核燃料棒は十数年に一度交換すれば良く、艦内で発電を行うため、豊富な電力を利用して海水を電気分解し酸素を作る。もちろん、真水もだ。多くの原潜が三か月から半年程度を目途に浮上して寄港するのは、主に新鮮な食材を搬入するためと、乗組員の精神衛生のためだった。いかに原潜が巨大で、潜水艦乗りの精神力が鍛えられているとはいえ、外界から切り離された環境で決まった面子《メンツ》と顔を突き合わせ、単調な暮らしを続けると、やがて心に棘《とげ》が生えてくる。

暁江は、青島市に残してきた妻の春華《しゅんか》と七つになる息子の暁安《ぎょうあん》を想った。彼らとも、これで三か月はお別れだ。坊主頭が愛らしい暁安は、母親に似て細い眉が凜々《りり》しく、大きな目がいつも好奇心旺盛に輝いている自慢の息子だ。政府の一人っ子政策のため、少数民族でない自分たちは子どもをひとりしか持つことができない。本音では、できれば暁安には弟か妹を持たせてやりたかった。自分に、亜州《あしゅう》という年の離れた弟がいるように。

――そう言えば、亜州ともしばらく会っていない。

自分は海軍に入ったが、六つ年下の亜州は人民武装警察の警察官だった。警察官とは言っても、一九八三年に創設された彼らは、準軍隊と呼ぶべき組織と装備を保有している。軍の地方部隊や国境警備部隊などを取り込んで再編制した組織だ。過去には北京五輪の警備なども担当した。

亜州は、北京市大隊の指揮下にある《雪豹突撃隊《ゆきひょう》》と呼ばれるテロ対策部隊の一員だ。幼い頃のあどけない表情と、腕白な悪戯《いたずら》の数々を覚えている暁江には、まだ時々信じられないこともある。あの亜州が、特殊部隊の一員だとは。

「――もう、話しかけても良いですか」

緊張気味の若い声を耳にして、暁江は我に返った。物思いにふけっていたとは自分らしくもない。

「もちろんです、王《おう》さん」

王小琳《しょうりん》は、少年時代の殻を抜けきっていない、幼い丸顔をかすかに紅潮させていた。これほど長期にわたる航海に同乗するのは初めてだと言っていた。最新鋭の戦略型原潜が潜水する現場に立ち会い、興奮を隠しきれないのだろう。邪魔にならぬよう、話しかけるのを遠慮していたのかと思うと、健気《けなげ》にも思えた。

「勝英、後は頼む。何かあれば呼んでくれ」

「承知しました」

勝英がきびきび敬礼した。潜航して艦の状態が安定すれば、艦長が発令所にいなければならない理由はない。むしろ、四六時中発令所の中を緊張させるより、時には肩の力を抜かせて減《め》り張りをつけたほうがいい。勝英なら何事も心得ている。

「王さん、私の部屋に来てみませんか」

暁江は小琳に微笑みかけた。

「もちろん、喜んで艦長のご招待に応じます」

小琳の答えは仰々しく堅いが、二十五歳という若さと、規律検査部の政治委員という所属を思えばいたしかたない。王小琳の父親は、中国のいわば特権階級である太子《たいし》党の一員で、御曹司の彼は若くして選良たることを約束されているのだ。

人口十三億を誇る中国は、富める太子党とその家族を合わせた特権家庭によって支配されている。鄧小平《とうしょうへい》の改革・開放政策により、中国の一部は確かに豊かになった。先んじて豊かになれる地域や人から豊かになろう、という「先富論」を呼びかけてその通り行動した結果、中国経済は急激な発展を遂げた。今や人口の四百分率《パーセント》、およそ五千万人は平均四十万元の世帯年収を持つと言われ、邸宅や自家用車などを自由に手に入れている。中でも、共産党幹部の子弟らでつくる太子党を中心とした、わずか五百世帯ほどの世界的富豪に、中国の富は集中している。

かたや農村に目を転じれば、七億人を超えるという農民は相変わらず貧しく、老齢年金など最低限度の生活を保障する社会保障制度も用意されていない。都市部に出稼ぎにいく農民は後を絶たないが、農民が都市に戸籍を移すことは許されておらず、教育を受ける余裕もない彼らは安価な労働力として使い捨てにされるだけだ。

あまりにも極端な格差だった。その一方の生きた事例が、いま自分の眼前にいる。

「狭いので気をつけてください」

発令所を出て、ハッチをくぐり艦長の個室に向かう。発令所を出る間際、勝英がまるで面白がっているかのように目をきらめかせるのが見えた。頭の回転の速い勝英は、暁江がひとりで政治委員を引き受けて、無用の緊張から発令所を解放してくれたのだと察したのかもしれない。長い航海の間中、政治委員を避けるわけにもいかないだろうが、時間をかけて少しずつ親しめばいいことだ。

小琳は顔も肉づきがいいが、体格もかなりの肥満体で、ハッチをくぐるのがやっとだった。暁江は彼がふうふう汗をかきながら梯子《はしご》をよじ登りハッチをくぐるのを見ないようにした。彼が本当の意味での軍人なら、体重を減らすよう強く勧められるか、潜水艦を降ろされるかのどちらかだ。ハッチを出入りできない体型では論外だが、潜水艦は重量を制御して潜航と浮上を行うため、乗組員が持ち込む荷物の重さまでも厳密に計量する。

小琳を待っていると、前方の区画にちらりと人影が見えた。補給班の水兵だった。補給班がこんな場所で何をしている、と誰何《すいか》の声を上げかけたが、政治委員の存在を見て思いとどまる。小琳の性格はまだ摑《つか》みかねている。下手にことを荒立てられては、些細《ささい》なことで若い水兵に重い処罰が下るかもしれないし、艦長の自分にも何らかの処分があるかもしれない。適切な保身を図れない人間が、最新鋭の潜水艦の艦長になどなれるはずもない。

水兵の姿はすぐに消えた。補給班の班長に後で注意しておこう。やっとハッチを抜けた小琳を、艦長室に誘う。

「珈琲《コーヒー》とお茶のどちらにしますか」

狭い艦長室を物珍しげに眺めていた小琳は、つつましくお茶でいいと答えた。寝台と小さな机、物入れがあるだけだが、隠私《プライバシー》が守られるのはありがたい。士官たちには士官室と士官用の寝台が用意されているが、ほとんどの乗組員は「人肌寝台」──つまり、蚕棚状の三段寝台を交替で利用している。寝台に潜りこむと、身動きすることもままならぬ狭さだ。それどころか、魚雷発射要員の寝床は魚雷の上だった。魚雷発射管の上に寝台を載せて眠るのだ。容積に限りのある潜水艦は、あらゆる空間を無駄にしないために考え尽くされている。食堂の椅子は食品の格納庫として利用されるし、寝台の敷物の下は私物入れにもなっている。人間ふたりが入ると息苦しく感じるような艦長室でも、個室は個室だった。乗組員の環境を思えば上等だ。

「我々の会話を他の士官たちに聞かせないため、こちらに招いてくださった艦長の英明さに感銘を受けました」

茶碗《ちゃわん》を受け取ると、待ちかねたように小琳が口を開いた。大仰な青年だ。暁江はゆったりと微笑したが、何も言わないでいると小琳が後を続けた。

「このたびの航海の重要性は、私なりに理解をしております。規律検査という立場はともかくとして、このような航海に同行できたことを、心から光栄に思います」

「こちらこそ。長い航海になりますが、最後までよろしくお願いします」

小琳の視線が、目ざとく机の上に置いた写真立てを見つけて輝いた。

「ご家族ですか」

苦笑いを隠し、妻子と両親、弟の写真を入れた小さな銀色の写真立てを手に取り小琳に見せる。潜水艦乗りに限らないが、軍人はいつどんな最期を迎えることになるかわからない。未練を残さず軍人らしく逝けるよう、暁江は下士官の時代から家族の写真を肌身離さず持ち歩く習慣を持っていた。しかし、そんなことを若い政治委員に話すつもりもない。この国では、不用意な発言がいつどんな場面で命取りを招かないとも限らない。

「――《浪虎《なみのとら》》」

小琳がぽつりと洩《も》らした。

「艦長は以前、そう呼ばれておられましたね。そして弟さんは雪豹の一員だ。楊家将《ようかしょう》にちなみ、ご兄弟を劉家将と呼ぶ人もいるとか」

小琳の声に若者らしい憧憬《どうけい》が滲《にじ》んでいることに気付き、暁江はゆっくり首を横に振った。

「私たちはごく普通の軍人です。ひとは伝説を作るのが好きなのです」

そして、伝説が墜《お》ちるのも好きなのだ。無事に生きながらえたければ、下手に伝説になどならぬことだ。

「控えめな方だ」

小琳が身を乗り出し、おもねるように呟《つぶや》いた。その視線が、何かを探すように無機質な灰色の壁面を行き来した。

「例の、あれは──こちらですか」

「ええ。その向こう側にあります」

小琳が何を指しているのかは明らかだった。暁江の答えを聞くと、雷に打たれたような表情で、じっと壁面を透視するように見つめている。子どものような顔に浮かんでいるのは、まぎれもない畏怖《いふ》だった。

長征七号の中央には、潜水艦発射型弾道ミサイル（ＳＬＢＭ）の垂直発射筒が十二基配置されている。晋級潜水艦に搭載するために長年研究開発が進められてきた弾道ミサイル巨浪《ジュラン》二号が、このほどようやく実戦配備され、長征七号に初めて搭載されたのだった。射程はおよそ八千キロメートル。夏威夷《ハワイ》近海から紐約《ニューヨーク》を狙える距離だ。ミサイルサイロを空っぽにしたまま、魚雷のみ積んで潜航訓練を行ってきたこれまでは、丸腰で戦いに臨むようなものだったとあらためて思う。

巨浪二号は核弾頭を搭載している。

畏敬の念を露《あら》わにする小琳と同じく、暁江自身も高揚を禁じえなかった。所在を探知されぬよう深度三百メートルの深海に潜航し、目標地点に対し遠距離から核ミサイルを発射することができる最終兵器。戦略型原子力潜水艦こそは、現代最強の兵器だ。

今こそ我々は、世界の覇者たる雷神の稲妻を手中におさめた。

──彼らの思いなど知らぬげに、長征七号は安定した航行を続けている。

1　春雷

三月三十一日

博多《はかた》港から対馬《つしま》の比田勝《ひたかつ》港に向かうフェリーは、一日一便、午後十時半に出発する。《げんかい》と船首にペイントされた旅客定員二百二名の船が波止場に停泊しているのを確認し、安濃将文《あのうまさふみ》はボストンバッグを拾い上げて船に急いだ。

羽田空港を夕方の五時半頃に出て、七時過ぎには福岡空港に到着した。地下鉄で博多まで出て食事をすませ、港まではバスに乗った。タクシーに乗っても良かったが、これから年に何度か同じ道のりをたどることもあるだろう。そう考えると、今からバスに慣れておくほうがいい。

夜の波止場は、歌の文句を思い起こさせる。波止場に浮かぶ《げんかい》は、緑と白のツートンカラーにペイントされた船体を、ライトの中に浮かび上がらせている。この船で対馬の北部にある比田勝港に向かう。比田勝に到着するのは、明日の朝四時二十分の予定だ。港で待てば、海栗島《うにしま》分屯基地から迎えが来てくれることになっている。

明日から四月だというのに、海のそばは潮風が強く、肌寒かった。関西生まれの安濃は、「東大寺《とうだいじ》のお水とりが終われば春が来る」と言われて育ったものだ。お水とりは三月十五日に終わったが、まだ本格的な春とは呼べないほど、ひんやりした気候だった。そう感じるのは、安濃がしばらく南洋の島に勤務していたからかもしれない。

タラップを上り、船室に入った。この船には二等船室と車を積み込む車輛甲板《しゃりょうかんぱん》しかなく、カーペットを敷いた大広間のような船室は、既に半分ほどが乗客で埋まっていた。家族連れ、福岡の親族にでも会いに行ったのか、大きな荷物に寄りかかるように座っている白髪の老女。ビジネスマン風の男性も、数は少ないがいるにはいて、文庫本に目を落としていたりする。中には、さっそく毛布にくるまって眠ろうとしている乗客もいるようだ。朝が早いので、今のうちに睡眠を取ろうということだろうか。

毛布を確保して適当な場所に腰を下ろし、安濃は所在なく周囲を見渡した。四つか五つぐらいの男の子が走りまわり、若い母親を困らせている。それを見ると、羽田まで見送りに来てくれた、妻の紗代《さよ》と娘の美冬《みふゆ》を嫌でも思いだした。去年、小学校に上がった美冬は、三年の間めったに顔を合わせず、突然自宅に舞い戻ったかと思えば、またしても慌ただしく出ていく父親を、知らない人を見送るような熱意のない表情で見つめていた。

——俺のことなんか、覚えてないだろうな。

自分が選んだ道を後悔してはいないが、美冬と紗代を想う時だけ、忸怩《じくじ》たるものがある。

三年前、テロリストがミサイルを積んだ自衛隊のF—2を奪取し、政府を脅迫する事件が発生した。安濃はテロリスト一味の中に、自分の恩師と呼ぶべき元上官、加賀山一郎《かがやまいちろう》元一等空佐が含まれていることを知り、彼を諫止《かんし》すべく命懸けで戦った。その過程で、当時の上官の命令を無視して行動し、彼自身もテロリストの仲間だと疑われたのだ。最終的に誤解は解けたものの、事件の後、安濃は硫黄島《いおうとう》分屯基地に転属になった。

北緯二十四度、東経百四十一度。緯度は沖縄本島とほとんど変わらない南洋の島だ。小笠原《おがさわら》諸島に属し、行政区分上は東京都小笠原村に含まれるとはいえ、民間人の上陸は原則として許可されない。旧島民の慰霊祭や、工事のために業者が立ち入る場合などに、例外として許可されるのみだ。

硫黄島には、海上自衛隊の硫黄島航空基地があり、航空自衛隊も分屯基地という形で駐留している。主に、開発機の実験や訓練のために使われることが多い基地だ。島には川もなく、真水がないので本土から海上自衛隊が船で水を運んでくる。ここに、安濃は三年近く赴任した。

家族を帯同できる場所ではないので、単身赴任だ。事件直後の人事異動で、まるで何かから逃げるように着任した。家族は府中《ふちゅう》の賃貸マンションに残したままだった。

事件の責任をとらなければいけない。クビを切られる覚悟もしていた。直接事件に関わったわけではないが、旧師の加賀山を救えなかった後悔もある。硫黄島への異動の内示が下りても、何も思わなかった。自衛官は、命令を受ければどこにでも行かねばならない。淡々と硫黄島に行き、そこで過ごした。

今年の四月から海栗島分屯基地勤務を命じられた。監視小隊の小隊長だ。民間人を硫黄島に近づけることはできなかったが、対馬なら家族を呼びよせることができる。しかし、紗代と美冬を対馬に帯同することが、彼女らのためにいいのかどうか。

（私なら大丈夫。仕事もしていないし、あなたさえ良ければいつでもそっちに行くから）

紗代は積極的にそう応援してくれたが、横浜生まれで都会の生活に慣れた彼女が、現実に対馬の暮らしに馴染《なじ》むことができるかどうか。対馬には電車も地下鉄もない。島に入るには福岡空港から航空機に乗るか、博多などから船に乗るかだ。車がなければ、買い物ひとつするにも不便な場所だ。上対馬で買い物ができる場所といえば、ちょっとした規模のスーパーだけだと聞いている。そんな僻地《へきち》に、小学校二年の娘を連れて来て、紗代がやっていけるのか。

物資が豊富に手に入る生活だけが、幸福な生活だとは安濃も思わない。とはいえ子どもの通学や、買い物など暮らしやすさを思うとまだ迷い続けていて、紗代にも対馬に来てくれとは言いかねている。まずは自分自身が対馬で暮らしてみて、家族を呼ぶべきかどうかあらためて考えるつもりだ。

それに、紗代の実家の問題もある。三年前の事件に安濃が関わっていた疑いがあると聞き、両親は一時期彼女に離婚を勧めていたようだ。紗代は何も言わなかったが、祖父母が美冬の学校卒業まで面倒を見るから、紗代は安濃と別れたほうが身のためではないかと勧めたのだろう。心配するのも無理はないので、彼らに怒りは感じない。

(上はお前を守ろうとしたんだよ)

硫黄島に勤務していた頃、休暇で府中に帰った時に、泊里《とまり》がわざわざ訪ねてきてくれた。彼は今、市ヶ谷《いちがや》の航空幕僚監部にいる。

(お前は事件に無関係だった。上はお前の証言を信用したんだ。だが、あのまま本土に残っていれば、間違いなく公安警察の監視を受けていた。それを心配して、硫黄島にやったんだ)

泊里の言い分はもっともだった。公安警察だけではない。マスコミにも狙われただろう。加賀山が逮捕された当初は、紗代たちをホテルに避難させなければならなかったほど、マスコミの取材攻勢が凄《すさ》まじかった。紗代の実家にまで記者が押しかけ、余計に印象を悪くしたのだ。安濃が硫黄島に逃げ込んでしまえば、民間人は島に近づくことすらできない。

上層部の判断は正しかったようで、この三年のうちに、マスコミの関心はとうに別の事件に移り、いつしか一自衛官のことなど忘れられている。

（お前、沢島《さわしま》さんたちに感謝しろよ）

泊里は府中時代の上官の名前を挙げた。彼にしては珍しく、熱燗《あつかん》二合で顔を赤く染めて安濃の背中を叩《たた》いたものだ。泊里は昨年、三等空佐に昇進した。安濃はいまだ、一等空尉のまま捨て置かれている。存在そのものを忘れられたかのようだ。通例なら三佐になるべき年齢だが、異例の措置だった。それも、腫《は》れ物に触るように周囲が彼を遠巻きにする理由のひとつだろう。あの一尉は、どうやら例のテロ事件に関わりを持っていたらしい。それで昇進を見送られたのだ。――そんな噂も各地で独り歩きをしているようだ。

それでも、自衛隊を辞めようとは思わなかった。辞めろと言われれば応じざるをえなかっただろうが、積極的に退職を望んだことはない。たとえこの先、昇進と縁がなかろうが、自衛隊の中で奥歯に挟まった異物のような異形の存在になり果てようがかまわない。「絶対に辞めない」と意地を張るわけではない。状況に流されている。今の自分を言葉にするなら、そんなところかもしれない。

（お前、もうちゃんと治ったんだよな？）

不安そうに、泊里がこちらの目を見つめて尋ねたことを思い出す。治ったはずだ。事件の頃まで彼を苦しめていた、強迫観念のようなものは今ではすっかり影をひそめている。頭の中で、不吉な声が自分にあれこれ指示を出すこともなくなった。

硫黄島での勤務が、心の健康には良かったのかもしれない。たったひとり、しんと静まりかえる夜に自分の中身をじっくり見直すことができた。

「隣、よろしいか」

しわがれた男性の声を聞いて、安濃は夢想から覚めた。

「——ああ、はいどうぞ」

小型のスポーツバッグと風呂敷《ふろしき》包みを抱えた男性が、安濃の隣に毛布を並べて、どすんと音を立てて腰を下ろした。膝《ひざ》が弱いか、充分に曲がらないのかもしれない。見たところ、六十歳前後だろうか。半ば白くなった髪を短く刈り、日焼けした顔にはこまかい皺《しわ》が無数に刻まれている。外で働く人間特有の顔だと思った。

「この年になると、船の移動がえろうて、えろうて」

誰にともなく男が呟《つぶや》いた、こたえて、という意味の関西の方言を懐かしく聞く。しかし安濃は、関西の方ですか、対馬には仕事で来られたのですかと、気楽に聞けない性分だ。

気がつくと、船室はほぼ満員になっていた。荷物の多い乗客が大部分を占めるためか、だんだん隙間が埋まりつつある。他人の邪魔にならないよう、ボストンバッグを引き寄せた。

「あんた、自衛隊の人やろ」

隣に腰を下ろした男に、突然図星を指されて安濃は戸惑った。初めて会ったばかりの男が、自分の何を見て自衛官だと見抜いたのか不思議に思う。

「あんた、これ食べてみんかいな」

スポーツバッグから取り出した紙包みを開くと、煎餅《せんべい》のようなものを勧める。田舎の好々爺《こうこうや》という風情だ。無下に断るのも気がひけて、安濃はありがたく一枚受け取った。

「関西の方ですか」

やっとさりげなく尋ねることができた。

「大阪に何年か住んだこともあるけど、生まれはこっちやわ。どうも都会は合わんね」

話し相手ができたことを喜ぶように、男が相好を崩す。

「あんたは陸かな。それとも海かいな」

「空のほうです」

隠すほどのことでもない。手のひらで小さく割った煎餅を頬張り、安濃は答えた。香ばしい、素朴な味がした。こういう菓子を口にすると、日本茶が恋しくなる。

「そしたら海栗島やね。ほう、そら大変や」

「自衛隊にお詳しいですね」

脳裏にかすかな危険信号が瞬き、安濃は表情を変えずに尋ねた。

「そらあんた、対馬の主な産業いうたら漁業と自衛隊やもの。対馬の若い人は、漁に出るか都会に出るか、自衛隊に入るんやから」

陸海空の自衛隊がひとつの島に揃っているのは、沖縄と対馬くらいのものだ。防人《さきもり》以来、対馬は国境の島として国土防衛の最前線を担ってきた。その状況は現在も変わらない。勢い、自衛隊と地元との交流も浅くはなく、安濃が海栗島に派遣されると聞きつけて、早速色々調べてくれた泊里の情報によれば、地元の運動会や駅伝大会などには自衛官が多数参加してイベントを盛り上げるそうだ。地元と自衛隊の心理的な距離は近い。

そう気付いて、安濃は警戒を緩めた。あの不幸な東日本大震災の発生時、津波で取り残された住民の救助活動や、犠牲者の遺体収容に粉骨砕身する自衛官の姿は、国内外を問わず好意的に受け止められた。自分は、加賀山の事件のせいもあって、他人の好意を素直に受け入れる心のゆとりを失っているのかもしれない。必要のない時にまで、全身の神経をハリネズミのように尖《とが》らせ、心に防壁を張り巡らせているのだ。

「この船、比田勝に着くんは朝の四時過ぎやけど、それからあんたどないするの」

自分も煎餅を齧《かじ》りながら、男が尋ねた。

「港まで迎えが来ることになっています」

「そんな朝早くに？」

「七時頃には」

男が気の毒そうに目を瞬いた。

「そんなに長いこと待つんかいな。あのへんには、時間つぶせるようなとこ何にもないよ。もし良かったら、うちにおいで。うちは比田勝港のすぐそばなんや。なんもおかまいできひんけど、お茶くらい淹《い》れるから」

「まさか、そんな」

条件反射的に断ろうとして、安濃はためらった。これだ。人と関わりを持つまいと避けるこの態度が、自分の心を硬直させているのだ。周囲が自分を腫れ物に触るように扱うのも無理はない。対馬に来たのは、自分を変化させるいい機会かもしれない。

「うちとこは漁師なんよ。兄弟で船を持ってるんで、まあたいした船でもないんやけど」

漁師だと聞くと、日焼けして真っ黒な、小皺の多い皮膚の理由も合点がいった。結局この男性は、気のいい田舎の漁師なのだ。

「それじゃ、お言葉に甘えてお邪魔してもいいでしょうか。長居はしませんので」

「そうしい。なんぼでも、ゆっくりしていったらええよ」

男が人好きのする笑顔で応じた。

対馬は、どうやら過ごしやすい環境のようだ。こんな島でのびのび暮らせば、自分も少し他人に心を開くことができるかもしれない。そうすれば、紗代と美冬を呼び寄せる気にもなれるだろうか。

少し冷えてきた。男は安濃に断って横になり、すぐに安らかな寝息を立て始めた。安濃は毛布を身体に巻きつけ、またひとり静かな夢想に浸った。

四月一日

濃い緑色の山影が、車窓を流れ去る。

豊《とよ》の官舎で制服姿の自衛官たちを乗りこませたバスは、山肌にへばりつくような曲がりくねった道路を、うねうねと走り続けている。彼らはこのまま鰐浦《わにうら》の港に行き、そこで待つ傭船《ようせん》に乗り換えるのだ。

新海吾朗《しんかいごろう》准空尉は、いつもどおり前から三列目の席に陣取り、背筋を伸ばしてひなびた漁村となだらかな山の形を眺めていた。午前七時、対馬北端の上対馬町豊の気温は摂氏九度。制服の上着を着ていても肌寒いが、ひなたに出ると春らしい暖かな日差しが空気をぬるませている。

――今日はいい天気になりそうだ。

新海は目を細めて、窓ガラス越しに風景を眺めた。海は穏やかに凪《な》ぎ、水面はきらきらと光を反射している。深夜になれば、水平線上に青白い光がいくつも並ぶ。イカ釣り漁の船の灯火だ。早朝、あわあわとした朝日が波濤《はとう》と島々を薄桃色に染める前に、悠然と港に入っていく。このあたりは、イカ釣り漁を中心に、タイやブリ、サザエやアワビ、ウニなどの漁業が盛んだ。浅茅《あそう》湾の真珠の養殖など、養殖産業も栄えている。

――長崎県対馬市。

南北に八十二キロ、東西に十八キロと細長く延びた対馬島は、瓢簞《ひょうたん》のように南から三分の一あたりの位置できゅっとくびれている。本島の周辺には、百を超える小さな島々が点在し、対馬の海に多島美の独特の景観を添えていた。この島々を見るたびに、イザナギとイザナミが創ったのはこんな島だったろうと思う。島の九割近くの面積を山林が占めており、海のすぐそばまで急峻《きゅうしゅん》な山が迫るという、海山の対比に見とれる。

海栗島も、その島のひとつだ。現在は、航空自衛隊海栗島分屯基地が置かれている。鰐浦の港からおよそ一・五キロ離れた位置にあり、島全体が航空自衛隊第十九警戒隊により運営されているレーダー基地なのだ。ここに住民票を置く約五十名は、全員が第十九警戒隊所属の独身自衛官だ。

鰐浦港の駐車場にバスが乗り入れた。駐車場と言っても、波止場の脇に空き地を設けてあるだけの場所だ。毎日のことなので、皆さっさと降車のしたくをすませている。バスが停まると、前の座席から粛々と降りていく。磯の香りが、港にぷんと漂う。博多の海辺で生まれ育った新海には、懐かしい匂いだ。新海は、対馬で採れたウニの佃煮《つくだに》があれば、何杯でもご飯が食べられる。

バスを降りてすぐ新海は駐車場を見渡し、紺色の国産4WDを捜した。今日は新しい監視小隊長が着任する予定だ。監視小隊の名越《なごし》二等空曹が、朝から比田勝港に車を飛ばし、迎えに行っているはずだった。まだここには到着していないらしい。

新海は准曹士先任だ。航空自衛隊が二〇〇八年から正式施行した准曹士先任制度に則《のっと》り、第十九警戒隊に勤務する曹士の最高位として、隊長を直接補佐する立場にある。基地の運営が円滑に回るように、幹部と曹士との間を取り持つ縁の下の力持ちだ。自然に、基地に勤務する隊員たちの顔と名前は当然のこと、気性や得意・不得意も呑《の》み込んでいる。新任の小隊長も、海栗島と分屯基地に早く馴染《なじ》んでくれればいいのだが。

今日来る安濃という一等空尉は、少々難しい人物だという噂を聞いた。会う前から先入観を持ちたくないので、他人の人物評をあてにするつもりはないのだが、それでも評判は耳に飛び込んでくる。新海の耳に入った噂が全て本当なら、安濃という人物はかなりの異端児だということになる。

カーブの多い道路の向こうに、紺色の４ＷＤの鼻づらが覗《のぞ》いた。名越の愛車だ。新海は名越が果敢にカーブを攻めるのを見守った。彼は車に乗るのが無上の幸せという男だ。

駐車場に車が停まると、助手席から制服姿の男性が降り立った。一等空尉の階級章をつけている。自衛官なら当然だが、すらりと姿勢のいい三十代の男性だ。写真で見た通りの顔だった。新海は車に近づいていった。

「──安濃さんですか」

車の脇に立ち、ボストンバッグを提げた男が眩《まぶ》しげな表情をした。

「安濃です」

「新海です。基地までご案内します」

「よろしくお願いします」

安濃は言葉少なに応じ、軽く会釈した。まだ対馬に来て戸惑うことばかりだろう。

「比田勝の港で、随分待ったんじゃないですか。四時過ぎに着く船でしたよね」

話の接ぎ穂を作ろうと、穏やかに話しかける。安濃がかすかに微笑み、目尻《めじり》に薄い皺《しわ》を寄せた。

「それほどは待ちませんでしたよ」

安濃は言葉を濁すように答えた。

基地を出る時には私服に着替えるのが、一般的な自衛官だ。豊などの官舎から専用のマイクロバスに乗り込んで港に来る場合は、官舎から制服を着ているが、安濃はいったいどこで着替えたのだろうかと新海は不思議に思った。

三年前、自衛隊と国内を震撼《しんかん》させた、あるテロ事件が発生した。テロリストグループは航空自衛隊のF―2を盗み、ミサイルテロを起こすと政府を脅迫したのだ。安濃は、主犯格とされた元一佐と師弟関係にあった。彼も一味として加賀山の指示を受けていたのではないかと疑われ、証拠がなく処分は受けなかったものの、事件の直後に硫黄島に異動になった――というのが、新海の耳に入った噂だ。本来なら、昨年のうちには三等空佐に昇進しているべき安濃が、いまだ一等空尉で落ち着いているのも、噂を裏付けるようではある。

安濃には妻と娘がいるはずだった。尋ねてみようかと思ったが、着任したばかりの相手に家族についてあれこれ聞くのも、詮索《せんさく》がましいと思われるかもしれない。

(焦ることはない)

新海は自分を戒めた。安濃は来たばかりで、時間はたっぷりとあるのだ。

「今日は暖かいですね」

安濃が陽光を遮るために、片手を額にかざした。新海も頷《うなず》く。

二隻ある傭船の一隻、「おおぞら号」が着岸するところだった。自衛隊が民間の船を雇い、鰐浦港―海栗島間を一日に数便往復する定期便だ。五月の初めに開催される「ひとつばたご祭り」では、もう一隻の「かいせい号」と共に沖合の遊覧航海を務めている。内部は二階建てで、最大百十名が搭乗できる。この傭船が、対馬と海栗島を結ぶ唯一の交通手段だ。

二重離島、と彼らは海栗島を呼ぶ。対馬は九州本土からおよそ百三十キロメートル離れている。朝鮮半島との距離は五十キロメートル弱と、位置的にはむしろ朝鮮半島側に近い。なにしろ、国際ローミングサービスの機能を持つ携帯電話をうっかり使っていると、海外の接続業者につながってしまうことがあるくらいなのだ。離島の対馬から、さらに船を出さねば行きつくことができない、二重の離島。それが海栗島だ。

新しいバスと黒いセダンが到着し、また制服姿の男たちが吐き出された。濃紺の制服に、制帽を端正にかぶった男の姿に、船の外で待っていた男たちがぴしりと敬礼する。新海も倣った。

「おはよう」

第十九警戒隊長兼ねて海栗島分屯基地司令の門脇《かどわき》二等空佐は、まだ四十代の若さだ。この年齢でレーダーサイトの分屯基地司令とは、なかなか類がない。

「隊長」

新海は門脇に呼び掛けた。

「今日から着任される、安濃一尉です」

「安濃です」

安濃がボストンバッグを地面に降ろし、若干緊張した面持ちで敬礼した。

「門脇です。遠くからご苦労様でした。後ほど、司令室で会おう」

門脇は気さくな笑顔で敬礼を返し、ゆらゆらと波に揺られる傭船に乗り込んでいく。幹部たちも後に続いた。行きましょう、と新海は目で安濃を促した。

海栗島まで、およそ十分。

＊

動きやすい運動服姿の水兵たちが、黙々とミサイルサイロの間を縫うように走っている。潜水艦の通路は大の男ふたりがすれ違うには狭く、身体を横にして壁に張り付くように通り抜けなければならない。小琳は、疾走する水兵たちを目を瞠《みは》って観察している。青島を出航して三日になるが、まだ何もかも珍しく、飽きないらしい。

「潜水艦乗りにとって、一番の大敵は運動不足です」

暁江は食事前の空いた時間を利用して、小琳に艦内を案内して回っていた。この政治委員は、やや夢見がちで性急なところのある青年だが、潜水艦の機能と、潜水艦乗りが置かれる環境をよく知ってもらわなければ、艦内の規律について誤解を招くおそれもある。潜水艦の中は、北京大学の恵まれた学内とは違うのだ。

「いったん潜航任務に就くと、数か月は地上に戻ることができません。その間、彼らはこの全長百四十メートル足らずの艦内を行き来するぐらいしか、運動できないのです。運動不足の兵士は、有事の際の過酷な状況に耐えることができず、充分な働きを見せることができません」

「ここは、ミサイル管のすぐそばですが」

小琳が頭上にそびえるミサイルサイロに向けて手を振った。

「ここが一番、まとまった長さのまっすぐな通路を確保できる場所なんです。他には走るのに適した場所はありません。走っているうちに配管や計器に頭をぶつけかねませんからね。世界中の原子力潜水艦で、潜水艦乗りはミサイルサイロの横を走ると相場が決まっているのです」

「なんと」

感に堪えぬと言うよりは、むしろ呆《あき》れたように小琳が呟《つぶや》いた。

美国《アメリカ》のヴァージニア級攻撃型原子力潜水艦などでは、乗組員のために跑歩器《ランニングマシーン》などを搭載しているという噂だ。彼らは潜水艦乗りの泣き所がカロリー消費であることをよく知っている。

潜水艦での唯一の楽しみは食事だ。煙草も飲酒も厳禁、娯楽も気晴らしも少ない艦内では、六時間ごと、一日に四回食堂で提供される食事しか、舌と目を喜ばせる変化がない。潜水艦内では交替制勤務を組むため、食事時間は四回に分けられているのだが、もちろんひとりの兵隊がが食事を摂《と》るのは三回だ。それでも、海軍の食事を三食きれいに平らげると、一日に三千キロカロリー近く摂取することになる。いくら代謝のいい若い男性であっても、それだけ食べて運動しないと、確実に肥満する。軍の規定値を超えると、健康診断に引っ掛かり潜水艦を降ろされる。明らかに肥《ふと》り過ぎている小琳の前で、潜水艦乗りがどれだけ肥満を恐れているか説明するのは避けた。この若者は、太子党の御曹司で、なおかつ一人っ子政策の副産物として生まれた「小皇帝」のひとりなのだ。一人っ子だからと、両親とその双方の実家から甘やかされて育ち、我がまま放題に成長した子どもたちが、いま人民解放軍に入って周囲に困惑の種を蒔《ま》いている。一人っ子たちが全員使い物にならないとは暁江は考えていないが、配下として着任する新兵の中に、最初から匙《さじ》を投げたくなる若者が交じるようになったことは確かだ。

そんな泣きごとや、他国と我が国との潜水艦の性能差について、並べ立てたところで意味はない。ここ二十年の間に起きた目覚ましい経済発展のせいで、すっかり中国は世界の覇者たる地位を手に入れたと考えている改革派たちの感興を殺《そ》ぎ、恨みを買うだけのことだ。

「潜水艦に乗るのも、今のようなお話を伺うのも初めてです。たいへん勉強になります」

小琳は殊勝に何度も頷いた。この青年が素直なことだけは、暁江も認めざるをえない。彼がごく普通の家庭に生まれていたら、意外と軍人としてまともに育っていただろうか。暁江はちらりとそんなことを夢想し、無駄な考えだと苦笑した。

長征七号の内部は、大きく三つの区画に分けられる。艦首側から、発令所、ソナー室や通信室、ミサイル発射管制室、航法室、士官室などの居住区、そして魚雷発射管を含む区画。艦の中央、鯨の腹にあたる部分には、十二基のミサイル発射管。艦尾には、二基の加圧水型原子炉と、発電機や蒸気タービンなどが設置されている。艦首付近は四階建てとして設計され、梯子《はしご》とハッチで別の階に移動する。

艦の隙間という隙間には、兵士の居住区が詰め込まれている。魚雷の上だろうと、ミサイルの横だろうとおかまいなしだ。人間の居心地よりも、艦の効率的な運用が優先される。

「そろそろ士官室に行きましょう」

暁江は腕時計を覗《のぞ》いた。もうじき昼の十二時になる。小琳と自分の昼食を、士官室に届けるよう厨房《ちゅうぼう》に頼んでおいた。食事だと知って、小琳の目が輝いた。艦内の規律が正しく守られていることを監査するのが彼の役目だが、この三日、小琳はほとんど艦長である暁江の後ろにくっついて艦内を歩き回るだけだった。今のところは様子を見ているのだろうか。潜水艦の中に客用寝台などはないから、士官用の寝台をひとつ小琳のために空けることになった。士官がひとり下士官用の寝台で眠ることになり、下士官ふたりが兵員用の寝台へ移された。連中は、政治委員のせいでいい迷惑だと思っているかもしれない。

彼らが士官室に入ると、きっちり正午に厨房の給養員が盆を捧《ささ》げ持って現れた。

「潜水艦の中で食べるのは、宇宙食に似たものではないかと考えていました」

「海軍は、潜水艦でも水上艦でも、一度航海に出ると長いですから。兵士の士気を高めるためにも、食事には気を遣います」

真空包装や凍結乾燥《フリーズドライ》などの技術を取り入れることにより、艦内でそれなりの食事を提供することができるようになった。それでも、噂によれば美国の潜水艦にはソフトクリームやコーラ、サラダなどを兵士が自由に取れる自助服務《セルフサービス》のドリンクバーやサラダバーまで用意されていると いうから、さすがにそういう点では負ける。

他の士官たちも、交替で次々に盆を抱えて現れる。小琳と暁江を見ると礼儀正しく会釈するが、特に向こうから話しかけようとはせず、そそくさと食事をすませて立ち去る。いつもなら、暁江の隣に座って話をしたがる連中もだ。

「劉艦長。艦長が《浪虎》と呼ばれるようになったのは、初めての航海の時でしたね」

たっぷり盛られた焼き飯を口に運びながら、小琳が尋ねた。

「ええ、それは――」

暁江が答えようとした時、突然艦のどこかでくぐもった鈍い音が聞こえ、艦体がぐらりと横にかしいだ。暁江はとっさに、床に固定された食卓に摑《つか》まった。盆が横滑りに落ちて、斜めに傾いた床に転がる。

――今のは何だ。

まるで魚雷に撃たれたような音と衝撃だった。艦内に非常事態を表すサイレンが鳴り響く。食事をしていた士官がふたり飛び出していった。艦体の傾きが元に戻るとすぐ暁江は壁に駆け寄り、伝声管――通信システムのヘッドホンを耳に当てマイクを手に取った。

「艦長だ。発令所、何があった！」

『七番ミサイルサイロ付近で爆発です。原因は不明』

勝英の声が答える。

「被弾か？」

『いえ。ソナーは魚雷を捉《とら》えていません』

「火災は発生していないか。七番サイロ、近くに誰かいないか」

会話を聞いている人間がいないのか、爆発地点の近くからの反応はない。まさか、爆発に巻き込まれたのだろうか。

『艦長、水雷班長が確認に走りました』

「私もそちらに戻る。総員配置命令！」

『総員配置！』

発令所に勝英の凜然《りんぜん》とした声が響くのを確認し、マイクを置いた。小琳を見やると、蒼白《そうはく》な顔色で椅子の背にへばりついている。どうやら、三か月間の航海は何事もなく終わるものと心の底から信じ込んでいたようだ。

「私は発令所に戻ります。しかし、あなたは」

暁江はためらった。小琳は居住区の寝台で毛布をかぶって寝ていてくれたほうが、こちらも助かるのではないか。

「私も――私も行きます」

小琳がごくりと喉仏《のどぼとけ》を動かし、青白い顔のまま立ち上がった。使命感というより、ひとりで取り残されるのが恐ろしいのかもしれない。暁江は頷《うなず》き、すぐ士官室を出て走り始めた。後ろを気遣う余裕はなかった。

自分の艦で何か不吉なことが起きた――それだけは確実だった。

2　蠢動

ヘッドセットを当てて耳を澄ませると、海中で起きる様々な《事件》が、まるで映像のように目に浮かぶ。

片桐《かたぎり》は、モニターに現れる複雑な波形を見つめながら、海流の唸《うな》りや、小魚の大群が移動する迫力に満ちた水音、海上をゆったり航行する漁船のモーター音などを聞きわけていた。魚の生活。水温の変動に伴う海流の変化。地上で生活する人々は普段出会うことのない、深海で発生する物語に耳を澄ましている。

片桐の艦は、海上自衛隊の自衛艦隊第一潜水隊群第三潜水隊に所属するおやしお型潜水艦《くろしお》だ。定係港は呉《くれ》基地である。

彼が耳を澄ましているのは、艦首に備え付けられたパッシブ・ソナーが収集する音声だった。ソナーには大きく分けてアクティブ・ソナーとパッシブ・ソナーの二種類がある。アクティブ・ソナーとは、ピンガーと呼ばれる音波を発射し、反射された音波を受信することで、目標物の方位や距離を知る方法である。ただ、ピンガーを発射することにより自艦の位置を知られるおそれがあるため、通常は使用されない。発見した敵艦に魚雷を発射する直前には、照準を合わせるためピンガーを打つ。もうひとつのパッシブ・ソナーとは、外部の目標物が立てる音に聞き耳を立てて受信する方式だ。目標物が無音で行動していれば発見できない。しかし、潜水艦はスクリュー音などさまざまな音を出す。一九八七年に発生した東芝機械のココム違反事件は、旧ソ連の潜水艦のスクリュー音が小さくなり、米海軍が潜水艦を追尾しにくくなったことから発覚した。共産圏に輸出されたスクリュー等の工作機械が、結果的に旧ソ連の潜水艦の性能を上げてしまったのだ。

ソナーシステムのコンピュータには、各国主要潜水艦の出す音響パターンが登録されている。

干渉しあう複数の音波から、フィルターを通してひとつの音波を掬《すく》い出すのは人間の優秀な耳だ。

(——おや)

突然、短いが荒々しい爆発音を聞いたような気がした。距離が離れているために、他の音波と干渉してモニターの波形にはほとんど表れていないが、わずかに山を作った波が、自分の気のせいではないと告げているようだ。片桐はさらに耳を澄ませた。

今の音は何だったのだろう。古くはダイナマイト漁と呼ばれる漁法があった。海中にダイナマイトなどの爆発物を投げ込み、爆発の衝撃で死んだり気絶したりして浮かび上がる魚を捕るという漁法だ。現在、日本国内では禁止されている。まさか、そのダイナマイト漁を行った船でもあるのだろうか。

ダイアルを回し、周波数を絞りながら片桐は爆発音の発信源を探り始めた。

＊

「新海さん、明日《あした》の夜は幹部会ですよ。歓迎会ですから、必ず参加してほしいと安濃さんにも連絡願えますか」

トイレから会議室に戻る途中、電子小隊長の柾目《まさめ》三等空尉が、廊下をすれ違いざまに声をかけてきた。ファイルや書類を小脇に抱えている。電子小隊とは、レーダー設備の整備を行う隊だ。忙しいのか、柾目三尉は五分刈りにした頭を振りながら、伝えたいことだけ伝えると、さっさと廊下の向こうに消えた。

幹部会というと物々しい印象だが、分屯基地の幹部が親睦《しんぼく》を深める飲み会だ。海栗島分屯基地には、監視、通信、電子、補給、施設、管理、厚生と都合七つの小隊があり、それぞれに小隊長がいる。隊長と副隊長、それに新海自身も入れて、十名で対馬の新鮮な魚介類をつつきながら飲むわけだ。普段から意識してコミュニケーションを深め、気心を知ることも大切だ。いざという時に、意思の疎通を図れないようでは困る。

会議室に戻ると、安濃一尉が熱心に引き継ぎ資料を読んでいるところだった。

安濃の特技は警戒管制だから、小隊長としての任務について新海が教えることは何もないのだが、基地内の施設やこまごまとした生活上の決まり事など、初めて配属された隊員に状況を説明したほうが、スムーズに馴染《なじ》むことができるだろう。

「安濃さん、今、電子小隊長の柾目さんから伝言を頼まれました」

安濃が目のふちに柔らかい笑みを浮かべて顔を上げる。口を閉じた貝のように言葉数の少ない男だが、人当たりが悪くないのは、この温和な表情のせいだろう。

「明日の夜──業務終了後という意味ですが、空いておられますか」

「──はい」

戸惑うように、こちらを見ている。

「それは良かった。明日の夜、安濃さんの歓迎会を予定しています。明日は柾目さんが幹事なので、比田勝の居酒屋じゃないかな。美味《おい》しい店ですよ」

「──ああ、飲み会ですね」

安濃は笑みを浮かべたままだったが、微妙な間が空いた裏には、かすかに参加を尻込《しりご》みする気配が感じられた。噂はまったくのでたらめというわけでもなく、安濃という男はやはり人づきあいが多少苦手なのかもしれない。

「いったん官舎に戻って着替えて、それから店に集合です。明日の夜は、官舎からご一緒しましょう」

力づけるつもりで新海は口にした。

「ありがとうございます」

観念したように安濃が目尻に皺《しわ》を寄せる。長年にわたり集団生活を経験して、いまだに親睦を図る会が苦手というのも変わっているなと感じたが、何万人という自衛官の中には、そういう性格の隊員がいてもおかしくないのだろう。

「資料はもういいでしょう。そろそろ基地の中を案内しましょう」

「お願いします」

新海が立ち上がると、安濃も身軽についてきた。資料を読み込むだけでは飽きるだろう。庁舎を出ると、島に打ち寄せる波の音が急に大きくなり、潮風が制服の裾《すそ》をはためかせる。

海栗島は対馬の北に位置する島だ。島の面積は〇・〇九平方キロメートル、甲子園球場のグラウンドがおよそ七面入る広さだ。外周は四キロほどしかなく、対馬との往来に利用する船のドックを除き、ほとんどが切り立つ岸壁になっている。船着き場から見ると、基地は小高い丘の上だ。やや急勾配《こうばい》の坂道を登ると、庁舎に出る。

「今日は天気がいいから、展望所がよく見えますね」

新海は、鰐浦の山の中腹に見える、韓国展望所を指した。対馬に建築された、朱塗りの柱に黒い瓦屋根《かわらやね》の、韓国風の建物だ。安濃はあまり興味なさそうに、ちらりと目をやっただけで四囲の海に視線を転じてしまった。こういうところは、取りつく島がない。

「反対側が韓国ですよ」

ここから韓国の釜山《プサン》まで五十キロもない。五十キロと言えば、東京駅から横須賀《よこすか》までの直線距離くらいだろうか。天気さえ良ければ、半島の影はいつでも淡く水平線の向こうに浮かんでいるし、コンディションのいい日には、高層ビルの輪郭までくっきりと見える。釜山で花火大会があると、その様子が鰐浦から綺麗《きれい》に見えるほどだ。

海栗島に着任し、初めて半島の影をこの目で見た時には、対馬は歴史的によくこれまで持ちこたえてきたなと新海は驚きを禁じ得なかった。そのくらい、半島に近い。この島が、大和《やまと》政権の昔からずっと我が国の最前線基地でもあったことは、歴史が証言している。防人《さきもり》しかり、元寇《げんこう》しかり。戦後は海栗島に米軍がレーダー基地を造り、現在はそれを航空自衛隊が引き継いで利用している。半島を含む海外に近い島だからだ。

「ここに百六十名いるのですか」

安濃が尋ねたので、新海は若干ほっとした。自分ばかりが壁に向かって喋《しゃべ》っているような気分だった。仕事に関することなら普通に会話できるらしい。それにしても、なにやら堅苦しい言葉遣いだ。基地に馴染んでくれれば、もう少しほぐれてくれるのだろうか。

「そうです。今は男ばかりですよ。女性隊員もひとり配属されているんですが、産休を取得していますから」

「あちらが隊舎ですね」

並んで歩きながら、安濃が独身者や単身赴任者のための隊舎を見ている。

「そうです。今は七十名ほどが隊舎住まいです。他は対馬本島内の豊宿舎、東《ひがし》宿舎、大畑《おおはた》宿舎に分散して居住していますね。安濃さんは私と同じ豊宿舎ですから、帰りもご一緒しますよ。荷物はもう、ご自宅から宿舎に送られたんですか」

異動が決まった時、安濃はしばらく単身赴任で暮らしてみると言ったそうだ。家族がいるなら迷わず対馬に呼べばいいと新海は思うが、人間にはいろんな考え方がある。安濃の答えはなかなか返ってこなかった。

「安濃さん？」

安濃が軽く驚いたようにこちらを向いた。

「あっ、失礼しました。何か」

心ここにあらずという風情だ。心の負担になる悩みでも抱えているのではあるまいか。仕事に差し支えなければいいが、やはり最初の内は様子を見たほうがいいかもしれない。

安濃将文一尉が海栗島分屯基地に異動すると決まった時、春日《かすが》基地で勤務している新海の同期が、嬉《うれ》しそうに電話をかけてきた。

『今度そっちに行く安濃一尉な。三年前のF―2事件に関係したと疑われとう人やろ』

「あの犯人は、北のテロリストやないか」

『ほら、テロの一味に元一佐の加賀山いう人がおったやないか。その部下やった人や』

大きな記事になり写真も掲載されたというが、あいにく新海の記憶には残っていない。同期の住芳《すみよし》が言うには、安濃はその事件で何らかの役割を演じたため、事件が片付くと直後に硫黄島に転属になり、通常なら二年で異動になるところ、三年待ってやっと海栗島に転属になったという話だ。

『すごい変わり者やと聞いたぞ。そっちも妙なのを抱えこむことになったなあ』

気の毒がりつつ、住芳は明らかに面白がっていた。福岡の春日基地にまで噂が届くほどなら、安濃の心中も察して余りある。家族を連れてこなかったのも、自分と一緒に対馬に来て、好奇の視線にさらされることを心配したのかもしれない。時おりもの思わしげな表情を見せるのも、無理のないことだ。新海はむしろ、安濃が気の毒になった。

「レーダーはあちらですね」

安濃がさっさと歩き出す。プライバシーに関する詮索《せんさく》を疎ましく感じたのかもしれない。この男に家庭の状況など尋ねるのは控えたほうが良さそうだ。こちらに他意はなくとも、本人に精神的な苦痛を与えてしまうかもしれない。

「今日は天気が良いですね」

安濃が日差しに目を細めた。

「フェリーは揺れませんでしたか」

「快適でした」

島の中には、庁舎や隊舎以外にも、オペレーション地区、発動発電機、弾薬庫、グラウンド、体育館、送信所・受信所、ヘリポートなど、様々な施設がある。水は対馬本島からパイプラインを通して貯水タンクへ供給され、そのそばに送電線も通っている。糧食は対馬の民間企業と契約を結び、傭船《ようせん》で運び込んでもらう。逆に島から出るゴミは、日を決めて傭船で運び出す。島に勤務する百六十名の日常生活は、そういう地道な作業によって支えられている。

「夏場はすごいでしょう。雑草が」

グラウンドや庁舎の周囲がきれいに整えられているのを見て、さりげなく安濃が呟《つぶや》いた。

「そりゃもう。草刈りが大変で」

程よい距離を保ちながら、適度な会話を続けてフェンスに囲まれた施設にたどりついた。暗証番号を入力してフェンスの出入り口を開く。中にあるのは、監視小隊が勤務するレーダーの監視施設だ。地形を利用した地下壕《ごう》のような施設は、一九五〇年に米軍がレーダー基地を建設した際に造られたものだ。一九五九年に自衛隊に移管されてからも、改修して使用し続けている。べったりと濃いレモン色の壁に、ウェルカムと英語で書かれた外見がいかにも米国風で、歴史を感じさせた。

「ここが——」

感に堪えぬ表情で、安濃が壕の出入り口を見上げている。

「当番員に紹介しましょう」

基地では、監視小隊、通信小隊、電子小隊ほか、二十四時間の交替制勤務を敷いている小隊が多い。幹部は原則として日勤なので、小隊の全員に安濃を引き合わせるのは明日までかかるだろう。

安濃が緊張した面持ちで、新海に続き壕の出入り口をくぐった。

——本当に、人見知りの激しい男だ。

しかし、そうならざるを得なかった事情も理解した。ここは、事情を知る自分が彼の力になってやるべきだろう。新海は安濃を振り返り、励ますつもりでしっかり頷《うなず》いた。

「大丈夫ですよ」

安濃が驚いたように目を瞬《しばたた》き、新海を見つめて曖昧《あいまい》に微笑んだ。

＊

爆発が発生した時刻は、十二時八分だった。副長の呉勝英が克明に記録を残している。

『艦長、七番サイロ、鎮火しました！』

ミサイル発射管室に走った水雷班長の趙《ちょう》から発令所に報告が入る。潜水艦にとっての脅威は、艦内で発生する火災だ。周囲を水に囲まれながら火災が恐ろしいとは奇妙な状況だ。当然のことながら漏水も大きな脅威だった。

「状況は」

『火災は食い止めましたが、バラストタンクとの隔壁が破れ、発射管室に水が噴き出しています』

そこで趙がマイクを離し、水雷班の部下を厳しく叱りつけるのが聞こえた。貴様ら、この艦を沈める気か、と怒鳴りつけているのは、応急措置で隔壁の破れを修繕しようとする部下の手際の悪さを叱ったのだろう。発射管室付近は、外殻と内殻の二重隔壁を持つ複殻部で、二枚の壁の隙間を貯水用のバラストタンクとして利用している。発射管室とバラストタンクの間の壁が破れても、即座に艦全体の重量が変化するわけではない。

暁江は趙がマイクに戻るのを待った。

『失礼しました。水雷班は、一名が爆発に巻き込まれて死亡。軽傷者は二名です』

「亡くなったのは誰だ」

『張宝潤《ちょうほうじゅん》です、艦長』

まだ若い乗組員だった。二十歳にもなっていなかったはずだ。暁江はぐっと奥歯を嚙《か》んだ。

「他に異状は」

「各班！　報告せよ」

暁江の問いに、勝英がマイクを握る。

『機関長です。制御室問題なし』

『ソナー室問題なし』

『ミサイル発射管制センター、問題なし』

『魚雷発射管室、問題なし』

順に報告する声は、どれも落ち着いていた。七番ミサイルサイロで発生した爆発と火災は、ひとまず艦体にも乗組員にも大きな影響を与えていないようだ。死傷者を出したことは残念だが、漏水を止めれば事故は収束したと言ってもいいだろう。

「艦長、ミサイル発射管室以外、全艦問題ありません」

勝英の最終報告を受け、暁江は頷いた。何はともあれ、原子炉や発電設備に異状がないのは幸いだった。原子力潜水艦は、海中を移動する小型原子力発電所のようなものだ。燃料となるウランを抱いて航行している。

「現在の位置と深度は」

「北緯四十一度四十八分、東経百三十七度。深度は百四十メートルです」

当艦は現在、日本が「日本海」と呼び、韓国が「東海《トンヘ》」と呼ぶよう国際社会に異議を申し立てている海域を潜航移動中だ。先ほどの爆発音を思い返すと身震いしたくなった。晋級潜水艦は中国が誇る最新鋭の潜水艦で、消音設計が抜群に優れ、いったん潜航すれば誰にも見つけられない――と言われている。しかし、あの大きな爆発音は、百五十キロメートル以上離れた潜水艦のパッシブ・ソナーでも捕捉《ほそく》できたのではないか。この海域には、日本の海上自衛隊や、韓国海軍の潜水艦も潜んでいるはずだ。もちろん、世界中どこにでも現れる米軍やロシアの潜水艦も、忍んでいる可能性がある。

「七番サイロの状況を実地検分する。副長はここで指揮を頼む」

爆発発生当初は慌ただしい動きを見せた発令所の中も、今では平常に戻っている。暁江が発令所を離れると、小琳がすぐさま追いついてきた。緊急事態に興奮したのか、肉付きの良い頬を桃色に染めている。

「艦長、私もお伴することをお許し願いたい」

「――ご随意に」

政治委員である小琳の考えは読める。艦内の規律に緩みがあり、乗組員が犯した失敗が爆発につながったのではないか。まさに小琳がこの艦に乗り込んだ目的はそこにある。暁江と小琳が狭い通路を通り、ハッチをくぐり抜けて弾道ミサイル発射管室に向かうと、すれ違う乗組員たちが強張《こわば》った表情で敬礼をした。皆、小琳の身分を知って警戒している。

当の小琳は、ふうふうと荒い息を吐きながら暁江を追ってくる。小琳に罪があるわけではないが、今日は暁江も彼に歩調を合わせる気にはならなかった。

巨大な十二基の垂直発射筒が林立する発射管室にたどりつくと、暁江は注意深く周辺を見渡した。米国のオハイオ級原子力潜水艦では、ミサイル発射管室を「シャーウッドの森」と呼ぶそうだ。西側文化に触れることなく育った暁江には最初意味がわからなかったが、ロビン・フッドと名乗る英国の義賊が本拠地とした森の名前らしい。森の名前を冠したくなるほど、この部屋は確かに鬱蒼《うっそう》とした気配に満ちている。

垂直発射筒には潜水艦発射型弾道ミサイル巨浪二号が搭載され、発射の瞬間を待っている。巨浪二号は、三段式の固体燃料ロケットだ。晋級潜水艦は、０９３型商級潜水艦の構造を受け継いでおり、商級は一般的にロシアのヴィクター3型原子力潜水艦に由来すると考えられている。旧ソ連の空母ヴァリャーグを購入して海軍に編入したように、中国人民解放軍はロシアの兵器システムの影響を大きく受けている。しかし、ミサイルは別だった。

旧ソ連軍のミサイルは、主として液体燃料ロケットだ。液体燃料は水と接触すると有毒瓦斯《ガス》を発生し、爆発を起こす。冷戦の開始から終結まで、またそれ以後も旧ソ連の潜水艦は多くの海難事故に見舞われた。代表的な例が、二〇〇〇年に発生し、乗組員が全員死亡したことであまりにも有名なオスカー2型原子力潜水艦クルスクの沈没。あるいは一九八六年に米国沖で沈没した、ヤンキー級原子力潜水艦K―219。その他、艦内で火災に見舞われた潜水艦も多い。クルスク沈没は魚雷の過酸化水素燃料の漏出と引火が原因になったと考えられている。K―219も、ミサイル発射管に流入した海水が液体燃料と化学反応を起こし、爆発したのが事故の原因とされている。水に囲まれた潜水艦の内部で液体燃料を扱うのは、汽油《ガソリン》のそばで燐寸《マッチ》を弄《もてあそ》ぶのと同じくらい危険だ。中国人民解放軍は、旧ソ連軍と同じ轍《てつ》を踏むことを避け、固体燃料を採用した。

ミサイル発射管室には、鼻をつく刺激臭が立ち込めていた。火災の発生で、周囲の鉄鋼や橡《ゴ》膠《ム》製品、鋼材に塗られた潤滑油などが焼ける臭いと、消火剤の臭いが混じっている。暁江は七番サイロに急いだ。水雷班長の趙が、現場に直立して待っていた。副長の勝英から、艦長がそちらに向かっていると連絡があったのかもしれない。勝英は若いが、そういう細かな点によく気配りする男だ。乗組員が、破れた壁面に橡膠の板と鋼板を押し付け、周囲を鋲《びょう》で留めたり溶接したりして、漏水を食い止めようとしている。見たところ作業は終わりに近付いているようだ。発射管室の七番サイロ付近の床は、水浸しだった。趙や水雷班は膝《ひざ》のあたりまで制服を濡《ぬ》らしている。

現場から少し離れた水を被《かぶ》っていない床に、青い化繊の布で隠された膨らみがあった。亡くなった張宝潤の遺体だと、聞くまでもなくわかる。

「爆発の原因は何だ」

見たところ、ミサイル発射管自体には被害は出ていない。趙は青ざめた顔を床に向けた。

「爆発物を取り付けた奴がいます」

趙が示した床に、装置の破片が並べられている。暁江は破片の上にかがみこみ、それらを子細に検分した。時限式発火装置の一部だと思われた。ごく単純な仕組みの時計を使ったもののようだ。熱で溶けた文字盤の一部が残っていた。数字の意匠に特徴がある。

「爆発物だと――？」

息を切らして追いついた小琳が、不用意に質問を投げかける。返ってきたのは、乗組員の凍りつくような沈黙と硬い視線だった。

暁江は無言で長征七号の「シャーウッドの森」を見上げ、普段は森閑と静まりかえっている巨大な垂直発射筒の群れを眺めた。小琳は場の雰囲気に威圧されたのか、黙ってこちらの様子を窺《うかが》っている。

深海を潜航する潜水艦は、高い水圧に耐えるため部分的に複殻構造をとった耐圧殻を使用している。十メートル潜れば水圧は一気圧増える。深度二百メートルでは二十気圧。米国の原子力潜水艦の通常深度は四百メートル程度で、六百メートルに達すると圧壊すると言われる。潜航可能深度が優れているのはロシアの潜水艦で、およそ七百メートル。そこまで潜れば七十気圧だ。深く潜るとさすがの耐圧殻も水圧で縮む。海上で壁から壁へぴんと張り巡らせた洗濯紐《ひも》が、深海ではだらりと緩むほどだった。

そんな深海を航行する潜水艦に爆発物を持ち込むとは、自殺行為ではないか。犯人が何者であれ、この艦を沈めれば自分も確実に命がない。

「誰が取り付けたか、わかっているのか」

「いえ——いや、はい。その」

暁江が振り向くと、趙は非常に気まずい表情をした。きびきびした答えを返す代わりに、困惑したように視線を送った先を見て、暁江は眉《まゆ》をひそめる。そこには青い布で包まれた張宝潤の遺体があるだけだ。

「貴様、死人に責任を押し付けるつもりではないだろうな。それとも張が犯人だと考える証拠があるのか」

現場を知らない小琳に、余計な口を出させたくなかった。わざと厳しい口調で詰問すると、趙が怯《おび》えたように顔色を変えた。《浪虎》の呼び名は伊達《だて》ではない。暁江は、まだ二十代の水上艦艦長だった頃に、命令に逆らった部下を海南島《かいなん》の沖合に叩《たた》き込んだ実績を持っている。

「発火装置の時計の文字盤です、艦長。張がそういう文字盤のついた時計を使っていたことを、水雷班は知っています」

暁江は、文字盤の破片に目を落とし、周辺に居並ぶ乗組員たちに声を張り上げた。

「張が爆発物を仕掛けるのを見かけた者はいるか」

彼らは静まりかえり、誰ひとりとして手を挙げる者はいない。咳払《せきばら》いひとつ、身じろぎひとつせずに、暁江の視線を避けている。

「不審な物を見た記憶もないのか」

重ねての質問にも反応はなかった。どこか違和感があった。完璧《かんぺき》に掌握しているつもりだった艦内にも、まだ自分の知らない世界があったようだ。

「艦内には、乗組員が私物を入れる空間など、ないに等しい。張ひとりの意思で爆発物を持ち込み、隠し続けることは簡単ではない」

「――はい。艦長」

趙が観念したように項垂《うなだ》れた。言われるまでもなく、彼自身も不審に感じていたはずだ。わずかな私物入れと言えば寝台の寝具の下だけだが、それすらも人肌寝台――数名で共有している。

「漏水がおさまれば、ひとりずつ話を聞きたい。趙、後で私の部屋に来るように」

敬礼で見送る趙を残し、小琳を連れて発射管室を早々に離れる。ミサイル発射管室の壁が二重になっていることなど、この艦の乗組員なら知らない者はいない。ここを爆破しても、当艦が沈むことはありえない。暁江は油断なく周囲に視線を配った。わざわざこの部屋を狙ったのは、何らかの警告だろうか。

「さすがは劉艦長」

小琳の色白な頰はかすかに上気していた。ことの成り行きに興奮を覚えている。

「先ほどの裁きはお見事でした。しかし、これはゆゆしき事態です。我が人民解放軍の最新艦に爆弾を仕掛ける者がいようとは！」

突然、暁江はこのぽっちゃりした若い政治委員を気絶させて、寄港するまで士官室に閉じ込めておきたい衝動にかられた。小琳の高ぶった言葉に重々しく頷《うなず》いてみせながら、ともすれば漏れそうになるため息をこらえねばならなかった。

3 索敵

遠く、波の音が聞こえる。

あの音を聞くと、なぜか心が安らかになる。大きな揺りかごのなかで、ゆらゆらと揺れている気分がする。顔も身体も心地よく暖かいのは、陽光が差し込んでいるからだろうか。潮の香り。傷んだ魚の臭い。湿った微風が頬を撫《な》でていく。時おり近くで、ぎしぎしと木切れがきしむ。

波に合わせるように、身体もゆっくり揺れている。

──ああ、自分は船に乗っているのだな。

そんな言葉が、深い海の底からぷかりと浮かびあがる気泡のように、ふいに生まれてどこかへ漂っていく。

思えば、自分の一生も船に揺られているようなものだ。ある時波止場を出て、暗く先行きの見えない海に漕《こ》ぎだす。必死で櫂《かい》を取り、舵《かじ》を切っているのは己のつもりだが、結局は思うに任せず、いつしか波に流されている。波に飲まれぬように耐えるのが精一杯だ。

苦いような、甘酸っぱいような、それでいて身体が解放されたような、不思議な感覚だった。このまま、どこまでも漂っていていいのだ。そう許されたような気がした。安らかに目を閉じて、胎児のように身体を丸めて、ただ波に揺られていればいいのだ――。

〈彼〉は久しぶりに、本当に久しぶりに、心と身体を暖かい大気の中に寛《くつろ》いで広げていた。

＊

新海は、午後七時に海栗島を出る傭船《ようせん》に乗るつもりでいた。安濃は今朝対馬に到着したばかりだ。豊の官舎まで一緒に帰り、何も問題はないか初日くらいは気にかけておこうと考えている。鰐浦の港から官舎まではバスが用意されており、制服を着たまま官舎までまっすぐ帰れる。そう言えば、安濃は自家用車をどうするつもりなのだろう。対馬で生活するには、車がないと不便でしかたがない。ちょっと食事に出かけるのにも車が必要だ。

今夜の夕食は、安濃が気兼ねをしなければ、自宅に招いてささやかな食卓を囲んでもいい。単身赴任だし、来たばかりでスーパー等の場所もわからないだろう。

六時過ぎに仕事を片付け、監視小隊に電話をかけようとしたところに、柾目三尉が顔を覗《のぞ》かせた。

「新海さん、幹部と准曹士先任は司令室に集合だそうです」

「おや、何でしょうね」

新任小隊長、安濃の挨拶《あいさつ》は、朝のうちにすませた。口下手の安濃が、ひどく短い紋切り型の挨拶でお茶を濁してしまったので、あまり盛り上がらなかったのだが。

新海が司令室に入るのと前後して、第十九警戒隊の幹部たちが集まってきた。隊長の門脇二佐、副隊長の山内《やまうち》三佐、通信小隊の寺岡《てらおか》一尉、電子小隊の柾目三尉、補給小隊の岡林《おかばやし》二尉、施設小隊の生島《いくしま》二尉、管理小隊の千堂《せんどう》一尉、厚生小隊の柳原《やなぎはら》三尉、そして監視小隊の安濃一尉。自分を入れると十名になる。

「適当にかけて」

黒い革張りの応接セットを勧めながら、門脇自身も腰を下ろす。常に快活で穏やかな物腰を崩さない隊長だ。整然と片付いたデスクの後ろには、第十九警戒隊の隊旗が掲げられ、ともすれば殺風景にもなりかねない部屋にアクセントを添えている。隊のマークは、対馬の島影に対馬市の「市の木」であるヒトツバタゴの白い花をあしらったものだ。

司令室の壁には、分屯基地に勤務する百六十名の自衛官全員の、顔写真を掲載した一覧が貼られている。安濃の顔写真も、さっそく今朝撮影したものが貼られているようだ。長椅子の端に腰かけた安濃を見やると、手帳を開いて無表情に門脇に注目している。

「今日の昼頃、米国海軍の潜水艦と海上自衛隊の潜水艦が、日本海で中国潜水艦のものと思われる爆発音をキャッチした」

門脇の言葉に、メモを取りかけた手が止まる。爆発音とはまた、穏やかではない。

「領海内ですか」

「排他的経済水域《EEZ》内だが、領海ではない」

領海とは、海岸線から十二海里（約二十二キロメートル）までの範囲を言う。たとえ領海内であっても、民間、軍事に拘《かかわ》らず、他国の船が無害通航することは認められているのだが、潜水艦の潜没航行は決して「無害通航」とは認められていない。我が国の領海内を潜没航行する潜水艦に対しては、海面上を航行し、かつその国家の旗を掲げるよう要求でき、従わない場合は領海外への退去要求を行うことになっている。

二〇〇四年には、先島《さきしま》諸島周辺を潜航する漢級と見られる原子力潜水艦を発見し、一九九六年に安全保障会議と閣議で決定された「我が国の領海及び内水で潜没航行する外国潜水艦への対処について」に基づき、海上警備行動を発令して対処するという事件が発生した。

「問題の艦は、晋級原子力潜水艦と見られている。爆発音の後も南西に針路を取って潜航を続けており、海自の対潜哨戒機《しょうかいき》と《くろしお》が追尾に入った」

門脇は淡々と説明しているが、新海は幹部たちの様子をそろりと窺《うかが》わずにはいられなかった。副隊長の山内は、既に話を聞いていたらしく門脇の隣で落ち着きはらっている。ほとんどの幹部はわずかに眉をひそめたくらいだったが、電子小隊長の柾目三尉は、なぜか妙に目を輝かせている。

我が国は原子力潜水艦を保有していない。原子力潜水艦は、潜航期間の長さやステルス性、利用目的などから、攻撃を主眼とする戦略兵器と考えられる。専守防衛を旨とする自衛隊には必要ないというわけだ。

「中国原潜が、日本海で爆発事故を起こしたというわけですね。こんな時期に」

柾目がたまりかねたように口を挟む。この若者は何がそんなに嬉《うれ》しいのかと新海は意外に感じたが、柾目がこぼした「こんな時期に」という言葉には共感を覚えた。

——まったく、こんな時期に。

二〇一一年に東日本を襲った震災の後、国内における放射能や放射性物質に対する関心は、以前と比較にならないほど高まっている。今も潜航を続けているからには、原潜の事故がどの程度のものかは不明だ。しかし、原子炉を胎内に抱えた鋼鉄の鯨が、近海を航行中に事故を起こしたことが明らかになれば、国内で感情的な反発が起きるのは必至だろう。

「このままの速度と針路なら、二日後には対馬のすぐそばを通る可能性が高い」

柔らかい口調で言われた門脇の言葉を、あやうく頷くだけで流しかけ、新海ははっとした。晋級が日本海から中国の軍港に最短ルートで戻るには、対馬と釜山の間に横たわる海峡を通過しなければならない。その事実からは、もうひとつの不愉快な推理を導き出すこともできた。その潜水艦は、おそらくここ数日、長くとも数週間以内に、対馬近海を逆方向に通過したのではないか。

海上自衛隊は、南西諸島や対馬海峡などの海底に、潜水艦の音源などを採取し、探知するSOSUS《ソーサス》を設置している。海底固定式の音響監視システムだ。設置場所などは公表されていないが、くだんの晋級潜水艦は、その監視網をくぐり抜けて日本海に侵入したことになる。

「対馬と釜山の距離はおよそ五十キロあるから、中央を通過してくれるなら領海外となるが——

―釜山側の海底は、深さ百メートルに満たない浅い海が続いている。むしろ対馬北端から十八キロメートルあたりに、二百メートル近い深さを持つ海溝がある。晋級がまだ自艦の位置を探知されていないと錯覚しているのなら、そこを通過する可能性がある」

潜航したまま領海内に入るなら、自衛隊の海上警備行動が発令される。

「やれやれですね」

通信小隊の寺岡一尉が、重たげな口ぶりで肩をすくめる。

「とことん舐《な》められているなあ」

基地で最も人数の多い通信小隊を率いる寺岡は、鉛筆のようにまっすぐな身体を持つ男だ。いつも憂いを帯びたペシミスト風の表情をしているが、中身は誰かれなく甲高い声で吠《ほ》えかかるビーグル犬のように尖《とが》っている。

「現在は晋級の動きに注目している段階だが、今後の状況によっては警戒が必要になるだろう。万事に遺漏ないとは思うが、各位留意して態勢を整えるように」

「――あの、明日の幹部会は延期ですね」

幹事役の柾目三尉が、切り出しにくそうに尋ねた。いくら仕事がらみでもこの状況で飲み会は外聞が悪いだろう。忘れていたのか、門脇が快活に笑う。

「そうか、明日だったね。しばらく延期しようか。この件が落ち着いた頃に、また開催するということで。安濃一尉には申し訳ないが、歓迎会はその時に」

急に顔を向けられた安濃は、むしろほっとしたように笑みを浮かべて小さく頷《うなず》いた。たとえ自分の歓迎会であっても、まだ気心の知れぬ仲間との飲み会は気が重いという気持ちが、正直すぎるほど正直に表れているようだ。

「では、解散」

新海は時計を覗いた。七時の傭船まで十五分ほどしかないが、急げば間に合う。他の幹部たちにまぎれて司令室を出ようとしている安濃の背中に声をかけた。

「安濃さん。もうすぐ七時の傭船が出るので、ご一緒しませんか。官舎まで案内しますよ」

振り向いた安濃が、戸惑うような顔になった。何かを言いかけて、言い淀《よど》む。

「――ありがとうございます。ですが、私は今夜ここに泊まろうかと」

赴任した初日から基地に泊まり込むと言われ、新海は若干鼻白んだ。着替えも持参していないだろう。

「一度、官舎の様子を見に行ったほうが良くはないですか。――ひょっとして晋級の件を心配されているのなら、今夜より明日以降のほうが忙しくなりますよ」

「早く仕事に慣れたいんです」

安濃は言葉少なに微笑んでいたが、その態度には梃子《てこ》でも動かない頑固さが表れていた。なるほど、府中基地で面倒に巻き込まれた裏には、こういう他人の言葉に耳を貸さない態度があるのかもしれない。無理に連れ帰るわけにもいかない。

「――そうですか。それでは、官舎や周辺のスーパーマーケットの場所なんかは、休みの日にでも案内しましょう」

安濃がなぜかこちらの顔色を窺うような目つきをして、目を瞬《しばた》いた。

「ありがとうございます」

どうも、安濃の態度には、腑《ふ》に落ちないところがある。准曹士先任として、基地に配属される隊員ひとりひとりをよく知ろうと努めている新海だから、気になるのだろうか。安濃という男は、何かを隠しているように見えるのだった。人に知られたくない何かがある。それは、府中基地時代の事件と関わりがあるのかもしれない。これから長い付き合いになるのだ。最初から心を許せるはずもない。

新海は日没後の暗い坂道を走り、島のドックに急いだ。今日は傭船《ようせん》の「かいせい」が接岸している。八十五人乗り、十九トンの船だ。「おおぞら」と違うのは、「かいせい」にはミニバンまでの車輛《しゃりょう》を載せる場所がある点だ。

船長は既に船のもやいを解《ほど》き始めていた。急いで船に乗り込むと、先に座席に腰をおろしていた柾目三尉が、こっちに座れと言いたげに隣の空席ふたつを指して手を振っている。一階席も二階席も満席に近いが、柾目は新海が遅れてくることを見越して、わざわざ席を押さえてくれていたようだった。

「安濃さんは一緒じゃないんですか」

柾目の口調が不思議そうだった。当然だ。

「今日は泊まって仕事をされるそうで」

歯切れの悪い口調にならざるをえない。柾目が目を丸くする。窓のすぐ下は暗い海だ。新海は、ふと濃緑色の水の向こうに潜んでいるという潜水艦を思った。爆発音が他国の潜水艦のソナーに捉《とら》えられたという。艦内で何が起きたのかは知らないが、水面下数百メートルの世界は、さぞかし暗く心細いことだろう。海軍の中でも、水上艦乗りと潜水艦乗りは水兵の気質が異なるのだという。開放的な水上艦で暮らす水兵と、窓のひとつもない世界で暮らす潜水艦乗りとでは、性格が異なって当然だと想像をたくましくする。

「——今、例の件について考えていたでしょう」

柾目が横目でこちらを見て、見透かしたようなことを言った。そう言えばこの男は、門脇の話を聞きながら目を輝かせていた。理由を尋ねてみるべきか迷った。こちらの意を汲《く》んだのか、柾目が五分刈りの頭を手のひらで照れくさそうに撫《な》で、微笑した。

「空自に入るか、海自に入るかで迷った時期がありましてね。船が好きだし、なんと言っても潜水艦が魅力的で」

「ああ——それで」

そんな話をする柾目は、子どものように顔を輝かせている。

「さっき思いついたんですが、安濃さんはまるで潜水艦のような人ですね」

柾目が小声で漏らした譬《たと》え話に、深海をひとり泳いでいく無口な安濃を想像し、新海は苦笑した。言わんとするところはわかるような気もする。

「あの人を見ていると、思わずアクティブ・ソナーでピンガーを打ちたくなるんです」

なるほどうまい譬えだ、と新海は相槌《あいづち》を打った。安濃にピンガーを打ちたいという柾目の冗談は、意外に笑えなかった。新海自身が、似たようなことを安濃に対して行っているという自覚があった。

何か得体のしれないところのある人物だ。音波をぶつけて、安濃の実像がくっきりと浮かびあがるものならば、そうしてみたい。

「──長い目で見ましょう」

新海が自分自身を諭すつもりで口にすると、柾目は大まじめに頷いた。

*

暗いレーダー画面上を、白く輝く秒針のような線が、泳ぐように震えながらくるりと一回転した。

輝く線は、画面の上に光の粒を点々と残していく。レーダー卓についた三曹が、光の粒の意味を熱心に読み取ろうとしている。

遠野《とおの》真樹《まき》一等空尉は、彼の斜め後ろに立ち質問を受ければいつでも答えられるように用意をしながら、画面を見つめていた。

彼女が福岡の航空自衛隊春日基地に異動になったのは、去年の夏だった。以来、防空指令所（春日DC）で後輩管制官の指導にあたる毎日だ。

「遠野さん。この点が妙な動きをしていますね。サイズも小さいし、スピードから見て民間の航空機でもないですが」

塩塚《しおづか》三等空曹が肩越しに横顔を見せ、対馬海峡をゆっくり南東に進みつつある光点をペンの先で指した。高校を卒業して自衛官になり、昨年三曹に昇任したばかりの青年だ。管制官としては新米で、理系の技術者風の理屈っぽい性格だが、真面目な素直さが真樹も気に入っている。

「偏西風に乗って移動しているようですね」

「つまり、気球ですか」

「韓国のラジオゾンデでしょう」

上空三十キロメートル近辺の気象データを観測する気象観測機器を、ゴム気球につけて飛ばすものだ。航空機やヘリコプターなどと異なり、飛行許可を取る必要がないので、レーダーに未確認飛行物体として映ると、担当管制官が頭を悩ませることになる。

レーダーの基本的な仕組みは、さほど複雑ではない。電波を送信し、目標にぶつかって跳ね返った電波を受信する。それで目標までの距離や、目標の移動情報を得る。目標が動いていると、ドップラーシフトと呼ばれる周波数の変化が発生するのだ。

航空機やミサイルなどの飛翔体《ひしょうたい》を目標とする自衛隊のレーダーにとっては、地面や海面、雲、雨などからの反射信号《クラッタ》は目標検知の邪魔になる。地面や海面のようにほぼ固定されているか移動速度が遅いものは、その性質を利用して、クラッタをレーダーから取り除く。雲などは風に流されて意外な速さで移動することがあるので、気象情報と連動させ、フィルターを作成してそのクラッタを取り除いてやる必要がある。レーダーの利用も、ある意味職人芸だ。

「しばらく、スクランブルもありませんね」

塩塚の言葉に頷く。

——そう、ここしばらくは平穏な日々が続いている。全国各地に展開するレーダーサイトと、早期警戒機、早期警戒管制機などが日本上空を二十四時間監視し、領空侵犯のおそれがある航空機を発見した場合、待機している戦闘機が緊急発進する。この二週間ばかり春日基地からその要請は出ていない。

三年前、府中基地で勤務していた時に起きたF—2奪取事件では、真樹自身も生命の危険を感じる事態にさらされた。強烈な体験をしたことも数え切れない。

事件の後しばらくは、高山の木々の間を延々とさまよったり、突然黒い影がナイフをひらめかせて覆いかぶさってきたりする夢を繰り返し見た。そのたびに悲鳴を上げ、毛布を撥《は》ねのけて飛び起きた。

PTSD。心的外傷後ストレス障害と呼ばれるものだ。事件の詳細が明らかになると、上官は部隊に専門の医師を呼び、真樹たちを診察させた。真樹が危険に飛び込んでいくきっかけを作った、安濃という部隊の先輩も同時に診察を受けた。

自分でも理由ははっきりしないが、真樹は夜毎の悪夢を医師に話さなかった。自分は何も問題なく、ストレスを受けてもいないと頑《かたく》なに言い張った。

(自衛官であろうとなかろうと、これは恥ずかしいことではないんですよ。もし何か不安や悩みを抱えておられるのなら、今のうちに話してもらったほうが、早めに対処できるんですよ)

親切で思いやりが全身からあふれるような女性の精神科医が、彼女の心を開こうと何度も試みた。結局、真樹は最後まで揺るがなかった。医師は彼女の嘘を見抜いていたかもしれないが、ついには根負けして彼女のカルテに問題なしと書き込んでくれた。

PTSDを抱えていることが、今後の処遇に不利に働くと考えたわけではない。あの当時の真樹は、自分自身を突き放して見ていたのかもしれない。自分の力でこの危機を乗り越えることができなければ、自分は立ち上がれない。医師が知れば、PTSDとはそんな甘いものではないと叱られたかもしれない。しかし、大事なのは他人からの情報ではなかった。自分自身を信じる力だ。

三年が経過した今、夜中に悪夢を見てうなされることはなくなった。時間が解決してくれた。自分はあの体験を乗り越えたのだ。

安濃はこの春から、海栗島分屯基地に配属されたそうだ。どうしているのだろう、とふと思う。安濃の妻、紗代とは、事件の後も時おり連絡を取り合っている。芯《しん》の強い女性だが、硫黄島の次の配属先が海栗島と来ては、さすがにどう感じているのだろう。

——安濃に会いに行ってみようか。

春日基地からなら、海栗島はさほど遠くない。休みの日にでも安濃に会って、紗代に様子を知らせてやり、安心させたほうがいいかもしれない。

それとも、安濃は昔の後輩が馴《な》れ馴《な》れしく海栗島まで追ってくることを嫌がるだろうか。府中にいた頃から彼は気難しい男だった。真樹はレーダーの光点を見つめ、静かにため息を漏らした。

＊

――ずっと、背後から監視を受けている気配がする。

暁江は発令所の艦長用制御卓の前に立ち、海図を検討しながら背中の皮膚がひりつくような感覚にとらわれていた。

現実に彼の後ろに立っているのは小琳だが、むろん彼のことではない。

――あれほど大きな爆発音をさせて、気付かれなかったはずがない。

あれ以来ずっと、背中の産毛《うぶげ》がちりちりと逆立つ感覚がする。根拠はない。ソナー室は二十四時間態勢で他艦が出す音を聞き分けようと試みているが、今のところ日本や米国、韓国などの潜水艦を発見していない。

しかし、見られている。

晋級の静音設計については、暁江にも自信がある。向こうのソナーが捕捉《ほそく》したのは、爆発の一瞬だけだったはずだ。

「艦長、本件は司令部に報告すべきです！」

まだ興奮に取りつかれている小琳が、甲高い声で言った。彼は動転すると声が裏返るらしく、肥《ふと》った身体からわずかばかりの威厳すら剝《は》ぎ取られてしまう。

「待ってください。今は報告できないのです」

暁江は低く小琳をいさめる。

潜水艦が外部と通信する方法は、三種類ある。ひとつは潜望鏡深度まで浮上し、露頂して双方向通信を行う方法だ。海面すれすれにまで浮上してアンテナを使うので、その状態で電波を送信すれば位置を探知される危険性が高い。もうひとつは、本体は潜航したまま、フローティング・ブイ・アンテナという長いケーブル状のアンテナを海面に流して通信を行う方法だ。双方向通信できる上に、本体の位置を探知されにくい利点がある。あとひとつは、超長波《VLF》を使った通信で、深度百六十メートルの海中にも電波が届く代わりに、外部から潜水艦に対する一方通行の通信しかできず、通信速度も極度に遅い。

この状況で司令部と通信するなら、フローティング・ブイ・アンテナ方式しかないのだが、追尾されている状況では通信を試みたくなかった。通信内容は暗号化されているとはいえ、当然彼らは傍受するだろう。万が一、通信内容を解読されれば、長征七号の内部で爆破テロと思《おぼ》しき事件が発生したという、信じられない事態が外国に漏れてしまう。

説明を求めたそうにしている小琳を無視して、暁江は副長の勝英を呼んだ。

「我が艦の後ろに何かいるようだ」

「艦長の勘はソナーより優秀ですね」

太い眉《まゆ》を動かして勝英は快活に微笑した。下手をすれば皮肉に聞こえかねない言葉でも、彼が口にすると朗らかな冗談に聞こえる。

「ソナーが捕捉できないところを見ると、距離があるのだろう。爆発音を聞き、その後は針路を予測して追尾している。このままでは通信できない」

暁江の言葉を聞いて、勝英の目に覇気が躍った。《浪虎》の二つ名を譲る日がいつか来るなら、相手は勝英だ。ふとそんなことを思う。

「振り切るぞ、勝英」

「承知！」

海図を見ながら、取るべき針路と深度を指示する。後ろでこちらに張り付いているつもりの敵艦に、見失わせてやろう。

「当艦はこれより、深度を下げ全速にて移動する」

暁江はマイクを握り、全艦に伝えた。

「深度百八十」

哨戒長《しょうかいちょう》が指示し、潜航指揮官が復唱する。発令所の中にいても、艦体がぐっと前のめりに沈み込むのを感じる。何が起きているのか理解したらしく、不満そうにこちらを見ていた小琳の目に喜色が浮かんだ。

「全速前進！」

「全速前進」

この艦の生き残りを賭《か》けた戦いが始まった。

4　雪豹

四月二日

人民武装警察の制服を着用した一団がなだれこむと、役所の前庭に座り込んで抗議活動をしていた男たちが浮足立った。

こちらをちらとも見ずに、周高寧《しゅうこうねい》が単身彼らの背後に駆け込み退路を断つ。皆、呼吸を心得ている。劉亜州は手にした警棒を、手前にいた男のひとりに無言で振り下ろす。百九十センチを超える亜州の鍛えた巨軀《きょく》を見ると、たいていの人間が身をすくませる。地べたに尻《しり》をつけていた中年の男は、田舎じみた顔を恐怖で凍らせながら、とっさに逃げることもかなわず弱々しく頭をかばうように両手を上げた。警棒はその腕に直撃し、肉が裂けて血しぶきが飛んだ。亜州の手にも、男の骨が砕ける感触が伝わってきた。悲鳴を上げてうずくまる男の頭を、別の警官が警棒で執拗《しつよう》に殴る。

武装警官が黙々と警棒を振るう姿は異様だった。役所の前庭に座り込んでいる男は、八名ほどいただろうか。逃げようと慌てて腰を上げた男たちを、四、五人で取り囲んで武器を使って叩《たた》きのめす。ひとりたりとも逃がさない。公共の場で党執行部に二度とたてつくことのないように、身体に教えてやるのだ。

三十代から六十代までの男たちが、血を流し、全員意識を失くして地面に伸びるまで、数分もかからなかった。投げ出した腕を痙攣《けいれん》させている男もいる。街の中心部から外れているとはいえ、ここは北京だ。外国人や記者も多い。こんな場面を見られるのは具合が悪い。迅速に結果を出すにしくはない。

亜州が右手を上げて頷《うなず》くと、武装警官が一斉に車に向かって駆けだした。最初から最後まで無言を通すのは、威圧感を与えるためだ。亜州も警察車輛《しゃりょう》の後部座席に乗り込んだ。高寧がすぐ後に続く。運転席に乗った警官が、全員の乗車を待って車を出した。北京の市民たちは、遠巻きに彼らを見送っている。怯《おび》えた様子はない。内心、「またか」とでも考えているのだろう。後難を恐れて、打ちのめされた男たちを助けようとする人間はいない。

「結局、あいつらは何だったんだ」

高寧が指なし手袋に飛んだ血を拭《ぬぐ》いながら尋ねる。彼は亜州の同期だ。頭の鉢が大きい。農村の出身者で、警察官になれば貧しい農村から脱出できると夢見て武装警察に入ったのだ。新人の頃は少年らしくふっくらとしていた頬が、訓練を受け筋肉量が増えるにつれ、精悍《せいかん》に痩《や》せていった。それは亜州も同様だ。訓練内容が軍人と同じかそれ以上に厳しいので、いくら食べても太ることはない。

「強制立ち退きの抗議だそうだ」

「またか」

高速道路の延長にともない、立ち退きを要請された住民が抵抗しているのだ。中国全土で起きている問題だった。急速に国土が発展し、ダムや道路や鉄道が必要になる。立ち退きを求められた住民と、区政府などの間で話がまとまらないと、強行手段に出ざるを得なくなる。それより、目的も知らず、命令を受ければ平気で相手を叩きのめせる高寧の図太さを、亜州は羨《うらや》んだ。

「あの程度じゃ死なんよ」

こちらの無言の気配を敏感に読んで、高寧が呟《つぶや》いた。非難の色を込めていただろうかと亜州は自分を顧みる。子どもの頃から、端整で頭の良い兄と比べられるせいか、短気な乱暴者だと言われる。賢兄愚弟だ。かっと頭に血が上ると、ろくでもないことをしでかす自覚はある。ただ、粗暴さの陰に隠れた神経の細さを、高寧は読みとっているようだ。

彼の言葉にも意味がある。今回の出動は、相手を殺すことが目的ではない。公共の場を不法占拠した連中を排除することが目的だ。

二〇〇九年にウルムチで起きた暴動の鎮圧に武装警察が投入された時は、状況が全く異なった。中国の最も西側に位置する新疆《しんきょう》ウイグル自治区は、トルコ系のウイグル人が半数近くを占める。清朝時代に中国の支配下に置かれた地域で、国土面積の六分の一を占めるが、その四分の一はタクラマカン砂漠だ。春先に舞う黄砂の発生地でもある。古来は西域《さいいき》と呼ばれ、楼蘭《ろうらん》という名の王国があったことや、「さまよえる湖」ロプノール湖があったことでも知られた。ウイグル人は漢人を高圧的で自己中心的だと嫌い、漢人はウイグル人をのろまだと嘲《あざけ》っている。ロプノール地域には核実験場が置かれ、一九六〇年代から一九九六年まで、計四十六回の核実験が行われた。地域の放射能汚染や住民への健康被害も、不安視されているようだ。ウイグル人の漢人に対する反感も、根が深い。

区都のウルムチで、後にウイグル騒乱と呼ばれる事件が発生したのは、遠く離れた中国の南東部、海に面した広東省で起きた私刑《リンチ》殺害事件がきっかけだった。玩具《がんぐ》工場で働くウイグル人に仕事を奪われたと逆恨みした漢人の工員が、ウイグル人が漢人女性を暴行したという流言飛語を因特網《インターネット》で流した。煽動《せんどう》された漢人工員が、ウイグル人の工員を集団私刑して撲殺した事件だ。政府は二名が殺されたと発表したが、目撃者は数十名が殺されたと証言している。現場を動画におさめていた人間がおり、逃げまどうウイグル人の工員たちを、漢人の集団が金属の棒などで追いかける残虐な場面がネットで流れて、国際的に知られるところとなった。

この事件に対してウルムチで抗議のデモを行ったウイグル人を、治安当局が鎮圧しようとして火に油を注ぐ結果になったのだ。三千人のウイグル人がデモに参加しているとして、武装警察が鎮圧に投入された。テロ対策の雪豹突撃隊も現地に急行した。現場の混乱はひどいもので、バスやトラック、乗用車が市街地のそこここで黒煙を上げながら燃えていた。デモの参加者は鎮圧部隊に殴られ、撃たれ、被害の状況を確認するため亜州が警察車輛で街区を見て回った夜には、街中に血まみれのウイグル人の遺体が転がっていた。男も女も、虚《うつ》ろな目を開いて、頭から路上に血を流していた。ひとつの遺体のそばに、なぜか揃えた靴がきちんと置いてあったのが、今でも奇妙に記憶に残っている。百八十四名が騒乱で亡くなったと当局は発表したが、見たところとてもそんな人数ではすまなかっただろう。

亜州もふたり撃ち殺した。彼が現場に到着した頃には、デモ参加者の一部は暴徒と化していたのだ。バスを破壊し、商店の窓を叩き割り、火をつけ、漢人を襲撃した。現場の混乱を鎮静化するには、武力で抑え込むしかなかった。

自分は警察官だ。

亜州はそのことを誇りに思っているし、治安を乱す暴徒を撃ち殺したことを悔いているわけではない。漢人も襲われ、殺されていた。

だが、ウイグルで発生した騒乱が、実は新疆ウイグル自治区の党上層部が画策したもので、警察官がウイグル人に扮《ふん》して暴動を煽《あお》り、漢人との対立を激化させて治安経費を要求したのだという噂を耳にした時には、言いようのない無力感に襲われたものだ。

無責任な噂話をそのまま信じたわけではない。そんな噂がまことしやかに囁《ささや》かれること自体、この国の腐敗を露《あら》わにしているようで、たまらないのだ。金のために暴動を起こしたという一見ありえない筋書きを、信じる人々がいる。それだけ現在の党上層部が腐敗しているということだ。権力闘争と私腹を肥やす算段に明け暮れて、国家や国民を思わない。彼らが、党の代表として亜州たちにも命令を下すのだ。そんな連中のために、自分たちは命を懸けて暴動鎮圧やテロ対策に向かう。

近頃、亜州の腹の底で、ふつふつと沸く怒りがある。身の内に湧きあがる激情を抑えかね、深夜静まりかえった庁舎の庭で、立木を警棒で殴りつけ憂さを晴らしている。樹皮がはがれ、白い木肌が覗《のぞ》くまで痛めつけ、荒々しい気分を鎮めるのだ。

——俺は乱暴者か。

なるほど、と思う。武装警察の内部ですら、このように血を騒がせる人間を他に見ない。こんな風に考えること自体、武装警察の一員としては許されないのかもしれない。自分たちは組織の細胞として、黙って上に服従していればいい。海外の情報にもできるだけ目を通し、自分の頭で考えたいと願う自分は、武装警察の中では癌細胞のような、ありうべからざる存在かもしれない。そう考えつつ、武器も持たない人民に警棒を振り下ろす自分もいる。

「お前もさっさと結婚しろ」

高寧がこちらに流し目をくれて、削《そ》げた頰でにやりと笑った。そんなことを言う高寧は、一昨年《おととし》上司の紹介で妻を娶《めと》り、いま彼女は大きいお腹を抱えて彼の帰りを待つ身だ。

「赤ん坊の性別はもうわかったのか」

高寧は昔から、男の子がいいと言い続けてきた。もともと中国人は男の子を大事にするが、一人っ子政策のせいで、女児を身ごもった場合に中絶したり間引いたりする家庭があり、今この国では圧倒的に女児が少ない。農村地帯では、罰金を支払ってでも複数の子どもを持とうとする家庭が多いようだが、それでも息子の嫁に困り、ミャンマーあたりから女児を誘拐して連れてくることさえあるそうだ。

「生まれるまで性別は聞かないことにした」

高寧がのんびりした調子で応じる。

「女の子なら妻に似た美人になるぞ」

「お前がそんなことを言うとは」

返しながら、なぜか心が緩む。この殺伐とした世の中だ。せめて赤ん坊ぐらい、心から喜ばれて生まれる存在であってほしい。

部隊に戻り、上官に結果を報告するため高寧と部隊長室に向かう途中、私服の男と階段ですれ違った。見覚えのない顔だ。頬骨の高い、鋭い顔つきの男だった。安っぽい背広を着ているが、その下に隠された身体が鍛え上げられているのが見て取れ、亜州の注意を引いたのだ。鍛えているが、軍人とはまた違う臭いがする。武装警察の仲間でもない。

――朝鮮族の男ではないか。

北朝鮮との国境に近い地方には、朝鮮民族の中国人が多く住んでいる。男の顔つきが、彼らの特徴を備えているように見えた。男は亜州たちに全く関心を払わず、顔色ひとつ変えずにさっさと階段を下りて行った。

「何者かな」

高寧も首をひねっている。雪豹突撃隊の男たちは、常に切磋《せっさ》琢磨《たくま》しているだけに、自分と張り合えるほどの力量を持つ相手と見ると、自然に関心を持ってしまうらしい。

「劉です。入ります」

部屋に入ると、部隊長の尚徳林《しょうとくりん》が執務机についたまま顔を上げた。一緒に入ろうとした高寧に、廊下で待つように指示をして、尚が亜州を手招きした。彼は生え抜きの警察官だ。いつも無表情で、簡単に感情を他人に悟らせない。

「良くない知らせだ」

尚の言葉に、亜州も表情を消した。最初に考えたのは、故郷にいる両親のどちらかが亡くなったのではないかということだった。共に七十近い。病気をしていると聞いたことはないが、何があってもおかしくはない。尚は瞬《まばた》きひとつせずに席から亜州を見上げた。

「これは正式な経路で報告を受けたのではなく、個人的な打ち明け話として小耳に挟んだことだから、そのつもりで聞いてくれ。海軍は、昨日から長征七号と連絡が取れなくなっているそうだ」

長征七号と聞いて、亜州は一瞬息を呑《の》んだ。それは、兄の暁江が艦長を務める、人民解放軍海軍の最新鋭原子力潜水艦の名前だ。

尚はしばらく黙って亜州の様子を見守っている。彼は軍部や武装警察内部の政治に関心が強く、人脈作りに余念のない男だった。長征七号が本当に行方不明なのだとすれば、軍部の最高機密として、軍の上層部から耳打ちされたのかもしれない。もちろん、劉暁江の弟が武装警察にいると知っている者がいるのだ。人民解放軍と武装警察の上層部は、必ずしも方向性がひとつではなく、時には互いに反目することもあるが、中にいる者同士は横の連携をとらねば仕事にならないこともある。尚が自分に情報を流すのは、恩を売るつもりなのだ。彼の手足となり、忠誠を誓う男たちは、ひとりでも多いほうがいい。

「――君も心配だろうから、教えておこうと考えた。余計な配慮でなければいいが」

亜州は深く頭を下げた。尚の面子《メンツ》を潰《つぶ》すつもりは毛頭ない。

「いえ、ありがとうございます。深く感謝いたします。――兄には妻と七つになる息子がおりますが、このこと彼らには」

「まだ伝えていない。何かの理由で定時連絡ができないだけかもしれない。家族には状況がもう少し明確になってから伝えるそうだ」

青島に残る兄嫁と、兄そっくりの息子を思い出し、亜州は暗い気持ちになるのを抑えきれなかった。甥《おい》の暁安は兄に似て明朗な性格で、将来は父親と同じ軍人になるのが夢なのだそうだ。このまま長征七号が戻らないようなことがあれば、あの子はどうなるのだろう。

「言うまでもないが、他言は無用だ」

「もちろんです」

治安維持出動の報告を指示され、廊下で待機している高寧を呼び入れながら、亜州の胸を騒がせたのは、たった今もどこかの深海に潜んでいるはずの、長征七号とその乗組員たち、そして兄暁江のことだった。無事でいるのだろうか。自分は潜水艦のことなど何も知らないが、最新鋭の原子力潜水艦が前触れもなく事故を起こすことがありうるのだろうか。

──たとえ何があっても、暁江ならなんとかする。

その強い思いが湧き上がる。子どもの頃から、毅然《きぜん》として自信に満ちた兄だった。暁江と亜州は六歳、年齢が違う。そのせいでこれほど頼もしく思うのだろうか。暁江が「兄ちゃんがなんとかしてやる」と請け合えば、必ず事態は解決に向かったものだ。父親も人民解放軍陸軍の軍人で、子どもの頃から暁江に大きな期待をかけていたせいもあるのかもしれない。八歳の亜州が、学校で年上の悪童どもを四、五人まとめて叩《たた》きのめし、中のひとりが片足に一生残る大怪我をして、近隣で騒動になった時も、遠方に派兵されていた父親の代わりに、十四歳の暁江が先方の家族と折衝した。手のつけられない乱暴者。そう呼ばれ続け、嫌われ者だった亜州を可愛がってくれた。暁江が何かにつけて洗練された印象の海軍に入ったのもうなずける。自分が武装警察を選んだのは、暁江にはとてもかなわないと思ったからだ。

暁江なら、潜水艦で何があったとしても、きっと無事に戻ってくる。

《浪虎》と呼ばれた暁江の、燃える眼差《まなざ》しを思い浮かべて、亜州は固く拳《こぶし》を握り締めた。今こそ、暁江のような男が必要な時代なのだ。事故などで失って良い命ではない。

――生きて帰れよ、暁江。

遥《はる》か北京から、亜州はそう願っている。

＊

「安濃さん、徹夜で仕事ですか。タフですね」

海栗島のドックに到着した傭船《ようせん》を降り、庁舎への坂を上りきったところで安濃を見かけて、新海は声をかけた。監視小隊のいる監視施設から、庁舎に戻る途中のようだった。安濃が眩《まぶ》しげに目を細めて微笑した。

「ちゃんと休みましたよ」

ひげを剃《そ》り顔も洗ったらしく、さっぱりした様子をしている。島に泊まったものの、休んだという言葉は嘘ではないらしい。

「あれから変化はありましたか」

庁舎に入りながら尋ねると、安濃が真顔に戻り声をひそめた。

「見失ったようです。例の潜水艦」

「本当ですか」

爆発音を聞いた後、海上自衛隊が日本海に固定翼哨戒機《しょうかいき》P―3Cや、潜水艦を多数派遣し、晋級潜水艦の位置を特定していたはずだ。一度発見すれば徹底的に追尾するだろう。見失ったとは信じられず、新海は思わず安濃に聞き返した。

楽々と坂道を上ってきた柾目が、彼らの会話を聞きつけて近付いてきた。

「おはようございます。どうかしたんですか」

「潜水艦を見失ったんですよ」

安濃が一瞬周囲を見回し、小声で囁《ささや》く。声をひそめていたが、淡々とした表情の中に、ほんのわずか心を躍らせているような気配が見て取れた。この男、府中基地で災いを招いたのは、こういう性格のせいかもしれない。

「信じられない」

柾目も目を丸くしている。

「晋級潜水艦は、一度潜れば他艦に発見されることはない静音設計だと喧伝《けんでん》されていますがね。まさか、逃がすなんて」

すぐに門脇隊長から新たな指示があるだろう。そう考えて、新海は彼らと別れ、自分のデスクのある執務室に向かった。庁舎の二階から降りてきた隊員たちの中に、監視小隊の名越二曹を見つけ、声をかける。名越はまだ二十代前半の若者だ。思春期の少年のようにそばかすが浮いた頬を持ち、性格も素直で新海によく懐いている。対馬の生まれで航空自衛隊に入隊し、最初の勤務地が海栗島なのだ。今から傭船に乗って帰宅するらしい名越は、呼ばれるとすぐこちらに飛んできた。

「新しい小隊長、仕事熱心だろう」

新海が水を向けると、名越は朗らかな笑顔で頷《うなず》いた。

「そうなんですよ。長くこの仕事をされているだけあって、よくご存じだし勉強熱心ですね。うちのレーダーの癖を、すぐ頭に入れてしまったようです。自分もさりげなくテストを受けましたよ」

「テスト？」

「レーダーの諸元を記憶しているか、色々質問されました。よく覚えているねと誉めて頂きましたけど」

名越は屈託なく笑っている。下対馬の漁村に育ったせいか、細かいことに拘泥《こうでい》しないようだ。赴任早々、部下の仕事ぶりを確認するとは、安濃も予想以上の堅物らしい。

「そろそろ船が出るな。呼び止めてすまなかった」

駆けて行く後ろ姿を見送り、席につく。ほぼ同時に電話が鳴り、門脇から司令室に集合するよう指示された。潜水艦の件だなとぴんときた。席を立とうとした時、再び電話が鳴り始めた。外線だ。一瞬迷ったが、受話器を取り上げた。

「航空自衛隊、第十九警戒隊です」

『おはようございます。春日ＤＣの遠野と申します』

声を聞いただけで爽快《そうかい》な気分になるような、きびきびした女性の声が流れてきた。

『お仕事中に申し訳ありません。昨日から赴任された、安濃一尉はそちらでしょうか。府中基地在任中には、大変お世話になりまして』

安濃の名前が出たことにも驚いたが、府中基地時代の同僚と思《おぼ》しい人間から、安濃に電話がかかってきたことにも驚いた。あの口数少ない安濃も、それなりに他人と親しむことはできるわけだ。門脇は安濃にも招集をかけたはずだった。司令室で教えてやればいい。

「今はおりませんが、伝えて後ほど安濃一尉から電話してもらいますよ。そちらの番号は」

遠野は春日基地の番号と、携帯電話の番号を告げた。安濃が今はいないと聞いて、残念そうでもあり、どこかほっとしたようにも聞こえた。

『ありがとうございます。よろしくお願いします』

電話を切ったが、遠野という名前に聞き覚えがあるような気がして不思議な気分だった。ひょっとすると、安濃が関わったという事件に、彼女の名前も登場したのかもしれない。執務室を出ると、柾目と安濃がすぐ前を司令室に急いでいた。安濃さん、と呼びかけて、遠野の電話番号を書いたメモを渡す。

「お電話がありました。春日ＤＣの遠野さんという方からです。府中時代にお世話になったと言われてましたよ」

安濃はメモを受け取り、小さく「ああ」と呟《つぶや》くと、興味のない様子でポケットに滑りこませた。表情に変化はなかったが、なぜか彼の目に困惑が滲《にじ》んだような気がしたのは、深読みのしすぎだろうか。それとも、爽《さわ》やかな声を持つ女性だと新海は感じたが、安濃は彼女が苦手なのだろうか。

「急がないと」

柾目の声で我に返り、新海は彼らに続いて足を速めた。どうも、やはり安濃という男には色々と興味深い点が多いようだ。

5　潜伏

上方、三百五十メートル。

長征七号は、頭上の敵を思い、全艦が鋼鉄製の墓場のように静まりかえっている。

海上自衛隊の哨戒機P－3Cには、ソノブイシステムが積まれているはずだ。海中に投下する音響探索装置、水中マイクのようなものだ。摑《つか》んだ音を、信号として無線で哨戒機に送信する。哨戒ヘリコプターには、哨戒機用ソナーが積載されている。ヘリ本体は海面十数メートルの位置でホバリングし、ソナーの送受波部を海中に吊《つ》り下げて潜水艦の推進音や、艦体からの反射音を聞く。

もちろん、海中には海上自衛隊の潜水艦も潜航している。長征七号のソナー室同様、彼らも今頃パッシブ・ソナーが拾う音に耳を澄ましているはずだ。

　長征七号はいま、北緯三十八度五十五分、東経百三十四度、水深三百五十メートルの位置でじっと息を潜めている。ここは、日本の隠岐島《おきのしま》と石川県能登《のと》半島から約三百キロメートルの地点だ。日本の海岸線から二百海里（三百七十キロメートル）の、排他的経済水域圏内だった。

　暁江が、長征七号をこの位置に潜ませたのは理由がある。大和堆《やまとたい》の陰に隠れることができるからだ。

　日本海の海底には、深さ二千メートルを超える平坦《へいたん》な深海の大平原の中に、ところどころ海の中の山脈と呼びたくなるような、巨大な突出部が存在する。その代表的なもののひとつが、大和海嶺《かいれい》と総称される大和堆と北大和堆だ。日本海の中央部に居座る大海嶺だった。名前どおり北側にある北大和堆の頂上部は水深三百九十七メートル、南側の大和堆は二百三十六メートルしかなく、ふたつの堆に挟まれた峡谷の水深は二千メートル前後であることを思えば、驚くほど起伏に富んでいる。深海には、波の上から見ているだけでは想像もつかない世界が広がっているのだ。この海域は海流の境界にあたることもあり、有数の漁場にもなっている。

　長征七号が岸壁に寄り添うように隠れているのは、大和堆の最も高い峰の南側だった。現在位置よりさらに八十キロメートル南側には、北隠岐堆と呼ばれる峰もある。

　爆発音を他艦に聞かれ、位置を掴まれたという暁江の判断で、いったん全速前進、急降下した。目指したのは大和堆だ。ソノブイや哨戒機用ソナーの音響が届かない、三百メートル以上の深さを持つ場所を選んで進み、彼らがこちらの位置を見失ったと確信できた頃にエンジンを停止した。そのまま海流を利用してしばらく進み、さらに相手を惑わせた。

日本海で、公海に出ることはできない。日本の排他的経済水域を出れば、ロシアか、韓国または北朝鮮の排他的経済水域に入ってしまう。それなら、まだ日本のほうがましだ。

全長百三十七メートルの艦は巨大だが、日本海の大きさに比べれば、遊泳池《プール》に迷い込んだ金魚のようなものだ。鬼ごっこだった。見つけられるものなら見つけてみろと挑発的な気分で思っている。虫のように炙《あぶ》りだされるのはまっぴらだ。暁江の手元には、過去の潜水艦乗りたちが時間をかけて丁寧に測量し、作りあげてきた独自の海図がある。

「これは根競《くら》べだ」

暁江は、副長の勝英に囁いた。勝英が無言で深々と頷く。彼はその言葉が意味することをよく理解している。

潜水艦には窓がない。深海を行くため、もし窓をつけたところで日差しを浴びたり、星を眺めたりできるわけでもない。潜水艦の内部にいる間、時間の感覚を忘れてしまわないように、夜間のみは赤色灯をつける。そうしなければ、体内時計が一日二十四時間の周期を狂わせてしまうのだ。発令所の照明も、先ほど赤色灯が消えて普通の蛍光色に戻ったばかりだった。

暁江は発令所で息を殺して制御盤に向かう部下たちを見まわした。別室ではソナー員たちが、天上の羽音すら聞き洩《も》らすまいと、ヘッドホンに耳を澄ましているはずだ。エンジンを停止して推進音を消し、いま長征七号の中で稼働しているのは、原子炉や発電機、各種のコンピュータシステム、ソナー、それに乗組員に食事を提供する厨房《ちゅうぼう》くらいだった。

最短で三日。

それでも海面の哨戒機《しょうかいき》や哨戒ヘリが諦《あきら》めて去らないようなら、一週間以上待たねばならないかもしれない。三か月は、燃料や水、食糧、酸素などの必需品が保《も》つのが、原子力潜水艦の利点だ。定時報告を入れることができないため、今頃本部では騒ぎになっているかもしれないが、こんな状況でうかつに海上に首を出すわけにはいかない。全てうまく行って、海上自衛隊の鼻をあかして帰還できれば、むしろよくやったと称賛を受けるだろう。

「我々はここで、巣ごもりをする」

冬眠中の熊のように、と付け加えると、勝英が唇を引き締めて頷いた。既に全艦に対し、静《せい》謐《ひつ》に作業するよう命令が飛んでいる。息詰まるような静けさだ。隠れている間に、やらねばならないことがあった。

「今のうちに、各自の持ち場を点検させよ。異常がないか、見慣れぬものがないか。私物もふたりひと組で互いに確認させてくれ。見落としのないよう、隅々まで徹底的にな」

暁江が低く指示すると、勝英は勝気な眉《まゆ》に緊張の色を露《あら》わにして頷いた。ミサイル発射管室に爆発物を仕掛けたのが、本当に張宝潤で間違いないのか。その理由は何なのか、まだ何ひとつ明らかになっていない。事情を突き止めなければ、第二、第三の爆破事件が発生するかもしれない。

「次に、水雷班をひとりずつ士官室によこしてくれ。私が直接話を聞く。手始めに、水雷班長の趙からだ」

「承知しました」

「しばらくは士官室を事情聴取に使う。食事時以外は、悪いが遠慮してくれ」

死んだ張宝潤は、水雷班だった。十九歳の、まだ少年の面影を残した若者だ。彼が爆発物を仕掛けたのなら、爆薬などを持ち込み、どこかに隠していたはずなのだ。ひとりでできたとは思えない。

「それから、勝英。張宝潤の遺体を、軍医先生に見てもらってくれ。先生は検死の専門家ではないだろうが、念のため死因を確認しておきたい」

「すぐ手配します」

勝英は無駄なことを一切言わず、頷《うなず》いた。

士官室に向かいかけ、暁江はふと、王小琳の存在を忘れかけていたことに気付いた。彼は発令所の隅に立ち、慄《おのの》くような目をして周囲を観察している。

「王さん、一緒に行きますか」

小琳は真剣な表情で頷いた。ふくよかな頬の、目の下あたりにどす黒いくまができている。全速で艦を動かし、ソナーから逃れるひと晩中、暁江自身は眠気など感じなかったが、小琳までつきあう必要はなかったのだ。必死でこちらの行動に合わせようとする小琳が、ある意味健気《けなげ》にも感じられる。

「少し休まれてはいかがです」

発令所を出て、部下の耳目がない場所にまで来ると、暁江はそっと諭した。小琳がとんでもないと言いたげに首を振る。

「こんな時に寝てなどいられません」

育ちのいいお坊ちゃんらしい答えかもしれないが、暁江の脳裏に浮かんだのは、子どもの頃の弟、亜州の姿だった。

――あれも意地っ張りな子どもだった。

ほんの八つの頃、亜州が年上の子どもたちを相手に大喧嘩《おおげんか》をして、ひどい怪我を負わせたことがあった。父親は遠い紛争地におり、母親は大人しい人だったので、学校の教師の同行を請い、暁江が先方の親たちを相手に亜州に罪がないことを説いてまわったのだ。深夜、暁江がようやく自宅に戻ると、眠くて瞼《まぶた》が閉じそうになりながら、必死で起きて待っていた亜州が飛びついてきた。子どもの頃から体格が良すぎたせいか、乱暴者と評判で困ったこともあるが、あの時の亜州を思い出すと、今でも微笑が漏れる。

「それでは、事情聴取を横で聞いてください」

ハッチをくぐり、梯子《はしご》を降りて士官室に進んでいく。途中、勝英の指示で、通路の点検を行っている乗組員たちと行きあった。暁江の姿を見て、慌てて直立不動の姿勢をとった若者の手から金属棒が滑り落ち、とてつもない音を立てて廊下で二、三度弾んだ。若者が凍りつき、真っ青になって何か言おうとしたが、声すら出ない。他の乗組員も、身体中に針でも刺されたような表情で硬直している。

非常時の不注意は、仲間を殺す。

厳しく叱りつけようと口を開いた暁江の後ろで、ごつんと鈍く大きな音が響いた。思わず振り向くと、ハッチの蓋《ふた》に頭をぶつけ、小琳が顔を歪《ゆが》めて痛みに呻《うめ》いていた。

その場の全員が自分を注視していることに気付くと、慌てて表情を取り繕い、ハッチにつかえそうな身体をどうにか引き下げる。

「――失礼、艦長」

呆《あき》れた男だが、どこか憎めない。亜州に似ていると感じた自分に、こそばゆい思いをする。両親に甘やかされて育ち、でっぷり脂肪を溜《た》め込んだこの若者と、体内に溢《あふ》れる精力を持て余す精悍《せいかん》な亜州とでは、似ても似つかない。しかし、ふたりとも奇妙な愛嬌《あいきょう》を持つ。捨てておけない、と感じさせるのも人徳かもしれない。

さぞかし目が覚めたでしょうな、と憎まれ口のひとつも叩《たた》きたかったが、暁江は諦めた。所詮《しょせん》この男は、軍に勤務してはいるものの、政治委員であって軍人ではないのだ。職場で彼が求められているのは、軍人としての剽悍《ひょうかん》さや緊張感ではない。この場で小琳を叱責《しっせき》できない以上、過ちを犯した乗組員を厳しく叱ることもできなかった。

「――言わずとも、わかるな」

恐懼《きょうく》のあまり平身低頭しそうな若い乗組員に低く言葉をかけ、小琳を促して士官室に入った。士官食堂と士官室を兼ねている。造りは簡素だが、士官全員が同時に食事を摂《と》れるだけの席が用意されているので、充分な広さがあった。これからしばらく、水雷班の事情聴取にはこの部屋を使うしかあるまい。兵員食堂ならもう少し広いが、誰でも出入り可能な場所だけに会話を立ち聞きされる恐れがないわけではない。

すぐに、水雷班長の趙が現れた。

「そこに掛けたまえ」

暁江の指示に、死刑判決を待つ罪人のように青ざめて腰を下ろす。小琳は、ふたりから少し離れ、遠慮がちに席を占めた。適当な手帳が見当たらず、暁江が記録を取るために持参したのは、毎日つけている航海日誌だった。開いて筆記具を握る。

部下の張宝潤が爆発物を仕掛けたと主張したのは、趙自身だ。今頃になって、その言葉が自分の責任問題に発展するかもしれないと気付いたのか、趙は丸顔に困惑の色を刷《は》いている。軍人というより、工場労働者の監督を思わせる律儀な男だ。その律儀さを見込んで、水雷班長という、この艦の重要なミサイル兵器を扱う部門の長にとりたてたのだが。

「張宝潤のこと、班長はどの程度知っている」

暁江がずばり尋ねると、趙は唇を噛《か》み締めて考え込んだ。誠実な男だという定評がある。ひょっとすると、死んだ部下について悪く言いたがらないかもしれない。消火活動からひと晩経ったが、着替える暇もなかったのだろう。上着は煤煙《ばいえん》に汚れ、褌子《ズボン》の裾《すそ》はまだ乾ききっていない。

「気付いたこと、知っていることを隠さないほうがいい。何でもいいから話してくれ。判断は私がする」

暁江の言葉に勇気づけられたように口を開いた。白目の部分が赤いことにも気付いた。亡くなった部下を悼んでいたのだろうか。

「張宝潤は広州《こうしゅう》の生まれです。歳は十九歳。家が貧しくて小学校に行く余裕もなく、十八歳になるとすぐ志願して海軍に入隊したそうです」

「どんな男だった」

「真面目で、よく勉強する若いのでした。私はひそかに感心していました。休み時間には本を読んでましたよ。学がないことを気に病んでいたのかもしれません。数学や物理の教科書とか、できれば上の学校に通いたかったようですが」

趙班長は、死んだ部下をかばう発言を繰り返している。自分の責任を問われることを恐れているのかもしれない。

「思想的に違和感はなかったのか」

「ありません。――今となっては私の目が節穴だったとしか言いようがありませんが、まったく気が付きませんでした」

「趙班長には、犯人が張宝潤だという確信があるようだな」

暁江の指摘に、趙は心底不思議そうに顔を上げた。人を疑わない性質なのかもしれない。

「――違うのですか。爆発物を仕掛けた宝潤が、逃げ遅れたのだとばかり考えていました」

「では、時計のことを話してくれ」

張宝潤が疑われたのは、現場で見つかり、時限装置として使われたという時計が彼のものだったことがきっかけだ。時計のこと、と鸚鵡《おうむ》返しに呟《つぶや》いた趙班長は、その形状を思い出すためか、目をすがめた。

「古い目覚まし時計でした。宝潤の母親が、昔誰かにもらったとか。母親は子どもの頃に亡くなっておりまして、形見のつもりで持ち歩いておったようです」

「時限装置に使われたのが、その時計に間違いないんだな」

「間違いありません。残された宝潤の私物を確認しましたが、時計がなくなっていました」

形見の時計を爆破に使うだろうか。その疑念を趙に話すのは避けたが、暁江は手帳に短く書きつける。

「私物を確認したというが、他に気付いたことはあるか」

趙は一瞬迷うように、視線を自分の膝《ひざ》に落とした。

「——本の間に、導火線らしいものが挟んでありました」

それを見たために、張宝潤が真犯人だと確信したのだろうと暁江は推測した。しかし、その程度の細工なら、誰にでもできそうだ。

「後で私も張宝潤の私物を見せてもらう。彼と親しくしていた人間は誰だ」

「水雷班の人間は、みんな仲がいいです。宝潤とよく話していたのは、李《り》と黄《こう》ですね。ふたりとも年齢が近いので」

「張と寝台を共有していたのは誰と誰だ」

「そのふたりです。李と黄」

潜水艦の寝台は、三人で二台を共有する。彼らは張宝潤の私物を目にする機会もあったはずだ。ふたりからは、よく話を聞かなければいけない。

「他に何か、私に報告しておきたいことはあるか、趙班長」

考えるようにしばし俯《うつむ》いた趙は、やがて顔を上げた。

「艦長。水雷班は、命令があればミサイル発射を行う重要な位置におります。誰ひとりとして、艦長の命令に背いたり、まして艦を危険に陥れたりするような真似をするはずがない。私はそう信じております。正直に言えば、張宝潤が爆破の犯人だとは今でも信じられません」

暁江は座ったまままわずかに顎《あご》を引いた。

「気持ちはわかる。趙班長」

その言葉は暁江自身の感覚にも近い。趙の言葉どおり、水雷班はミサイル発射時に重要な役割を果たすことから、精鋭ぞろいの潜水艦乗りの中でも、肉体的・精神的に強靭《きょうじん》な人材を揃えてある。いくら、一人っ子政策の悪影響で、軍人まで精神面が打たれ弱い若手が増えているとは言ってもだ。

信じられないという言葉は、そのまま暁江の台詞《せりふ》でもあった。

「他になければ、質問は以上だ。次は李にここに来るよう伝えてくれ」

聴取の終了と受け止めた趙が起立し、深々と頭を下げた。彼が士官室の扉に手を掛けた時、小さく扉を叩く音がした。副長の勝英の声だった。

「艦長、お話し中に失礼します。軍医先生が、至急、医務室に来て頂きたいと言っています」

趙班長がいるので具体的な話は控えたようだが、顔を覗《のぞ》かせた勝英は明らかに血相を変えていた。

「わかった。趙班長、李を呼ぶのは後にしよう。後ほど伝声管で声をかける」

医務室はもうひとつ階を降り、最下層にある魚雷発射管室の隣だ。王小琳にも合図をして、暁江は士官室を離れた。勝英と趙班長はそれぞれの持ち場に戻っていく。

「よければ王さんの意見も伺いたい」

ハッチに向かいながら、暁江は小琳に水を向けた。この若者を腰巾着《こしぎんちゃく》のように連れ回しているのは、こちらが都合の悪い情報を隠していると勘繰られないためだ。小琳は、またハッチから下に降りると知って、かすかに尻込《しりご》みする表情を見せたが、覚悟を決めたのか、悲壮な面つきで暁江の後に続いた。

「──私は、艦内の規律を観察するために乗り込みましたが」

梯子《はしご》段を降りただけで、軽く息を切らしている。額の汗を拭《ぬぐ》いながら小琳は続けた。

「正直、これほど士気が高く、規律の行き届いた艦は初めて見ました。潜水艦に同乗したのは初めてですが、これでも水上艦には何度か同乗しています。艦内は清掃が行き届き、チリひとつない。艦長の命令を受ける乗組員の真剣な表情。きびきびした動作は、艦長や私が現れる前後でも変わりません。──彼らが油断している頃を見計らって振り向いてみましたがね。見事に統制がとれている。乗組員の、艦長への畏敬《いけい》の念すら伝わってくるようでした。だからこそ、なぜこの艦であのような事件が起きたのか、理解できかねます」

暁江は、小琳の思いもよらぬ長広舌を、軽い驚きと共に聞いていた。この男、意外によく観察している。金持ちの道楽息子という色眼鏡で見て侮ると、痛い目に遭うかもしれない。

「軍医先生、私だ」

医務室の扉を叩《たた》くと、中から不機嫌そうな太い声が応じた。

「どうぞ」

潜水艦の内部は、どの部屋も似たような構造をしている。医務室には患者用の寝台と、問診用の机に椅子がふたつ。奥に軍医の寝台など個人的な場所もある。白衣をひっかけた軍医の宋《そう》俊波《しゅんは》が、記録を取る手を休めてこちらを見た。寝台の上には、張宝潤の遺体が入った袋が載っている。

「宋先生、何か見つけたそうだね」

軍医も士官で、階級では暁江よりふたつ下だが、医師の資格を持つ五十過ぎのこの男を、暁江は親しみをこめて宋先生と呼んでいる。

「もっと早く俺に見せるべきだったな」

宋軍医が、暁江を遺体のそばに手招きした。医師とはいえ軍人で、短く刈り上げた頭も角ばった顔つきも、がっちりとした体軀《たいく》も、精悍《せいかん》にできている。白衣より軍服のほうが似合いそうだ。態度は叩き上げの下級士官のように横柄だった。こんな軍医も悪くない。

「これを見てくれ」

無防備に暁江の後ろから遺体袋を覗きこんだ小琳が、喉《のど》の奥で妙な音を立てて後ろに飛びすさる。爆破の影響で、張宝潤の遺体は、特に腹部の損傷が激しかった。血と未消化の食べ物と排泄《はいせつ》物の悪臭が混じり、医務室はひどい臭いに満ちている。

「ここだ、ここ」

宋軍医が筆記具の端で示した皮膚に、暁江は目を凝らした。日焼けした肌は血で汚れているが、新しいその傷痕《きずあと》は目についた。張宝潤の背中側、腰の上あたりだ。

「刺し傷か」

「深い。後ろから刺して、腎臓《じんぞう》まで達している。得物は長いな」

暁江は宋軍医と顔を見合わせた。背中をそれほど深く自分で刺すことはできない。

「生活反応から見て、爆発が起きた時には、もう死んでいたようだ。失血死だろう。聞くところによると、犯人扱いされとるらしいじゃないか、この若いのは」

宋軍医が、面具《マスク》の上の目で刺すように暁江を見つめた。怒りに燃えた目だ。彼が何を示唆しているのか、暁江にも理解できた。張宝潤は、爆破の犯人ではない。真犯人によって殺され、証拠の品を捏造《ねつぞう》されて犯人に仕立て上げられたのだ。

——ひどいことをする。

その感想を口に出すことは控えた。張宝潤は気の毒なことをしたが、真犯人がまだこの艦内におり、平気な顔をして次の機会を狙っているかもしれないという、その事実のほうが重い。自分が手塩にかけて教育した乗組員たちが運用する長征七号の艦内に、そんな人間が入り込んでいるとは信じられなかった。

絶対に許すことはできない。必ず真相を暴き、犯人を捕える。

張宝潤の遺体に、暁江は無言で誓った。

水深三百五十メートル。太陽の光すら、ここには届かない。

＊

国籍不明の未確認飛行物体が、レーダーに光点となって映っている。まただ、と遠野真樹は眉間《みけん》に皺《しわ》を寄せた。

この二週間程度、中国やロシア、北朝鮮などの偵察機を見なかった。案の定というべきか、あれは嵐の前の静けさだったらしい。

レーダールームにサイレンが鳴り始める。

「新田原《にゅうたばる》にスクランブルをかけます」

塩塚三曹がマイクに手を伸ばす。

防空識別圏に侵入した識別不明機を、福江島《ふくえ》のＦＰＳ―４が捉《とら》えた。領海と同様に、海岸線から十二海里までの範囲の上空を領空と国際法で定めている。領空侵犯に対応するためには、十二海里内に侵入されてからでは遅すぎるため、独自に設定した防空識別圏に接近し始めた時点で、待機中の戦闘機に緊急発進準備の命令が下りる。我が国が使用している防空識別圏は、一九四五年にＧＨＱが設定した空域だ。無用の紛争や軍事的緊張を防ぐため、平和裏に他国の航空機が通行する際には、飛行計画を相手国に届け出る慣習となっている。

宮崎県の新田原基地には、戦闘機Ｆ―４ＥＪ改が配置されている。指令があれば、二十四時間待機している戦闘機パイロットが、数分とかからず飛び出していく。

今朝から何度、スクランブルをかけたことだろう。真樹は塩塚三曹の後ろで腕組みをして、レーダーを睨《にら》んだ。意外と知られていないが、航空自衛隊は毎年、百回から四百回程度の緊急発進を行っている。この十年で最も回数が多かったのは、二〇一〇年度の三百八十六回だった。確かに、一日に何度も緊急発進することが、ないわけではないが——いくらなんでも今日は多すぎる。

真樹が所属する西部航空方面隊の西部航空警戒管制団ばかりではない。今日は、南西航空混成団も、中部航空方面隊も、大忙しだ。飛来したのは全て、中国の偵察機だった。おかげでこちらは、昼食を摂《と》る暇もない。レーダールームは奇妙な高揚感に包まれている。

「新田原、上がりました！」

偵察機が入れ替わり立ち替わり、日本の領空近辺を訪問しているかのようだ。

「まるで何かを捜しているみたいだ」

真樹の呟《つぶや》きを聞いて、塩塚が顔を上げる。

「例の潜水艦でしょうか」

「かもしれない」

昨日、《くろしお》が発見した中国の晋級原子力潜水艦は、その後どんな手を使ったのか、海上自衛隊の潜水艦や哨戒機《しょうかいき》の追尾を振り切り、行方をくらました。現在も、海自が潜水艦を捜しているところだ。発見のきっかけになったという爆発音が気になる。その潜水艦は、事故が起きているのではないか。恐ろしい想像だったが、中国側もその艦を見失い、連絡が取れない状態になっているのではないか。

「原潜ですよね」

塩塚が囁《ささや》くように口にした言葉が、全てを表現している。真樹は決して潜水艦について詳しいわけではないが、クルスクなどの原子力潜水艦の事故には、いくらか知識がある。《くろしお》が晋級を発見したのは日本海だったそうだが、それからどう移動したのか。

もし、原潜が日本の近海で沈没事故など起こせば、周辺の海が放射能で汚染される可能性がある。もちろん海洋資源や水産物もだ。

まさかと思いたい気持ちもあるが、中国側のこの慌ただしい動き、普通ではない。

万が一、実際に事故が起きて、日本海のどこかに潜水艦が沈没し、乗組員が生きたまま閉じ込められているのなら、人道的にも早急に救援部隊を送る必要がある。海上自衛隊には、潜水艦事故を想定し、救難艇や救難システムも用意されている。自国、他国の別なく、同じ海の男として助けに行くだろう。そのためにも、本当に事故が発生したのなら、中国側は早く救援要請を寄こすべきだ。

――しかし、隠すのだろうな。

真樹は内心でため息を漏らした。

ロシアの原潜クルスクがバレンツ海で沈没した際も、当初ロシアは事故の発生を隠し、自力で救難を試みて失敗した。原子力潜水艦は国家にとって最高クラスの軍事機密であり、西側諸国の目に触れることを嫌ったのだ。

真樹はちらりと電話に視線を走らせた。

今朝、海栗島分屯基地に電話を入れ、安濃一尉と連絡をとろうとした。電話を受けた男性は准曹士先任の新海と名乗り、安濃に電話番号を伝えてくれると言ったが、それきり昼を過ぎても何の連絡もない。安濃自身もこの緊急発進の嵐で身動きが取れないのだろうか。

連絡がないと困るわけでもないのだが――なぜか、気持ちが悪い。真樹の知る安濃という男は、時に無謀な行動に出る一面があるものの、普段は気が小さいと思えるくらい、他人に対して几帳面《きちょうめん》で丁寧な人間だ。真樹から電話があったと聞けば、できる限り早く折り返してきそうな男だ。

ポケットの中で、携帯電話が震えていることに気がついた。表示を確認し、安濃紗代――安濃の妻からの着信だとわかると、真樹は塩塚に「そのまま続けて」と声をかけ、場所を離れて通話ボタンを押した。

「遠野です」

『良かった、遠野さん。私、安濃紗代です。いま少しだけいいですか』

紗代とは、安濃が硫黄島勤務になったこともあって、時おり電話で話す仲だった。勤務中にプライベートの電話に出ることはないが、今日はなぜか気にかかる。

「少しなら。どうしたんですか」

『ごめんなさい勤務中に。主人が昨日から対馬に配属されたはずなんですけど、一昨日《おととい》自宅を出たきり連絡がないの』

真樹は戸惑った。安濃は何をやっているのだろう。自分に電話がないのはともかく、自宅にも連絡していないとは。

『基地の代表番号はわかるんですけど、着任早々、職場に電話するのも気がひけて』

紗代は声に困惑を滲《にじ》ませている。安濃は何をやっているのかと、真樹は苦々しく思った。F—2の事件で、紗代にさんざん迷惑をかけたくせに、少しは家族に気を遣うという思いやりはないのだろうか。

「わかりました。忙しくて気が回らないのかもしれないし、私から電話してみます。紗代さんは心配しないでください」

『迷惑かけてごめんなさい。だけど、なんだか心配でしかたがないの。遠野さんにしか頼めなくて』

「頼ってくれて嬉《うれ》しいです。今はちょっとかけられないけど、後で連絡しますから」

通話を切り、試みに安濃の携帯電話にかけてみる。電源が入っていないか、電波の届かないところにいるというアナウンスを聞き、海栗島なら無理もないかと思った。基地にかけるしかあるまい。

真樹は固定電話の受話器を取り、海栗島分屯基地の番号を押した。

6　混迷

「逃げたって無駄ですよ。日本海から中国に帰るためには、遠回りして北へ向かわない限り、どうしても対馬海峡を通らなければいけない。海上自衛隊は主要な海峡を重点的に監視していますから、通りかかった時点で発見されます」

柾目が、拳《こぶし》を振り上げかねない勢いで力説している。食堂の士官専用テーブルに勤務中の全士官が揃って、遅い昼食を摂っているところだった。今朝は息をつく暇もないほど、識別不明機の侵入対応に追われていた。先ほど一段落したので、ようやく揃って食事に来たところだ。柾目は潜水艦に乗りたかったと告白するだけあり、見失った晋級潜水艦の行方が気になってしかたがないらしい。

「日本海なら水深三千メートルを超える場所もあるが、対馬海峡ならせいぜい二百メートルだからな」

門脇二佐が微笑して応じる。門脇は、柾目の覇気が気に入っているのだ。

九州と対馬の間にある海峡を対馬海峡東水道、対馬と朝鮮半島の間にあるのを対馬海峡西水道と呼ぶ。海図を見ると、東水道の水深は深いところで百メートルほどしかない。潜水艦が逃走経路に選ぶなら、西水道だろうと新海も考えている。

「それにしても、どうしてこんな、発見されやすい海域に入り込んできたんでしょうね」

新海は不審に思う点を素直に口に出した。二〇〇四年に石垣《いしがき》島周辺の領海を侵犯した漢級潜水艦のように、太平洋側に出るならわかるが、日本海は両側の出口をぎゅっと絞ったプールのようなものだ。出入り口を通る際には発見されやすい。晋級が日本海を徘徊《はいかい》する意味もない。

「晋級の性能を過信したんじゃないでしょうか。静音設計で、潜水後は見つからないと豪語していますから」

柾目の言葉に、通信小隊の寺岡が目を光らせた。

「あるいは、よほど血気に逸《はや》る艦長が指揮を執っていて、こちらを舐《な》めているかだな」

晋級の艦長も血の気が多いかもしれないが、寺岡も負けてはいないと新海は心中苦笑いする。

テーブルについた幹部たちの様子をそっと窺《うかが》うと、新海の向かい側、右端の席に座った安濃が、気のない様子を装いつつ彼らの会話に耳を澄ましているらしいのが目に留まった。おかしな男だ。どうしてこんな時に、興味のないポーズを取りたがるのだろう。

「また偵察機がやって来るまでに戻ろうか」

門脇の言葉で、皆立ち上がる。識別不明機がこの調子で夕方まで飛来するようなら、今夜は分屯基地に泊まったほうがいいかもしれない。傭船《ようせん》の運航が終われば、海栗島への出入りはできなくなる。向こうも必死で晋級潜水艦の行方を捜しているのかもしれない、と新海はふと考えた。

執務室に戻ると、食事の間に誰かが電話に出てくれたようで、メモが残されていた。

春日ＤＣ、遠野一尉よりお電話あり、と書かれた文字を見て、新海は首を傾げた。これは例の、安濃に電話をよこした女性だ。自分に電話をかけてくる理由がわからない。先方も忙しいはずだがと遠慮がちに、書かれた携帯電話の番号をプッシュした。

『遠野です』

「海栗島の新海ですが」

意外にも相手はすぐに電話に出た。やはり、さっぱりとしたどこか中性的な声をしている。新海と聞いて、彼女は場所を移動したようだ。

『お電話くださってありがとうございます。実は、安濃一尉のことで』

若干ためらったようだが、彼女はさばさばした様子で後を続けた。

『安濃一尉の奥様から、自宅を出て対馬に向かった後、何も連絡がないので不安だと相談を受けました。この状況ですからお忙しいのだと思いますが、なるべく早くご自宅にお電話を入れるよう、そちらから勧めてもらえませんか』

自宅に連絡がないと聞き、意外な気もしたが、妙に腑《ふ》に落ちる気分でもあった。配属されたその日から、官舎に帰らず職場に泊まり込むほど仕事熱心な男だ。上への点数稼ぎという印象でもない。あの年齢なら三佐に昇進しているはずが、異例の一尉に留《とど》まっていることから、思うところあって人一倍熱心に仕事をしているのかとも推測したが、そういうことでもなさそうだ。仕事中毒。安濃はそういうタイプではないかと、案じ始めている。

「昨日は潜水艦の件を気にして官舎に戻られなかったので、連絡を忘れているのかもしれませんね。後でお話ししておきます。そう言えば、安濃一尉は遠野さんにご連絡されましたか」

当たり障りのない言い方で安心させようとしたのだが、遠野はしばし沈黙した。

『——いえ。まだご連絡はありません』

随分硬い言葉つきだ。自衛官として働く女性は、隊内の言葉遣いに慣れて口調も凜《りん》とした印象になる人が多いが、遠野という女性はまた少し違うようだ。彼女自身に、硬い芯《しん》が一本通っている。硬骨漢という言葉が女性にも適用できるものかどうか知らないが、使えるものならそれが彼女にぴったりだと思った。

それにしても、安濃は何を考えているのだろう。新海は九州で生まれ育ち、子どもの頃から家族を大切にするよう育てられた。妻子と別れて住むのは任務の都合もあり仕方がないが、対馬に着任して以来自宅に連絡していないとは信じられない。メール一本ですむことだ。確かに、島の中には携帯電話の電波が届かない場所もある。海外ローミングサービスを使える状態にしておくと、いつの間にか韓国の電話会社を経由して接続していることもあるくらいだ。しかし、携帯電話が駄目なら、基地の固定電話があるではないか。

困った男だな、と新海は苦々しく思った。九州男児の彼の感覚では、男は結婚すれば妻子に対して責任を持たねばならない。連絡できる時に電話もせずに心配させるとは男の風上にもおけない。

「後で、お電話するように伝えます」

そう答えて受話器を置くと、新海は庁舎を出た。皆が食堂を出てから、それほど時間が経っていない。安濃はレーダーの監視施設に向かっている途中だろう。今から追いかければ、途中で追いつくかもしれない。

駆け足で庁舎前の坂を走り、安濃を探しながら監視施設に向かう。今日も朝から快晴だった。明るい午後の日差しが、隊舎の建物やレーダー施設を照らしている。識別不明機の件がなければ、今日は気持ちのいい一日だったかもしれない。

ふと、府中から硫黄島に行き、次はこの海栗島に配属されて、安濃は既に家族との縁が薄れたと感じているのかもしれないと思った。何があったのかは推測の域を出ないが、彼も気の毒な立場ではある。

道路の向こうにひとりで歩いていく姿が見えた。思ったとおり、追いつきそうだ。駆け寄りながら、「安濃さん」と呼びかけようとしてためらった。彼の右手が、携帯電話を耳に押し当てているように見えたのだ。ようやく思い出して自宅にかけているのかもしれない。

速度を落とし、安濃に追いつきすぎない歩調で歩き続ける。親しき仲にも礼儀ありと言うが、プライバシーに土足で踏み込まれては迷惑だろう。彼が携帯電話をポケットに入れるのを見届け、新海は声を上げて呼んだ。驚いたように安濃が振り向いた。

「先ほど、春日DCの遠野さんという方からまたお電話がありました」

早足で隣に並び、電話の内容を伝えると、安濃は顔色ひとつ変えずににっこり微笑んだ。

「ありがとうございます。今、妻と話しました」

「やはりそうでしたか」

さほど心配することはなかったらしい。

「遠野さんにもお電話お願いしますよ。心配してましたからね」

「はい、後で電話します」

にこやかに安濃は会釈して、悠然と監視施設のエリアに向かって歩き去った。ここまで追いかけてきて無駄足を踏んだようだったが、事態が丸く収まって良かった。そう思いながら、新海は何気なく自分の携帯電話を取り出してみた。

――おや。

この場所は、電波の圏外になっている。知らない間に海外から接続していることになっていると嫌なので、新海はローミングサービスを使わない設定にしていた。ひょっとすると、安濃は海栗島に来て日が浅いので、海外経由で接続していることに気がついていないのかもしれない。請求書を見て仰天すると気の毒だ。後で教えたほうがいいだろう。

釈然としないものが、胸の隅をかすめたような気がしたが、それが何なのか、新海にもよくわからなかった。

＊

「私の質問に正直に答えるなら、お前が心配することは何もない」

暁江がそう言葉をかけてやらねばならないほど、水雷班の李元《げん》は緊張のあまりかすかに手を震わせていた。無理もない。まだ二十歳の若者だ。艦長と一般の乗組員が、この近さで直接言葉を交わすことなどほとんどない。場所が士官室なのも、李の緊張の原因かもしれない。おまけに、政治委員の小琳が、少し離れたところに腰を下ろして事情聴取の様子を見守っている。小琳は控えめな態度を守り、ふっくら丸い手を太腿《ふともも》に乗せて、無言で彼らの会話に耳を傾けていた。

「亡くなった張宝潤とは、寝台を共有していたそうだな」

李は眉《まゆ》の濃い、吊《つ》り上がりぎみの細い目をした男だった。その年齢は、頬から角ばった顎《あご》にかけて見られる吹き出物の痕《あと》と、目の縁を彩るそばかすに表れている。唇が乾くのか、李は何度も舌で湿らせた。

「――はい、艦長」

「あとひとりは誰だ」

「黄です、艦長」

「見れば、年齢も近いようだ。張宝潤とは、仲が良かったのだろうな」

何と答えたものか、李の目が迷っている。連帯責任を問われるとでも恐れたのだろうか。

「いいから答えなさい」

「――仲は良かったです」

李がまた薄い唇を舐めた。漢人だが、田舎育ちのようだ。粗野な雰囲気を残している。手を見ればわかる。ごつごつとした、田舎者の無骨な手だ。たとえば都会に出て電脳《コンピュータ》を扱うよりも、田畑を耕すほうがしっくり似合う手だ。海軍の制服を着ていなければ、今頃は農村を離れ、町に出稼ぎして工場で働いていたかもしれない。

この男と張宝潤は本当に仲良くなれたのだろうかと不思議に感じた。張は、実家が貧しく学がないことを恥じ、休憩時間には物理や数学の教科書を開くほどの勉強好きだったと聞いた。李にそういう印象はない。遺体袋に納められていた張の身体を思い出す。彼の手はほっそりと白く、いかにも繊細そうだった。

質問を進めたが、水雷班長の趙から得た以上の情報はほとんど得られなかった。新たな証言と言えば、張宝潤の私物の中に爆薬らしいものなど見たことがなく、彼が爆発物を仕掛ける理由にも全く心当たりはないということぐらいだろうか。

「お前は本を読むのが好きか？」

一瞬、暁江の質問の意図を測りかねたように、李は沈黙した。

「私が読むのは、ミサイルの取扱説明書くらいです、艦長」

背筋を伸ばした李の言葉は、むしろ誇らしげに響いた。二〇〇九年から、人民解放軍は大学卒業生など高学歴な若者を兵士募集の主体に変更した。網絡戦争《サイバー》の重視や、現場で使用する機器の電子化など、兵士という職業にも科学的知識や論理的なものの考え方が必要とされるようになってきたからだ。二〇〇九年には、十三万人の大学卒業生が人民解放軍に入隊したという。それでも、まだ李のように農村の純朴な若者のほうが、全体としては多数派だ。人民解放軍の兵士数は、二百三十万人と言われている。

ここ数年、大学新卒者の就職難が続き、高学歴で仕事がない、あるいは低賃金で働き共同で部屋を借りて暮らす「蟻族」の若者たちが話題になっている。平均より良い賃金が保証され、生活が安定する人民解放軍は人気の高い就職先だった。年齢は十八歳から二十二歳まで、健康で政治思想的な問題がないことが条件で、知能指数も問われる。高学歴な少数精鋭の兵士を採用する方針に切り替えたのだ。ただ、徴兵の過程においては腐敗もあり、密《ひそ》かに関係《コネ》を重視しているという話もある。張宝潤や李たちが兵士になれたのは、親戚《しんせき》や知人に有力な関係があったのかもしれない。

水雷班の持ち場に戻り、黄をここに呼ぶよう命じて事情聴取を終わらせた。

李がかしこまって士官室から退出するのを見届け、暁江は小さく吐息を漏らした。小琳が無言で興味深く見守っていることに気付き、照れ隠しのように微笑を向けた。

「雲を摑《つか》むような調査ですが、王さんは退屈ではありませんか」

「とんでもない」

熱心に首を横に振った小琳が、士官室の出入り口に視線を走らせて身を乗り出す。

「非常に興味深く拝聴しています。この艦には百四十名の乗組員が乗艦しているはずですが、艦長は全員を記憶しているのですか」

「顔と名前、所属程度ですが。船乗りは皆、ひとつの船で生死を共にしますから」

暁江の言葉を反芻《はんすう》した小琳が、現在はそこに己も含まれると気付いて興奮したかのように、頰を桃色に染めた。この若者は、かなり浪漫主義者のようだ。まるで純粋な少年のようだった。

こういう若者が党の幹部として皆を率いることは、正しいのかもしれないが一抹の危うさも感じる。青島軍港を離れ、潜航して数日間を共に暮らしたせいか、この若い政治委員に情が移ったのかもしれないと、暁江は内心で苦笑する。

「王さんは、この航海が終われば軍務を離れて、大学院に進学されるという噂を聞きましたが」

黄を待つ間、無聊《ぶりょう》を紛らわせるために他愛のない話題を持ち出す。太子党、つまり共産党幹部の子弟は、高学歴だ。中国共産党の最高意思決定機関は、中国共産党中央委員会という。中央委員、候補委員を合わせて三百七十名ほどの陣容をつぶさに見れば、大学院の修士課程を修めた者たちがずらりと並んでいる。

「軍を離れるのは名残惜しいのですが、大学院で宇宙工学を学ぶ予定です」

　小琳が神妙に丸い肩をすぼめて答える。

「花形の学問ですね」

「ロケットの研究をして、神舟《しんしゅう》の開発に参加できればと考えています」

　暁江は小さく顎を引いた。小琳がどう考えているのかわからないが、宇宙開発競争は軍拡競争につながる。通信内容の傍受や、衛星写真、宇宙からレーザービームを発射してミサイルを撃ち落とす研究など、宇宙開発は即兵器開発だ。そういう部門で職が見つかるだけでも、小琳はやはり選ばれた存在なのだ。

　中国国内に複数の派閥が存在し、各々が覇権を握るため暗躍していることは、暁江のような軍人ならずとも皆知っている。毛沢東《もうたくとう》の文化大革命の後、鄧小平が実権を握り、「先富論」を唱えて政治体制は変えずに市場経済のみを導入した。

　いま国内は、毛沢東が理想として掲げた社会主義国家の実現を目指す保守派と、改革開放を目指す改革派とに意見が分かれている。鄧小平が「先富論」を提唱し、南部海沿いの深圳《しんせん》、珠《しゅ》海《かい》、汕頭《せんとう》、廈門《アモイ》などに経済特区を設置し、経済発展の模範地区とした。その結果、経済特区を中心として、爆発的な成功をおさめた新富人と呼ばれる成金たちを生んだ。上海を中心に結束を固めた彼らは、上海閥とも呼ばれている。鄧小平の後継者として改革開放路線を継続した江《こう》沢民《たくみん》が、上海閥の中心にいる。彼らは中国の経済的発展に大きく貢献したが、その一方で国内の経済格差を拡大させてしまった。

しかし、この状態を良しとしては腐敗した西側諸国と何も変わらない。鄧小平の「先富論」には続きがあり、「先富」の後は「共富」だと指示している。先に富を築いた者たちには、取り残された者たちを牽引《けんいん》して、全体を共に富ませる義務があるのだ。その理想を胸に掲げているのが、江沢民の後継者となった胡錦濤《こきんとう》をはじめとする中国共産主義青年団出身者、つまり団派だ。既得権益を守ろうとする上海閥に対し、団派は燃えるような共産主義の理想で抵抗する。そこに、太子党という、確たる組織があるわけではないが、人脈と利害関係による緩やかなつながりを持つ富裕層が絡み、複雑な暗闘を繰り広げているのだ。いったん財を手にすると、それを手放すことが難しいらしい。

暁江自身は政治に関心が薄いのだが、近頃はそうとばかりも言っていられなかった。人民解放軍は、組織的には共産党の配下にある「党の軍隊」だ。党内部の三つ巴《どもえ》の暗闘は、軍人にも影響を及ぼす。軍を支配する者が国を統治する。共産党中央委員会の中枢にいる政治家たちは、人民解放軍の将軍たちに、それぞれ影響力を発揮しているのだ。暁江のような中校（中佐）級の軍人は、上官と仰ぐ将軍たちの駒でしかない。意に染まぬ相手でも、上官の命令であれば従わねばならない。しかし、やがては自分も将官を目指すのであれば、部下を誤った道に進ませないためにも、政治の風向きに注意を払い、少しでも正しい決断を下さねばならないだろう。

そんな理由で、陸に揚がると、同僚の情報通が最新状況を暁江の耳にも吹き込んでいくのを許していた。個人的には、どちらかと言えば清廉潔白で理想主義者の団派に心を惹《ひ》かれるが、暁江はあくまで中立の立場を守り、政治的な活動に口出しをしないように心がけている。正直、政治家の暗闘に巻き込まれるのは気が重い。

人民解放軍の中にも、腐敗した人間はいる。汚職に手を染めたり、軍の公金を管理する立場にあるのを良いことに、私腹を肥やしたりする連中だ。庶民の目は軍人に対しても厳しい。政変に巻き込まれ、失脚する軍人も存在する。少なくとも自分は、そんな将軍にはなりたくないと思う。

自分はただ、国を守る仕事に就きたかっただけだ。父親は陸軍の軍人で、学問を受ける機会がなかったので下士官どまりだったが、一九六九年の珍宝島《ちんぽうとう》事件でソビエト連邦と軍事的衝突があった時には、三月のまだ凍えるような寒さの中、長さ四キロメートルを超える国境沿いにずらりと並び、ソ連軍と対峙《たいじ》したという話だ。国を守るという思いに、陸軍下士官の父と、海軍幹部の自分に何ら違いはない。武装警察の特殊部隊員となった弟の亜州も同じだろう。

自分たち兄弟とは対極の存在として生まれたのが、目の前にいる小琳だ。突然黙り込み、何かを考えている暁江に、彼は内心の不安を顔に出さないよう、努めて冷静な態度を崩さずにいる。

士官室の扉を控え目に叩《たた》く音がした。

「艦長、黄です」

「入れ」

顔を覗《のぞ》かせたのは、先ほどの李よりは都会の垢《あか》抜けた雰囲気を漂わせている若者だった。黄は二十三歳で、張宝潤や李よりも少し年上だ。大学を卒業してから軍に志願したと聞いている。年齢のせいなのか、落ち着いて余裕のある態度だった。李を前にした時のように、不安を取り除いてやる必要はないように見えた。

「張宝潤について、知っていることを聞かせてもらいたいのだ」

既に、どのような質問をされたのか李から聞いていたのかもしれない。黄は、自分から進んで張宝潤の生活態度や、昨日の朝から事故発生までに彼と交わした会話などを話し始めたが、取り立てて新しい情報があるわけでもなかった。ただ、感受性の問題なのか、黄はちょっとした表情などを見てとり、表現するのが上手なようだ。昨日勤務につく時の張宝潤の態度は普段通り淡々としていて、数学の教科書をあと数ページ読んでしまいたいのだと、「はにかむように」話していたと言った。

李には、張宝潤が刺殺されていたことは教えなかったが、黄には教えてみようと思った。

「実は、事故の前に張は殺されていた」

暁江の言葉の意味を嚙《か》みしめるように、黄が慎重に口をつぐむ。

「爆発の時には、もう死んでいたんだ」

暁江が駄目押しで繰り返すと、眉宇《びう》を曇らせた。

「張は犯人ではないということですか」

「そのようだ」

そんな、と口ごもった黄が、混乱を鎮めようとするかのように俯《うつむ》く。

「爆発現場には張の時計が使われていた。真犯人は、張に犯行の責任を押し付けて逃れようとした可能性が高い」

「どうしてそんなことを」

「張宝潤と仲が悪かった、あるいは恨んでいた人間を知らないか」

黄が自分の思い描く通りの人物なら、周囲の人間を無意識のうちに観察しているはずだ。真剣な表情で考え込んだ黄は、ゆっくり首を横に振った。

「いいえ、艦長。張は大人しい男でした。時間さえあれば本を読んでいるような、潜水艦乗りには珍しい種類の男だったんです。あんな男を恨んだり、憎んだりする人間が、周囲にいるとは思えません」

「お前も仲が良かったのだろうな」

「仲がいいと言うか、少し歳が違いますから、弟のようなものでした」

自分が疑われる可能性も考えたのか、少し頬を赤らめる。

「お前も本を読むのだろう」

李に尋ねたのと同じ質問をした。黄は動じる気配もない。

「休憩時間に少しは読みます」

「張の時計について知っていたのは誰だ」

「水雷班の人間なら皆知っています。寝台室を皆で使いますから」

それでは、容疑者は三十名ほどいる水雷班全員に広がってしまう。困った、という内心を隠し、暁江は頷《うなず》いた。

「ありがとう。これから、お前たちの寝台を見せてもらえるか。張が残したものの中から、何か見つかるかもしれない」

「ご案内いたします」

小琳にも目配せをして、共に水雷班の兵士たちが使っている寝台室に向かうため、士官室を出た時だった。

通路の端にあるハッチから、慌てて頭を引っ込めた兵士を、暁江は見逃さなかった。立ち聞きしていたな、と閃《ひらめ》いた。

「そいつを追え!」

黄に命じると、彼は飛び込むようにハッチに取りついて梯子《はしご》段を駆け下りた。素早い動きだった。暁江も黄の後に続いた。怒りより、失望が胸をざわつかせている。まさかこの目で、自分が手塩にかけた乗組員の裏切りを目撃するとは。戸惑いながらも、追いつこうと小太りの身体で必死になって走る小琳の姿が目の隅に映った。

士官室は四階建ての二階部分にある。立ち聞きしていた兵士の顔は見なかったが、一階に下りるとそこは魚雷発射管室に続く通路だ。黄が追いかけた兵士は、通路から魚雷発射管室に駆け込んだらしい。暁江も、彼らを追って最下層の部屋に入った。ここも、水雷班の管轄区域だ。

ミサイル発射管室がシャーウッドの森なら、魚雷発射管室は、さしずめ金槍魚《マグロ》の群れがずらりと水揚げされた漁港のようだ。横に寝かせた、発射管に装塡《そうてん》を待つばかりの予備魚雷が、金属棚に並んでいる。省スペースのため、空間はガイドレールや魚雷の装塡装置などで見事に埋め尽くされている。それでも残る隙間は、乗組員の寝台として利用されている。無駄のない設計だ。

暁江は魚雷と金属棚の隙間から、向こう側を透かし見ながら、歩き続けた。このどこかに隠れているのか。あるいは、魚雷の間を通り抜け、別の通路から出たのか。魚雷がまるで迷路のようだ。魚雷発射管室に勤務する乗組員が、突然の艦長の来訪に驚いたように敬礼する。

「誰かこちらに来なかったか」

「自分は見ておりません、艦長」

そんな会話を繰り返したが、逃げた男や追いかけた黄を見かけた者はいなかった。裏側の通路に出ると、黄が首を振りながら戻ってくるところだった。

「艦長、申し訳ありません。逃げられたようです」

暁江は静かに目を怒らせた。

これは到底、看過できる問題ではない。立ち聞きの目的が何なのか知らないが、後で発令所に戻り、勝英に命じて犯人を捕まえさせなければ、示しがつかない。その男が爆発事件の真犯人である可能性も少なくない。

その場にいた下士官に、魚雷発射管室の本日の勤務体制と、現在ここにいる乗組員の一覧を提出するよう命じ、最初に入って来た通路に戻ると、魚雷発射管室に入るのは気後れしたのか、手持ち無沙汰《ぶさた》に待っている小琳がいた。ここまで追ってきたのは勇敢だったが、張宝潤たちの寝台を見に行くためには、いったん上の階に戻らなくてはいけない。潜水艦の内部は、万が一の浸水事故に備えて、隔壁がいくつも用意されている。

そのことを告げると、小琳は落胆を隠して真面目な表情で頷いた。

——この若者が自分の弟なら、艦に同乗している間に、身体の鍛え方を基礎から教えてやるものを。

そんなことをふと思い、暁江は先に立って梯子段を上り始めた。

7　攪乱

日没が近付くと、識別不明機の飛来はぱたりと止んだ。

「ほぼ十二時間近くにわたり、西部航空警戒管制団だけで二十一機を監視しました。異常ですね」

塩塚が唸《うな》るように呟《つぶや》く。警戒管制室に勤務する小隊は、既に交替時刻を迎えた。塩塚の代わりに丸谷《まるや》士長が卓についている。しかし、交替の後もこの場を去りがたかったらしく、夜になっても塩塚はまだ制服姿でレーダー画面を睨《にら》んでいた。真樹は黙って考えを巡らせる。彼女の勤務時刻もとうに過ぎていたが、状況が落ち着くまで離れないつもりだった。

識別不明機は、北朝鮮からの一機を除いて、全機が中国からの偵察機のようだった。日没を限りに姿を見せなくなったのは、目視で捜しているものがあるからに違いない。おそらくは、目を皿のようにして海面を捜していたはずだ。潜水艦の影。浮き沈みする残骸《ざんがい》。漏れ出たオイル。そんなものが、日本海の海上に見つかりはしないかと——そしてたぶん、彼らも晋級を見つけることができなかった。当然だ。昨夜から、海上自衛隊も見失ったままなのだから。

「明日も来るでしょうか」

「来るかもしれない」

丸谷の質問に答えながら、内心では「百パーセント来る」と考えている。

「塩塚三曹、今日はもう帰ったほうがいい。明日も忙しくなるから」

真樹が指示すると、塩塚は時計を見て、もう九時を過ぎているのかと驚いた顔になった。仕事に夢中で、時間を忘れたらしい。

「おい、遠野一尉も帰れ。俺がいるんだから」

席から若狭《わかさ》一尉がこちらを見て、何をやってるんだとばかりに太い眉《まゆ》をひそめた。

「そろそろ帰ります」

真樹は何気なく応じ、塩塚と丸谷に「じゃあ」と告げて歩き出す。若狭は苦手だ。春日DCに配属された時、若狭一尉と紹介されて驚いた。似ている、と顔を見た瞬間にも感じた。北軽《きたかる》井沢《いざわ》で、真樹を助けるために、化け物じみた特殊工作員に撃たれて死んだ警務隊の若狭によく似ていた。死んだ若狭はもう少し歳が上で、苦み走った表情をする男だったが、太く凛々《りり》しい眉も、しっかりと通った鼻梁《びりょう》も、がっちりとした顎《あご》も、何より切れ長の目がそっくりだった。

「弟だ」

真樹の逡巡《しゅんじゅん》と凝視に気づいたらしく、初対面の若狭文博《ふみひろ》はあっさり種明かしをした。死んだ警務隊の若狭勇生《いさお》は、彼の実兄だったのだ。

北軽井沢で何が起きたのか知っているらしい若狭に、あの日の出来事について詫《わ》びるべきかと、自問したものだ。安濃をテロリストの仲間だと考え、追い詰めようとする警務隊の若狭には、正直あまりいい感情を持たなかった。

「兄貴は名誉の殉職をしたと思ってる」

挨拶《あいさつ》の言葉を選びかねていた真樹に、若狭はそう告げて、何も気にするなと言った。だから余計に、今でもその時の感情がくすぶっている。名誉の殉職、確かにその通りだ。若狭を撃ったのは特殊工作員で、自分も危うく殺されかけた。安濃がいなければ、確実に今ここにいない。

──でも。

名誉の殉職を遂げさせたこちらは、どんな顔をすればいいのかわからない。自分が悪いわけではない。あの時は真樹自身も、特殊工作員を引きつけて若狭たちが銃を手に取る隙を作るため、命懸けだった。結果的に若狭が撃たれたのは、運が悪かったとしか言いようがない。工作員が最初の標的に選んだのが若狭だったのだ。理屈ではそう考えたところで、若狭の弟を見た瞬間に思い出したのは、額の真中を撃ち抜かれ、自分がどうなったのか知る暇もなく即死したであろう死に顔だった。茫然《ぼうぜん》と目を見開き、唇を薄く開いていた。生前の狷介《けんかい》な表情より、ずっと素直な顔だった。こんな素直な顔をする男なら、あれほど反発することはなかったかもしれないとすら思った。

名誉の殉職。本人はそれでいいかもしれないが、周囲はそのひと言ではすまされない。

更衣室で私服に着替え、携帯電話を鞄《かばん》にしまう前に画面を見た。安濃からの連絡はまだない。海栗島が今日は真樹と同様に忙殺されていたことを勘案しても、この時刻になって何も連絡がないとは、彼は府中の事件に関係する人々を忘れたいのかもしれない。硫黄島に配属され、すぐまた海栗島に配属されたのも、意外と安濃自身の希望だったのかもしれない。

真樹は携帯の画面を見つめてため息をついた。それでも、安濃の妻、紗代に対する義務は果たしておくべきだ。心配しているに違いない。電話をかけ、紗代が応答するのを待った。

『遠野さん』

紗代の声は落ち着いているが、晴れ晴れしているとは言い難かった。

「安濃さんから、お電話はありましたか」

『まだなの。一昨日《おととい》、こちらを出発したきり何も――。私も自衛官の妻ですから、任務の内容によっては連絡できないことは承知していますけど、対馬に着いたら電話すると言ってたので、気になって』

「そうですか……」

確かに自衛官の場合、急な出張や訓練のため、行き先も告げずに音信不通になることは珍しくないが、安濃のように遠隔地へ赴任したような場合は事情が異なる。

電話に出てくれた海栗島分屯基地の新海という准曹士先任は、温厚で丁寧なものの言い方をする男だった。まだ安濃に連絡してくれていないという可能性はあるだろうか。

『豊の官舎の電話番号にもかけてみたの。でも誰も出なくて』

昨日、安濃は着任早々、官舎にも帰らず仕事をしていたと新海が言っていた。それなら今夜も官舎に戻らずにいる可能性はある。ひとり暮らしの気楽さで、職場の居心地がいいのかもしれない。

「わかりました。今からもう一度、基地に電話してみます」

紗代が長い吐息を漏らした。本当にあの人はしようのない人だと言いたげな、困惑と慨嘆のため息だった。紗代はなぜ安濃のような男と結婚し、彼の都合でこれだけ振り回されても、別れようとしないのだろうかと、これまでに何度か考えたことを今夜も真樹はちらりと考えた。自分なら絶対に無理だ。

いったん通話を切り、海栗島分屯基地に電話をかけ直した。今度は一計を案じるつもりだった。

「春日DCです。監視小隊の安濃一尉をお願いします」

あえて名乗らず、冷淡な厳しい口調で告げると、電話に出た若い隊員が、慌てたように回線を監視小隊の執務室に回してくれた。プライベートだからと引け目を感じて、遠慮がちに電話するからつないでもらえないのだ。仕事の一環だと割り切って、最初から堂々と職場の名前で通せば良かった。春日DCから海栗島の監視小隊に電話するのは、少しも妙なことではない。

『安濃一尉が今こちらに来られますので、少々お待ちください』

電話に出た若い男性が丁重に言った。ということは、安濃はまだ職場を離れておらず、今夜も泊まり込むつもりなのだろう。島への出入りは傭船《ようせん》を使うしかなく、最終便が午後七時過ぎのはずだ。

誰かの足音が聞こえた。先ほど出た若い男の声が、口早に何かを告げている。真樹は軽い緊張を覚えて待った。安濃と話すのは何年ぶりだろう。彼が硫黄島に赴任してからは、一度も会ったこともなければ、直接言葉を交わしたこともない。安濃家と年賀状のやりとりはあったが、達筆な女手の文字から見るに紗代が書いていたはずだ。

――自分は随分大胆な行動をしている。

考えてみれば、安濃が自分をどう思っているのか、楽観的に予想できる状況ではないのだ。府中にいた当時、安濃は一尉で自分は二尉だった。今も安濃は一尉で、自分も一尉に昇進した。おそらく、安濃につきまとう様々な噂のせいで。彼は航空自衛隊の中の異物で、腫《は》れ物なのだ。

携帯の向こうで息遣いが聞こえた。

『もしもし、安濃ですが――』

「え」

声を聞いた瞬間、真樹がとっさに考えたのは、「海栗島には安濃という姓の人間がふたりいたのか」ということだった。

すぐさま考え直す。自分は監視小隊の安濃一尉を指名した。いくらなんでもそれはひとりに限定されるはずだ。自分が良く知る、安濃将文一尉ひとりに。しかし、念のためだ。

「あの、監視小隊長の安濃一尉ですか――？」

『ええ、安濃です』

よく通る声だった。真樹はただ茫然とし、携帯電話を耳に当てたまま、凍りついたように立ち尽くした。そのまま言葉を絞り出す。

「あなた、誰――?」

相手は黙り込み、冷たい沈黙のうちにすぐさま通話を切った。

違う。

今の男は安濃ではない。声を聞いた瞬間に、別人だとわかった。いくら何年間か会っていないとは言っても、同じ職場で働いた人間の声を――しかも短い期間とは言え、あれほど濃い経験を共にした人間の声を――そう簡単に忘れたりはしない。正体がばれたとたん、電話を切ったのが何よりの証拠だ。

誰かが安濃を騙《かた》っている。そして、海栗島に入り込んでいる。

ぞっとした。真樹は携帯を再び握り、リダイアル機能を使って海栗島分屯基地にかけながら、更衣室を飛び出した。上司に話さなくてはいけない。海栗島で何かが起きている。とてつもなく危険な何かが。

「こちらは春日DCの遠野一尉です。監視小隊長の安濃一尉を捕まえてください!」

『――はあ?』

受話器を取った若い男性は、先ほどと同じ人物のようだった。怪訝《けげん》そうな、何を言っているのかと怪しむような声だった。無理もない。真樹は廊下を走りながら叫んだ。

「電話を切らないで。説明している暇はない。隊長か、あなたの上官にすぐ連絡して。私は安濃さんと府中で一緒に勤務したことがある。私の言葉を信用して、今すぐに安濃一尉を捕まえて。そこにいるのは安濃さんじゃない。偽者だから！」

上官を探して走りながら、紗代に何と説明したものかと考え続けていた。海栗島にいる安濃は偽者に間違いない。ということは、確実に言えるのはただひとつだった。

安濃はまた――またしても、深刻なトラブルに巻き込まれたのだ。そしておそらく、再びここまで関わってしまった自分も、既にそれに巻き込まれてしまったのに違いない。

――もう、本当に勘弁してよ！

真樹は眉《まゆ》を吊《つ》り上げて唸《うな》った。安濃はいったい、今どこで何をしているのだろう。

＊

耳障りなブルドーザーの騒音が、いつまでも鳴りやまない。地の底から泡立つような、ざわざわと気持ちを騒がせる感覚の音だ。

胸苦しい。息を吸い、吐く。ただそれだけの行為が、ひどく煩わしい。気分が悪い。

――酸素が薄いんだ。

彼の脳裏に、最初に浮かび上がった言葉はそれだった。きっと空気が汚れているのだ。息苦しさの原因はそれに違いない。肺が潰《つぶ》れてしまいそうな胸の重さを感じ、深く息を吸おうとして、激痛に呻《うめ》き声が漏れた。

身体がぐったりして重い。呼吸すら辛《つら》いのは、肋骨《ろっこつ》のあたりに激しい痛みがあるせいだ。吐き気もする。

ただ、痛みのせいで、薄いベールが一枚ずつ剝《は》がれて落ちるように、意識が徐々にクリアになった。閉じていた目を開き、何も見えないことに一瞬パニックを起こしそうになる。暗いのだ。暗闇の中に閉ざされている。

——ここはどこだろう。

痛みのある胸に右手をやろうとして、動きが不自由なことに気がついた。両手首が重い。手錠をはめられているようだ。

馬鹿なと思うより先に、上半身を起こしかけてまた激痛に襲われた。これはおかしい。どうやら肋骨が折れているようだ。自分は何をしたのだろう。ここはどこで、今はいったいいつなのだろう。

目を閉じて記憶を探り、浮かぶように甦《よみがえ》った船の記憶に、彼はしばし意外な感覚に襲われ、ゆっくりとそのおぼろげな記憶をたどった。

自分は博多から対馬に渡ろうとしていた。《げんかい》という旅客フェリーに乗ろうとしていた。——いや、乗ったのだったか。

荒い息をつき、記憶をたどる。《げんかい》に乗った。初老の男が話しかけてきたのだった。比田勝港の近くに住み、漁師をしていると言った。男に手渡された素朴な煎餅《せんべい》の味まで、だんだん思い出してきた。朝まで船の中で眠り、男に誘われて彼の自宅に上がり、焼き魚の朝食とお茶を一杯ご馳走《ちそう》になった。

——そこからの記憶が、いくら思い出そうとしても、消えている。

あの男、一服盛ったなと今さらのように気付いて悔やんだが、初対面の男に薬物を飲まされて意識を失い、拉致《らち》された理由が想像もつかない。

おぼろげな夢の中で、気持ちのいい小舟に揺られているようだった。波の音が今でも耳に残っているようだ。

ふと気付くと、ブルドーザーの騒音だと思っていた音が消えている。やっとわかった。あれは、自分の苦しい息と唸り声だ。しんと静まりかえった暗がりで、彼は再び目を開き、闇の向こうに目を凝らした。おぼろに物の輪郭が見えてくる。圧迫感から、狭い部屋だと感じた。両手が自由なら、手を伸ばせば壁に届くかもしれない。ベッドというより、硬い寝台。自衛隊の隊舎や当直室に置かれている寝台と、いい勝負だ。

窓のない部屋のようだ。壁に取り巻かれているのか——と四方に視線を配り、足に近い隅のあたりに、小さな光が漏れている場所を見つけた。扉があるのに違いない。

足は動くのだろうかと不安を覚えながら、肋骨に響かないように両足を動かしてみた。特に痛めてはいないようだが、やはり右足に鋼鉄の重量を感じる。どこかに鎖でつながれているようだ。

自分は何者かの囚人になったらしい。

その言葉が冗談のように感じられ、彼はかすかに笑い声を上げようとして、また痛みに顔をしかめた。

あれから何時間、いや何日たったのだろう。そっと両手を前に持ち上げ、顔を触ってみた。随分、髭《ひげ》が伸びている。丸一日どころではないだろう。丸二日以上は経過していると見た。そんなに時間が経っているのなら空腹を感じても良さそうなものだが、そうでもないということは、寝ている間に誰かが点滴でも打ったのだろうか。

自分が赴任する予定だった海栗島分屯基地では、新任一尉が四月一日になっても姿を現さず、大騒ぎになっているはずだ。ここがどこかはわからないが、待っていれば誰かが助けに来てくれるだろうか。

どこか遠くで、スピーカー越しの声が流れている。テレビだろうかと一瞬考え、彼は耳を澄ました。違うようだ。スピーカーの音声は、外から聞こえるのだった。何かの広告のような言葉が流れている。その言葉を、彼はひとことも理解できなかった。

混乱と共に、恐怖が初めて彼を襲った。

――あれは日本語じゃない。

特徴のある語尾が聞こえ、自分が聞いているのはハングルだということだけ理解できた。つまりここは――朝鮮半島のどこかである可能性が高い。

とんでもない――誰も助けになど来るはずがない。考えてみれば、F―2奪取事件の当事者だと未《いま》だに疑われている自分が姿を消したところで、自衛隊はただ彼が「逃げた」としか思わないかもしれない。

――馬鹿な。

焦燥感にかられた。なんとかしてここから逃げ出さなくては。

肋骨骨折は、肺や肝臓などの内臓や大きな血管を損傷していない場合、テープなどで固定して安静にしていれば、数週間で自然に治癒する。内臓に痛みがあるかどうか、深呼吸などしてしばらく探りを入れてみたが、おそらく骨だけの問題ではないか、と考えられた。痛みをこらえ、そろりと寝台から下半身を転がすように下ろす。右足が床に着地した際、ごとりと鎖が床にぶつかる音がしたが、どうにか足を地面につけることができた。

不安と痛みに耐え、ゆっくり身体を起こす。なるべく浅く息をして、背中を丸めていると少し楽だ。寝台から下りて急に立ち上がると、めまいがしてふらついたが、なんとか自分の足で立つことができた。着衣は眠りこんだ時のままのようだ。ワイシャツにウールのズボン。鞄《かばん》や、制服などが入ったボストンバッグはどこに行ったのだろう。靴下越しに感じる床は冷たく、石かコンクリートのようにざらついて感じられた。

いざ足を動かすと、歩ける範囲は狭かった。ベッドと壁の間には、人間ひとりがようやく歩ける程度の隙間しかないらしい。あっという間に、鎖が彼の身体を後方に引っ張る。暗闇の中で手を伸ばし、壁のほかに何か指先に触れるものがないか探した。何か——何か少しでもいい。自分が今いる場所の手掛かり。あるいはここから脱出するための何か。

何もない。ここは囚人のための牢獄《ろうごく》なのだ。寝台があるだけで、他には何もない。

思いつき、再び寝台に乗って今度は逆側に下りてみた。同じように手探りで周囲を探る。つるりと硬く冷たいものに触れた。床に置かれた何かだ。手であれこれ触ってみて、それが「おまる」ではないかと気がついた。慌てて手を離す。ショックだった。これでは本当に牢獄以外の何物でもない。

「誰かいるか！」

意を決して叫んだ。ここに敵がいるのなら、自分が目覚めたと知らせることで不利な状況に直面するかもしれない。しかし、それでも少しは何かがわかるはずだ。

「おい！　いるなら返事をしろ！」

耳を澄ます。あたりは静かで、それこそ数キロ先の新聞配達の足音でも聞こえるのではないかと思うほどだった。声に反応して、誰かが様子を見に現れる気配はなかった。この建物が何であれ、自分はたったひとりで閉じ込められたらしい。

背筋が寒くなる感覚がして、彼は肋骨の痛みも忘れ、大声を上げて叫び始めた。

「誰か！　誰かいませんか！　この声が聞こえる人がいたら返事をしてください」

彼が黙ると、ここに時計があれば針の音が聞こえるかもしれないと思うほどの静寂。たまりかねて彼は叫んだ。

「私は日本の航空自衛隊に所属する、安濃将文と言います。どなたか、この声が聞こえたら、警察に連絡してください。私は日本人です。日本の安濃です！」

＊

「いたか！」

海栗島全体に、サーチライトと懐中電灯の光が交錯している。いつになく血相を変えた門脇二佐の問いに、新海は首を横に振った。

「見当たりません。やはり泳いで逃げたのでは」

今夜は月もない夜だった。春日DCの遠野一尉を名乗る女性から、安濃一尉は偽者だと指摘する電話があり、海栗島分屯基地は騒然となった。もちろん最初は悪戯《いたずら》か嫌がらせではないかと疑い、わざわざこちらから春日基地に電話をかけ直して確認したのだ。遠野真樹一尉は実在し、上官から受話器を渡されると、本物の安濃とは声が違うこと、指摘されるとすぐ電話を切ったことなどを明晰《めいせき》に説明したのだった。

安濃に化けた男がいるはずのレーダー監視施設に新海たちが駆けつけた時には、既に遅かった。建物に男の姿はなく、島中を捜索したがどこにもいない。月明かりのない海に入り、逃げた——と見るのが正解だろう。

「捜索を続けてくれ。奴が残した持ち物を司令室に持ってくるように。調べれば何かわかるかもしれない」

「了解しました」

険しい表情の門脇に、新海は頷《うなず》いた。

あの安濃は、偽者だった。その事実は、新海にとっても衝撃だった。変わった男だが、少しずつ基地に馴染《なじ》んでいけばいい。そう考えていた矢先だったのだ。

誰かが波間を懐中電灯の光で照らしている。泳いで逃げる男を捜しているのに違いない。

——あれが偽者なら、本物の安濃とはどんな男なのだろう。

波頭が光を受けて鈍くきらめいた。

8 擬態

四月三日

周高寧が人目をはばかる風情で近付いてきたのは、射撃訓練が終了し、皆が薬莢《やっきょう》や的を片づけている時だった。まだ、火薬の刺激的な臭いが射撃場にたちこめている。

「聞いたか」

「何を」

劉亜州は薬莢を拾う手を止めず、高寧をちらりと見上げただけで尋ねた。高寧は周囲に鋭い視線を走らせ、さらに声をひそめた。

「長征七号の噂だ。艦長は、お前の兄貴じゃなかったか」

晋級潜水艦が行方不明になっているという機密が、早くも漏れたのだろうか。それなら人民解放軍の士気も、地に墜《お》ちたと言ってもいいかもしれない。腐敗も極まったということだ。複雑な思いを抱えて無言でいると、高寧が亜州の前にしゃがみ込んだ。

「大変だぞ、亜州。長征七号は、日本の潜水艦に撃沈されたそうだ」

この男は何を言いだすのか。呆《あき》れて睨《にら》み返すと、高寧は「嘘じゃない」と言いたげに鉢の大きな頭を何度も振った。

「因特網《インターネット》で大騒ぎになっている。知らんのか」

長征七号と軍本部間の連絡が途絶えたのは、一昨日《おととい》の四月一日だ。撃沈されたなどという噂が出回っているとは、穏やかならぬ話だ。しかし、高寧の話には少なからず誇張も含まれるから、眉《まゆ》に唾《つば》をつけて聞かねばならない。因特網で騒がれているというのも不思議な話だ。撃沈されたのが事実なら、軍部は正式発表までその情報を隠すのではないか。中国国内の因特網は、党が指定する特定の単語について検索しても結果を表示しなかったり、特定の掲示板などを表示しなかったりする仕組みを持っている。亜州にも詳しいことはわからないが、金盾《きんじゅん》工程と呼ばれるもので、政府機関が検閲しているそうだ。「天安門事件」「法輪功」などという単語を検索したくてもできないのだ。長征七号の件も、党は簡単に検閲できるのだから、そう簡単に無責任な噂が広まるとは考えにくい。

「でたらめだ」

高寧は真剣な表情でこちらを見つめた。

「俺も最初はそう考えた。だから、少し調べてみたんだ。軍内部の情報源は、長征七号が一昨日から本部との定時連絡を絶っていると教えてくれた。軍はまだ証拠を握っていないようだが、因特網は、長征七号の近くにいた商級潜水艦が、長征七号が日本の潜水艦に魚雷で撃沈された音を聞いたと言っている」

亜州の脳は、活動を停止したかのようだった。彼の眼には、高寧が語る撃沈された長征七号と、魚雷を発射した潜水艦の図が、くっきりと浮かんでいた。

——馬鹿な。暁江が艦の指揮を執っているのだ。海上自衛隊の艦などに、むざむざ撃沈されたりなどするものか。そもそも、あまりの政治的制約の多さゆえに、似たような組織に身を置く者としてむしろ憐《あわ》れみを覚えるほどの海上自衛隊が、領海を侵犯する潜水艦を発見したところで、魚雷を発射することなどできるものか。

「そんな偽情報に振り回されるな、高寧」

「おい亜州、『天安《チョンアン》』の沈没事件を忘れたわけではないだろうな」

韓国の哨戒艇《しょうかいてい》、浦項《ポハン》級コルベット「天安」が二〇一〇年に沈没した事件を言っているらしい。海外から専門家を招き組織した第三者による調査団が、「天安」は北朝鮮の魚雷による攻撃を受けて沈没したと発表したが、北朝鮮はこれに反発し、いまだ真相は明らかになっていない。高寧は、潜水艦が撃沈される事件などいつ発生してもおかしくないと言いたいのだろうか。

「暁江の艦は、撃沈などされん」

確信を込めて言い放つと、高寧の目に痛みにも似た衝撃が走った。「なるほど」と低く呟《つぶや》き、それ以上自説を押し通そうとはしなかった。亜州が兄を崇拝していることを、思い起こしたのかもしれない。高寧は時々、亜州に向かって「お前は三国志の時代に生まれてくれば良かったのにな」と遠慮のない言葉を口にしてからかうのだった。そうすれば、張飛《ちょうひ》のような英雄になれたかもしれない。お前は生まれてくる時代を間違えた。現代のこの世の中では、亜州のような豪傑肌の男には居場所がない。暴れ者扱いされて嫌われるだけだ。

高寧が首を振る。

「確かにそうかもしれん。だがな、亜州。万が一の際には、黙って見ていては良くないぞ。党は今、海外とことを構えたくない。チベットの動きも、新疆の動きもきな臭い。党の上層部は、事件そのものを隠す気かもしれん」

亜州は拾った薬莢を投げ込んだ袋を持って、立ち上がった。おせっかいな男だと思った。

「心配するな、高寧。そんなことになったら、当然ながら俺は黙ってはおらん」

もし、暁江の艦が何者かの手によって沈められていたら——。もし、その情報を党が隠蔽《いんぺい》しようとしたら——。自分は焼けた鋼鉄の塊のように真っ赤に怒って、暴れ回るしかない。自分にはそれ以外に能がない。

「亜州。気をつけろよ」

背後から高寧に声をかけられたが、振り向かなかった。

子どもの頃から乱暴者で通っていた。暴れることは自己表現だった。職業選択の際に武装警察を選んだのは、父親が軍人だったから自然な成り行きだ。暁江と同じ海軍に入ることには抵抗があった。兄の足を引っ張るかもしれない。逆に、兄の七光りで軍人になれたと嘲笑《ちょうしょう》されるかもしれない。空軍に入るほど洗練された人間でもない。

入るなら、陸軍か武装警察だった。肉弾戦こそ亜州の望むところだ。鍛え上げた全身の筋肉を駆使して相手に挑む喜び。最終的に武装警察に入ると、周囲には似たような気質の男が大勢いた。賢く立ち回ることのできない男たちだ。そんな連中の中にいてすら、自分の存在は浮いている。

武装警察に入ってすぐ、先輩隊員の執拗《しつよう》な苛《いじ》めの的になった。亜州の体格は、武装警察の中でもとびきり良い。兄が海軍にいることも知られていたらしい。子どもの頃、さんざん痛めつけてやった喧嘩《けんか》相手と血縁関係のある男が寮にいて、行儀作法や言葉の訛《なまり》をあげつらわれ、大柄な体躯《たいく》もからかいの種にされた。訓練の度に、人より厳しい条件を課された。それだけなら我慢できる。他人より厳しい目標を達成できるのは、己の優秀さの証明だ。それはむしろ喜びになる。亜州が自制心を失ったのは、暁江の陰口を聞いた時だった。会ったこともないくせに、《浪虎》と呼ばれる兄のことを、亜州の兄なら大した男でもないだろうと、わかったような口をきいていた。一瞬で沸騰した。自分のために兄が嘲笑《あざわら》われるのが我慢ならなかった。

三階の窓から、ひとり放り投げた。制止しようとしたふたりを壁と床に叩《たた》きつけたら、一撃で動かなくなった。四人目は怖がって近付いてこなかった。誰も死ななかったが、窓から落としたのが足の骨を折る重傷だった。しばらく営倉に入り、出てきたら雪豹突撃隊に引き抜かれていた。

自分たち兄弟を、楊家将にちなみ劉家将と呼ぶ人間がいるそうだ。何が、と亜州はその言葉の裏に込められた嘲笑の臭いを嗅《か》いで思う。兄の暁江ですらまだ将軍ではないし、自分などさらに程遠い。武装警察の中には、自分を見て微苦笑を隠す人間がいる。この田舎者の虎、という蔑《さげす》みの表情だ。軍人にも知恵が必要だと言われ、大学を卒業した人間を中心に採用する時代だ。闘争本能と血の熱さだけで上には行けない。

——暁江は大丈夫、きっと無事だ。

そう思うものの、腹の底にはひとつの覚悟も生まれかけている。もし長征七号が本当に撃沈されたのなら、その相手は生かしておかない。徹底的に戦い、兄の仇《かたき》を討ってやる。

高寧の話が気になって、訓練を終えるとすぐに寮の部屋に帰り、自分の個人電脳《パソコン》を開いた。情報を集めるなら、因特網は確かに便利だ。台湾や香港の書店で売られているという、中国本土で発禁処分となった政治禁書も手に入れて読みたい。しかし、自分の立場でそんなものを入手すれば、それだけで処分の対象になりうるだろう。

検索を開始してすぐ、驚いた。高寧の言葉は、いくぶん控え目に過ぎたかもしれない。そう思うほど、さまざまな情報が出回っている。部隊長の尚徳林から教えられた、海軍が長征七号と連絡が取れなくなっているという事実だけではない。長征七号は青島軍港を先月半ばに出港し、三か月間の軍務に就く予定であったこと。日本海を潜航中に魚雷と思《おぼ》しきもので撃たれ、沈没したと推定されること。長征七号から百キロメートルほど離れた位置にいた商級潜水艦が、爆発音を聞いたことなども書かれている。商級のソナーがとらえたという爆発音まで聞くことができたが、いくらなんでもこれは作られたものだろう。

——情報量が多すぎる。

亜州はその点を怪しんだ。潜水艦の位置や針路は機密事項だ。誰かが意図的に漏らしているのではないか。

ふと、妙な情報に目を引かれた。

事件の背後で長征七号の針路を日本側に漏らしていたとされる、日本人特務機関員についての情報だった。最初はそれも疑わしく感じた。あの国に、特務機関が存在するとは初耳だ。それ以上に、現在のあの国に、国家や人民のために命を懸ける気骨のある人間が存在するだろうか。

とは言え――。

特務機関員、安濃将文。

その名前を、亜州は脳裏に刻みつけた。航空自衛隊に勤務しているとされるが、数年前に日本を騒がせた戦闘機奪取事件の背後にいたのもこの男だったという。事件については亜州も記憶していた。安濃という特務機関員は、事件の犯人一味と親しむふりをして、彼らを一網打尽にするためひと役買ったのだという。事件の後、彼は表舞台から姿を消した。硫黄島という絶海の孤島にある基地に派遣されていたとも言うが、真実はわからない。

その男が、今度は中国に潜入して長征七号の動向を探り、針路を入手して日本に報告したという。なぜそうまでして長征七号を探る必要があるのかと首を傾げたが、次の言葉に息を呑《の》み、とどめを刺された気分になった。

（長征七号は、核弾頭を搭載した巨浪二号を積んだ。これがその最初の航海だった）

――暁江。

亜州は口の中で兄の名を呼んだ。長征七号が撃沈された可能性が、初めて現実味を帯びた瞬間だった。戦略核兵器を積んだ中国原子力潜水艦の初航海。それを嫌い、日本が特務機関員を潜入させて撃沈したというのか。長征七号が、二国間の軍事的な均衡を崩す存在になりうることは確かだ。

安濃の写真を見つけた。どこで撮影されたのかわからないが、焦点が合っていないために、安濃という男の表情もぼやけている。濃紺の制服姿で、帽子は着用していない。いま建物の玄関から出てきたばかりのように、眩《まぶ》しげに目を細めている。片手で絞め殺せそうなこの男が、と亜州は低く呟いた。この男が暁江を危険な目に遭わせたというのか。

亜州は個人電脳の電源を切った。因特網の騒ぎは理解した。後は、実際に何が起きているのか、知るのみだ。

立ち上がり、制帽を手に取った。尚徳林に面会を申し入れ、事実を尋ねるつもりだった。

＊

福岡から対馬上空まで飛ぶ時間より、福岡空港での待機時間のほうがずっと長かった。過密状態の空港へ、次から次へと発着する航空機。隙間を縫うように全日空機が飛び立つまで、半時間以上も座ったまま待たされた。こんなことなら、意地を張らずに春日基地からヘリで運んでもらえば良かった、と遠野真樹は憂鬱《ゆううつ》な表情になった。

海栗島分屯基地に現れた安濃一尉が、本人ではない〈成りすまし〉だったと判明したのは昨夜だ。前代未聞の出来事に、海栗島分屯基地のみならず、春日基地も大騒ぎになった。春日基地には安濃と面識のある人間が何人かいたのだが、ここ数年のうちに会ったことのあるのは真樹だけだったというわけだ。

「遠野、すまんが海栗島に出張って、様子を見てきてくれ」

今朝早く、出勤前に泊里三佐から電話があった。真樹が安濃の偽者を見抜いたことを、早くも耳にしたらしい。

「俺が海栗島に行くという話も出たんだが、手が離せなくてな。お前が春日にいるなら、ちょうどいいじゃないか。上にはもう推薦しておいたから」

抜け抜けと朗らかな声で、何ということを言うのだろうか。泊里と安濃は同期だと言うが、他人の迷惑を顧みない同期生だ。

「私が行ったところで、何もできませんよ」

「俺が行ったって同じだ。頼んだぞ」

泊里の通話が切れるとすぐ、春日DCの上官から電話がかかり、今朝は出勤しなくていいから海栗島に向かえと命令を受けた。まったく見事な連携プレーだ。

泊里の一方的な通告には頭にきたが、自分が黙って命令に従ったのは彼らのためではない。

昨夜、安濃が行方不明になっているらしいと妻の紗代に伝えた時、あまりに長く沈黙が続いたので、電話の向こうで彼女が失神したのではないかと不安になった。落胆とか、心配だとか、紗代の心境はそんななまやさしいものではないだろう。

「何かわかれば、すぐに連絡しますから」

真樹にはその程度のことしか言えなかった。これが約束を果たす良い機会かもしれない。

真樹がチケットを買ったのは、福岡空港を十時十分に出る全日空機だった。誘導路で半時間以上も待たされた後、やっと上空に駆け上がったかと思えば、水平飛行など十分足らずで終わり、あっという間に対馬空港への降下に入る。飲み物を提供するだけで精一杯という慌ただしさだ。

対馬空港は、滑走路の全長が千九百メートル。二階建ての白いターミナルビルと、さほど高さの変わらない小さな管制塔のある、可愛らしい空港だ。対馬やまねこ空港という愛称も持つ。平日だからか、観光客の姿はまばらだった。機内持ち込みの手荷物しかない真樹は、さっさとターミナルビルの玄関に向かった。そこに、海栗島からの迎えが来ると聞いている。

「遠野さんですか」

ほどなく制服姿の男性が近付いてきた。真樹は濃紺のパンツスーツ姿だが私服だ。

「海栗島分屯基地の新海です」

電話で感じた通りの、温厚そうな男性だった。そろそろ五十代にさしかかる頃かもしれない。准曹士先任と聞いている。

「遠野です。お電話では色々とお手数をおかけしました」

真樹が頭を下げると、恐縮した様子で新海も深々と腰を折った。

「とんでもない。おかげで助かりました」

まさか、あの安濃一尉が本人ではなかったとは。その言葉を、新海は飲み込んだようだった。彼は車で真樹を迎えに来てくれたのだ。まっすぐ駐車場に案内された。

「二時間ほどで、鰐浦港に着きますから」

車好きなのか、国産の乗用車はきれいに磨かれている。後部座席を勧められたが断り、真樹は助手席に座った。お客さん扱いに甘んじるつもりはない。南北に長い対馬を、三分の二ほど北に向かって走らねばならないのだ。

「道理で、変わった人だなとは感じたんですよ。愛想はいいんですが、口数が極端に少なくてね」

何の話かと一瞬混乱したが、新海がハンドルを握って話し始めたのは、偽の安濃一尉のことだった。口数が少ないのは、ぼろが出ないようにするためだろう。余計なことを喋《しゃべ》るほど、疑われやすくなる。

「海栗島で撮られた写真を拝見しましたが、安濃一尉本人にかなり似ていますね。声は別人でしたが」

基地に配属された時に、身分証明に使ったり、司令室の壁に貼り出す組織図に使ったりする写真を撮影したのだ。写真だけ見れば、真樹でも迷うかもしれないと思うほど、本人にそっくりだった。

「整形手術でもしたんでしょうか」

新海は気味悪そうに顔をしかめている。

「遠野一尉は、安濃一尉とは府中基地でご一緒だったそうですね」

「そうです。ほんの半年ほどでしたが」

府中時代に起きた事件を新海は当然知っているだろうが、礼儀正しく触れようとしなかった。安濃の偽者に接しても、変わった人だと思った程度でそれ以上疑わなかったのは、安濃の過去について知っていたからかもしれない。性格的に問題があるのも無理はないと考えたのかもしれなかった。

　昨夜、真樹の指摘を受けて、海栗島分屯基地中を捜したが、偽の安濃は姿を消していた。海に入り、泳いで逃げたのだろうと推測されている。制服の上着が脱ぎ捨てられていた。泳ぐのに邪魔になるので脱いだのだろう。対岸の上対馬までなら、一キロもない。方角さえ見失わなければ、釜山まで五十キロだ。可能性はともかく、遠泳の訓練を受けた人間なら、絶対に泳げない距離ではない。過去には、二〇〇三年に日本人スイマーの五十嵐憲《いがらしけん》が三回に分けてではあるが、対馬海峡を韓国まで泳ぎ渡った。同じく五十嵐が、四十三キロある宗谷《そうや》海峡を、ロシアまで二十時間かけて泳いだ例もあることだ。自衛官なら、十キロ程度の遠泳をこなす人間もいる。

「安濃一尉が残した手荷物も調べましたが、着替えなどの他、正体がわかるようなものは、見つかりませんでしたね」

　問題は、安濃に化けて潜入した男が、海栗島で何をしたのかだ。目当ては何だったのか。情報を探ったのか、何かを仕掛けたのか。

「荷物は、安濃一尉が自宅から持ち出したものと同じだったそうですね」

「写真をご自宅に送り、奥様にひとつずつ確認していただきましたが、同じだそうです」

　ということは、偽者はどこかで本物の安濃とすり替わったのだ。安濃の荷物を手に入れ、彼の制服を着用して海栗島に近づいた。本人はどこに行ったのだろう。まだ生きているのだろうか。

　――紗代は、安濃が行方不明だと聞かされた上、自分が詰めた荷物の確認までさせられて、さぞかしショックを受けたことだろう。彼女の気持ちを思うと気の毒でならなかった。

　新海の運転は慣れていて、安定している。対馬の道路はよく整備されているが、出入りの複雑な島の形に沿って、急なカーブが多い。その道を、スムーズに走り抜けていく。

「新海さんは、対馬に長いのですか」

安濃について聞きたいことは山ほどあったが、何から尋ねていいのかわからず、気がつくとそんなことを尋ねていた。戸惑ったのか一瞬答えにつまり、新海が微笑む。

「長いです。通算十五年になりますか」

道理で島の道路に慣れているわけだ。

「こんな折でなければ、島内の観光にお連れしたいのですがね。綺麗《きれい》なところがたくさんあるんですよ。本当に残念です」

新海の柔らかな言葉に、真樹も頬を緩めた。窓の外には、春のかすむような青空の下、小さくこんもりとした緑の島が点在する濃い群青色の海が広がっている。なるほど、気持ちに余裕がある時なら、美しい景色で目を休ませることもできたかもしれない。

「機会があればぜひ」

「魚も美味《おい》しいです。本物の安濃一尉が見つかったら、歓迎会には遠野一尉もぜひいらしてください」

歓迎会か、とその一見のんきな言葉に真樹は口元を歪《ゆが》めた。新海は彼女の気分を引き立てようと気遣ってくれているらしい。

新海の話によれば、長崎県警は安濃と思われる男性が、四月一日の早朝、比田勝港に入港したフェリー《げんかい》に乗っていたことを突き止めたそうだ。安濃の写真を見せて、乗組員の確認を取った。しかし、それが安濃だったのか、よく似た偽者のほうだったのかはわからない。フェリーを降りた後の、彼の足取りも不明だ。次に安濃が現れたのは、比田勝港に海栗島分屯基地から名越二曹が迎えに行った時だった。荷物を足元に置き、手持ち無沙汰《ぶさた》に立ち尽くしている安濃を、名越が拾ったのだ。その間の目撃者はいない。

――どこですり替わったのか。

それがわかれば、安濃本人の行方も明らかになるかもしれない。

「基地内で彼が立ち入った場所の特定と、会った人間、交わした会話、目撃した人間。そんなことを昨夜からずっと調べています。監視カメラの映像も使って」

新海の言葉に頷《うなず》く。小さな島の中だとは言え、スパイ目的で潜入した人間の行動を逐一洗うには、相当な手間がかかることだろう。業務の片手間にそんな作業までしなければならないとは、ご苦労なことだ。

「警察は、海栗島にも入ったのですか」

「安濃一尉本人が姿を消していますし、事件性ありとの判断になりましてね。ただ、海栗島に入ったものの、彼らもヒヤリングに終始しています」

二時間のドライブは、すぐに終わった。事件と昨夜来の状況を聞くうちに、いつの間にか小さな漁港に到着していた。駐車場と呼ぶのもはばかられるような空き地に車を停める。

「どうぞ。今日は傭船《ようせん》の臨時便を頼んでありますから」

ドックに、白い船舶が停泊していた。海栗島との往復には、民間の傭船を利用しているという。あれがそうだろう。

港から、ほとんど目の前に海栗島が見えている。快晴で見通しがよく、白いサッカーボールのようなレーダードームもくっきりと見えた。こんなところに安濃は来るはずだったのかと、あらためて感慨深かった。福岡から対馬空港までおよそ一時間。車で鰐浦まで二時間。さらに船がなければたどりつけない海栗島だ。辺鄙《へんぴ》、という言葉をふと脳裏に浮かべて呑《の》み込む。辺境を守るのも自衛隊の職務のひとつだ。硫黄島に比べれば、海栗島はまだずっと町に近い。

真樹たちが乗り込むと、船はじきに出発した。海栗島へは十分もかからず着きますと、新海が請け合う。対馬海峡の海流は急だと言われるが、波は穏やかで船はそれほど揺れなかった。新海の言葉通り、海栗島のドックに降り立ったのは、ほんの十分後だった。

「今日はみんなバタバタしているので、車を用意できなくてすみません」

「まさか。そんな気は遣わないでください」

急な坂を登りながらふと、ここは安濃よりむしろ自分に向いた場所ではないかと思った。人里離れた孤島だ。自衛隊員が百六十名ほどで守る島だが、こういう隔絶された環境こそ、人間嫌いの自分には向いているのではないか。

「新海さん！」

庁舎の入り口から、誰かが手を振っている。若い幹部のようだ。早く、と彼の唇が動いた。

「何かあったようですね」

新海と共に真樹も足を速めた。若い男性が、真樹に向かって頷きかけた。

「ご挨拶《あいさつ》は後ほどあらためて。柾目です」

「遠野です」

「どうしたんですか」

新海が尋ねる。柾目と名乗った三尉は、手足と顔の長い若者だ。何に興奮しているのか、長い手を庁舎の奥に向かって振った。

「インターネットに、妙な情報が流れているんです。来てください」

真樹は思わず新海と顔を見合わせた。自分たちが空港からここに来るまでの間に、何やらとんでもないことが起きたらしかった。

――安濃さんに関わると、いつもこれなんだから。

柾目の後に続いて急いだ。長い一日が始まりそうだ。自分はいったい、いつまでここにいればいいのだろうか。

9　奪還

――どこかで小さな金属音が聞こえる。

安濃は暗闇で耳を澄ました。時間の感覚がない。対馬に上陸してから、二日以上、ひょっとすると三日は経ったかもしれない。

もう眠るわけにいかなかった。眠っている間にまた睡眠薬など投与されたのでは、笑い話にもならない。身動きもままならず、硬い寝台に横たわり、体力を温存して聞き耳を立てていた。折れた肋骨《ろっこつ》のあたりは、息をしたり動いたりするたびに激しく痛む。しかし、痛みもこれだけ恒常的になれば麻痺《まひ》して慣れてくる。自分が人質なら、そのうち誰か様子を見に来るはずだ。室内は変わらず真っ暗だが、森閑と静まりかえっていた夜間と違って、路面をタイヤが走り抜ける音や、足音などが入り混じり、聞こえてくるようになった。朝を迎えたのだ。しかし、安濃が声を上げても、反応はなかった。ここに携帯電話があればと、ないものねだりをしてもしかたがない。自分が囚《とら》われていることを分屯基地に知らせたい。家族と連絡を取りたい。安濃の突然の失踪《しっそう》に、紗代は今頃ひどく心配しているはずだ。そうこうするうちに喉《のど》が渇き、誰も自分に応《こた》えてくれない失望を抱いて、寝台に倒れ伏した。

——また金属音がした。建物の鍵《かぎ》を開く音のようだ。

隣の部屋を誰かが動き回っている。コンクリートの建物のようだ。声を上げようかと考えてやめた。代わりに、こちらに入って来い、と念じた。囚人はまだ深い眠りについていると、油断させておいたほうがいい。

部屋の隅で、鍵を操作する音がした。安濃は心臓がむやみに跳ねるのを抑えながら、寝たふりをして、薄目を開け様子を窺《うかが》った。扉が開いたようだ。すっと細い光が差し込んでくる。長時間暗闇に慣れた目には、わずかな光ですら眩《まぶ》しい。目の奥が痛み、涙が滲《にじ》んだ。明かりがあるだけで、なぜか胸がどきどきした。向こうも扉の前に佇《たたず》み、こちらの様子を窺っている。

ついと人影が消え、扉が閉まった。四囲がまたしても暗闇に閉ざされ、声を上げなかったのは失敗だったかと悔やみかけた。すぐまた足音が戻り、扉が開く。驚いたことに、その人物が壁の一点を探ると、天井近くに爆発するような白い輝きが生まれた。蛍光灯だ。眩しさに目を射られ、安濃は固く目を閉じた。すぐには目を開けない。じわじわと薄目を開き、目を明かりに慣らしていく。人影も白い。どうやら白衣を着ているようだ。

紙袋から何かを取り出しながら、入室した白衣の人物は寝台の左側に立ち、床にそれを置いた。頭が枕の近くに来る。その瞬間を狙い、安濃は跳ね起きた。相手の首に手錠の鎖を掛け、ぐいと自分の身体に引きつけて羽交い締めにする。甲高い悲鳴にどきりとした。女の声だ。しかし、手を緩めるわけにはいかない。こちらも死に物狂いだ。胸のあたりに激痛が走ったが、こらえた。

「ここはどこだ！　どうして俺はこんなところにいるんだ！」

問い詰めると女の手から何かが落ち、床で割れた。ガラス瓶のようだった。女は逃れようとじたばたするばかりで、早口でまくしたてる言葉は、安濃が理解できない外国語だ。

誰かが入り口から飛び込んできた。振り返る余裕がなかった。抵抗する間もなく、後頭部を棒状のもので殴られた。

「そいつを放せ」

男の厳しい口調。なんとか聞き取れる日本語だ。安濃が殴り倒された隙に、女が這《は》うように逃れる。少なくとも、言葉が通じる人間がいたわけだ。両腕で頭をかばいながら振り向くと、黒いジャケットとブラックジーンズ姿の、細身の男が警棒を握ってこちらを睨《にら》んでいた。二十歳を少し超えたくらいの年齢だろう。抵抗するなら、いつでも安濃を殴る。その意思と気概が身体中に漲《みなぎ》っている。

「俺はどうしてこんな場所に閉じ込められているんだ」

男は薄い唇を横に引き結び、女に向かって顎《あご》をしゃくった。何かの作業を始めろと指示を下したようだ。女が何か言っている。床をしきりに示しているところを見ると、先ほど落として割ったものについて弁明しているのかもしれない。女はどう見ても四十代で、男との関係もよくわからない。どちらかと言えば、この場の主導権を握っているのは若い男のようだ。

「――人違いじゃないのか。なぜ俺をこんなところに連れてきたのか、理由を教えてくれ」

重ねて安濃が尋ねると、男がきつい眼差《まなざ》しをこちらに注いだ。何か答えなければ、安濃が諦《あきら》めないと判断したのかもしれない。

「人違いではない。お前は安濃将文。日本人だ」

男の合図で、女が部屋から走り出た。男は部屋の隅に歩き、小さな折り畳み式の机を抱えて戻ってきた。昨夜、安濃がたどりつけなかった場所にあったのだ。安濃の膝《ひざ》のあたりに置くと、その上に何枚かの印刷物と、材質や大小が様々な紙をひと揃い重ねて載せた。ノートや付箋《ふせん》紙も交じっている。ボールペンも三本、太さの異なるものが添えられた。

「ここに印刷してあることを、全部こちらの紙に書き写せ」

安濃は男の命令口調に眉《まゆ》をひそめた。年に似合わず、命令することに慣れた口ぶりだった。慎重に印刷物を一枚ずつ開いてみる。日本語だが、最初は何が書かれているのか、意味が理解できなかった。何度か読みなおし、それが船の針路についてのメモではないかと思い至った。いつ、どのポイントに到達するかという情報だ。書き写せと命じられた理由がわかったわけではないが、従うべきではないと本能が訴えていた。なぜだかわからないが、自分は利用されようとしているのだと感じた。

「——断る。意味も理解できないものを、書き写すなんて」

「断らないほうが身のためだ」

激昂《げっこう》するでもなく、ただ冷やかな男の口調が不気味だ。出入り口から、先ほどの女が戻ってきた。今度はお盆に何か載せている。男が折り畳み式の机を除《の》けた。

「まず食え。腹が減ってるはずだ」

差し出されたのは、白いお粥《かゆ》を八分ほど注いだ碗《わん》とスプーンだった。皿に載せた白菜キムチが添えられていた。つやつやと輝くお粥を目にした瞬間、腹部が内側にめり込むような空腹を感じた。ほとんど胃が痛くなるほどだった。点滴を受けていたのかもしれないが、船を降りて初老の男の自宅で食事をした後は、何も口にしていないはずだ。

「手を出せ」

男は鍵を握っていた。安濃が両手を差し出すと、男が手錠の鍵を外した。

「手錠をかけたまま、文字を書くのは無理だから外しただけだ。馬鹿なことを考えるな。俺が今のお前に負けることはありえない」

確かにそうかもしれないと、痛む胸を抱えて思う。空腹のあまり気が遠くなりそうだったが、スプーンを手に取るのはためらった。睡眠薬で三日も眠らせるような相手だ。食事に薬剤が含まれていないという保証はない。そんなものが存在するかどうか知らないが、意識が朦朧《もうろう》として命令されたまま行動する薬などが含まれているかもしれない。黙って、自由になった両手首をさすり、血を通わせる。

「何も入ってない」

男が嘲《あざけ》るように言い、スプーンを奪い取って、毒見のつもりか、ひと口、ふた口と自分の口に運んだ。碗に戻されたスプーンを見つめ、安濃は無言で男の様子を見守った。特別な変化はないと確信できると、やっとスプーンを握った。一度食べ始めると、止まらなくなった。世の中に、これほど美味《うま》いものがあるのかと驚いた。

「――ここは釜山か」

ひと通りたいらげ、人心地を取り戻して尋ねた。男は何も答えなかったが、昨夜聞こえたハングルと言い、女の言葉と言い、答えないことが既に答えなのだろう。

「言われた通り書け」

食器を下げさせると、男が折り畳みの机をまた寝台に載せた。

「断る。理由を聞くまで嫌だ」

男が肩をすくめたと思うと、次の瞬間には右足を押さえ込まれていた。男の手に、ニッパーが握られている。何をする気かわかった。

「よせ！　わかった！」

安濃は慌てて叫んだ。この男、足の指を切るつもりだ。脅しではない。他人の指を切断するくらい、平気でやってのけそうな男だった。訓練を積んでいるだけではない。実戦の経験が豊富な人間だと見えた。

「最初からそう言え」

男が足の上から退《ど》くと、安濃は咳払《せきばら》いして印刷物を手に取った。枚数は多い。一日で書き終える量とは思えない。内容を見て、彼らは何かを捏造《ねつぞう》するつもりなのだと考えた。おそらく、安濃にとって不都合な何かだ。こうなれば少しでも時間稼ぎをして、連中の隙を窺うしかない。相手はふたり、ひとりは無力な女だ。この三日、点滴を受けていた可能性を考えると、看護師かもしれない。

「名前ぐらい、教えたらどうだ」

ボールペンを握り、ダメ元で尋ねた。男が蛭《ひる》のようなねっとりした視線をこちらに寄こした。無言だった。

わら半紙のような紙を差し出された。一枚目はこれに書けという指示らしい。ため息をつき、安濃は机に向かった。

＊

「自分は長征七号が自衛隊に撃沈されたという噂が本当なのかどうか、真実を知りたいんです！」

執務机に亜州が勢いよく両手を突くと、部隊長の尚徳林が不愉快そうに顔をしかめた。

「少しは落ち着かんか、劉。喚《わめ》くな」

おべっか遣いめ、と亜州は唾《つば》を吐きかけたい思いで尚を睨んだ。この男の目は、いつも共産党内部での自分の上役に向いている。部隊や部下には向けたことがない。

「部隊長。答えを隠されるということは、噂は本当なのですね。暁江の艦は、撃たれたのですね!」

「待て、劉」

右手を挙げて制止した尚が、不安そうな視線をちらりと出入り口のあたりに投げかける。誰かが急に入ってきてこの会話を聞くのではないかと警戒するような目つきだった。

「大声を出すんじゃない。そんな言葉を軽々に口に出すのは慎め。——私にも詳しいことはわからん。事故なのか、撃たれたのかも不明なのだ。ただ、商級潜水艦が爆発音を聞いたというのは本当らしい」

爆発音と聞いて、目の前が暗くなった。

——あの長征七号が。

我が国の科学技術の粋を集めた晋級原子力潜水艦が、撃たれて海に沈んだというのか。暁江も、艦と共に海の底にいるのか。

「まだ生きているのではありませんか」

「落ち着け」

「爆発音を聞いたというのはいつですか。長征七号と連絡が取れなくなったのは、四月一日だと言われましたね」

「詳しいことはわからんと言っただろう」

亜州は血が滲《にじ》むほど強く、唇を噛《か》んだ。落ち着いてなどいられるわけがない。原子力潜水艦は、海水から酸素を作りだすと暁江から聞いたことがある。爆発の程度によっては、たとえ航行不能になっていたとしても、乗組員が艦内でまだ生存している可能性もある。それなら、何をおいてもまず救助に向かうべきではないか。

「哨戒機《しょうかいき》を出して、長征七号の現在位置を確認しているところだ。子どものように騒ぐな」

「位置がわかれば、救出に向かうのですか」

尚が黙った。その表情から、海軍は晋級が既に救出できない状態に陥っていると考えているか、あるいは救出するつもりがないのだと読み取ることができた。

「なぜ助けないのですか！」

「落ち着け、劉。長征七号が沈んだのは、日本の領海ではないが、排他的経済水域内のかなりきわどい場所らしい。我々の救出作業を、彼らが黙って見逃すと思うか。手を貸すふりをして、晋級の機密を盗まれるかもしれない。長征七号とその乗組員は、とんだ恥さらしだぞ。そんな結末を、お前の兄が喜ぶと思うか。頭を冷やして考えろ」

「本当に撃たれたのなら、抗議するべきでしょう！　海上自衛隊の艦を排除してでも、救難活動に当たるべきです」

「そう簡単に言うな」

尚は苦々しそうに答え、それ以上の議論を封じるかのように顔の前で手を振った。

「お前はしばらく寮の自室で謹慎だ。状況が落ち着くまで、外出を禁じる。いいな」

自分が外に出て、長征七号の救難をしかるべき場所に訴えるのではないかと考えているのだ。

尚が内線で呼ぶと、彼の直属の配下にあたる警察官が二名、現れた。

「部隊長！」

「お前のためだ、劉」

雪豹突撃隊での亜州の噂を知っているのか、警察官らの態度は丁重で、むしろ恭《うやうや》しいほどだったが、亜州は猛獣のように荒々しく彼らを睨《にら》み据えた。自室で謹慎せよと命じられるなら、ひとまずそうするしかない。今後どうやって暁江と長征七号を救い出すか、作戦を練るのだ。

たとえ自分ひとりでも、海軍の上層部に働きかけるつもりだった。自分はただの武装警察官で、海軍の上層部に知人やコネを持たないが、兄とその名前を惜しむ人はいるはずだ。

——暁江は、迷惑には思うまいな。

二名の警察官を、護衛のように従えて堂々と寮に向かいながら、亜州は考えを巡らせた。亜州が長征七号の救難運動を始めることで、兄に迷惑をかける可能性はあるだろうか。あるいは、事情も知らずに余計なことをしたと、兄が自分を責める可能性はあるだろうか。

よく書物を読む暁江が、尊敬する人間のひとりに、明治期の日本の軍人を挙げていたことを亜州は知っている。佐久間勉《さくまつとむ》海軍大尉。佐久間艇長として知られた人物だ。当時としては新造の船であった第六潜水艇に部下と共に乗り組んだが、一九一〇年、潜水訓練中の事故で沈没し、佐久間以下乗組員十四名が全員殉職した。引き揚げた艇から佐久間艇長の遺書が発見され、また遺体の状況から彼らが最期まで任務を放棄せず艇の修理や運用にあたっていたのだとわかり、世界中に感銘を与えたそうだ。佐久間の遺書は、酸素が薄くなる艇内で、最後まで共に戦った部下とその家族に深い思いやりを示しており、中でも暁江は、遺書の一部にことのほか感じ入り、訳文を諳《そら》んじていたのだ。

(我らは国家の為、職に斃《たお》れしといえども、ただ遺憾とするところは天下の士これを誤り、もって将来潜水艇の発展に打撃を与うるに至らざるやを憂うるにあり、ねがわくば諸君ますます勉励もってこの誤解なく、将来潜水艇の発展研究に全力を尽くされんことを)

彼らの事故死が潜水艇研究の妨げにならぬようにとの気遣いを、命が尽きる時まで示したのだ。この事故を今後の研究材料とし、彼らの屍《しかばね》を乗り越えて前進せよと言ったも同じだった。このあたりが、軍人と武装警察との違いかもしれない。自分に、佐久間艇長の献身を期待されても困る。佐久間艇長は、雄々しく立派な男だとは思う。しかし、軍人だからと言って自分の身を犠牲にし、国家繁栄の礎になるべきとまでは考えない。個人と国家とは互恵の契約により結ばれるものだ。兄の暁江は佐久間の考え方に私淑している。そういう男なのだ。

長征七号の危機を、暁江は粛々と受け入れようとしているのだろうか。自分が運動をして長征七号救難を叫べば、最新鋭艦を預かり、その無事と乗組員の命に責任を持つ艦長としては、むしろ迷惑に思うだろうか。

——己の命より、名を惜しめ。

暁江にはそういう古風なところがある。彼の精神は、現代人としては潔癖すぎるのだ。

——今回は事情が違うぞ。暁江。

亜州はこの場にいない兄を諫《いさ》めるように首を振った。長征七号が、日本の領海外を潜航していて撃たれたのなら、騙《だま》し撃ちにも等しい。吠《ほ》えるべき時には吠えなければいけない。それで暁江の名に傷などつくはずがない。

庁舎を出る途中、私服の男とすれ違った。姿かたちは民間人のようだが、衣服に隠された体格の良さと雰囲気が、どう見ても鍛えられた男だ。朝鮮系の顔立ちに見覚えがある。昨日、周高寧と共にここで見かけた男だった。亜州の凝視に気付いたのか、男が薄い笑みを浮かべ、頭を下げた。「後ほど」と唇が動いたように見えた。脇を通り過ぎた男が、階段を軽い足取りで上がっていくのを仰いだ。

——何だ、今のは。

同じ敷地内にある寮に戻り自室に入ると、警察官二名は廊下に残った。尚に見張りを命じられたようだ。亜州は舌打ちをひとつして、制服の上着を脱ぎ、寝台に転がった。

考えなければいけない。どうすれば海軍が、長征七号救出に乗り出すか。自分ひとりの力では弱い。あの様子では尚の協力は望めない。おべっか遣いだけに軍の上層部にも顔がきくようだが、他人のためにその力を使うことはない。

廊下側から話し声が聞こえた。耳を澄ましたが、会話はすぐ聞こえなくなった。

「失礼、劉先生」

誰かが扉を叩《たた》いている。

「何だ」

「入れてください」

聞き覚えのない声だった。武装警察の人間ではない。彼らの中に、これほど柔らかい口調で話す人間はいない。亜州はいぶかりながら、扉の鍵《かぎ》を外して開いた。先ほどの朝鮮系の男が、亜州の隙を突くように身体を内側に滑り込ませた。その機敏な動作が、不思議と不愉快には感じられなかった。

「誰だ、あんたは」

「海軍の使いと考えてくださって結構です。普段は、武器や兵器を扱う商人です」

亜州は一歩退き、男の様子を頭のてっぺんから爪先《つまさき》まで観察した。海軍の使いとはまた、どのようにも取れる言葉だ。男が醸し出す雰囲気は軍人に近いものがある。しかし、軍人にしては物腰が柔らかい。俊敏な狐のような隙のなさも、別の職業を思わせた。たとえば、間諜《かんちょう》といった仕事に就く人間だ。この男は、どちらかと言えばそちら側に見える。商売人にだけは、どう見ても見えなかった。年齢は読み取りにくいが、亜州より二、三歳は年下だろうか。

「見張りはどうした」

先ほどのふたりが廊下にいたはずだが、姿を消していた。男は肩をすくめた。

「あなたとお話しするために、しばらく席を外してもらいました」

この男、賄賂《わいろ》でも使ったのかもしれない。役人も軍人も武装警察も、袖《そで》の下には弱い。金額はささやかでも、これも腐敗だ。

「長征七号のことです。劉先生」

亜州は男の吊《つ》り上がりぎみの目を睨んだ。この時点で長征七号のことを口にするのは、自分と志を共にする人間か、逆に自分を罠《わな》に陥れようとする人間のどちらかに違いない。この男はどちらなのか、判断しなければいけない。やけにこちらを持ち上げる態度も気に入らない。

「兄上を救出したいと思いませんか」

亜州は答えなかった。男の正体を見極めるまで、言質《げんち》を与えるつもりはない。男の細い目が柔和に笑みをたたえる。

「あなたは慎重な方だ。だが聞いてください。人民解放軍海軍の内部には、長征七号を救出したいと考えている人間は多いのです。あなたの兄上を始め、百四十名もの有為の若者たちを、むざむざ失いたくはない」

「それなら、なぜ軍が動かない」

短い亜州の言葉に、男が頷《うなず》いた。

「政府に弱腰の人間がいるからです。いま我が国は、四面楚歌《そか》のただなかにいる。南沙《なんさ》諸島、黄岩島《こうがんとう》、尖閣《せんかく》諸島。周辺諸国との火種は尽きません。新疆ウイグル自治区やチベット自治区など内部の問題もある。今、ことを構えたくない臆病《おくびよう》者が、軍を抑えているのです」

「そいつは誰だ」

亜州は知らぬ間に身を乗り出していた。正体は不明だが、男の言葉は亜州の気持ちを妙にかき立てる。彼の憶測を裏付けてくれるようだ。臆病という資質は、亜州にとって最も許すべからざる罪だった。劉家の男には、臆病者はひとりも存在しない。

亜州を宥《なだ》めるかのように、男が両手を前に出した。指の長い、器用そうな手だ。

「その名を明かすのはよしましょう。あなたは単身乗り込んで、相手を殺しかねない」

――この男、わかっている。

亜州はそう感じて顎《あご》を引いた。自分と同じものの考え方をする男なのかもしれない。確かに自分は、敵が何者であったとしても、虎の咆哮《ほうこう》を上げて飛びかかり、鋭い爪と牙《きば》でずたずたに引き裂くだろう。

「軍部も党も、意見が分かれているのです。私が見るところ、軍部はほとんどが長征七号を救いたいと考えている。それを党が抑えている。反対意見を撥《は》ね飛ばしてでも長征七号の救出部隊を出すためには、世論を動かすしかありません。人民の心を奮いたたせるのです。長征七号を救えと」

男の言葉に熱がこもる。亜州はその言葉に少しずつ酔わされていた。

「あなたは艦長の弟です、劉先生」

男が暁江への崇敬を感じさせる口ぶりで言った。《浪虎》の異名を取った暁江の過去を、熟知している口調だった。

「私が手引きをいたします。あなたが長征七号を救出すべきだと表舞台で語ってくだされば、海軍は必ず動きます。皆の前に立ってください。心あるものを動かしてください。皆、きっかけを欲しているのですから」

きっかけという言葉は亜州の胸に響いた。自分が皆の前に立ち、海軍を煽動《せんどう》することができるというのなら、やって見せよう。暁江が指揮を執る、最新鋭の原子力潜水艦、長征七号。それを沈めた連中に、目に物見せてやることができるというのなら。

急がなければならない。暁江たち乗組員の命があるうちに、何としても救い出すのだ。

「救出などという軟弱な言葉を使うな」

亜州は厳しい口調で歯を剝《む》き出した。

「奪還だ。卑怯《ひきょう》な手段で奪われた長征七号を、俺たちの手で奪い返すのだ」

男が一瞬、驚いたように目を見開き、それからいかにも満足げに莞爾《かんじ》と笑った。亜州が選んだ言葉が心底気に入った表情だった。

「なるほど。奪還とは素晴らしい。まさにその通りです。長征七号を奪還しましょう。あなたのように勇気ある大人《たいじん》と共に戦えるのは、私にとっても喜びです。劉亜州先生」

亜州は目を瞬《しばた》いた。違和感があり、それは自分の名前を知られているのに、自分は相手の名前を知らないことに由来するのだとやっと気がついた。

「──あんたの名前を教えてくれ」

男が唇の端を持ち上げた。

「イです、劉先生。どうぞ、イ・ソンミョクと呼んでください」

亜州は差し出されたソンミョクの右手を固く握った。節のごつごつした、指の長い手は、驚くほどひんやりと冷たかった。

「今夜、あなたが脱出できるよう手はずを整えます。身体ひとつでここを出て来てください。決して悪いようにはしませんから」

「あんたに任せる」

イ・ソンミョクと名乗る武器商人、どこまで信用して良いものかわからないが、彼の口車に乗ってみようと考えた。他に妙案はない。

――待っていろよ、暁江。

熱い奔流が、胸中をどよもす。必ず自分が救い出す。この身を犠牲にしても、必ず。そう、静かに誓いを立てた。

「では、今夜また」

艶《つや》やかなガラス球のような不思議な目を光らせ、イ・ソンミョクがするりと部屋を出て行った。体臭すら残さずに男は姿を消した。あれは現実に存在する人間だったのだろうかと、ふと亜州が疑うほどの実体のなさだった。

＊

首相官邸の応接セットのテーブルに報告書と写真を並べ、防衛大臣の神名川一郎《かながわいちろう》は総理の表情を窺《うかが》った。国政を預かる政治家としては、この総理は若手の部類に入る。

一枚の写真を手に、沈思黙考する総理にお伺いをたてようと、神名川は身を乗り出した。

「その自衛官は、以前のF―2奪取事件でも名前の挙がった安濃という男です」

総理は小さく頷き、短く「ああ」と応じた。何代か前の政権では、官房長官としてひたすら黒子の役割に徹してきた男だが、ここに来て人気が高まっている。政治家の人気というのは、不思議なものだと神名川はつくづく思った。決して才能や理屈ではない。何かの気まぐれな波のようなものだ。寄せてくる波にうまく乗れた者だけが、大成できる世界だ。

神名川は、防衛大臣に就任してまだひと月にもならない。前任者は体調を崩して入院し、若手議員の頃から防衛族議員と呼ばれた神名川に今度こそお鉢が回ってきた。

――もう少し落ち着いてから、こんな事件に遭遇したかったものだ。

中国の最新型晋級原子力潜水艦が、海中で爆発音を残して行方をくらました。どうやら中国側も晋級潜水艦を見失ったらしく、哨戒機《しょうかいき》などがたびたび領空侵犯ぎりぎりのエリアにまで近づき、自衛隊はぴりぴりしている。

それだけならともかく、海栗島分屯基地に自衛官に成りすました別人が潜入していたことが発覚した。わずか数日間とはいえ、潜入者の目的も行動もまだ明らかになっていない。しかも、ネットに流れた「安濃＝特務機関員説」のせいで、防衛省と外務省はマスコミや海外からの問い合わせにてんてこ舞いだ。安濃という自衛官が実は日本政府の工作員で、硫黄島勤務という隠れ蓑《みの》を着て海外における工作活動を行っていた――という根も葉もない噂を否定するため、防衛省は硫黄島での安濃一尉の勤務状況まで公開した。これでおさまってくれるといいのだが。

「自衛官の行方も、まだわからないのだね」

総理の質問に、神名川は頭を下げた。

「まだ見つかっておりません」

生死も不明ですと付け加えそうになり、自重した。そんな当然のことを言う必要はない。

「晋級潜水艦、成りすまし、自衛官、三者ともに捜索を続けます」

「朗報を期待しています」

辞去しながら、新しい総理は民間の人気は高いけれど、本当に腹の読みにくい男だと神名川は内心で首を振った。

10　沈降

四月四日

「水雷班は、何か隠している」

暁江がぴしりと言い放ち卓に書類を叩《たた》きつけると、勝英は表情を曇らせた。発令所内に緊張が漲《みなぎ》る。誰もこちらを振り向かないが、伸ばした背中に畏怖《いふ》の念が表れている。背後で王小琳が息を吞《の》むのがわかった。暁江が副長を叱りつけているように感じたのだろうか。

「私にはそのように思えません、艦長。趙班長と話しましたが、彼は班を掌握しています」

勝英の黒々とした太い眉《まゆ》が、困惑を隠せないでいる。彼は、暁江たちの会話を盗み聞きした水兵を見ていない。だから、信じられないのだろう。

水雷班長の趙から提出されたのは、班員の勤務体制や魚雷発射管室に配属されている乗組員の一覧だ。彼ら三十名あまりを、ひとりずつ事情聴取するしかないのだろうか。

「張宝潤は殺され、爆破には彼の時計が使われた。真犯人を隠すためだ。宝潤は何かを知ってしまったのかもしれない。だから、口封じに殺された」

張宝潤が仲間と共用していた寝台も視察した。残された私物はほんのわずかだ。分厚い物理学の本の間に、栞《しおり》のように導火線が挟んであった。爆破との関連を示すものは、たったそれだけだ。

「誰かが爆発物を持ち込んだのだ。先日の爆破でその全てが使われたと思うか、勝英」

「他にも残っている可能性はあります」

長征七号を大和堆の陰に潜ませ、暁江は全乗組員に私物の相互点検と不審物の徹底的な探索を命じた。現在のところ、何も見つかっていない。爆薬はおろか、張宝潤を刺した凶器すら。本当に見つかっていないのだろうか。見つけた人間が黙っている恐れはないのか。犯人をかばっている。あってはならないことだが、そんな構図も容易に思いつく。

嫌でも、腰の拳銃《けんじゅう》に意識が向いた。潜水艦の内部で武装を許可されているのは、幹部と政治委員のみだ。幹部は万一の場合、これで艦内を鎮圧する責務を負っている。

全長百三十七メートルの潜水艦だ。内部の構造は複雑で、彼らは艦を分解して不審物を探したわけではない。何かを見逃している可能性はある。

「勝英。お前ならどうする」

副長を指導し育成するのも艦長の仕事だ。暁江が尋ねると、勝英が考えを巡らせるように俯《うつむ》いた。

「この状況で、乗組員が互いに疑心暗鬼に陥る事態は避けるべきです。私が水雷班の様子に目を配ります。時間を頂けませんか」

潜水艦という閉鎖された空間で、百四十名の屈強な軍人が共に暮らしている。艦内はひとつの家族のようなものだ。お互いを疑わねばならない事態を避けたいという勝英の考えは、通常なら当然のこととして暁江も受け入れただろう。勝英は覇気がある上に、困難な事態に直面すると慎重な態度をとることもできる。暁江が信頼する所以《ゆえん》だ。一度、乗組員を疑い始めれば、前任者から引き継いで指揮を執り、三年がかりでまとめ上げた水兵たちの気持ちが、ばらばらになりかねない。基礎訓練からのやり直しだ。あるいは、乗組員をそっくり入れ替えねばならないかもしれない。

――それでも。

「勝英、この問題については、急がねばならないのだ。犯人の目的が読めない。第二、第三の爆発物が、今度は致命的な場所に仕掛けられるかもしれない。そうなってからでは遅い」

暁江の指摘に、勝英は何かもの言いたげな表情をしたが、結局は頷《うなず》いた。

「あの、劉艦長、差し出がましいようですが」

小琳が咳払《せきばら》いをして注意を引く。何事かと暁江たちはそちらを振り向いた。ぽっちゃりして色白の小琳が、注目を浴びて頬を赤らめる。高揚しているのだ。

「私にひとつ案があります。少し、お時間を頂けませんか」

戸惑う暁江に、小琳は一緒に来てくれと言いたげに視線を注ぎ、発令所を出た。勝英と顔を見合わせる。勝英の目にはありありと軽侮の念が浮かんでいたが、無理もない。「政治委員め」と、勝英は今にも怒りの言葉を漏らしそうな顔をしていた。暁江は、彼の背中を宥《なだ》めるように親しく叩いた。

「すぐ戻る」

言い残して小琳の後を追った。政治委員の若者は、発令所のすぐ外で待っていた。

「王さん、こういう秘密めかしたやり方は困ります。発令所の中に敵を作るつもりですか」

暁江が静かに論すと、その点には思い至らなかったらしく小琳が戸惑ったように頷いた。

「私の考えが至りませんでした。しかし、これからお話しする内容を知る人間は、少なければ少ないほどいいと考えたものですから」

「どういうことですか」

「犯人に罠《わな》を仕掛けるのです」

現場を知らない政治委員が、突飛な意見を出すと思ったが、暁江は一応もっともらしい表情で黙って先を促した。

「水雷班に、爆薬が見つかったという噂を流すのです。彼らの中に真犯人がいるなら、きっと何らかの動きがあるはずです」

小琳が、声をひそめて熱弁をふるっている。ぽっちゃり白い頬を紅潮させ、大きな目をきらきらと輝かせているのを目にすると、無下に断るのも気が引けたが、暁江は小さく首を横に振った。

「その噂をどのようにして流すのですか。口の堅い幹部からそんな噂が漏れれば、犯人は罠ではないかと疑うでしょう。少なくとも私が犯人なら信じません」

それに、それが罠だったと発覚した時点で、幹部が水雷班を疑ったことも明らかになる。幹部が下士官や水兵をつまらぬ罠にかけたと言われるのは心外だ。

「もちろん、私がその役目を引き受けます」

小琳が誇らしげな表情をした。

「私がこの艦に乗り込んだのは今回が初めてで、乗組員は私の性格を知りません。潜水艦で発生した殺人事件に舞い上がった新米の政治委員が、発令所で聞きこんだ情報について、つい他の乗組員に口を滑らせたとしても、罠だとは思われないでしょう」

「王さん、爆薬が見つかったと犯人が思いこんでも、その男は何もしなければいいのです。爆薬を隠した場所に近づかず、自分とは無関係なふりをすればいい。罠など無駄です」

小琳と話すうちに、暁江は自分の腹が固まったことに気がついた。長征七号は、内部に目的不明の裏切り者を抱えている。海上自衛隊が長征七号は日本海を既に脱出したのではないかと警戒心を緩めるまで、二週間程度は大和堆の陰に隠れ潜むつもりだったが、どうやらそんなにゆっくりはしていられないようだ。

いったん水深を上げて海面に近づき、人民解放軍海軍の本部に現状と爆破事件の報告を入れる。自衛隊に発見される可能性はあるが、見つかればまた逃げるまでだ。場合によっては、堂々と海上に姿をさらして日本海を航行し、海上自衛隊を驚かせてやってもいい。

暁江は、失望を隠せない小琳に頷きかけた。

「真摯《しんし》なご協力に深く感謝します、王さん」

小琳をおいて発令所に戻り、もの問いたげな勝英を手招きした。指揮卓に海図を広げる。

「そろそろ、隠れているのに飽きた」

大和堆から、ロシアの沿岸に向けてすっと指を走らせる。勝英が眉をひそめた。

「北に移動して浮上し、本部に連絡を入れる。交信を再開させよう」

「そんなことをすれば、敵に見つかります」

「かまわん。一度は連中に見つけさせてやろうじゃないか」

ここ三日間、この艦は世の中から切り離されてきた。少しは娑婆《しゃば》の空気を吸いたくもなろうというものだ。それに、三か月にわたる今回の航行計画を知らされた時から、暁江の胸にわいた疑念が、また膨らみ始めている。

——なぜ長征七号は、何かあった時に出口をふさがれやすい日本海を通って太平洋に出るよう指示されたのか。この航海には、そもそも何か裏の事情があったのではないか。

「爆発の件を本部に報告する。本部には他にも聞きたいことがある。とにかく、一度浮上するぞ」

「艦長、私は浮上には反対です。あと少しの我慢ではありませんか。せっかくここまでうまく敵の目をくらまして逃げているのに、わざわざ自分から居場所を教えてやらなくとも良いではありませんか」

勝英はしつこく食い下がる。暁江は唇に浮かびかける笑みをこらえた。あり余るほどの闘志に満ちた勝英は、敵の前にむざむざ姿を現すのが我慢ならないに違いない。もう少し若ければ、暁江も同じように考えたはずだ。まるで十年も前の自分を見るようだ。そう考えると、頬が緩みがちになる。

「考えあってのことだ、勝英。気持ちはわかるが、これは決定だ。北西に針路を取り、北緯四十度、東経百三十二度の地点で浮上する。私は艦長室で書きものをするから、近付いたら呼んでくれ」

それ以上は抵抗せず、勝英が不承不承頷いた。彼は心配しているようだが、もう二日以上も隠れている。敵は、完全に長征七号を見失ったはずだ。広い日本海で短時間浮上して、通信だけすませて潜航に戻れば、発見されない可能性のほうが高い。

発令所を出ると、王小琳がまだ廊下に立って何か考えていた。こちらは必要以上に自分の力を過信しているようだ。

「私はしばらく艦長室で報告書をまとめます。王さんは、発令所におられるか、士官室で待機願えますか」

「艦長、私は艦内を巡回してもよろしいですか。そろそろ、本来の任務に戻りませんと」

暁江は微笑んだ。相手は政治委員だ。見た目はともかく、少しは仕事をする気もあるらしい。もともと、自分の手元に置いて艦内の空気になじませたら、好きに観察してもらおうと考えていたのだ。三か月間ずっと、自分が綱を引いて歩くわけにもいくまい。

「もちろんです、王さん。よろしくお願いします」

その言葉に、小琳が学校を出たばかりの若者のように張りきるのがわかった。勝英の覇気は好ましく、小琳の覇気は愛らしい。暁江はハッチをくぐり艦長室に入った。短時間で、長征七号に起きた事件を漏らさず簡潔にまとめなくてはならない。爆破。殺人。事情聴取の立ち聞き。発見されない凶器。自衛隊の潜水艦による追尾。

集中してペンを走らせていると、扉を叩《たた》く音が聞こえた。

「艦長、私です。政治委員がまた、とんでもないヘマをやらかしました」

苛立《いらだ》った勝英の声に、暁江はため息をついた。やれやれ、小琳の存在が、艦内に無用の摩擦を引き起こしたのだろうか。自由にして良いと言ったのは自分だし、本来政治委員とはそうしたものなのだが、経験の少ない若者を、たったひとりで猛者《もさ》ぞろいの潜水艦に送り込むこと自体、考えが浅いのだ。

「入れ」

鍵《かぎ》などないのに、勝英は入室しない。不審に感じて扉を開くと、勝英がものも言わず滑りこんできた。後ろに三名の乗組員を従えている。非礼をとがめようとしたとたん、腹に硬いものを当てられた。

「艦長、本当に申し訳ありません。この手段だけは、避けたかったのですが」

暁江はぴたりと自分にあてがわれた銃口を無視して、勝英の目を見下ろした。若干、暁江は副長より背が高い。勝英は、覇気にくるめく瞳《ひとみ》を暁江に当ててたじろぐこともない。

――まさか。

「これは何の冗談か。勝英」

「あなたに手荒な真似をしたくないのです。両手を上げて、ゆっくり奥へ移動してください。腰のものには触れないでください」

狭い艦長室の奥には寝台がある。そこに座れと指示しているつもりらしい。

暁江は指示された通り両手を頭の上に乗せると、奥の寝台に向かって後じさった。一発撃たれる覚悟で、勝英を突き飛ばしても後がない。三人の乗組員は、水雷班と補給班に配属されている若者だった。名前も覚えている。補給班の水兵は、いつぞや艦長室の近くで見かけ、後で叱責《しっせき》しようと考えた男だった。水兵は銃など持てないはずなのに、なぜか三人とも拳銃《けんじゅう》を握っている。最初から何かが仕組まれていたという、自分の直感がどうやら正しかったらしい。

水兵たちは、ひとりが勝英の背後から暁江に狙いをつけ、ふたりが艦長室の外で警備に当たっている。外にいるひとりの姿が、昨日の事情聴取を立ち聞きしていた男によく似ていた。

「今、浮上して本部に連絡するわけにはいかないのです、艦長」

暁江が寝台に腰を下ろすと、勝英はさっと手を伸ばして彼の拳銃を抜き取った。その間もずっと、銃口はこちらの腹から逸《そ》れない。抜け目のない、細かいことにも慎重な男だ。だからこそ、信頼して自分の副長を任せられたのだ。

　暁江が黙って口を閉じていると、勝英は焦《じ》れたように眉《まゆ》をひそめた。暁江の無言が、自分を馬鹿にしているように感じたのかもしれない。

「何もお聞きにならないのですか」

「――自分の愚かさ加減に呆《あき》れていてな」

「艦長を今でも尊敬しています。この事態は避けたかった」

「そんなものを突きつけられていては、正直信じがたい」

　勝英はためらったが、銃口を下げなかった。名より実を尊ぶ男だ。手堅く、十二分に賢い。

「この艦は、今しばらく行方不明でいる必要があるんです。だから、本部への連絡は困ります」

　その言葉で、これまで従順な副長の仮面をかぶっていた勝英に仮面を脱ぐ決意をさせたのが、浮上命令だと理解できた。そう、副長として自分の下に来てからの一年半、勝英が自分に見せていた顔は、仮面だったのだ。あらためて愕然《がくぜん》とする。しかし、なぜ長征七号が行方不明にならなければいけないのか。

　また扉が開き、軍医の仏頂面が見えたので驚くとともに失望した。

「宋先生。あなたまで」

「おい、勘違いするな、艦長」

　宋軍医は、両手を曖昧《あいまい》に肩のあたりまで上げている。その背中に、補給班の兵士が銃を突きつけて立っていた。

「艦長には、しばらく病気になって頂きます」

勝英がきびきびと脇によけ、軍医に暁江の寝台の近くまで寄らせた。

「本当の病気ではありませんから、ご心配なく。睡眠薬で、眠ってもらうだけです。そのための注射を、軍医先生に用意してもらったのです」

無精髭《ぶしょうひげ》の軍医が、寝台のそばに来て膝《ひざ》をついた。暁江と視線を合わせ、やれやれと言いたげに肩をすくめる。

「手を下ろして上着を脱いでくれ。まさかその上から注射針を通せと言わんだろうな」

勝英が頷《うなず》き、暁江は無表情に上着を脱いだ。とびかかって銃を奪う隙を窺《うかが》ったが、勝英に油断はない。後ろの兵士たちもだ。自分が手塩にかけて育てた兵士のはずだった。暁江は唇を歪《ゆが》めた。勝英はどんな手妻を使ったのだろう。

袖《そで》をまくると、宋軍医は手際よく白衣から注射器と薬剤のアンプルを取り出した。二本のアンプルから注射器に薬剤を吸わせる。

「待て。なぜ二本も用意した」

勝英が目ざとく尋ねた。

「すぐに寝かせる薬と、あの若いのが言ったろう。だから熊でも眠らせる睡眠薬と、精神安定剤を混ぜたんだ。わかったか！」

嚙《か》みつくような宋軍医の語調に、暁江のほうがひやひやした。勝英も、軍医の性格は飲み込んでいる。なるほど、と呟《つぶや》いて彼は引き下がった。宋軍医が左腕の肘《ひじ》に注射針を突き刺すと、暁江は勝英と乗組員たちをじっくり睥睨《へいげい》するように見まわした。

「貴様らの顔は覚えたぞ。いいな」

勝英は平然としていたが、水兵が鼻白んだように目を逸らす。注射が終わると、宋軍医は艦長室の屑《くず》入れにアンプルを捨てた。ガラスが砕ける音を聞く頃には、急速な眠気が襲ってきた。まぶたが勝手に下りていく。宋軍医が、髭面の荒くれ軍医にふさわしくないほど、気の毒そうな顔をしてそっと身体を寝台に横たえてくれた。その上から、制服の上着をかけてくれる。

「艦長、申し訳ありません。きっと私を恨んでおられるでしょうが、理由がおわかりになれば、必ずご賛同頂けると信じています。大義のためです。艦長に説明する時間の余裕が、今はないのです。長征七号はこれからまた、大和堆の陰に戻ります。あなたが選んでくれた、申し分ない艦の隠れ家にね」

勝英が何かつまらぬことを喋《しゃべ》っている。暁江は、勝英を恨んでなどいなかった。ただ、この男を信じきり、自分の後継者として育成するつもりでいた自分の甘さが、笑いだしたいくらい馬鹿馬鹿しかった。次世代の《浪虎》は勝英、とまで考えていたのだ。なんと愚かなことだろう。

「そもそも艦長、全乗組員があなたを崇拝しているこの艦で、あなたに隠しごとをして成功させることのできる人間が、私以外にいるはずないでしょう。あなたを騙《だま》せるのは、私だけだったんですよ」

暁江は目を閉じた。頭の中に霧がかかる。深い海の底に、身体ごと引きずりこまれる感覚だ。

「現時点をもって、長征七号の指揮権は私が引き継ぎました。艦長のミサイルの発射鍵は、私が預かります」

勝英の手が、上半身に掛けた上着の内側を探っている。反射的に手が動いた。勝英の手首を摑《つか》んだ。

――その鍵だけは、この男に渡すわけにはいかない。

強い執念が、どんよりと深い眠気の淵《ふち》から暁江の意識を引きずり出した。眠ったと思っていた相手が急に動いたのでぎょっとしたのか、勝英が慌てて自分の手首から暁江の指を引きはがす。

「宋先生、薬は本当に効いてるんでしょうね」

宋軍医が、「効いとる」と仏頂面で答えた後、若い副長を口汚く小声で罵《ののし》った。彼は自分の腕を疑われるのが何よりも嫌いなのだ。

「まったく。脅かさないでください」

暁江の指先が勝英の手首から離れる。

――その鍵は。その鍵だけは、奴のものにしてはいけない。

勝英が、長い革紐《かわひも》のついた金属製の鍵を見つけ、指でつまんだ。とりわけ美しい鍵というわけではない。無骨で機能的な、兵器を動かすための鍵だ。

それこそは、長征七号に積みこまれた、雷神の剣。巨浪二号の発射装置に、最後の命令を下すための鍵なのだった。

「――それ――は……」

それだけは渡せない。

暁江は弱々しく声を上げ、勝英から鍵《かぎ》を取り戻すべく手を上げた——つもりだった。灯火を受けて鈍く光る鍵《かぎ》の先が目に残った。泥のような眠りに引きずりこまれた。

もう何も、考えることはできなかった。

＊

対馬の景観を特徴づけているのは、複雑に入り組んだ入り江と、湾内に点在するこんもりとした緑の島々だ。

助手席に座り、窓から外を眺めた時、真樹の脳裏に浮かんだのは国産みの神話だった。おぼろげな記憶でしかないが、『古事記』に出てくるイザナギ、イザナミの二神が、矛を持って海を掻《か》き混ぜると、矛から滴り落ちた雫《しずく》が積もり、島が生まれたのだという。対馬を構成する島々を見ると、日頃「神」という言葉や信仰心とは縁のない真樹ですら、国産みの神話が生まれたのは、こういう風景からだったのだろうなと考える。人間の手がほとんど入らない、自然のままの天地の雄大な美しさ。湾に点在する小さな島々は、まさに矛から滴り落ちた雫のようだ。

「浅茅湾に行くと、島が多くて見応《みごた》えがありますよ」

ハンドルを握りながら、制服姿の新海が誇らしげに教えてくれた。対馬の北半分を管轄する、上対馬の対馬北警察署を訪問し、安濃一尉の失踪《しっそう》と、成りすましの被害届を提出した帰りだ。

昨夜、真樹は新海の勧めで比田勝港近くの民宿に泊まった。真樹自身は海栗島に泊まり込むつもりでいたのだが、急な訪問だったので、隊舎の部屋を用意することもできなかったと新海が弁解していた。

「これから比田勝港に行ってみますか」

安濃に成りすましていた男の行方は、依然として知れない。

「ええ、行ってみましょう」

真樹は頷いた。本物の安濃の行方も知れない今、成りすましがどこで安濃と入れ替わったのかが気になる。港には警察も聞き込みに行き、安濃がフェリー《げんかい》に乗っていたという確認は取れている。それが本人なのか、成りすましだったのかはわからない。

対馬の民宿に一泊し、窓から深夜の対馬海峡を眺めて、彼女は偽の安濃が夜間に海を泳いで釜山に渡ったという説を捨てていた。予想以上に、漁船の灯《あか》りが海面を照らしていたのだ。イカ釣り漁の漁火《いさりび》だ。安濃に成りすました男がいくら豪胆でも、あのさんさんと輝く灯りに向かって泳ぎ出すことはできなかっただろう。それに、海栗島からはサーチライトで照らされていた。一刻も早く海から脱出し、安全な場所に逃げ込みたかったはずだ。

海栗島近辺に仲間が船を出して待機していた可能性もあるが、やはりあれだけの漁船が海上にいたなら、彼らは不審船の監視の役割も果たしていたはずだ。たとえば海外からの密航船全てを、海上保安庁の巡視船が監視できるわけではない。民間の漁船などからの通報が、海上の保安にひと役買っている。対馬のように、島民の連携が強い島なら、怪しい船や人を見かければ、すぐ警察や海上保安庁に通報があったはずだ。

一昨日《おととい》の夜、安濃に成りすました男は、海栗島から鰐《わに》浦まで泳いだのに違いない。鰐浦なら一キロ弱の距離だ。半時間もあれば陸に上がることができたかもしれない。

――それからどこに潜んだのだろう。

捜しても、もう手遅れだろうか。男は、対馬を出た後かもしれない。

「例の、インターネットに流れている怪情報の件ですが」

新海がさりげなさを装うように尋ねた。

「あれは、どこまで本当のことなんですか。随分もっともらしい記事でしたが」

どう答えたものかと真樹は考えを巡らせる。あれはまったく、新海の言葉通りの怪情報だ。情報の発信源は、中国の新華社《しんかしゃ》通信のスクープだった。記事に気付いた日本人が驚いて匿名でブログに翻訳記事を掲載した。それで、日本国内にもいっきに広まったのだ。

「あれは全部でたらめです」

真樹は結局、そっけないほど簡単に答えた。

記事の内容は、事情を知る真樹には、滑稽《こっけい》なほど大げさなものだった。安濃将文は、公式には認められていない日本の特務機関に所属しており、カモフラージュとして表向きは自衛隊に籍を置いている。以前、F―2奪取事件が発生した折には、政府の意を受けて首謀者に接近し、陰で事件の解決に力を尽くした。事件後、硫黄島の基地に配属されたことになっていたが、実はその期間、工作員として中国に潜入し、晋級潜水艦と最新型ミサイルについての情報を収集していた――などと書かれると、安濃の実像を傍《はた》で見て知っている真樹としては、正直なところ噴飯ものだ。

「しかし、F—2奪取事件では、安濃一尉と遠野一尉が活躍されたと聞きましたよ」

新海はこの際、知りたかったことをあっさり尋ねてしまおうと決意したらしい。真樹はゆっくり首を振った。

「私は何もしていません。事件の首謀者は、安濃さんの恩師とも呼ぶべき元上官だったんです。安濃さんは彼を止めたくて近づいただけで、誰かの意を受けたわけではありません」

真樹は、加賀山元一佐の虚無的な、そのくせどこか他人を惹《ひ》きつける魅力のある横顔を思い浮かべた。既に退官していた加賀山が事件に関係していると知り、安濃が自らの立場を擲《なげう》ってでも事件を解決しようと奔走したのも、加賀山本人を知ると無理はないと思わされたものだ。

今さらこんな怪情報が流されたところを見ると、安濃の失踪には外国が絡んでいると見たほうがいいのかもしれない。まったくあの男は、どれだけ事件に巻き込まれれば気がすむのだろう。

「爆発音を残して消えた晋級潜水艦。海栗島に着任する途中で姿を消した安濃一尉。そして、安濃一尉には潜水艦の極秘情報を収集していたという疑惑がかけられているわけですか。不可解ですね」

新海がハンドルを切り、比田勝港の埠頭《ふとう》に向かう道に乗り入れる。ここは、安濃が乗ったフェリー《げんかい》の発着場でもある。

不可解どころの話ではない。いったい誰が何の目的で、隊内でくすぶっている冴《さ》えない自衛官を特務機関員扱いしているのだろう。それとも、真樹が知らないだけで、安濃には何かそう指摘を受けるだけの根拠があるのだろうか。妻の紗代も知らないような根拠が。

——ありえない。

真樹は内心で小さくため息をついた。あの安濃に限って、それはない。ひとつ可能性として考えられることはある。それは、安濃がまたしても、何かの事情でひとり暴走を始めたということだ。加賀山の時のように。

車は比田勝港のターミナル前で停まった。新海とふたりで、ターミナルビルの玄関をくぐる。港に来ると、磯の香りが強くなる。平日の日中で、船の発着時刻まで間があるためか、ターミナルビルはがらんとして寒々しい気配が漂っていた。ずらりと並んだプラスチックのベンチには、誰も腰を下ろしていない。土産物の売り場で、店員が商品を棚に並べている。どこかにテレビがあるのか、ローカル局らしい釣り番組の音声だけが聞こえてくる。

国際線のターミナルビルは隣にあり、そちらからは釜山との往復便が出港する。この鄙《ひな》びた港は、韓国と直結しているのだ。

チケットの売り場で、手持ち無沙汰《ぶさた》に待機していた中年の女性に真樹は声をかけた。

「四月一日の朝に、博多発の《げんかい》から降りた男性を探しているんですが、この人に見覚えはありませんか」

紗代に頼んでデータを送ってもらった安濃の写真を見せると、女性はちらりと真樹の制服に視線をやり、時間潰《つぶ》しになると考えたのか、興味を引かれた様子で写真を見つめた。

「さあ。私はいつもここにいるので、降りてくる人の顔はあまり見ませんねえ」

「船を降りてくる人の顔を覚えてそうな人は誰でしょう」

「そりゃ、客の乗降を手伝う船員じゃないかしら。この人、自衛隊の人ですか」

真樹は曖昧《あいまい》に頷《うなず》いた。なぜそれが気になるのだろうかと、わずかに警戒心を抱いた。

《げんかい》は定員二百二名です。千人も乗るような大型客船じゃないし、乗客は地元の人間と観光客がほとんどだから、自衛隊の人が乗っていたら、船員がそれと気付いたかもしれないと思って」

「見ただけで、自衛官だとわかるでしょうか」

真樹は懐疑的だったが、女性は笑みをひらめかせて頷いた。

「なんとなく。三時五分になれば、《げんかい》が博多に向けて出港しますよ。早めに船員と話をしたほうがいいんじゃないですか」

彼女の親切に礼を言い、真樹は新海と共にすぐ埠頭に向かった。《げんかい》と船腹に書かれた、白とエメラルドグリーンの二色に塗り分けられた美しい船が停泊している。

船員に声をかけ、安濃の写真を見せて、質問を繰り返した。既に警察からも事情を聞かれているためか、すぐに年配の船員が現れ、真樹の質問に答えてくれた。

「乗ってましたよ。三月の最終日ですよね。警察の人にもそう答えましたが」

その口調に、本人が直接目撃したという雰囲気が滲《にじ》んでいる。真樹は、船員の白髪交じりの髪や、目尻《めじり》の深い皺《しわ》などを観察した。五十歳代の、落ち着いた男だ。

「どんな風でしたか。その――この人の様子で、覚えておられることがあれば、教えていただけませんか」

「さあ私も、乗り込む時に切符を切ったのと、梯子《はしご》を押さえて降りるのを手伝ったくらいだから」

それだけでは、安濃本人だったのか、成りすましだったのかを判断する材料に乏しい。真樹は食い下がった。

「誰かと一緒でしたか。それともひとりでしたか」

「ひとりだったんじゃないかな」

そう言いかけて、男はふと何かに気付いたように口ごもった。

「――ああ、そうだ。乗り込んだ時はひとりだったが、降りる時には連れがいたな。船内で知り合いに会ったのかもしれない」

真樹はその情報を吟味した。安濃は対馬に初めて来たはずだ。フェリーで知人に会う可能性はほとんどない。

「連れというのは、どんな人ですか」

「これといって特徴は覚えてないが、地元のおじさんじゃなかったかね。大荷物を抱えてたしな」

「親しそうな感じでしたか」

「そこまでは覚えてないが――おじさんのほうは、気さくな感じで話しかけていたかな。写真の人は、大人しい感じがしたよ」

安濃が地元のおじさんを知っている可能性も低い。そして、自分が知る安濃という男は、人見知りの激しい男だった。初対面の人間と、自分から打ち解けられるタイプではない。

「その話、警察の人にもされましたか」

「いや。今まですっかり忘れていたよ。あんたらとその制服を見て、急に思い出した」

雰囲気が似ているということなのだろうか、と真樹は首を傾げた。制服が記憶を刺激することは、あるかもしれない。船員からはそれ以上の話を引き出すことはできなかった。

「連れがいたとは、初耳でしたね」

新海も興味を引かれたらしく、考えを巡らせているようだ。

「ということはやはり、フェリーに乗ったのは、成りすましのほうだったんでしょうか。本物の安濃さんには、対馬に知り合いはいなかったんでしょう」

「そうなんですが――」

ターミナルビルに戻りながら、安濃という複雑な人格のことをどう説明したものかと、真樹は戸惑った。

《安濃》は、四月一日の早朝四時二十分、《げんかい》から比田勝に降り立った。もしそれが安濃本人だったら、その後どんな行動を取っただろう。海栗島からの出迎えと合流したのは午前七時頃だ。二時間半の間、彼はどこにいたのだろう。先ほど港まで来る道すがら見ていたが、二十四時間営業のファミリーレストランやカフェなどは見当たらなかった。その時刻に、この周辺で営業していた店はないと考えたほうがいい。船を降りた時にひとりならば、安濃はターミナルビルの中で待機していたはずだ。しかし、連れがいれば――。

真樹は思いついて、急ぎ足で売店に歩み寄った。棚の商品を補充していた女性が振り返る。

「四月一日の朝、《げんかい》を降りた男性を捜しているのですが、この人を見たことはありませんか」

写真をまじまじと見た女性が、首を傾げた。

「《げんかい》なら、朝早くですよね。さあ、見たような気もするんですけども」

「地元のおじさんと連れだって歩いていたかもしれないです。こちらの売店に立ち寄りませんでしたか。たとえば、新聞を買ったとか」

ああ、と女性が声にならない声を漏らした。

「そう言えば、あの人だわ。連れの男性に断って、こっちに走ってこられました。一日付の新聞はないかと聞かれたんですけど、時刻が早くてまだ朝刊が届いてなかったんです。がっかりされてました」

でも、と続けた女性の言葉に、真樹は注意を引かれた。

「でも——？」

「連れの男性が、うちに来ればあるから大丈夫だと言ったんです」

思わず新海と顔を見合わせる。〈安濃〉は、地元住民らしい連れの男性と、彼の自宅に行ったというのか。

「ふたりは親しそうな雰囲気でしたか」

女性が首を傾げた。

「さあ、連れの方は、にこにこしていましたよ。写真の方は、笑顔でしたけど、何となく困ったような雰囲気だったかな」

「困ったような？」

「断りきれずについていくような、そんな感じでしたよ。その人、地元の人じゃないですよね。自衛隊の人ですか」

——安濃だ。それは本物の安濃に違いない。

真樹は、自分の中に生まれた直感を信じた。「断りきれずについていく」、それはまさしく安濃らしい。あの男は優柔不断で、他人の好意を無下にすることを恐れている。孤独癖があるくせに、奇妙に人懐こいところも持っている。そして何より、自分がひとりぼっちだと認めたくない。

「新海さん、フェリーで比田勝に着いたのは、本物の安濃さんだと思います」

新海が驚いたようにまじまじと真樹を見つめた。どうしてわかるのかと言いたげだ。

「どうやら、安濃さんは船内で知り合った誰かの自宅に招かれたようですね。その相手を、至急捜し出す必要がありそうです」

真樹は焦燥感にかられ、ターミナルビルの待合室を見渡した。午後三時五分発の便に乗るために、ぽつりぽつりと乗客が集まり始めたようだ。四月一日の朝、安濃がここに到着した時の様子を知ることができればと思い、防犯カメラの存在に気がついた。

「新海さん、警察署に戻りましょう」

怪訝《けげん》そうな新海を促し、車に走る。

「四月一日の防犯カメラに、安濃さんと一緒に映っている男性がいるはずです。その男の写真が必要です」

その男こそ、安濃の失踪《しっそう》と成りすましとを結びつける存在になりそうだ。

11 迷走

目の前に広がるのは、真っ黒な海だった。重金属を溶かしこんだような、ぎらぎらと重たく輝く海だ。空は鈍い灰色で、まるで海の黒を映したようだった。黒い海に制服のまま足を進めようとして、あまりの水の重さに暁江は呻《うめ》いた。

――そこで、目が覚めた。

いつもは夢など見ないのに。それに、普段の目覚めはもっとすっきりしている。急速に浮上する潜航艇のように、眠りの淵《ふち》から涼しく浮かび上がるのだ。

眠気は消えたが、頭が重かった。真っ暗な艦長室の寝台に制服のまま横たわり、毛布代わりに上着をかけて眠っていたことに気付くと、暁江は驚いて半身を起こした。自分の身に起きたことを、ようやく思い出した。

――勝英はどうした。

艦長室には誰もいない。照明は消え、扉は閉じている。反射的に腕の時計に視線を落とした。艦内で事故が発生した時のことなど考え、文字盤と針が発光するものをはめている。日付と時刻を見て戸惑った。睡眠薬を打たれこの部屋に閉じ込められてから、まだ二時間も経過していないようだ。

自分を裏切った勝英とその仲間のことを、今は深く考えないようにした。彼らの目的が何であれ、自分は艦長として指揮権を奪還せねばならない。問題は、勝英側についたのが誰かということだ。乗組員の大方が勝英の味方なら、こちらに勝ち目はない。楽観的なものの見方は禁物だが、それはないだろうとも思う。現に、軍医の宋先生は、勝英に脅されて嫌々ながら協力した様子だった。こんなに早く目が覚めたのも、宋軍医が何かを仕組んだからに違いない。

そっと寝台を降り、手探りで物入れを開けた。狭い艦長室の内部なら、たとえ見えなくともどこに何があるかわかる。物入れには礼装の軍服が吊《つ》られているが、その中に隠しておいた拳銃嚢《ホルスター》には、勝英も気付かなかったようだ。これは軍から貸与された制式拳銃《けんじゅう》ではないからだ。艦長としての職責を果たすことができなくなった万が一の場合に、自分で自分の身を処するために手に入れておいた中古品の中国北方工業公司製、五四式だ。航海中に何が起きても、艦長としての威厳を保ち、自らの最期は自分で決める。その覚悟の結晶だ。勝英にも教えたことのない覚悟だった。教えなくて良かったと、今は考えている。

拳銃嚢ごと物入れから銃を取り出し、身につけた。引き出しの中にある小型の懐中電灯も、取り出した。真っ先に確認したのは、先ほど宋軍医が屑《くず》かごに捨てた薬剤だった。光が漏れないように、手早く貼付《ちょうふ》された紙を読む。ひとつは睡眠薬のようだが、あとのひとつは栄養剤だった。宋軍医は、暁江のために危ない橋を渡ったらしい。勝英は、宋軍医を殺しはしないだろう。潜水艦では貴重な医師だ。最下層にある医務室に見張りつきで監禁しているのではないか。

彼も救出しなければいけない。王小琳の顔が浮かんだが、首を振って優先順位を下げた。あの若者は、戦力になりそうもない。使えるものがあるとすれば、幹部としての彼が持つ銃くらいだろうか。

——さて、八発の弾で、勝英に反撃できるだろうか。

勝英なら扉の前に見張りを立てているはずだ。ひとりか、ふたりだろうか。他の連中には何と言い訳するのだろう。病気の艦長の警護とでも説明したのだろうか。仲間しかいないはずの潜水艦で、いったい何から守るというのか。苦しい言い訳だ。

見張りはひとり、と暁江は計算した。勝英は、暁江が薬物で眠らされていると考えている。武器を持っていることも知らない。見張りを置いても、ひとりだ。

寝台の上に、毛布を丸めて人が寝ているかのようなふくらみを作り、制服の上着を掛けた。暗がりで一瞬見るだけなら、暁江が横たわっていると錯覚を起こしそうな形だ。懐中電灯を制服にしまい、拳銃を引き抜いて扉の前に立つ。最高の手段ではないかもしれないが、このまま艦長室で手をこまぬいてじっとしているわけにもいかない。あと何時間かすれば、自分をぐっすり眠らせるためにまた宋軍医が呼ばれるだろう。そう何度も同じ手を使えるとは期待できない。機会は一度しかないのだ。

暁江は、扉の取っ手をそっと回し、閉まりきっていなかった扉が自然に開いたかのように、ほんのわずか開けた。廊下の光が室内に差し込む。暁江自身は物音ひとつ立てず扉の陰にひそんだ。

——さあ、入ってこい。

見張りは必ずいる。勝英が、見張りもつけずに自分を放置するはずがない。艦長室の中に見張りを立てなかったのは、暁江が目を覚ました時に、彼が会話して見張りを口説き落としてしまうことを恐れたのかもしれない。

指二本が入る程度の隙間を、見張りが不審に思わないはずがない。彼は今、強い葛藤《かっとう》と戦っているはずだ。潜水艦の内部で無線機は使えないから、勝英の指示を仰ぐにしても伝声管しか手段はない。しかし、伝声管を利用すれば、会話の内容を他の乗組員に聞かれてしまうかもしれない。迷っている。

開いた扉の隙間に、影が差した。見張りだ。影が、勢いをつけて扉を開いた。その陰に暁江は潜んだ。静まりかえる室内を男が覗《のぞ》きこむ。寝台のふくらみをよく見ようと一歩室内に足を踏み入れた時、暁江は扉の陰から飛び出して男の脳天に五四式の銃把を叩《たた》きつけた。冷たく硬い床に崩れながら、男は自分の拳銃を暁江に向けて突き出そうとした。その腕を足で踏みつけ、廊下の照明に照らされた顔を見て、暁江は唸《うな》り声を上げた。

「李元か」

殺された張宝潤と同じ寝台を使っていた、水雷班の若者だ。農村出身の無骨な青年だった。この男も勝英の仲間だったのか。

「艦長」

李元が弱々しく呟《つぶや》いた。床に長々と伸び、目が虚《うつ》ろだ。

「申し訳ありません。しかし、副長の話を聞けば、艦長もきっと賛同されると思います」

「そう考えるなら、なぜ勝英は私に何も話さなかったのか」

「艦長は任務に忠実な方だからです」

消え入りそうな声で李元が答えた。

「たとえ義が我らにあっても、艦長は任務を全うされると考えたのです」

「それは賛同と言わん」

張宝潤を殺したのが誰なのか、暁江はあえて問わなかった。今それを聞くと、憎悪という強い感情が自分を動かしてしまうだろう。今の自分に必要なのは、氷のような冷静さだ。

手錠があれば李元を大人しく艦長室に閉じ込めておくことができるだろうが、あいにくそんな都合のいいものはなかった。紐《ひも》すらない。勝英が使ったような睡眠薬もない。一瞬、手の中の五四式拳銃を見つめた。これは最後の手段だ。

「勝英の仲間は、誰と誰だ」

李元は困惑したようにせわしなく瞬いた。

「わかりません。知っているのは数人です」

いくつか名前を挙げたが、その全てが補給班の水兵だった。利口な勝英は、下っ端たちに仲間の全体像を教えていないらしい。万が一の場合に、全滅を防ぐためだ。

「李元、よく聞け。私は部下を無駄に死なせたくない。お前を撃てば私は安泰だが、お前のような若者を撃ちたくないのだ」

李元は自分の立場を思い出したように、黙って唇を震わせた。自分の命が風前の灯《ともしび》だと、ようやく気付いたようだ。

「人間の首には、頸動脈洞《けいどうみゃくどう》と呼ばれるツボがある。強く圧迫すると脳に流れる血が止まり、意識を失う」

暁江は五四式の筒先を李元のこめかみに押し付けて抵抗を防ぎ、空いた片方の手で彼の頸動脈を探った。

「しばらく意識を失うだけだ。目が覚めても、ここで大人しくしていろ。いいな」

李元がかすかに頷《うなず》く。探り当てた頸動脈洞を、暁江の指がぐっと押さえると、若者の身体が小さく痙攣《けいれん》し、白目をむいて気絶した。演技ではないようだ。呼吸があることを、念のために確かめた。身体を探り、拳銃を取り上げる。——弾が十六発に増えたことを、喜んでみても始まらない。

李元から取り上げた銃を腰の革帯に挟み、暁江は艦長室を出た。廊下には誰もいない。勝英は発令所にいるだろう。まっすぐ発令所に行き、制圧すべきだろうか。しかし、発令所の部下が、全員彼の手に落ちていたらどうすればいいのか——。

しばらく病気になって頂きます、と告げた勝英の言葉を思い出した。つまり彼は、発令所の面々に、暁江が急病で倒れたことにしたのではないか。それは、勝英が発令所の全員を掌握しているわけではないことを示している。自分が突然、発令所に姿を現せば、勝英はさぞかし仰天するだろう。まっすぐ発令所に行くか。それとも士官室や下士官の居住区画に行き、味方を増やすか。勝英がどこまで仲間に引き入れたのかがわからない。まさか自分が指揮する艦内で、背中に注意を払う必要があるとは思わなかった。

——一か八かだ。

暁江はハッチに手をかけた。ここを降りればすぐ発令所だ。勝英を驚かせてやる。

ふと、背後に誰かの気配を感じた。振り向きざま、拳銃をそちらに向ける。早くも勝英が艦長室の異状に気付いたのかと思った。引き金に指をかけようとして、眉《まゆ》をひそめた。別のハッチから、苦労して身体を引きずり出そうとしている王小琳の、真っ赤な顔を見たのだ。とっさに暁江は自分の唇に指を立てて、「静かに」と呼びかけたが、小琳は自分に向けられた銃口を見つめて、驚きのあまり声も出ない様子だった。

「王さん、なぜこんなところへ」

「艦長、良かった、お会いできて」

ハッチから這《は》い出すのを手伝ってやると、小琳がふうふう息を切らしながら汗を拭《ぬぐ》う。

「勝英は何か言いましたか」

「艦長が過労で高熱を出して倒れたと。軍医の宋先生が、しばらく絶対安静だから艦長室にも近付くなと乗組員に命令しました」

「それなのになぜここに来たんですか」

「嘘だと思いましたから」

小琳が、茹《ゆ》だったような顔のまま、誇らしげに胸を張った。

「私はここしばらく艦長と共に時間を過ごしました。過労で倒れそうな状態かどうかくらい、わかります。発令所の皆さんも、変だと感じているようです」

ということは、発令所の全員が勝英の手に落ちているわけではなさそうだ。まだこちらが勝つ見込みはある。

「それより艦長、怪しい乗組員を何名か見つけましたよ。例の手を使ってみたんです」

爆発物が見つかったという情報を流すという話だろう。目を輝かせる小琳を、余計な真似をするなと叱るべきかもしれないが、暁江自身が勝英の罠《わな》にはまり姿を消していたのだからしかたがない。小琳が、何かを書きつけた紙を懐から取り出した。

「これが彼らの名前です。残念ながら、爆発物の位置はまだわかりません。しかし、先日立ち聞きしていた水兵が逃げ込んだ、魚雷発射管室が怪しいですね」

小琳の一覧表には、勝英に従っていた水雷班や補給班の水兵の名前もあった。李元の名前もだ。魚雷発射管室などに爆薬を隠すとは、なんという危険な真似をするのだろう。暁江は舌打ちし、小琳の言葉をすんなり信じている自分にも驚いた。

「王さん。私は発令所を奪還します」

「私にも、できることがあれば」

真剣な表情を見て、一瞬、返事に詰まった。この男はどう見ても、遊戯《ゲーム》の中以外で戦闘した経験などなさそうだ。

「銃を持っていますね」

小琳が頬を紅潮させて頷く。慣れない人間に銃器を持たせるほど怖いことはない。

「ならば、艦長室にひとり倒れています。彼を見張っていてください」

残念そうな小琳を残し、暁江はハッチをくぐって下の階に滑り下りた。発令所の外にいた補給班の水兵が、振り向いて仰天した。先ほど勝英と共にいた男だ。銃口を向けるのは暁江のほうが早かった。

「艦長！」

水兵が叫んだのは、発令所の中にいる勝英に聞かせるためだろう。水兵が銃を握り、こちらに向けた。暁江は迷わず引き金を引いた。撃ちたくはないが、足や肩を狙う余裕はなかった。面積が広い腹部。腹を撃たれた男は、両手で出血を止めようと押さえながら床に崩れた。銃声は鋼鉄の鯨の体内で、長く尾を引いてくぐもった。

「何事ですか！」

発令所の中から何人か飛び出してくる。暁江の手に握られた拳銃《けんじゅう》と、血まみれで倒れている水兵を見て、彼らの顔から血の気が引いた。

「艦長が――」

「勝英はどこだ」

暁江は油断なく目を配りつつ、穏やかに尋ねた。艦長乱心、と目の前の通信員の表情が告げている。疑いを解かねばならない。

「勝英は海軍の裏切り者だ。どこにいる」

「艦長、まさか――」

　こわごわこちらに差し伸べられた腕の向こうに、勝英の青ざめた顔が見えた。その、腹心の部下だとつい数時間前まで信じていた男の顔を、暁江は睨《にら》みつけた。

「勝英！　ここへ来て私に説明しろ！　なぜ艦内に爆発物など持ち込んだのか」

　発令所の内部が、真空地帯に落ち込んだかのように静まりかえった。艦長と副長、とっさにどちらを信じていいのかわからないのだ。勝英が眉間《みけん》に皺《しわ》を寄せ、苦しげな顔になった。

「艦長――あなたが部下を撃つなんて」

　芝居はよせと暁江が怒鳴りつけようとして息を吸い込んだ瞬間、長征七号がその巨体を大きく震わせた。ずしんと腹に響く不快な爆発音が、遥《はる》か下の方角から伝わってくる。それは、足元を揺るがせるほどの震動だった。無防備に立っていた暁江も、発令所の幹部たちも、とっさに摑《つか》まる場所を持たなかった者たちは、水揚げされた魚のように床にごろごろと投げ出された。

「艦長だ、今のは何事だ！」

　魚雷で撃たれたとしか思えなかった。長征七号のどてっ腹に、大きな穴が開いた映像を脳裏に浮かべ、暁江は叫びながらどうにか体勢を立て直し、伝声管に駆け寄った。勝英は今の衝撃で身体のどこかを強打したらしく、苦しげに呻《うめ》いて横たわっている。

「報告せよ！　何が起きた！」

『魚雷発射管室です！』

　震動はおさまるどころか、長征七号の苦悶《くもん》を表すようにひどくなるばかりだ。暁江には、のたちまわる臨終の巨大な鯨を思わせた。

『爆発が起きて、隔壁がやられました！　浸水を止めようとしています！』

絶叫に近い叫び声に、暁江は凝然と目を剝《む》いた。水深三百メートルの位置に、今この艦はいる。およそ三十トンの水圧が、長征七号の躯体《くたい》にのしかかっているのだ。

「浸水を止めろ！　魚雷発射管室の浸水対応が終わるまで、第七区画の開口部をふさげ！」

潜水艦の内部は、いくつかの区画に分けられている。事故が発生しても、浸水をその区画に限定できるように設計されているのだ。この艦は原子炉も、核弾頭も積んでいる。浸水がそちらの区画に及べば、被害は長征七号の乗組員百四十名だけではすまなくなる。

「爆発の原因は何だ！　撃たれたのか」

発令所の中に怒鳴ると、真っ青な顔でディスプレイを見ていた下士官が首を横に振った。

「近くに敵艦はいません。魚雷の影も見ませんでした」

暁江は唇を嚙《か》んだ。原因は内部にある。勝英の仲間が持ち込んだ、爆発物が事故を起こしたのだ。

『艦長！　水が止まりません！　どんどん浸水がひどくなります！』

「何としても止めるんだ！　死にたくなければ水を止めろ！　艦を沈めるな！」

浸水に備えて、乗組員は隔壁を修理する訓練も受けている。しかし、三十トンだ。その水圧と勢いは、想像を絶するだろう。噴き出す水と死に物狂いで戦う乗組員の姿が目に浮かぶ。魚雷発射管室を捨てて、十数名の兵士を避難させるべきだろうか。その考えも浮かんだ。自分は彼らの命を救うべきなのか。

魚雷発射管室の相手が、あっと鋭い声を上げた。伝声管を通じて、鋼鉄の隔壁が卵の殻のようにめりめりと内側に潰《つぶ》れる音が聞こえた。開いた巨大な穴から滝のように魚雷発射管室に流れ込む海水の音も。重量の均衡が崩れ、長征七号がぐらりと傾いた。水に流されたのか、伝声管の声は、悲鳴も残さず消えた。流れ込んだ水の重みで、いま、長征七号はゆっくりとさらなる深みに潜り込もうとしている。

12　試練

扉が開くと、警戒心を露《あら》わにした女が、粥《かゆ》の載った盆を抱えて顔を見せた。

安濃はベッドに半身を起こして彼女を振り向き、苦笑いした。目を覚ましてすぐ、手錠の鎖で彼女の首を絞めようとしたので、怯《おび》えさせてしまったのだ。

「大丈夫だ、もう何もしないから」

日本語が通じないことは、この二日ほどでわかった。それでも、安濃の言葉を理解したかのように、女はそろそろと足を踏み出し、部屋に入ってきた。ごま油の香りが、狭い牢獄《ろうごく》にぷんと漂う。女の作る粥は美味《うま》かった。日本の粥と違って、韓国のものは味がついている。女は日替わりで、野菜の粥や牡蠣《かき》の粥など、違う味の食事を作ってくれた。安濃がしばらく眠ったままで、口から食事を摂《と》っていなかったため、固形食を避けているのかもしれない。

女は安濃がまた自分を捕えるのではないかと恐れるように、油断なく身構えて盆を彼の膝《ひざ》に載せた。

「美味《おい》しそうだな」

碗《わん》を見てつい安濃が漏らすと、女は身体を強張《こわば》らせて彼と粥を見比べた。意味を理解したのか、女の目元が少し和らいだように見えた。点滴を打つ役目を果たしていたらしいので、安濃は彼女が看護師ではないかと考えている。料理のうまい看護師だ。

安濃に点滴を打ったり、身の回りの世話をしたりして、彼女は生活のための金を稼ぐのだろうか。洗いざらしのブラウスと、くたびれたスカートをひそかに観察する。

若い男は、夕方まで安濃の作業を監視した後、今日の「作品」を持ってどこかに消えた。今日は何枚、書かされただろう。時間稼ぎのために、何のかんのと理屈をつけて、安濃は作業をゆっくり続けている。昨日から今日の昼食時まで、食事を供する時には必ず男が女の横で見張っていたので、てっきり今夜は食事を与えられないのだろうと諦《あきら》めていた。印刷物を書き写す作業の間は外される手錠も、男が姿を消す前にしっかり掛けていった。

――こんな状況でも、腹は減るんだな。

自分でも半ば呆《あき》れながら、不自由な手でスプーンを摑み、粥を口に運ぶ。三食ずっと粥ばかりだから、消化が良くて空腹がひどい。ひと口食べると、急速に飢えが襲ってきて、貪《むさぼ》るように食事をした。今夜は鶏肉を細く裂いたものが入っている。少しずつ、胃袋を固形物に慣らしていこうということかもしれない。女は安濃の手が届かない位置に後じさり、旺盛《おうせい》な食欲に目を細めてこちらを見つめた。

「美味かった。ごちそうさま」

最後のひと口まできれいに平らげ、未練がましい視線を碗の底に注いだ。こんなに美味い食べ物なら、いくらでも入りそうだ。女が不安を感じないように、盆を片手で持ち上げて手渡した。ふと、視線を感じて扉を見ると、隙間から小さな男の子がこちらを覗《のぞ》いていた。おかっぱに髪を切り揃えた、四歳くらいの子どもだ。安濃が知らないアニメのキャラクターが描かれたシャツと、紺色の半ズボンを着ている。片手に握ったおもちゃを、しきりに口に持っていって舐《な》めているようだった。目のあたりが女によく似ていた。

女が鋭い声で何か叱った。こちらに来るなと言っているのかもしれない。

安濃が思い出したのは、美冬のことだった。府中にいた頃、美冬はあのくらい小さかった。F―2の事件があって、自分が硫黄島に赴任している間に、あっという間に成長して、もう小学二年生だ。親はなくとも子は育つとよく言われるが、何か月ぶりかで府中のマンションに戻ると、ランドセルを背負った美冬の姿は、眩《まぶ》しいくらい成長していた。

仕事で自宅を離れるのは、自衛官としてしかたのないことだ。ただ、安濃の胸が痛むのは、F―2の事件で自分があれほど暴走しなければ、その後の彼女らの人生は違ったものになっていたのではないかと考えるからだった。妻の紗代と美冬には、さんざん迷惑をかけている。自分の名前は当時マスコミでも報道されたため、紗代たちはいったん府中の自宅を離れて、ホテルや横浜の実家に避難しなければならなくなった。F―2の事件で、安濃の名前が極悪人のように取り上げられた理由のひとつは、彼が北軽井沢でテロリストのひとりを射殺したことだった。遠野真樹の命を救うために犯人を撃ったことが、警察官でもないのに正当な権限を持たず敵の銃を奪って撃ったと、さんざん叩《たた》かれたのだ。人殺し呼ばわりもされた。犯人よりも、ひどい扱いを受けた。冗談のようにも感じるが、危ないところで、殺人罪で有罪になる可能性もあったのだ。まだ幼い美冬には、どれほどの心の傷になったことだろう。そう考えると、自分は父親失格ではないかと思う。

――この手で、誰かの命を奪った。

その事実も重い。テロリストとはいえ、あの男にだって両親や妻子がいたかもしれない。死んだと聞けば涙を流す友人がいたかもしれないのだ。それでも、また同じ場面に出くわしたなら、自分は同じことをするだろう。

あれは、真樹を救うためやむをえなかった。人間として正しいことをした。そう今でも信じているものの、家族に与えた影響を思えば、堂々と胸を張るのは難しい。

「あんたの子どもか？」

安濃は身ぶりを交えて女に尋ねた。女は怯えたような顔をして、盆を持つとそそくさと部屋を出て行った。子どもを気短に叱りつけている。子どもに危害を加えられることを恐れたのだろうか。叱られていったん姿を消した男の子は、しばらくするとまた戻ってきて、扉の陰に隠れるようにこちらを覗く。よほど物珍しいのだろうか。安濃は無言で笑いかけ、手を振った。子どもはちらりと神経質そうな表情を見せて、おもちゃを嚙んだ。プラスチックのロボットか何かのようだ。

危ないな、と言いかけて安濃はたじろいだ。ロボットの小さな白い耳が、子どもの口に飲み込まれそうに見えた。注意してやりたいが、言葉が通じない。もっと、外国語をきちんと勉強しておけばよかったと、こんなことがあるたびに思う。喉元《のどもと》すぎれば で、時間がたつとすっかり忘れてしまうのだが。

こちらにおいで、と子どもを手招きしたが、母親に言い含められているのか寄ってこない。身ぶりで、おもちゃを口に入れるのはやめなさいとたしなめたが、理解したかどうかは怪しいものだ。子どもがおもちゃを口から離した。よく見ると、ロボットの耳が消えていた。飴玉《あめだま》のように、子どもは口の中でプラスチックのかけらをしゃぶっている。

「こら、危ないからやめなさい」

安濃が拳《こぶし》を振り上げて注意すると、子どもは遊んでくれていると思ったのか、目を輝かせて嬉《うれ》しそうに笑った。こちらまで楽しくなるような、幸せそうな笑顔だった。笑って口を開いた拍子に、舌の上に乗った白いプラスチックの耳が見え、安濃はため息をついた。

隣の部屋から、女が鋭い声で子どもを呼んだ。ヨンウ、というのが子どもの名前らしい。母親の怒声に、ヨンウがびくりと肩を震わせ、反射的に何か言おうとしてひくっと喉を鳴らした。小さな手が喉を押さえる。子どもの顔色が蒼白《そうはく》になる。誤嚥《ごえん》して、喉につまらせたのだ。助けに行く暇もなかった。鎖でベッドにつながれた安濃には、手も届かない。ただ、ベッドから滑り降りながら慌てて女を呼んだ。

「たいへんだ！　すぐこっちに来てくれ」

　緊迫した声に、女が仰天して飛んでくる。安濃はおもちゃを指差して起きたことを伝えようとしたが、その必要はなかったらしい。女は素早く周囲を見回し、正確に状況を摑《つか》んでいた。ヨンウ、と何度も呼びながら、異物を吐き出させようとしている。子どもは血の気の失《う》せた土気色の肌で、自分の顔と喉を弱々しく掻《か》きむしった。

「貸して！　子どもをこっちへ」

　安濃がとっさに声をかけると、女はほぼ条件反射のように子どもを抱えあげ、こちらに運んできた。子どもの足を安濃は握った。身体を逆さにし、背中を叩けと女に身ぶりで指示する。看護の心得があるらしい女は、すぐ彼の意図に気付いて子どもの背中を強く叩いた。異物を誤嚥した場合、こうして気道を開いてやると、吐き出すことがある。子どもがげえっと潰れた声を上げた。唾液《だえき》にまみれた白いものが、安濃の足元にぽとりと落ちた。

　咳《せ》き込み、爆発したように大声で泣き喚《わめ》き始めた子どもを、そっと床に降ろして母親の手にゆだねる。今では女のほうが子どもより真っ青になって、子どもの身体を抱いてあやしていた。

安濃はほっとため息をついた。

「良かった。もう大丈夫だな。ヨンウというんだね、その子は」

　女が立ち上がり、彼に近づき過ぎたことを悔やむように逃げていった。子どもの名前を知られたことを悔やんだのかもしれない。

　重い鉄の鎖をつけた足を引きずり、ベッドに戻る。あの子が助かって良かった。自分を監禁している奴らの子どもだが、子どもには何の罪もない。思えば自分は、守るべき人たちに、守るべき時に進んで手を差し伸べられる人間になりたかったのだ。だから自衛隊に入隊した。家族や周囲に自衛官がいたわけでもないので、学校の友人たちは今でも不思議がっている。

だから加賀山の時も、何とかして止めようとした。殺されかけた遠野真樹を見て、いま撃てば殺人罪で起訴されるかもしれないなどと、保身を考えたりはできなかった。

――大層なことを言うが、自分の妻子は守れていないじゃないか。

そんな意地の悪い声が、ちくちくと胸を苛《さいな》む。安濃はベッドに腰掛けたまま、長い吐息とともに髪を掻き乱した。

どのくらいそうしていたのか、彼はこちらを窺《うかが》う視線に気づいて顔を上げた。女が立っていた。

「――」

彼女は無言で近づいてきて安濃の手に無理やり何かを押しつけると、はにかむようなかすかな笑みを浮かべて、そそくさと部屋を出て行った。笑ったことは確かだったが、引きつるような笑みだった。手の中に残されたものを見ると、紙に包んだ海苔《のり》巻きだ。戸惑いながらも、ありがたく頂戴《ちょうだい》することにした。彼の食べっぷりを見て、まだまだ腹を空《す》かせているようだと見てとったのかもしれない。

――ただの人間同士なら、親切にふるまうこともそれほど難しくはないのだが。

国家や歴史が入り込むと、とたんに人間同士の付き合いが難しくなってしまう。

包みから海苔巻きをひとつ摑み、かぶりついた。海苔の香りを嗅《か》いで、懐かしい気分になった。今が何日か、はっきりとはわからないが、おそらく四月四日頃だろう。もう、丸四日間、自宅や職場と連絡が取れていないことになる。どうやって連絡を取るか。そして、どうやってここから脱出するか――それが、安濃の今の課題だった。

＊

「沈降が止まりません」

潜航指揮官の沈着な声が告げる。暁江は深度計を睨《にら》んだ。深さ三百メートルから、海の魔物に引きずり込まれるかのようにじわじわと沈み続けている。

魚雷発射管室は、艦体の前方下部、発令所のほぼ真下にある。爆発によって外殻に開いた穴から海水が流入し、長征七号は大きく前傾した姿勢のまま、海水の重みで沈降を続けていた。このまま沈むといずれ潜航可能深度を超え、圧壊してしまう。

艦体が、みしりと音をたてた。傾いた床に立ち、どうにか姿勢の釣り合いを保とうと苦心している発令所の士官たちが、気味悪そうに室内を見回した。さすがに乗組員も青ざめている。

普段は自分を取り巻く鉄の塊に、脅威を感じることなどない。今は、その向こうに重く暗い海を感じている。彼らを柔らかく無力な贄《にえ》として飲み込み、今にも押し潰《つぶ》しかねない深海だ。

「緊急ブローだ。メインバラストタンクを排水しろ。姿勢を立て直せるか」

「やってみます」

爆発で、前部のメインバラストタンクも損傷したため、排水がうまくいかないようだ。艦体の釣り合いをとる、前後部のトリムタンクが無事なのは、不幸中の幸いだった。

　暁江はひそかに眉《まゆ》を曇らせた。魚雷発射管室を含む艦の前部は、複殻構造になっている。外殻と、内側の耐圧殻の二重構造で、そう簡単に艦体に穴が開くわけがない。よほど威力の強い爆発物を持ち込んでいたとしても、外殻がひしゃげるほどの損傷を与えるとは思えない。魚雷が連鎖して爆発したわけでもないようだ。もし連鎖反応を起こしていたら、今頃長征七号と暁江を含む乗組員全員が木っ端みじんになっている。爆発の衝撃で艦体がたわみ、外殻の溶接部分から浸水が始まったのだろうか。

「全班、責任者は被害状況と班員の安否を知らせよ」

『制御室、被害なし。班員は無事です。何事ですか』

『ソナー室、今の爆発音でソナー当直の耳がやられました。他はなんとか』

「医務室に行くのは待て。追って指示する」

　魚雷発射管室以外の全ての区画から、回答が返ってきた。艦は大きく傷ついている。魚雷発射管室にいた水雷班の一部は全滅しただろう。艦内にはまだ勝英の仲間が武装したまま残されている。医務室も、魚雷発射管室と同じ第七区画にあった。

　――あの名物軍医も逝ったか。

　暁江は、宋軍医の医師というより山賊めいた磊落《らいらく》な顔を思い返した。豪放な男で、艦の乗組員たちにも怖がられると共に好かれていた。軍医を失ったことを惜しんだ時、ゆっくりと床の傾きが水平になるのが感じられた。ようやく艦の制御を取り戻したようだ。沈降は止まり、逆に浮上を始めている。緊急ブローを指示したが、タンクが損傷しているせいか、浮上速度はゆっくりだった。危機一髪だったが、全艦揃ってあの世行きは免れたようだ。ほっとした空気が発令所の中に漂う。

しかし、安堵《あんど》するのはまだ早い。

「今の爆発音、当然ながら敵にも聞かれたな」

またしても、虎狼《ころう》の群れが血の臭いを嗅ぎつけて近寄ってくる。

暁江の言葉に、潜航指揮官の崔《きい》がこちらを振り向いた。彼だけではない。発令所の士官たちが皆、怖れと期待をこめた眼差《まなざ》しを暁江に向けている。命を懸けて彼らが艦長の命令に従うのは、万が一の際には艦長が正しい方向に自分たちを導いてくれると信じるからだ。暁江は首の後ろに強張《こわば》りを覚えた。艦長としての責任を、重荷に感じたことはこれまでほとんどなかった。それは、自分が本当の意味での窮地に立たされたことなどなかったということだろうか。これまで窮地だと考えていたのは、自分の技能を尽くせば切り抜けられるものばかりだった。少なくとも、そう信じられるものばかりだったのだ。

――しかし、今度ばかりは。

いや、と暁江は腹の内で首を振った。今度も切り抜けてみせる。窮地をくぐり抜けてこそ、自分たちは本物になれる。必ず、長征七号を無事に青島の軍港に帰りつかせる。でなければ自分は、息子の暁安を二度とこの腕に抱き上げることができない。妻の春華のやわやわとした腰に手を回すことも、首筋から胸元にかけての甘い香りに顔をうずめることも。

ふいに、弟の亜州を思い出した。鍾馗《しょうき》のように爛々《らんらん》と目を光らせ、頭頂から足の爪先《つまさき》まで、力の気配が漲《みなぎ》るような男だ。亜州ならば、「兄者、今さら気弱なことを」と背中に痣《あざ》ができるほど強く平手でぶったかもしれない。粗暴と呼んでいいほど荒々しい男だが、今は亜州が力を与えてくれたような気がした。

「深さ百で移動する。速度は様子を見ながら上げていく。被害の程度がわかるまで、無理はできない」

「では」

「北西に針路を取り、北緯四十度、東経百三十二度の地点で浮上する。本部と交信を行う。当初、私が命じた通りだ」

邪魔が入らなければ、今頃とうにその位置につき、本部に報告を入れていたはずなのだ。

「艦体の修理ができるか、確認しよう」

その前に、と暁江は床を見下ろした。

先ほど暁江自身が身を守るために撃った乗組員が、発令所の床に寝かされている。まだ息はあった。腹部からの出血は思ったより少ないが、おそらく腹腔《ふっこう》に血液が溜《た》まっているのだろう。目を閉じ、呼吸するたび、血に染まった制服の腹が上下した。金くさい血の臭いが狭い発令所にこもっている。

勝英は男のそばにうずくまり、乱れた髪を直そうともせず、目ばかりぎらぎらと光らせていた。一瞬で暁江に主導権を取り返された。それが屈辱だったのに違いない。こうなっては、勝英に頼ることはできない。

「勝英。貴官と仲間の武装を解除する」

暁江は冷たく宣言し、じろりと発令所の内部にいる顔ぶれを見まわした。勝英の側についたものがいるなら、動きがあるはずだ。意外にも、ふたりいる操舵員《そうだ》のひとりと、潜航指揮官を補佐する下士官が、暁江の言葉を聞くとすぐ勝英に近づき、彼の腰にあった五四式を抜き去って暁江に渡した。勝英も、下士官や兵士を懐柔することはできても、発令所の面子《メンツ》まで取り込むことは無理だったのかもしれない。幹部候補生として高度な教育を受けているし、ある意味勝英は彼らの競争相手でもある。

「しばらくの間、貴官らは艦長室にいてもらう。狭いが我慢しろ」

ふたりがかりで勝英の腕を掴《つか》み、立たせた。勝英は、汗ばむ額を拭《ぬぐ》おうともせず、こちらを見つめた。

「艦長。今となっては遅いが、お願いです。私の話を聞いてください」

「よせ、勝英。今さらだ」

「艦長！」

暁江は目を閉じて首を横に振った。いったい何の話をしようというのか。信用は一朝一夕に得られるものではないが、失う時は一瞬だ。勝英が自分を裏切ったという失望は、自分でも意外なほど強かった。顔も見たくない。それだけ、彼を信頼していたのだ。

「後で事情を聴取する」

できるだけ事務的に聞こえるよう、暁江は告げた。怒りを表さずに、淡々と勝英の話を聞くことができるようになるまで、しばらく時間が必要だ。思ったより、自分は狭量なのかもしれない。

「艦長室に、勝英の仲間の李元がいる。今は政治委員が監視しているから、誤って撃つな」

士官たちが目を丸くした。彼らが勝英を促して発令所から連れ出す間、暁江はことさら勝英に背を向けた。彼が必死の表情で歯を食いしばり、こちらを見つめているのが、見なくともわかった。彼らがハッチをくぐるまで、暁江はあえて無言を通した。

「士官を含む数名で、艦内に治安維持部隊を組織する」

発令所に残った乗組員は八名だ。発令所に勤務するのは艦長の暁江を含めて二十五名。うち半数以上が、交替で休息している。しかし、非常事態だ。事態が掌握できるまでは、彼らを叩《たた》き起こして働かせなければならないだろう。

「この一覧に名前がある乗組員を武装解除し、艦長室と士官室に分けて監禁する。彼らは勝英の仲間と決まったわけでもないが、怪しいそぶりのあった乗組員だ。勝英の仲間なら、間違いなく武器を持っている。油断できない」

政治委員の小琳が作った一覧を見せると、崔が見て唸《うな》った。数の多さと、顔ぶれに苦い表情をしている。

「艦長、今のは何事ですか」

起こしに行くまでもなく、爆発音と衝撃に飛び起きたらしい非番の士官たちが、倉皇として駆けつけてきた。暁江は彼らにも事情を説明した。勝英が武装解除されて監禁下にあると聞くと、唖《あ》然《ぜん》として声もない様子だ。

「治安維持部隊は勝英の仲間を捕え、艦内の規律を正す。並行して、他の乗組員は持ち場の安全と艦体に異常がないか調査する」

「第七区画はどうしますか」

崔が尋ねた。この男は、暁江ともさほど年齢の変わらない、四十代の士官だ。太りやすい潜水艦にあって、鶴のように痩《や》せている。食べても太らない体質なのだという。小琳とは対照的だ。

「残念だが諦《あきら》めるしかない」

暁江は彼らの今わの際を聞いていた。一瞬でなだれ込んだ海水。断末魔の悲鳴すら残せず、驚きの声を上げて流された乗組員。他の区画に浸水せず、食い止めることができただけでも僥《ぎょう》倖《こう》だ。

「――おい」

発令所の外から急に太い声をかけられ、暁江はとっさに五四式銃に手をやった。出入り口から、宋軍医が無精ひげの伸びた顔を覗《のぞ》かせている。

「軍医先生!」

「死体が歩くのを見たような顔するな」

彼は、仏頂面でざらりと頬から顎《あご》にかけて手のひらで撫《な》で下ろした。

「無事でしたか。てっきり」

「危ないところだった」

宋軍医は、医務室で勝英の仲間に監視されていた。突然、魚雷発射管室で怒鳴り合う声が聞こえ、銃声が轟《とどろ》いた。見張りが慌てて医務室を飛び出した瞬間、例の爆発が起き、艦が衝撃で揺れたのだという。

「どうにかこうにか、見張りが目を離した隙に上の階に逃げ込んだ。その直後、第七区画が閉鎖されたんだ」

「宋先生は運がいい」

「俺は運が良かったが、医務室の設備はすっかりやられたぞ。薬品もだ。これでは俺の腕はくその役にも立たん」

苦々しい口調でぼやいている。

「そこの男を、診てやってもらえませんか。先ほど私が撃ちました」

床に倒れている男を見やると、宋軍医は何食わぬ顔でそばにしゃがんだ。銃創が腹だと知ると、表情を変えずに首を振った。

「弾が抜けずに中で止まっているな。手術が必要だが、艦内では無理だ。医務室にはモルヒネがあったんだが」

宋軍医は男に死亡宣告をしたのも同じだった。腹腔に弾が残り、血が外に流れず溜まっているのなら、さほど時間をおかず内臓が腐り始めるだろう。すぐ港に戻って手術を受けることができれば別だが、それは難しい。

宋軍医が立ち上がり、暁江のそばまで来ると小声で囁《ささや》いた。

「俺なら頭にもう一発くれてやって、楽にしてやるね。そのほうが親切だ」

暁江は首を振った。その話は終わりだ。あの男は発令所からどこかに移して、最期を迎えさせるしかない。

「宋先生、魚雷発射管室で何が起きたのかわかりますか。勝英たちが爆発物を隠していたとしても、爆薬が爆発したくらいで、外殻まで突き抜けるほどの威力はないはずだ」

暁江の質問に、宋軍医は目尻《めじり》に皺《しわ》を寄せた。

「魚雷発射管室に、副長の仲間がいたのだと思う。おそらく、爆薬を隠しておいた場所から移動させようとした。そこを誰かに見られたのかもしれん。医務室にも、しばらく罵《のの》りあう大きな声が聞こえた」

暁江が薬で眠っている間に、小琳が「爆薬を見つけた」と嘘を流して歩いたことを思い出す。信じたのかどうかわからないが、彼らは万が一のことを慮《おもんぱか》り、爆薬の隠し場所を変えようとしたのかもしれない。

「銃声が聞こえたと言いましたね」

「そうだ。爆発はその直後だった」

「だとしても、その爆発で外殻に穴が開くとは思えない。せいぜい耐圧殻まででしょう」

「俺には、外殻が岩をこすったような音が聞こえたぞ」

宋軍医の言葉に暁江は顔をしかめた。爆発の衝撃で、ひそんでいた大和堆——海中山脈のどこかにぶつけたのだろうか。大きな傷でなくても、深さ三百メートルではそれがやがて命取りになる。


「これが副長の仲間か」

宋軍医が小琳の一覧を見た。白衣から鉛筆を取り出し、三名の名前を消した。

「この三人は魚雷発射管室にいた。もう死んでる」

ぶっきらぼうな言い草だが、暁江は静かに頷《うなず》いた。宋軍医は死んだ乗組員たちを彼なりに悼んでいるのだろう。そっけない言い方をするのは、彼なりの愛情表現だ。

ふと、医務室には殺された張宝潤の遺体もあったことを思い出した。不憫《ふびん》な若者だ。殺された上に、遺体も浸水した閉鎖区画に取り残されるとは。海に流れ出なければいいが、無事に青島に帰れたとして、彼の両親にどのように伝えればいいのだろう。

「艦長。今は生き残った連中のことだけを考えたほうがいい。死んでしまった奴らのことは、後からゆっくり考えよう」

何もかも見透かしたような表情で、宋軍医がこちらを見つめて頷いた。

「宋先生に、副長代理をお願いしたいな」

暁江が片頬にかすかな笑みを貼りつけてからかうと、彼は思いきり顔をしかめた。

「冗談じゃない。俺は役立たずの軍医がいい。あんたらのような責任を負うのはごめんだ」

これには暁江も苦笑するほかなかった。

13 咆哮

「これが安濃さんです。間違いありません」

真樹が指差すと、対馬北警察署の戸崎《とざき》という刑事が、防犯カメラの映像を静止画像にして、印刷してくれた。

比田勝港のフェリーターミナルに設置された防犯カメラの映像を、四月一日の午前四時から五時まで、つまり安濃が乗船した《げんかい》の到着時刻前後に絞って、見直したのだ。フレームの中で、安濃はもうひとりの男性と並んで歩いている。髪が半ば白くなった、色黒の男性だ。年齢は五十代半ばだろうか。日焼けした肌を見て、漁師かもしれないと思った。

「戸崎さんは、この男性に見覚えはありませんか」

隣に座った新海が尋ねる。戸崎という刑事は小柄で痩せていて、現役の刑事だから六十歳を超えているはずがないのだが、外見の印象は七十代の好々爺《こうこうや》といった雰囲気だった。その戸崎が、目尻に深い皺を寄せて唸る。

「私は覚えがないですね。対馬全体で、人口が三万四千人ほどでしょ。さすがに、みんな知ってるわけじゃないですよ」

「大きな荷物を抱えてますね」

真樹は写真を見ながら指摘した。風呂敷《ふろしき》に包んだその荷物のせいで、男はずいぶん田舎風の雰囲気を醸し出している。

「うん、内地に買い出しに行ったりするから、フェリーに乗る人は大荷物を抱えていることも多いですよ」

「このふたりが、港を出た後どこに行ったのか、知りたいんですが」

真樹の言葉に、戸崎が腕組みした。思案投げ首といった表情だ。

「見ていた人がいればええが、人通りの多い場所じゃないし、午前四時過ぎときたらね。あのあたりで漁業をやってるうちに、一軒ずつあたって聞いてみるしかないでしょう」

これが渋谷《しぶや》や六本木《ろっぽんぎ》なら、街角に無数に張り巡らされた防犯カメラの監視網があるから、彼らの行動など手に取るように追いかけられたはずだ。真樹は小さく吐息を漏らし、警察署内を見まわした。白い三階建ての、さほど大きくない警察署だ。彼女らが通された部屋にも、署の入り口にも、「密航・密漁・密貿　見たら・聞いたら一一〇番」と書かれたポスターが貼り出されていた。同じポスターを港でも見かけた。

「そんなに多いんですか。密航者が」

真樹の問いに、戸崎は頷いた。

「多いですよ。去年もブローカーが摘発されたでしょう。韓国から五百人程度、ボートで九州に運んでた容疑で」

五百人というと、組織的な犯罪の臭いがする。ポスターには、「船・車・人」にカテゴリを分け、怪しい船やバスの見分け方まで書かれていた。それを見ながら、真樹は安濃に成りすました男のことを考えていた。釜山から五十キロほどの位置にある島だ。国外に脱出するなら、船さえあれば簡単に逃げられる。

新海の携帯電話が鳴り始めた。彼はすぐ席を立ち、携帯を耳に当てて部屋を出て行った。

「この男性が、安濃さんの失踪《しっそう》に深く関わっていると思われます」

真樹は確信をこめて戸崎に訴えた。

「それから、安濃さんに成りすました、彼にそっくりな男性も」

「ふたりは仲間で、成りすました男を分屯基地に送り込んだということですね」

――仲間。考えていなかったが、確かにそういうことだ。

「わかりました。こちらで聞き込みをして、この男性を捜してみましょう」

「よろしくお願いします」

真樹は頭を下げ、なかなか戻ってこない新海にしびれを切らし、戸崎に見送られて刑事部屋を出た。新海は、いつの間にか警察署の外にまで出ていた。他人に聞かれたくない話だったのかもしれない。

「遠野さん」

車に乗るよう促しながら、新海の表情がいつになく興奮していることに気付いた。冷静な男だと思っていただけに、意外に感じる。

「何かあったんですね」

「大変です。例の晋級潜水艦が、また爆発を起こしたらしい」

新海はそそくさと運転席に乗り込んだ。助手席に乗りながら、真樹ははっと振り返った。

「また爆発――？」

「今まで大和堆の陰に隠れていたようだと言ってます。数時間前に、またしても大きな爆発音を海上自衛隊艦のソナーがキャッチしたらしい。今度は浸水したらしく、外殻が引き裂かれるような音も聞こえたらしいですよ。水深三百メートルだそうです。ぞっとするな」

その原子力潜水艦は、いったい何をやっているのだろう。真樹はシートベルトを締めながら、眉《まゆ》をひそめた。三百メートルもの深さの海など想像もつかない。そんな場所で、壊れた艦に乗っているのはどんな気分だろう。

「それじゃ、また海上自衛隊が居場所を突き止めたんですね」

「二度の爆発音といい穏やかでないので、領海内でなくとも、居場所を摑《つか》んでおきたいでしょうね」

――そんなきなくさい時に、安濃ときたら。

ふと、真樹は先ほど警察署で見かけた密航防止のポスターを思い出した。成りすましが船で逃げることができるなら、安濃が海外に出ることもできたかもしれない。釜山への国際航路に乗らなかったことは、警察が調査済みだ。国際高速船に乗る際にはパスポートが必要で、安濃が船に乗り込んだ形跡はない。しかし、密航船なら――。

対馬北警察署を出て国道三八二号線に乗れば、すぐそこは海だ。その向こうに淡くかすむ空を、真樹は見やった。

——安濃は本当に、戻ってくるのだろうか。

＊

激しい風に、雨の匂いが混じり始めた。今夜は嵐になりそうだ。

——だがそれは、こちらの目的にとっては都合が良い。他人の視界を遮ってくれる。

亜州は黒い毛糸の帽子をかぶり、両手を口袋《ポケット》に突っ込んだ。先に車を降りたソンミョクが、周囲を確認してこちらに合図した。来ていいということらしい。亜州はのっそりと彼に近づいた。

「車があります。徐《じょ》書記は自宅にいます」

ソンミョクは、警備会社の社員に変装していた。背広を脱ぎ、身体の線が見える衣類をまとうと、軍人並みに鍛えていると推測した通り、ソンミョクの体格は実用的な筋肉に覆われている。この男と、腕比べをしてみたい。亜州はそんなことを考えながら相手の実力を測っている自分に気がついた。悪い癖だ。

「私が玄関から訪問します。打合せ通り、劉先生は居間の窓からお願いします」

こちらを力づけるように、ソンミョクが頷《うなず》いた。亜州はなるたけ気負いを面に表さぬよう、肩の力を抜いて門の中に滑り込んだ。庭に入る前に、顔を隠すため、毛糸の帽子を顎《あご》の下までぐいと引き下ろした。ちゃんと目が出るようになっている。

北京市の中心部から三十キロメートルほど離れた、昌平《しょうへい》区まで来ている。中国共産党北京市委員会書記の徐という男が、ここに自宅を構えている。どこからそんな情報を手に入れるのか、ソンミョクは自宅の住所ばかりか、徐書記の家族構成まで調べていた。

この男が、日本に気兼ねして長征七号の救出に二の足を踏み、兄の暁江を見殺しにしようとしている連中の首領格だとソンミョクは言う。彼の言葉を丸呑《まるの》みに信じたわけではない。徐と話し合えば、彼の真意が摑めるはずだと考えて、ここまで来た。

——しかし、呆《あき》れるような豪邸だった。

ソンミョクの情報によれば、屋敷の広さは五百平米を超えるのだという。欧米諸国の映画に出てくるような、洋風の贅《ぜい》をこらした屋敷だ。ここに、妻とふたりで住んでいる。厳重な警備態勢を敷いているものと警戒していた。警備会社とは契約しているが、自由を奪われることを嫌い、自宅にいる間は常時警備員がいるわけでもないらしい。警備会社に警報を通知する機器類は、ソンミョクが無力化できると言っていた。

公僕である市の委員会書記ごときの収入で、こんな豪邸を買えるはずがない。一千万元、ひょっとするとそれ以上かかるかもしれない。妻は化粧品を販売する会社を経営しており、たいそう繁盛しているそうだ。息子がふたりいるが、ひとりは英国、ひとりは米国に留学しているという。どちらも、莫大《ばくだい》な費用を必要とする有名私立大学だ。「紅二代（革命第二世代）」とも呼ばれる典型的な共産党幹部の子弟だった。子弟を海外に脱出させ、会社を持たせて独立した生計を営ませている幹部は多いと聞く。万が一、国内での自分の立場が危なくなれば、海外に逃げて何不自由ない暮らしをするためだ。

人民武装警察の寮や、蟻族と呼ばれる若者たちの共有住宅と比較しても始まらない。しかし、つい考えてしまう。党は、国民みんなに富を分け与えると約束したのではなかったか。ごく一部の人間、党の幹部たちばかりが甘い蜜《みつ》を吸っている。そうでなければ、こんな豪邸に住めるわけがない。

間取りは頭に入っている。謁見《えっけん》の間のような、広々とした大理石張りの居間は、庭から出入りできる大きな窓を持っている。そこから侵入する。午後八時、屋敷の窓から光が眩《まぶ》しく漏れている。庭木の陰に隠れ、亜州は居間の様子を窺《うかが》った。人影は見えないが、どうやら安楽椅子の背もたれに隠れているらしい。

かすかに、呼び鈴の音が聞こえた。ソンミョクが玄関で鳴らしたのだ。人がいるように見えなかった椅子から、ほっそりした中年女性が立ち上がり、玄関に向かった。

ソンミョクは警備会社の社員に化け、この周辺で不審人物を見たという通報があったので、見回りとともに警報装置の状況を確認していると説明することになっている。あの男なら、書記の妻に自分の言葉を信じさせることくらい、わけもないだろう。

亜州はただ静かに待った。長い待機に感じられたが、時計に目を落とせば、わずか数分に過ぎないことも知っていた。

ソンミョクの姿が居間に入ってきた。これが亜州への合図だ。拳銃《けんじゅう》を腰だめに構えている。高い背もたれの椅子から、男が慌てて立ち上がった。亜州の出番だ。怪我しないように厚地の革手袋をはめている。窓に近づき、思いきり右手で玻璃《ガラス》を殴った。派手な音とともに、玻璃が室内に散らばった。警報は鳴らない。穴から手を入れて鍵《かぎ》を開けると、恰幅《かっぷく》のいい中年男が唖《あ》然《ぜん》と口を開いてこちらを見た。

「君たちは何だ！　妻をどうした！」

目が恐れているし、怯《おび》えている。しかし、それを過剰に外に出さない程度には修練を積んでいる。平然と窓を開いて居間に乗り込んだ亜州の体軀《たいく》を見て、徐書記が総毛立ったような顔をした。小柄で、豊かさを象徴する脂肪の塊を、たっぷりと身に付けた男だ。とても亜州の敵ではない。

「奥方には、危険のないよう眠っていただきました、徐書記」

ソンミョクが低い声で囁《ささや》いた。丁寧で優しげな声だった。彼自身は顔を隠していない。それが何を意味するのかと、亜州は戸惑った。

「それは警備会社の制服だが、お前は本物の警備員か？」

妻が無事だと言われたせいか、徐書記が少し威厳を取り戻し、ソンミョクの制服をじろりと眺めた。その目にかすかな軽侮の色が躍るのを亜州は見逃さなかった。ソンミョクは微笑した。

「違います」

「金が目的か？　それなら――」

徐書記の視線が一瞬泳ぎ、居間の隅にある飾り棚に向けられたのを亜州は見た。あの中に、現金でも隠しているのだろうか。金目当てだとは心外だ。徐書記に近づくと胸倉をぐいと摑んで吊《つ》り上げた。このまま一時間程度、この男を吊るし上げておくぐらいのこと、自分なら難しくはない。穏やかに話をするつもりで来たが、この屋敷を見ているうちに、亜州の腹に嫌悪感がふつふつと湧いた。

　鋼鉄のような亜州の腕に摑まれて焦ったのか、徐書記が腕を振り回し、逃れようと慌てふためいた。怯えた目を見ると、さらに苛《いじ》めてやりたくなる。自分より体力的に劣る者や、弱い立場にある者に対して、暴力を振るったことなどこれまで一度もない。今夜の自分はおかしい、と亜州は思いながら徐書記の首をさらに絞めた。充血した首から上が、危険なほど真っ赤になった。熟れすぎた西紅柿《トマト》のようだ。吊り下げられて、もがき苦しんでいる。

「放してやってください、先生。そのままだと窒息させますよ」

　笑いを含んだ声でソンミョクが注意した。亜州は言われた通りに徐書記の身体を床に降ろして足がつくようにした。

「私たちが欲しいのは金ではありません、徐書記。話を聞きたいのです」

「何の話だ」

　ぜいぜいと息を切らし、それでも何とか威厳を繕おうと苦労しながら徐書記が口を開く。

「行方不明になっている長征七号のことです。自衛隊に撃たれたともっぱらの評判ですね」

「撃たれたとは思えない。そんな証拠もない」

「ではなぜ、報告もなく行方を消したのですか。我が国最高級の原子力潜水艦ですよ」

　どう答えれば自分はこの男たちに解放されるのかと、必死で計算を巡らせているのが徐書記の目を見ているとわかった。長征七号の危難など、この男にはどうでもいいのだ。自分の身に迫る危険にしか関心がない。

「私は、たかが市の委員会書記に過ぎない。その件は海軍に聞いてくれ」

「そのあなたが、救援を送ることに強く反対していると、海軍のある筋から聞きました。どうして反対されるのですか」

亜州は、徐書記の背後に立ち、彼の首に回した腕に、ゆっくりと力を込めた。

「待て。――待ってくれないか。わけもなく反対しているわけではない。海軍は今、哨戒機《しょうかいき》を出して長征七号を捜している。爆発音を聞いて、日本の海上自衛隊や韓国の海軍もあの海域に潜水艦や哨戒艇を送り込んだ。いま、日本海一帯には、各国の哨戒機や哨戒艇、潜水艦がひしめいている」

「だから何だと言うのですか」

「そんなところに、我が海軍を送り込んでみたまえ。ただならぬ緊張状態になる」

「だから？」

ソンミョクがうっすら笑った。徐書記は寒気を感じたようだった。軽い身震いが亜州の手に伝わってくる。彼は、亜州の腕が自分の首を絞めようとしていることも忘れたらしい。

「君は戦争を始める気か？　長征七号を惜しむ気持ちはわかるが、軽挙妄動は慎まねばならない。海軍の連中は、自分たちが実権を握るために国を危うくするつもりだぞ。連中の甘言に騙《だま》されてはいかん」

「弱腰だ。あなたは政治家ではなく、商売人に違いない」

ソンミョクがうっすら笑みを浮かべ、徐書記の豪華絢爛《けんらん》たる居間の内装をわざとらしく見まわした。大理石の床と壁。欧州の城かと見まがうような煉瓦《れんが》の暖炉。実用性より装飾的であることを重んじて選ばれたらしい家具の数々。

「日本と戦争になれば、必ず中国が勝つ」

亜州は冷やかに言い放った。

「馬鹿な。今はもう、そんな時代ではない。いいかね、軍事力を蓄えるのは、戦争をするためではないのだ。戦争をせずに勝つためだ」

「あんたは、戦争になってこの屋敷や金を失うのが惜しいわけだな」

亜州は、徐書記の首にかけた腕を緩めたり締めたりして、静かに語りかけた。

「聞いたよ、徐書記。あんたの奥方の名義で設立された会社が三つある。そのうちひとつは、日本の企業と合弁で別会社を設立し、あんたの弟が社長になっている。戦争になると困るわけだ」

徐書記は怖がっていたが、もう彼らを恐れて口をつぐんではいなかった。

「やめなさい。日本も台湾も欧米諸国も同じだ。我々は彼らと経済面で既に深い関係を築いている。長年彼らは中国に積極的な投資を行うことを控えてきた。政治的に不安定で、いつ投資が無駄になるか不明だと考えられてきたからだ。今は違う。我が国は有望な投資先だと見られているし、これからもそうであるべきだ」

「あんたの話は、金のことばかりだな」

亜州は徐書記の首に回した手を離し、くるりと相手の身体を回すと、肩を摑《つか》んで睨《にら》んだ。

「金のために誇りを捨てると言ってる。国のために命を懸けている軍人たちを、金を守るために見捨てると言ってる」

血気盛んな軍の若手将校たちが、共産党機関紙系の新聞である環球時報《かんきゅうじほう》や新華社通信系の国際情報紙などで、揃って主戦論をぶつのも無理はない。彼らは「もはや我慢の限界だ」と繰り返し、海上戦闘の可能性をほのめかしている。亜州は徐書記の身体を揺さぶり、相手の目を睨みすえて声を押し殺した。

「あんたのような人間が、この国を動かしていたんだな。私利私欲に走り、この世で本当に尊いものを見失った人間が」

「私利私欲ではない。現実を冷静に見つめているだけだ」

震えながらも、徐書記は亜州の目を見返しきっぱりとした態度を見せた。ソンミョクがため息をついた。

「先生。こういう男が大勢いる限り、長征七号は奪還できませんな」

「ならば、こうする」

亜州は徐書記の首に手をかけ、相手が驚く間もなく、ぐいとひねった。ごきりという音と共に徐書記の身体が小さく痙攣《けいれん》し、白目を剥《む》いてぐったりと全体重を亜州の腕に預けてきた。一瞬の凶行にも、ソンミョクはまったく動揺を見せず、それどころか微笑さえ浮かべて満足そうに頷《うなず》いた。

「劉先生は当代の英傑です。お見事でした」

亜州は徐書記の遺体を大理石の床に寝かせた。誤った価値観の持ち主だが、最後に見せた態度は立派だとも感じた。遺体には礼を尽くさねばならない。

「どうする」

ソンミョクに尋ねると、彼は平然と窓から出るように言った。

「少しだけ待っていてください」

そう告げて玄関に向かうのを見て、女を始末しに行くのかなと思った。女を殺すことを思うと嫌な気分になったが、夫を殺した以上、妻を生かしておいては自分たちの安全が損なわれる可能性が高い。彼女はソンミョクの顔を見ている。彼はそれほど時間をかけずに出てきた。態度は前と変わらなかった。

「車に乗ってください」

亜州は無言で助手席に乗り込んだ。しばらく走るうちに、背後で大きな爆発音が聞こえ、火の手が上がるのが見えた。

「何だ、あれは」

思わず邸宅の方角を振り返る。

「瓦斯《ガス》爆発を起こすように、発火装置を仕掛けてきました」

ソンミョクが顔色ひとつ変えず応じる。

「明日の朝になれば、運転手が迎えに来て遺体を見つけるでしょうが、それでは遅い。なるべく早く、徐書記が亡くなったことを知らしめたかったので」

背後の森の向こうには、朱色の炎がゆらめき、白煙がたなびいている。亜州はそれ以上質問しなかった。あの見事な豪邸が炎に焼かれるところを見たかったと思い、ソンミョクに正直にそう話した。これは羨望《せんぼう》という卑しい感情によるものだろうか。彼は小さく笑って同意した。

「わかります、私も劉先生と同じ思いです。羨望などではない。怒りを具現化するのです。確かに見応《みごた》えがあったでしょう」

亜州はソンミョクの端整な横顔に視線をやった。人民武装警察の宿舎を夜間にひとり脱出してから、この得体のしれない男とずっと行動を共にしている。亜州は何度も照相機《カメラ》の前に立ち、長征七号と兄・劉暁江への思いを訥々《とつとつ》と語った。他国の潜水艦に攻撃され、今も日本海のどこかに潜んで脱出の機会を狙っているかもしれない中国最強の原子力潜水艦を、なぜ海軍が率先して奪還しないのかと訴えた。どうして、長征七号に魚雷を放った国家に痛烈な抗議をしないのか。彼らはきっと、深い海の中でまだ生きている、と亜州は照相機に向かいひと粒の涙をこぼした。彼らは、命を懸けて守ろうとした国が、自分たちを見捨てるなどと思ってもみないに違いない。兄の暁江を含む百四十人の精強な乗組員たちを、生きて青島軍港まで帰りつかせなければならない。兄の命を惜しんでこのように訴えるのではない。兄は職業軍人で、いつでも国家のために命を捨てる覚悟がある。しかし、このままでは彼らは犬死にではないか。自分たちは真実を知らねばならない。

　――自分には、熱しかない。

亜州は、ふと思う。

熱とは、身内で燃え盛る松明《たいまつ》のような思いだ。自分には、知識も兄のような深い知恵もない。しかし、この熱は、他人を巻き込んで燃やすことがある。動画の収録が終わると、ソンミョクは細かい論評などひとことも口にせず、ただ黙って亜州の手を固く握り締めた。ひんやりと冷たい、乾いた手だった。その手から、確かにソンミョク自身の思いが伝わったと亜州は信じた。因特網《インターネット》を通じて、彼は亜州の動画を人民にばらまいている。もちろん、それだけで人々を動かせるはずもない。心配はいらない、とソンミョクは言った。既にいろいろな手を打っている。百を超える都市で反日デモの呼び掛けが行われている。長征七号を返せ、という題目を掲げて行進する若者の姿が、次々に微博《ウェイボー》(中国版ツイッター)に投稿される。この程度のこと、煽動《せんどう》するのは簡単だとソンミョクは何でもないことのように微笑む。

「あんたは、なぜこんなことに関わっているんだ」

ソンミョクの運転は、こんな時でも冷静だった。彼が何者か、亜州は考えるのをやめてしまった。しばしの沈黙の後、ソンミョクは視線を前方に固定したまま、口を開いた。

「私は、もう何度も死んだはずの人間なのです、劉先生」

亜州は彼の言葉を黙って反芻《はんすう》した。軍人並みの体格を持ちながら、波に洗われた骸骨《がいこつ》のように飄々《ひょうひょう》としたソンミョクの態度が、それで説明できるような気がした。最初は自分より年下だと思ったが、ひょっとすると年上かもしれないと思うようにもなった。

「あんたは、俺になど想像もつかない経験を積んでいるのだろうな」

ソンミョクが片頰に笑みを浮かべた。

「私が許せないものがいくつかあります。そのひとつが、先ほどの徐書記のように、国民のためとお題目を唱えて私利私欲に走る奴らです。多数の国民の不幸の上に、胡坐《あぐら》をかいて奢侈《しゃし》をむさぼる強欲な連中です」

亜州もしっかり頷く。同感だった。あんな奴らが国を動かしていたのかと思うと、これまでぼんやりしていた自分に腹が立つ。この手で殺してやった。人を殺すのは初めてではないが、素手でひねり殺したのは初めてだ。そのくらい、怒りを感じていた。

「劉先生。先生の勇気と胆力のおかげで、この国からは、もうじき徐のような輩《やから》が一掃されるでしょう。兄上の艦を奪還するために、明日にも海軍を派遣できますよ」

「本当か」

「私が劉先生に嘘をつくはずがありません」

亜州は自分の目が輝くのを感じた。

「しかし、長征七号が港に帰るまでには、まだいくばくかの日が必要でしょう。その間、劉先生にお願いしたい仕事があるのです」

「なんだ。言ってくれ」

「韓国の釜山に行き、男をひとり連れ帰ってもらいたいのです。その男には、今後我々の役に立ってもらわなければならないので」

「わかった。何でも指示してくれ」

韓国になど行ったことはないが、ソンミョクの頼みならきっと必要なことなのだろう。亜州は言葉通り、受け入れるつもりだった。この男は大胆で、かつ慎重な計画を立てる。

「劉先生にお会いできて良かった」

ソンミョクがぽつりと言った。言いながら方向盤《ハンドル》を切った。

「私の人生で、最も良いこと、美しいことは、劉先生にお会いできたことです」

亜州は目を瞬《しばた》き、ソンミョクの言葉が自分の心臓をしっかりと摑むのを待った。中国人同士で、この程度の社交辞令は日常茶飯事だ。しかし、朝鮮族らしいソンミョクの口から発せられると、ひときわ重みと真実味を伴って響いた。

「――俺もだ。いま、隣にあんたがいることを、俺は誇らしく思っている」

亜州は呟《つぶや》き、そっと視線を外して窓の外を見つめた。現場に急行するのだろうか、消防局の赤い車が、派手に鐘を鳴らしながら走り去っていった。

14 索漠

四月五日

よほどのことがなければ、潜水艦は浮上して露頂したりしない。

原子力潜水艦の場合、任務を与えられれば半年近く潜航可能だ。深深度にいても、本部からの通信は超長波《VLF》の周波数を利用して受信することができる。ただし、一方通行のうえ伝送速度が遅く、わずか数文字の通信文を送るために半時間もかかったりする。双方向通信を行いたければ、衛星を使った超短波通信《VHF》が一般的で、利用するためにはアンテナを海面から突き出すか、フローティング・ブイ・アンテナという数十メートルの長さの綱状のアンテナを海面に流すかだった。定時報告の際には、フローティング・ブイ・アンテナを使って短い電文を打っている。

「潜望鏡深度に到達しました」

崔の報告を受け、暁江は従来型の光学式潜望鏡にとりつき、海上の様子を観察した。この艦には耐圧殻非貫通型の、画像を電子的に処理する潜望鏡も備えているが、暁江は昔ながらの光学式を使い慣れている。

「よし。アンテナを上げろ」

見渡す限りの夜の海だった。月の光が波に反射して、まばゆく輝く。雑事を忘れて、いつまでも眺めていたい光景だ。ソナー班があらかじめ近くに大型漁船などがいないことを確認済みだったが、念のため船影がないことを確認し、暁江は通信アンテナを海面に出させた。長征七号は、ゆっくり南西に向かいながらアンテナを露頂し、本部に向けて劉暁江艦長の名前で暗号化された通信文を送り始めた。

(長征七号より本部へ。艦内で大規模な爆発事故発生。死者多数。帰還命令を要請する)

通信文を傍受されて暗号を解読される恐れもあるので、詳しい被害の状況を報告することは避けた。

北京は午前三時頃だろうか。返信はなかなか来ない。本部の通信員は二十四時間態勢で勤務しているから、通信文は届いたはずだ。暗号を復号化するための装置にかけ、しかるべき権限を持つ人間を叩《たた》き起こして対応を協議しているのだろうか。

──早く返事をくれ。

暁江は内心の焦りを外に表さぬよう注意した。焦《じ》れた様子を部下に見せるべきではない。当直の通信員はよほど気がきかない奴らしい。晋級潜水艦が露頂して交信を求め、大規模な事故が発生したと報告しているのだ。非常事態が発生したのだとわかるはずだ。連絡を絶やさぬように、なにがしかの反応があってしかるべきだろう。

「艦長、一覧表の十三名を、ご命令通り艦長室と士官室に隔離しました」

誰かと思えば、意気揚々と声を上げたのは政治委員の王小琳だ。頬を紅潮させ、五四式銃を腰に提げていることを隠しもせず、見せびらかすように胸を張っている。困った男だという言葉が一瞬脳裏をかすめたが、暁江は鷹揚《おうよう》に頷《うなず》いた。現在この艦で、政治委員とはいえ、小琳の階級は高い。勝英の副長職を解き、艦長室に隔離している今、頼りにできる人間は少ない。人望が厚く性格的に落ち着いているのは宋軍医だが、彼は暁江に撃たれた乗組員や、先の事故で負傷した乗組員の手当てで忙しい。医務室も失ったので、食堂の机が患者の寝台代わりだ。そんな状況では、たとえ実戦経験のない政治委員でも、人手があるのは助かる。ただ、日頃銃器に慣れていない人間が、五四式を嬉《うれ》しそうに持つのだけは、いただけない。

「抵抗はありましたか」

暁江の問いに、小琳は熱っぽい目を瞬いた。

「艦長のご命令で武装解除を行いますと告げたところ、素直に従いました」

この状況の中で、それはわずかながら救いだ。勝英側についたとはいえ、彼らはまだ軍への忠誠心を失ったわけではないらしい。

「やはり武装していましたか」

「武装していたのは半数ほどです。武器はこちらに運んでいるところです」

虚《むな》しい気分とやり場のない怒りがないまぜになり、暁江は潜望鏡に視線を戻した。勝英がいったいなぜ、という疑問が残る。直接問い詰めなければならないが、話を聞く心の準備ができていない。アンテナを海面に突き出した状態で航海していれば、なおさら落ち着かない。アンテナの航跡が波間に残る。海上自衛隊のヘリが、この時刻に海面を監視しているとは思えないが、常に隠密状態で行動するのが潜水艦乗りの身体に染みついた癖だ。

腹の中で本部の通信員を毒づく。連中は潜水艦を何だと考えているのか。さっさと返信して潜航に戻らせてくれ。

ひょっとすると、連中は長い間連絡をよこさず雲隠れしていた晋級からの突然の連絡を受信し、本物の長征七号だろうかと疑い怪しんでいるのかもしれない。しかし、暗号化された通信文を見れば、それは自明ではないか。

「──いったん潜航に戻ろう。二時間後にまた連絡するから返信が欲しいと本部に打電してくれ」

潜望鏡を下ろす前に、名残惜しく外を眺めた。艦長の特権だ。ただ広い海原しか見えなくとも、少なくとも世界はまだ艦の外に存在していると信じることができる。

このまま本部と連絡が取れなければ、どうすればいいのか。艦体は傷つき、乗組員を一部失い、一部は身柄を隔離している。当初の命令通り、日本海を通過し太平洋に出て三か月間の潜航を行うのは無理な状態になっている。よしんば航海を無理に続行したところで、魚雷発射管を失った今となっては、残された兵器はミサイルのみ。

発令所の中は、重苦しい雰囲気に満ちている。

＊

突然の破壊的な金属音と共に、シャツの胸倉を摑《つか》まれてぐいぐい締め上げるように揺さぶられ、安濃は狼狽《ろうばい》して目を覚ました。自衛隊の訓練生時代には、訓練の一環で教官や先輩に寝込みを襲われ、叩き起こされることもあった。そんな古い記憶を呼び覚まされる。深い眠りを覚まされて、自分の身に何が起きているのか一瞬判断がつかなかった。

しかも——ここはいったいどこだ。

「起きろ！　起きろ、日本人！」

誰かが自分の体にのしかかり、揺さぶっている。いつも自分に指図して、妙な文書を作らせる例の男だった。手を放せ、と言いたくて安濃は男の腕を摑んだ。男は意図を察したのか、安濃を叩き起こして目的を達成したためか、すぐさま手を放した。

「声に出してこれを読め！」

煌々《こうこう》と天井の蛍光灯が輝いている。窓がないので時刻はわかりにくいが、眠りに落ちてからの時間から見て、まだ午前四時か五時頃ではないかと感じた。

眩《まぶ》しさに目を瞬きながら突きつけられた紙を見たが、一枚目はハングル文字らしく、二枚目はどう見ても中国語だ。短い文章だが、意味はさっぱり理解できない。

「俺には読めない」

「裏返せ。読みがなを書いておいた」

お前が外国語を話せないことくらい知っている、と馬鹿にしたように笑った男が、ビデオカメラを構えていることに気がついて、顔をしかめた。

「何だそれは」

「いいから読め。読んでみろ」

「意味もわからずに読むのは断る」

言い返しながら、頭の芯《しん》をしっかりさせようと、何度も顔を振った。両手には手錠を嵌《は》められたままで、そろそろ手首にすり傷ができて血が滲《にじ》んでいる。しかし、麻痺《まひ》しているのか痛みをほとんど感じない。眠気のせいだろうか。頭の中が痺《しび》れたようだ。

「自分の立場を考えて、さっさと読め」

――いったい何だというのだろう。

眉《まゆ》をひそめて、カタカナで書かれた読みがなをたどたどしく発音する。どうにでもなれ、という投げやりな気分が若干あった。どのみち、意味もわからず発音の方法も知らずに読む自分の言葉が、正しく聞き取れるはずがない。中国語の母音と子音の組み合わせは、何万通りにもなると聞いている。発音が異なれば意味も異なる。そんな言葉を、カタカナで表現できるはずがない。無理に読まされていることは、見ればわかってもらえるはずだ。わざと棒読みで二枚の紙を読み終えると、ビデオで撮影していた男が挑発的に笑った。

「へたな中国語だ。まあいい、ちゃんとテロップをつけてやる」

安濃は肩をすくめた。自分は中国語もハングルも知らないし、読めと言ったのは向こうだ。単純な挑発に乗る気はない。

「次はこれを読め」

三枚目の紙は日本語だった。無言で読みくだして、安濃は顔から血の気が引くのを覚えた。先ほど読まされた中国語と韓国語の文章がこれと同じ内容だったとすれば、自分は何と早まったことをしてしまったのだろう。

「──冗談じゃない！」

安濃の反応を予測していたのか、男が左手でカメラを構え、右手に拳銃《けんじゅう》を握った。

「脅しても無駄だ。絶対に読まない」

男が安全装置を外し、それでも安濃が無言でいると、いったんカメラを置いてこれ見よがしにスライドを引いた。

「いいか、日本人。よく考えろ。意地を張るのもいいが、次の瞬間にはお前の頭は吹き飛ぶ。命を粗末にするな」

「撃てるものか。お前たちには、俺を生かしておく必要があるはずだ。俺を何かの目的に利用するつもりだろう」

とんだハッタリだが、背中に冷や汗をかきながら安濃は睨《にら》む。正直に言えば、撃たれるかもしれないとびくびくしていた。男が笑いだし、トリガーに指を入れたまま、わざとのようにふらふらと銃口を振った。いつ、うっかりトリガーを引いてもおかしくない。

「度胸がいいな。だが別に撃ってもかまわない。既にお前は同じ内容の文章を、二か国語で読み上げている。日本語で読まなくても充分だ。そうだろう」

「そういう問題じゃない。俺が中国語や韓国語を話せないことは、国に帰ればみんな知っている。わけもわからず、ただ無理やり読まされただけだと、誰が見てもそう思うさ」

しかし、日本語で読めば、自分の意志で読んだのではないかと疑う人間も出るかもしれない。

男が肩をすくめた。

「おかしな男だな。あんた、国に帰れば素晴らしい将来が待ち受けているとでも勘違いしているのか？　以前の事件であれほど活躍したのに、あの後、日本政府はあんたに何をしてくれた？　マスコミに追いかけまわされ、家族のもとには帰れず、昇進も止まったままだそうだな」

「そんなことは関係ない」

なぜこの男は昔の事件まで知っているのだろう。それとも、あれだけニュースになったのだから、外国人であろうとも知らない者はないのだろうか。

「あんたは、今ここで俺に撃たれて死ぬか、これを読むかだ。もっと賢く立ち回ったらどうだ。生きやすいように生きろよ。意地を張っても何もいいことはないぞ」

安濃は男を睨んだ。もちろん、自分にとっての優先順位を考えなければいけない。まず、生きて帰ることだ。生きて日本の土を踏み、家族のもとに帰ること。たとえ一時的には誤解を受けたとしても、生きてさえいれば根気よく誤解を解くこともできるだろう。拉致《らち》されて、ここで何をさせられたか、真相を明らかにすることもできる。死んでしまえば、全ては藪《やぶ》の中だ。こんな事件に巻き込まれれば、何事も楽観的に考えるしかない。

日本語の原稿を持ち直し、カメラを睨む。

「日本海を潜航中の晋級潜水艦は、核弾頭を搭載した巨浪二号ミサイルを積んでいる。彼らはいつでもミサイルを発射できるよう用意を整えている。私は今後、日本には戻らず、彼らと行動を共にする」

無駄だと思ったが、これは自主的な発言ではない旨を付け加えた。どうせ編集でそこだけ切られてしまうだろう。男が満足そうに笑い、原稿を安濃の手から取り上げた。

「もうすぐ迎えが来る。あんたはこれから、その男と一緒に北京に行くんだ」

「俺がなぜ北京へ」

呆《あき》れて声を荒らげる。いくらなんでも馬鹿げている。拉致され、自由を奪われて脅迫されているとはいえ、黙って彼らに従うとでも考えているのだろうか。

「その説明は北京に着いたら聞ける。諦《あきら》めろ。あんたはもう、魅入られてしまった。世の中を統《す》べる魔物の一種にな」

　ビデオカメラと銃をしまい、男は腰のポーチから黒い表紙の冊子を取り出した。表に金の箔《はく》押しがされている。中国語は何と書いてあるのか読めないが、英語で「パスポート」と書かれているのを見て、嫌な予感がした。

「これはお前のだ」

　意地の悪い表情で中を開く。写真が貼られている。いつの間に撮影したのか不審だが、確かに安濃の顔写真だった。名前は「安将文」とされている。生年月日は正しいが、国籍は中華人民共和国。——冗談ではない。

「なかなかいい名前だ」

　男はわざとらしく誉めて、なくすなよと言いながらケースに入れ、別のウェストポーチに納めてベッドに載せた。この連中は自分をどうするつもりなのだろう。

　ひとつ気付いた。偽造パスポートまで用意したということは、今回彼らは安濃を荷物のように中国まで運ぶのではなく、航空機なり船舶なり、正規のルートで運ぼうとしているのだ。それなら、他人の目があるから手錠や足枷《あしかせ》をしたままというわけにはいかない。

　拉致されて以来、初めて見つけた希望の種だ。身体さえ自由になれば、自分は逃げ出すことができるかもしれない。

＊

七時四十五分に鰐浦を出る定期傭船《ようせん》に乗り込むため、真樹は旅館にタクシーを呼んで送ってもらった。

——少し早く来てしまったようだ。

比田勝と鰐浦港を結ぶバスは、まだ到着していない。新海の姿もないし、個別に乗用車で乗りつける隊員もまだ現れない。昨夜は夕方から少し雨が降ったが、一夜明けると薄曇りで、湿度は低く爽快《そうかい》な気候だ。海栗島はすぐ目の前に横たわっている。あそこまでなら私でも楽に泳げそう、と真樹は目を細めた。

昨日、ふたたび中国潜水艦が爆発を起こしたという情報が流れると、自衛隊内部のみならず、政府やマスコミにも緊張が走った。該当の艦は隠れたのか、航行不能になり沈没したのか、それすらもまだわからない。今朝の朝刊は、全国紙各紙が一面トップで中国潜水艦の爆発音について報じている。海上自衛隊は、おそらくとうに潜水艦の位置を摑《つか》んでいるはずだ。

東側から近付いてくるタクシーが見え、真樹は目を凝らした。誰が乗っているのだろう。この時期、こんな早朝から、海栗島に来客でもあるのだろうか。港のそばに停車し、料金を支払って降りた女性の姿に驚かされた。

「紗代さん！」

安濃の妻は、真樹がここに来ているとは知らなかったのか、目を丸くした。

「どうしたんですか、紗代さん。まさか、安濃さんが心配で？」

活動的なベージュのサブリナパンツに、白いブラウス、茶色のカーディガンという動きやすそうな服装の紗代が、小ぶりの黒いボストンバッグを抱えて頷《うなず》く。こんな状況でも、きれいに薄化粧をした彼女の肌に、同性ながら真樹はちょっと見とれた。

「昨日の午後六時半に対馬空港に着いたのよ。着いてすぐ基地に電話したら、朝七時半頃にここに来てほしいと言われて」

「美冬ちゃんは？」

「実家に預けました。もう大きいから、数日程度なら実家の母でも大丈夫」

行方不明になった夫を案じて、対馬まで飛んでくる紗代の行動力に舌を巻く。まったく、安濃は紗代の爪の垢《あか》でも煎《せん》じて飲めばいいのに、と余計なことを思う。

「家にいても、何がどうなっているのか様子がわからなくて。だからこっちに来てみたんです。主人はどこにいるんでしょう？」

——それがわかれば。

ただ、紗代がまだ知らない、できればしばらくの間は知らせたくなかった情報を、真樹は握っていた。周囲を見回す。官舎からのバスはまだ来ない。助け舟は入らない。このまま紗代に黙っていることは、できそうもない。

「紗代さん、今までわかったことをお話ししますけど、不確実な情報も多いので、あまり心配しないで聞いてくださいね」

対馬北署の戸崎刑事が、安濃と共にフェリー《げんかい》を降りた男を見つけたのは、昨日の夕方だった。藤代道男《ふじしろみちお》という、五十七歳になる漁師だ。現在は兄とふたりで小さな漁船を持ち、漁に出ているが、若い頃は大阪に出て商売をしていたらしい。比田勝港の防犯カメラに残された映像から写真を作り、戸崎は比田勝周辺の漁師たちに、この男を知らないかと聞いて回ったのだ。漁師の仕事は朝が早く、日中は自宅にいることも多いから、話は比較的早く進んだ。

「藤代という人は、最初はのらりくらりと答えをはぐらかしていたそうですが、戸崎という刑事さんがよほど聞き上手だったんでしょうね。最後には、安濃さんを騙《だま》して自宅に連れ込み、睡眠薬を飲ませて眠らせるように頼まれたのだと告白したそうです」

「眠らせて、どうしたのかしら」

紗代が不安な面持ちになる。視線が、埠頭《ふとう》のコンクリートに叩《たた》きつける波をじっと見つめている。そう言えば、今朝は風が強いなと真樹も感じた。

「その人が言うには、頼んだ男の知人が安濃さんをどこかに連れ去ったそうです。ボストンバッグも一緒に。安濃さんにそっくりな男性が車の中にいたというので、たぶんそれが成りすました偽者でしょう」

身分を証明するものや、制服一式を安濃は持ち歩いていた。顔立ちや身体つきさえそっくりなら、成りすますのはそう難しいことではなかったはずだ。

「その漁師さんは、主人を眠らせただけ？　どうしてそんなことを」

藤代は頼まれた相手から、金銭を受け取っていた。金額をはっきり言わないそうだが、どうせ数万円程度のはした金だろうと刑事が苦い顔をしていた。藤代というのは、近隣の漁師の間であまり評判が良くない男だそうだ。大阪に出ている間に、悪い友達を作った、というのがその理由だった。

「藤代は、大阪の友人から頼まれたと言ったそうです。つまり——こっち系の友達」

真樹が自分の頬に傷を入れる真似をすると、紗代はそれこそ思いがけないことを聞いたかのように驚きの表情になった。

「何がなんだか——」

「ですよね」

藤代は、安濃を連れ去った男たちの言葉を聞いて、韓国人ではないかと思ったと証言している。だが、そこまで紗代に話して、ただでさえささくれ立っているはずの彼女の神経を逆撫《さかな》でする必要はない。

走ってくるバスが見えた。もうじき、傭船も港に入るだろう。出港が近い。


「安濃さんに成りすました男が、入った可能性のある場所を書き出しましてね」

新海が一覧表を見ながら説明してくれる。分屯基地司令の門脇二佐が紗代と話している間、真樹は別室で新海たちの調査の結果を聞くことにした。

安濃の偽者は、四月一日の朝に海栗島に到着し、その日の夜は官舎に帰らず、島に泊まり込んだ。成りすましだとばれて逃げたのが、四月二日の夜。丸二日もあれば、こんな小さな島、どこにでも入りこむことができたはずだ。

「当然のことですが、彼が一番長時間にわたり滞在したのは、監視小隊の施設です」

レーダーの監視施設なら、真樹にも馴染《なじ》みのある部屋だ。新海たちは、監視施設に盗聴器やカメラなどが仕掛けられていないか、くまなくチェックしたと言った。わざわざ、安濃にそっくりな男を使って成りすましてまで、海栗島分屯基地に侵入したのだ。目的がなければ、そんな面倒なことをするはずがない。最も心配したのは、彼が何かの機密情報を盗んだのではないかということだった。

「盗んだと言えば、あの男は監視小隊の隊員ひとりひとりに、奇妙な質問をしていました。レーダーの諸元などを尋ねて、『よく覚えているね』と、まるで隊員のレベルを試すようなことを言うんだそうです」

レーダーの探知距離や分解能などは機密情報だが、その程度のことを調べるために、ここまで手間暇をかけるだろうか。

「市販されているハンドブックや年鑑にある程度のことは書かれていますし、民間企業の持つ技術力を調査すれば、推測は可能だと思いますが」

真樹の指摘に、新海も穏やかに頷く。

「私もそう思います。もうひとつ心配したのは、分屯基地にあるコンピュータです」

「コンピュータから情報が盗まれたかもしれないということですか」

役職や階級によって、アクセスできる情報の量や質は変わるので、安濃の偽者がどれほどの機密情報にアクセスできたかは疑問だった。なにしろ、硫黄島に勤務していた間、ほとんど干されていたような状態だったのだから。

「彼が操作した可能性のあるパソコンを調査し、ログなどを確認しましたが、特に怪しい点は見当たりませんでした。機密のデータベースにアクセスした痕跡《こんせき》もないし、メールの送受信履歴を見ても特におかしな点はないんです。基地のサーバー群も、念のため調査しましたが同様に何も見つかりませんでした」

「その男が腕のいいハッカーで、痕跡を消してしまったという可能性はないんですか」

新海がため息をつく。

「残念ながら、その可能性はゼロだとは言い切れません。削除した情報を復元するソフトを使って調べたのですが、相手がそこまで見越して痕跡を完全に消していたなら、お手上げです」

では、自分たちの調査はここまでなのだろうか。あるいは、安濃に成りすました男には時間が足りなかったのかもしれない。完璧《かんぺき》に成りすましたつもりでいたために、たったの二日で見破られるとは予想しなかった。そのため本来の目的を達成する前に、逃げ出す羽目になった。

——そう考えるのは、楽観的すぎるだろうか。

会議室のドアを、誰かがノックした。

「失礼します！　新海さんに報告が——」

真樹の知らない、二曹の青年がふたりを見て直立する。真樹の存在を意識して緊張しているのは明らかだった。新海が鷹揚《おうよう》に頷いた。

「この人ならかまわない。この場で報告していいよ」

続けて二曹が報告した言葉は、真樹も新海も全くの想定外だった。

「中国でクーデターが発生した可能性があるそうです。幹部は司令室に集合してください」

中国で――クーデター？

真樹は新海と顔を見合わせた。ついにこの日が来たかという思いが、ないわけではない。中国の国情を考えると、近々起きるのではないかと言われてきた。気の早い評論家たちは、二〇一一年の時点で起きるのではないかとすら予想を立てていたほどなのだ。二〇一二年の共産党全国代表大会で総書記が交代すれば、すぐにクーデターが起きると言った評論家もいた。そこまではどうやら持ちこたえたものの――。

しかし、なぜこのタイミングなのか。

真樹は唇を噛《か》んだ。安濃が行方不明になり、おそらくは外国人に拉致《らち》されたこのタイミングでクーデターとは、裏に何かあるのではないかと疑いたくなる。

「遠野さん、ミーティングに同席されますか。私から司令に可否の確認を取りますが」

「ぜひ、お願いします」

自分はここにいていいのだろうかと不安になる。本来の居場所、春日基地に戻るべきではないのか。

――紗代は心細いだろう。

気丈にふるまっているが、対馬までひとりで駆けつけたことを見ても、彼女の動揺が透けて見えるようだ。真樹はため息をついた。よほどのことがなければ、紗代のそばにいてやらなければなるまい。

15 騒乱

――本部はなぜ連絡を寄こさないのか。

長征七号は二時間おきに二度浮上して露頂し、本部に通信文を送った。至急、帰還の指示が欲しいと頼みこむように報告したのに、いまだに本部からは、なしのつぶてだ。そろそろ我慢の限界だった。

潜望鏡から覗《のぞ》く今朝の海は、まぶしい日差しにきらきらと波が輝いているが、船影はない。ヘリコプターの一機も見かけない。どうなっているのだろう。海上自衛隊や韓国海軍は、長征七号の爆発音に気付いていても無視しているのだろうか。今頃、海上を哨戒機《しょうかいき》が飛び回り、海中には潜水艦が張りついていてもおかしくないはずだ。

――自分たちが潜航している間に、世界が滅びたのではないか。

とほうもない考えが脳裏に浮かぶ。潜水艦乗りなら、口には出さなくとも一度や二度は本気で感じることがあるはずだ。窓のない艦内で何か月も過ごす間、世の中の最新情報から隔絶されている。気付かないうちに第三次世界大戦が起きて、世界が滅びている。そんな妄想をふと抱いて、まさかと頭を振りつつ淡い不安に取りつかれる経験が、必ずある。――一度くらいは。

「艦長、帰還命令は出ていませんが、ひとまず針路を青島軍港に向けてはどうでしょう」

潜航指揮官の崔は、そろそろ不安を隠せなくなってきている。潜航に移るたびに、今度こそ浮上できなくなるのではないかと恐れているのだ。崔は、発令所の顔ぶれの中でも、ことに党の決まりごとや与えられた手順を守ることに力を注ぐ男だ。その崔が、命令を無視してでも帰港せよと進言したということは、よほど危険だと考えているのだ。

本部の指示を待たず帰還して、咎《とが》められる可能性も暁江は考えてみた。こちらの呼びかけに本部が応答しないのは、本部の責任だ。しかし、長征七号で発生した爆発騒ぎや副長の造反については、艦長の暁江が監督責任を問われることになるだろう。今さら、本部の怒りを気にしてみても始まらない。

「よし。本部の返信を待たず、青島に向かう」

暁江の決断に、崔がほっとした表情になる。

「これより対馬海峡を通過するまで、潜航を続ける。本部には、対馬海峡を通過した後、もう一度報告を入れよう」

海図卓に崔を呼び、取るべき針路と水深について議論する。艦はひどく傷ついていて、深く潜ると危険だという意見で一致した。

ふたたび潜航に入る発令所の様子を見守りながら、暁江はこれまで引き延ばしてきた勝英との対決を避けられないと悟った。港に入る前に、勝英が何をしていたのか取り調べる必要がある。事情聴取もせずに帰港すれば、部下を掌握できない艦長だと思われるばかりか、愚者だと蔑《さげす》まれるだろう。その程度の保身は、暁江だとて図る。

勝英と、李元を含む十三名の造反者たちは、武装を解除して艦長室と士官室に監禁し、それぞれ数名ずつの武装した見張りを立てておいた。見張りの顔ぶれは、暁江が名簿を見ながら無作為に抽出した。造反者が十三名以外にもいた時の用意だ。まさか、乗組員全員が勝英に手なずけられたわけではあるまい。爆破で破損した第七区画へは、工兵が近付くこともできず、もちろん修復など夢物語だ。長征七号は、傷ついた巨体を騙《だま》し騙し、青島に向かうしかない。

「崔。私は艦長室で勝英に話を聞く。しばらく、貴官が発令所の指揮を執れ」

勝英不在の今、発令所の先任士官になる崔が、眉間《みけん》に深い皺《しわ》を寄せて頷《うなず》いた。自信がないのか、暁江が勝英と会うことを懸念しているのかはわからなかった。

発令所を出て、ハッチをくぐる。長征七号は美しい艦だ。艦を任された時にもそう感じたが、今では慣れ過ぎて忘れかけていたその思いを、急に思い出して胸苦しくなった。この艦に乗り、指揮を執ることが自分にとって当たり前のようになっていた。最新鋭の原子力潜水艦の艦長であることが、どれだけ特別なことか忘れていたのだ。そんなことを考えたのは、事件の責任を取り、艦を降りる可能性に思い至ったからだ。

艦長室の前では、拳銃《けんじゅう》を持った王小琳と、操舵《そうだ》員のひとり郭《かく》が見張っている。室内には、勝英と李元が監禁されているはずだ。

「勝英とふたりで話したい。李元をここから出して、士官室にやってくれ」

郭に命じると、彼は小琳を横目で素早く見つめた。こんな奴をひとりで見張りに立たせるのかと不安なのだろう。

「案ずるな。私が中にいる」

暁江に重ねて指示されると、恐懼《きょうく》した様子で艦長室に入り、李元を引き立ててきた。李元は観念したのか大人しく従っている。

「王さんにはご苦労ですが、引き続き警護をお願いします」

「お任せください」

高揚して頰を染めたまま、小琳が丸ぽちゃの手で自分の胸を叩《たた》いた。微苦笑を嚙み殺し、暁江は艦長室に潜り込んだ。どんな顔をして勝英と会うべきか、いまだ決めかねている。

「――艦長」

郭が李元を連れ出したので、暁江が来ると予測したのか、勝英が狭い艦長室の寝台に腰を下ろして待っていた。反乱を起こした副長がゆったり腰掛けて無為に過ごし、こちらは死に物狂いで仕事をしているとは、間尺に合わないようだ。暁江は書き物机の椅子に腰を下ろした。

「話を聞こうか、勝英」

口調が冷やかになる。勝英のことは、弟の亜州同様に可愛がり、将来を楽しみにしてきたつもりだ。こんな形で裏切られるとは予想外だった。しかし、個人的な感情を口にするのは避けた。あまりに押し付けがましいし、口にするのも屈辱的だ。

「貴官らが艦内で何を企《たくら》んでいたのか。艦内に爆発物を持ち込み仕掛けたのは、貴官の考えか、あるいは誰かに命令を受けたのか。仲間は何人いるのか。詳しく聞かせてもらおう」

常に覇気に満ち、目には明るい光がくるめくようだった勝英の顔は、囚《とら》われの身ゆえか急激に老けて見えた。

「──今さら聞いてどうします」

投げやりに呟《つぶや》くのも、いつもの若手幹部らしからぬ態度だ。怒鳴りつけたくなるのを我慢して、暁江は腕を組んだ。五四式の重みを腰のあたりに感じる。

「私には尋ねる権利があるはずだ」

勝英が視線を頑《かたく》なに膝《ひざ》に落とした。自分の殻に閉じこもる様子を見て、ふと少年時代の亜州を重ね合わせる。亜州にも今の勝英のようなところがあった。暁江に叱られると、言いたいことも言えず黙りこくってしまう。その内側で、聞いてもらいたい言葉が激しく渦巻いていても。

「貴官は長征七号を自沈させるつもりだったのか？」

暁江は冷静な態度を保って尋ねた。

「潜水艦乗りは艦内の火災を恐れる。新米水兵ではあるまいし、貴官が爆発物など持ち込むからには、確実に沈めるつもりだったのだろうな。もちろん、乗組員もろともに」

「──違います」

しぶしぶ、勝英が口を開く。

「長征七号は、我が国初の核弾頭搭載ミサイルを積んだ原子力潜水艦だ。貴官は当艦の核弾頭搭載ミサイルについて異議でもあるのか？」

「とんでもない」

勝英が強く首を横に振る。

「複殻部分を狙いましたし、爆薬の量を加減しました。それで一度目はうまく行きました」

「爆発を制御できると考えていたのか」

二度目の大破は予期せぬ事故だったと言いたいのだ。そんなことは暁江も百も承知で、ただ貝のように口を閉じている勝英を喋《しゃべ》らせたいのだった。滑らかに口が動くようになれば、詳しい話を聞き出せるだろう。暁江は魔法瓶に湯が残っているのを確かめた。これも艦長ならではの特権のひとつだ。

「何か飲むか。もう烏龍茶《ウーロン》しかないが」

「結構です」

「そう言うな。人生最後の茶になるかもしれんのだぞ」

袋泡茶《ティーバッグ》を使って烏龍茶を二杯淹《い》れながら応じると、勝英が動揺を垣間《かいま》見せ、また深く俯《うつむ》いた。

爆発が艦に与えた損害を、低く見積もっていたのかもしれない。

「それほど破損がひどいとは――」

「本部と連絡がつかず、帰港命令を受けられない。やむを得ず独断で青島に戻るよう指示したところだ。それでも無事に戻れるかどうか、見込みは五分と五分だな」

「よもや救援要請を?」

「こんな場所で救援を請えば、韓国軍か日本の海上自衛隊が喜び勇んでやってくる。奴らに救助されるくらいなら、黙って死んだほうがましだな」

勝英は、なぜかほっとしたようだった。暁江が茶碗《ちゃわん》を渡すと、素直に受け取った。

「生きているうちに言いたいことはないのか。魚雷発射管室にいた連中は、全員命を失った。我々もいつ後を追うことになるかわからん」

手のひらに茶碗を受けたまま、勝英は青白い顔を俯けている。

「謝罪はしません」

くたびれて老けて見えても、強情な性格は変わらないらしい。暁江は無言で茶を喫した。潜水艦に何日も乗り込んでいると、嗅覚《きゅうかく》が麻痺《まひ》してくる。艦内の異臭に慣れるだけでなく、新しい匂いを嗅《か》ぐ機会が減るからだ。久しぶりに嗅いだ烏龍茶の香ばしい匂いに、ほっと心が安らぎ新鮮な気分になる。

「自分がやるしかないと考えたから、実行に移しました。結果的に艦長を裏切ることになったのは、自分も心から残念に思います」

心から残念なわけがない、と暁江は黙然と考えていた。上昇志向の強い勝英のことだ。この機会に、暁江を追い越して自分が艦長になろうとしたのかもしれない。また、それほど覇気のある部下を、暁江も嫌いではない。気を緩めれば追い抜かれる。そのくらい誰かと競り合うほうが、自分もまだ成長の余地があると感じることができる。

「謝罪などしてほしくもない。艦を沈めることが目的ではないとすれば、何が目的だ」

勝英の表情がわずかに曇った。

「艦長。――妻の桂蘭《けいらん》が、妊娠したのです」

思いがけない言葉を聞き、暁江は困惑して目を瞬《しばたた》いた。

「しかし、確か貴官はもう」

二歳になる娘がひとり、いたはずだ。一人っ子政策のため、少数民族でもない勝英は、これ以上子どもを持つなら高額の罰金を払わなければならない。罰金を払ったところで、規則に逆らってふたり以上の子を持つと党人事の出世に響く。多くの夫婦がふたりめを諦《あきら》めて堕胎する。

「もちろん堕胎を勧められました」

いずれ将軍の地位にも昇りつめたいと考えているだろう勝英なら、堕胎させるしかないはずだ。ところが勝英は複雑な表情をした。

「それが当然、と最初は私も考えたのですが」

勝英が黙り込むと、居心地の悪い沈黙が落ちた。一人っ子政策は、これまでにも人民解放軍の兵士たちに悲劇をもたらしてきた。一九九四年に発生した、田明建《でんめいけん》事件もそのひとつだ。当局によってふたりめの子を強制的に堕胎させられた妻が、堕胎手術によって生命の危険にさらされたことを知り、北京軍区の中隊長で射撃の名手だった田が、北京城で銃撃戦を行い、二十四名の死者を出した凄惨《せいさん》な事件だ。人民解放軍の兵士といえども人間だ。家族に危害を加えられた時の反撃は、精強な兵士ならなおのこと常ならぬものになる。

「艦長は、党の高級幹部たちをどう思いますか。高級車、上等な背広、自分など想像もつかないほど広壮な屋敷。妻や子、親戚《しんせき》の名義で会社を持ち、莫大《ばくだい》な財産を溜《た》めこんで台湾やスイス、カナダの銀行に送金し、一生を安泰に暮らすための蓄財計画に余念がない。かたや、農村から都市に出てきた出稼ぎ労働者が、食うものも食わず働いて農村に仕送りをし、大学を卒業して就職先のない若者が蟻族と呼ばれる共同生活を送り、悲惨な暮らしをしている時に――」

「待て、勝英」

暁江は眉《まゆ》をひそめ、右手を上げて勝英の長広舌を制止した。

「気持ちはわかるが、今はそんな話をしている時ではない」

話を逸《そ》らすかのように、幹部の腐敗を持ちだした勝英に苛立《いらだ》つ。人民解放軍の兵士たちは、一般の会社員よりもいい給料を得ている。国内で格差が拡大し、不満を募らせている若者が大勢いる現実には暁江自身も懸念を抱いているが、今はその話をしているのではない。

「いいえ、これには関係があるのです」

勝英の確信に満ちた口ぶりに、不穏な臭いを嗅ぐ。

「長征七号が爆発音とともに行方をくらませば、日本海で何かが起きたと本国では考えるでしょう。ましてや、長征七号は核弾頭を積んで初めての外洋航海です。疑心暗鬼になるのも無理はない。そこに、日本の海上自衛隊が長征七号を魚雷で撃ったという噂が流れます」

「なんだと」

暁江はあっけに取られて若い副長の顔をまじまじと見つめた。自分たちが撃たれただと。

「正確には、仲間がその噂を流します。若干の証拠らしきものも、微博などを通じて流れるでしょう。反日の嵐が吹き荒れると同時に、政府と党上層部はなぜ日本に対して黙っているのかと、その弱腰を攻撃するでしょう。もちろん政府は事実関係を把握できず、情報を得ようと右往左往するに違いないですが、長征七号の動向は不明のままです」

「待て。一度目の爆発の後、しばらく隠れると決めたのは私だ。もし、私がすぐ本部に報告する道を選んでいれば」

「私はあなたの副長です、劉艦長。あのような事故が起きた後、艦長ならどのように考えるか、私には手に取るようにわかりました」

勝英の言いたいことはよくわかる。暁江も、若い頃に副長を務めたことがある。艦長が偉大な人物であればあるほど、思考の過程を探り、真似をしようとし、やがては艦長から命令を受ける前に次の命令を予測できるようになった。勝英ならそれができただろう。

「今頃、陸では新たな『天安門事件』が起きているでしょう」

確信に満ちた勝英の言葉を聞き、暁江は彼の真意を悟った。政変《クーデター》だ。勝英とその仲間は、政変を起こすと示唆しているのだ。馬鹿な、と呟《つぶや》いて立ち上がりかけ、暁江はふいに艦長室の外で起きた叫び声に身体を強張《こわば》らせた。

「止まれ、ここに何の用だ！」

王小琳の声だ。精一杯の威厳をこめた声だった。たくさんの乱れた足音が、その声でぴたりと止まる。暁江は五四式を抜き、勝英にはじっとしているよう目で命じた。静かに扉に近づき、外の様子に耳を澄ませる。

「艦長にお願いがあります！」

「劉艦長！」

「話を聞いてください」

随分な騒ぎだが、口々に訴える声を聞き分けた限り、監禁した勝英の仲間が脱走して押しかけてきたわけではないらしい。

暁江は素早く扉を開けた。

「何の騒ぎだ。大切な話の最中に、長征七号の乗組員ともあろう諸君が、聞き苦しいぞ！」

廊下に向かって一喝すると、小琳まで泡を食ったように飛び上がって振り向いた。その手が五四式を握っていることに気付き、暁江は危惧《きぐ》した。銃器に慣れない者に持たせるおもちゃではない。

ハッチをくぐり抜けて艦長室の前まで押しかけてきたのは、十数名の乗組員だった。士官や下士官の姿はない。叱責《しっせき》にひるんで静まりかえった兵士たちの制服が、ひどく濡《ぬ》れていることに暁江は気付いた。

「――艦長、あちこちで漏水が起きています」

やがて、水兵の中でも年配で、体格の良い男が覚悟を決めたように語り始めた。

「今のところ、なんとかみんなで協力して浸水を食い止めています。しかし、この状態ではそう長くはもちません」

確かこの男は、陸《りく》という古参の水兵だ。そんなことは百も承知で、だからこそ本部と至急連絡を取ろうとしていたのだと、暁江は言いたいのをこらえた。まずは彼らの訴えを聞くべきだ。

続けよ、と暁江は顎《あご》を引いた。

「とても青島まで帰れるとは思えない、というのが自分らの意見です。浮上して救援を求めてくださない。たとえ軍人を乗せた潜水艦でも、事故を起こして救助を求める相手を見捨てることはできないはずです」

そんなことは当然だ、と暁江は腹の中で唸《うな》った。海上自衛隊が保有する、潜水艦救難艦や救難艇のことも知っている。彼らはその装備について堂々と公開しているし、暁江たちは資料として それを読んでいる。長征七号が悲鳴を上げて助けを求めれば、どの国も嬉々《きき》として救難に駆けつけるだろう。中国の最新型潜水艦についての情報が手に入るのだ。ひょっとすると彼らは、沈みかけた艦をどこぞの港に曳航《えいこう》して、隅々まで調べ上げるかもしれない。人命救助だけを目的に軍艦を救助するお人よしも、世界のどこかにいるのかもしれないが、暁江には信じられない。

「当艦の針路について、貴様らの意見を求めたつもりはない」

暁江はそっけなく告げた。小琳が多少ひるむのもわかった。水兵たちの訴えを聞いて、内心では怯《おび》えているのだろう。しかし、政治委員たるもの、党への忠誠を守り、規律を正すのが職務だ。心底震えあがっていようとも、表に出すまいと努めている点は感心だった。こう多くの屈強な男たちに囲まれては、五四式一挺《ちょう》ではとても対応できないだろうが、それでも怯えた様子は見せない覚悟らしい。

「よく聞け、長征七号の精鋭諸君」

暁江は狭い通路にひしめきあっている水兵たちに、鋭く睨《にら》みをきかせた。

「泣きごとを口にする前に、最後まで自分の務めを果たす工夫をしろ。この艦は、青島軍港に向かっている。生きて家族に会いたければ、今は死に物狂いで働くのだ。敵の情けにすがりたければそれでもいいが、命を永らえて故国に戻ったところで、艦の機密を敵に漏らした惰弱《だじゃく》な裏切り者として裁きを受け、二度と家族の元には戻れんぞ。頭を冷やして、よく考えろ」

水兵たちが顔を見合わせ、暁江の言葉を無言で検討している。彼らにも、他国の軍隊に救助された場合に自分たちを待つのが、諸手《もろて》を挙げての歓迎ではないことくらい、よくわかっているはずだ。

「裏切り者になりたいか。それとも、傷ついた艦を見捨てず、故国まで無事に帰還させる英雄になりたいか」

水兵たちの動揺は自然だ。暁江の言葉は理解できるが、それでも青島まで無事にこの艦を操って帰れるとは、到底信じられないのだ。暁江自身ですら、危ういと感じている。

「貴様ら自身と、私の操艦技術を信じろ！」

暁江は確固たる自信を漲《みなぎ》らせて部下たちを叱咤《しった》した。自信と勇気は、時に不可能を可能に変える。《浪虎》と呼ばれる暁江の二つ名も、この場では水兵たちの覚悟を支える材料になるはずだった。

――なんとか、この艦長の下ならやれるかもしれない。

まだおずおずとした気配を残しながらも、水兵たちの目に前向きな意志が浮かぶのを見定め、暁江はすかさず叫んだ。

「理解したなら、諸君、持ち場に戻れ！　一秒たりとも無駄にするな。生きて無事に戻るために、働くのだ」

「わかりました、艦長」

陸が胸に手を当てて応じた。ちらりと上目づかいにこちらを見上げるのがわかった。

「しかし、もうひとつだけ教えてください。二度の爆発は何が原因だったんですか。上官は何にも説明してくれないので、自分ら水兵には、さっぱり様子がわかりません。さっきは仲間が何人も、武装した士官に取り囲まれて、連行されました。副長が監禁されたという噂もあります。教えてください、いったい艦内で何が起きているんですか」

余計なことを、と暁江は舌打ちしたい気分だった。しかし、陸が尋ねていることは、他の乗組員たちも知りたいことだ。真剣な彼らの顔つきがそれを示している。説明せずに、この場をおさめることはできそうもない。

「私自身が調査しているところだ。呉勝英副長は、一時的に副長の任を解き事情を聞いている。何かわかれば私から知らせる」

「爆発には副長が嚙《か》んでいるんですか？」

陸の顔が憤激にくしゃりと歪《ゆが》んだ。

「どうしてそんなことを？　魚雷発射管室には、寧《ねい》の奴も胡《こ》の奴もいたんですよ！　みんな死んじまった。あいつらみんな、昔からの仲間だった。気のいい奴らだったのに」

寧も胡も、陸と同年輩の、古参の兵士たちだ。陸が声を震わせて激昂《げっこう》するのも無理はない。彼は生贄《いけにえ》を求めていたのだと、暁江は悟った。仲間を突然失ったことに対する怒りと傷心のはけ口。敵と交戦して死んだならともかく、仲間と信じていた人間が艦内に持ち込んだ爆発物で死ぬとは。陸の背後にいる若手の水兵たちも、目を赤くしている。陸と年齢は違えど、彼らにも水雷班に友人や知人がいたに違いない。

「落ち着け、陸」

「副長に会わせてください！」

陸が必死の形相でこちらににじり寄った。

「お願いです、艦長。副長に会わせてください！　どうしてこんな真似をしたのか、副長の口から聞かせてください！」

「待て、全員その場を動くな！　私の前で、艦長に対する強要は許さない」

小琳が五四式を胸の前で構え、興奮で上ずった声で叫んだ。銃器など持ったこともない丸ぽちゃの顔と手に、いかにも持ち慣れない構え方だ。通路の気温が、男たちの体温と怒りでぐっと上がる。陸の目に、邪魔立てする小琳に対する憤りと、軽侮の色が浮かぶ。

「王さん、銃口を下げて！」

制止しようと暁江は腕を上げた。小琳がひるんだ隙に、背後からの圧力に押し出されるように、陸がずいと前に出て暁江に近づいた。

——乾いた、一発の銃声。

陸が目を丸くし、手のひらで自分の肩口を押さえ、噴き出た鮮血に染まる手を見て呆然《ぼうぜん》とする。撃った小琳自身も泡を食っている。

その後は、暁江にも一瞬の悪夢のようだった。沸騰した中華鍋《なべ》のような収拾のつかない騒ぎ。誰かが小琳に殴りかかる。暁江の制止など聞く耳を持たない。よせ、よせと叫んで声を嗄《か》らしながら、暁江は小琳の毬《まり》のような身体が通路の床に沈むのを見た。殺すな、やめろと暁江は声を限りに叫び、男たちの身体を引きはがし続けた。

＊

天安門広場を、見渡す限り黒々と人の波が埋め尽くしている。

イ・ソンミョクは、毛主席紀念堂の屋根にいた。普段なら銃口を突き付けられて追い出されるだろう。不遜《ふそん》にも片膝《かたひざ》をつき、広場を見渡してひとり微笑んだ。人民日報などのヘリコプターが、やかましい音をたてて広場の周囲を飛び回っている。

世界最大の広場と言われる、天安門広場だ。ベンガラ色に塗られた北側の壮大な城門には毛沢東の肖像が掲げられ、広場の東西には人民大会堂と中国国家博物館が向かい合っている。南北方向に八百八十メートル、東西方向に五百メートルと言われるこの広場と周辺に、いま百万人を超える人々が押しかけている。

一九八九年には、穏健派だった胡耀邦《こようほう》の無念の死をきっかけとして、この広場に民主化を求める学生が集結し、人民解放軍が武力行使したため数千人の死者を出す惨事となった。

──今度ばかりは、そうはいかない。

広場を埋め尽くす、人民の怨嗟《えんさ》の声が聞こえるか。午前中、広場に集まった若者たちが掲げていたのは、「長征七号を奪還せよ」という文言だった。劉亜州の言葉を元に、ソンミョクが流させたものだ。その旗や幟《のぼり》は消え、いま彼らが叫ぶのは人民政府に対する熱っぽい怒りだった。広場をどよもす黒々とした怒り。

数万人の人民武装警察が、盾を持ち銃器を掲げてデモ隊と相対しているが、彼らの顔にも戸惑いが見られる。自分たちは誰の味方をすべきなのか？

ソンミョクは、双眼鏡を目に当てて広場の群衆の顔をひとりずつ眺めた。声も嗄れよと叫ぶ。腕を振り上げる。若い男女が多い。統計を取れば、おそらく失業者の割合が高いはずだ。日頃溜《た》めこんだ鬱憤《うっぷん》が、積もりに積もった憤激が、山をも揺るがす呪詛《じゅそ》の声となって広場に反響している。

やがて、西から軍靴の音が聞こえてくる。何万、何十万という数の、整然と揃った、人民解放軍陸軍の行進だ。ジープに戦車のキャタピラが広場に迫る。最初のうち、広場に集う青年たちは、一九八九年の再来を予感して怯えるかもしれない。人民武装警察は、自らの仕事を思い出して安堵《あんど》するかもしれない。しかし、次の瞬間に彼らは、もはや一九八九年ではないことを知るだろう。陸軍は拡声器を使い、後は我々が引き受けたとデモ隊に向かって力強く宣言するだろう。割れるような拍手、興奮した若者たちの明るい歓声が、北京の空を真っ赤に揺さぶるだろう。数の上で明らかに劣勢な人民武装警察は愕然《がくぜん》とし、銃を地面に捨てて逃げ出したくなるだろう。そして自らの罪を知る党の高官たちは、ソンミョクとその部下らによって命を失ったか、とっくに国外へ逃げた後だろう。

——この国は、割れる。

ソンミョクは薄く笑いを浮かべた。

中国が、チベット、新疆ウイグル、内モンゴルを弾圧してきたのは何のためか。人数でこそ漢民族が九割以上を占めるとはいえ、中華人民共和国とは、漢民族と五十五の少数民族からなる集合体だ。異民族の集団を、強大な武力という鋼の輪でひとくくりにまとめ、民族の独立を許さず漢民族に同化させようとしてきたのだ。

その鋼の輪が消える。

これこそ、ソンミョクが待ち望んだ事態だった。F―2の燃料が切れて海中に没し、中国船に捕えられてから、ずっとこうなるように画策を続けてきた。生き残りの部下を動かし、自分の手足となる仲間を増やし。

既存の国家は、ひとつとしてイ・ソンミョクという存在を正しく受け入れることができなかった。それなら、新しい国家を造ってみせよう。小さな国で良い。その国では、ソンミョクとその仲間は、初めて自分らしい生き方をすることができる。いまだソンミョクの胸の内にしか存在しない国家、出来上がればそれはそれで、きっと何らかの不満を抱いて解消に奔走することになるだろうが、それでもないよりはずっといい、自分たちの夢の国家――。

広場が、揺れている。

16　紛糾

閉じ込められていても、同じ部屋に五日もいると建物の構造がなんとなくわかってきた。相変わらず足枷《あしかせ》をつけられ、ベッドの上だったが、安濃は用心深く耳を澄ませて、看護師の女や見張りの男が今どこにいるか音で探っている。この家は平屋のようだ。鉄筋コンクリート造り。安濃が監禁されている小部屋とは別に、ふたつか三つ、部屋がある。建物やふさがれたサッシ窓の印象から、元は診療所の入院病棟か、工場の寮に使われていたのではないかと感じた。かなり古い建物だ。

台所もあるらしく、例の女がそこで安濃の食事を作り、熱いうちに運んでくる。彼らが外から入ってくる足音や、扉を開け閉めする様子から考えて、出入り口の方角もおよそ見当がつく。

それに、水の音が聞こえる。

最初、海が近いのではないかと考えたのだが、どうやら違った。川だ。すぐそばに、川が流れているようだ。

拉致《らち》されたのが対馬だったのと、韓国語が使われていることから、安濃はここが釜山だろうと推測している。釜山の地図をすぐ脳裏に思い描けるほど詳しくはないが、空港と港の位置はぼんやりわかる。どのあたりにいるのかが気にかかる。

自分が退屈に倦《う》まない人種だとわかってきた。自分でも思いがけない発見だった。狭苦しい部屋に監禁され、身動きもとれず、なにがしかの作業を命じられるとは言っても、時間は有り余っている。その間、彼は飽かず様々に思いを巡らせていた。

早朝、男に叩《たた》き起こされてビデオを撮影された後で、女が食事を持ってきた。時刻を推測させないようにか、食事の回数や間隔は不規則だ。先ほど、男が出て行く音が聞こえた。車で離れたようだ。女は隣の部屋でテレビを見ているらしい。

足枷は頑丈で、自力で外すのは無理だと諦《あきら》めた。彼らの言葉によれば、もうじき北京から誰かが自分を迎えに来て、自分は偽造パスポートで北京に行くことになる。その時点で足枷は外される。チャンスはその時しかない。

彼らは、安濃が武器として使えるようなものを慎重に排除していた。食事はスプーンで食べさせる。箸《はし》やナイフ、フォークはない。ペンや鉛筆の類《たぐい》ですら、書き写しの作業が終わると、本数まで数えて確実に持ち帰った。最初の日に、手錠の鎖で女を脅したことが、いまだに効いているのかもしれない。

――どうしようもない。

ただ漫然とここで捕えられているしかない自分に腹が立つが、動きようがない。安濃が子どもの危急を救ってから、女は彼に対して好意的ではあったが、だからと言って逃亡に手を貸してくれるわけでもない。そもそも言葉が通じないので、頼みたいことがあっても頼めない。せめて自分がここに拉致されていることを警察に届けてもらいたくて、親しくなる方法を探したこともあったが、食事を提供したり、片づけたりするたびにこの部屋に現れても、用事がすめばそそくさと消える。声を上げて呼んでみても、男がいない時には決してこの部屋に入ろうとしない。取りつく島がないとはこのことだった。

そう言えば、あの男の子はあれから二度と顔を見せない。よっぽど怖い思いをしたのだろう。

何かを炒《いた》めるような、香ばしい匂いが漂ってきた。油がはぜる音もする。揚げ物かな、とも想像してみる。台所で、女が料理を始めたようだ。車が建物の前庭まで乗り入れ、停まる音が聞こえた。タイヤが砂利を踏みしめる音がしている。外から男の声が聞こえてきた。例の男が、ひとりで喋《しゃべ》っている。外国語だが、韓国語ではないようだ。携帯電話かと思ったが、重い足音がふた組聞こえた。男がふたり。

――ついに来たらしい。

自分を北京に連れて行くという男。どんな目的で自分を拉致したのか知らないが、じっくり顔を見てやろうと思った。

男たちが玄関をくぐると、騒々しいと形容したいほど賑《にぎ》やかな声が聞こえてきた。例の男が、台所に立つ女に何か命じている。油がはぜる音がうるさくて、調理の音にかき消されないよう、大声で話しかけているのだ。

足音は聞こえなかった。気配も感じなかった。台所の声に耳を澄ませていると、突然部屋の扉が開いて、はっとした。初めて見る顔が、入り口からこちらを覗《のぞ》いている。よく日焼けしたアジア系の男性。中国人か韓国人らしい大男だ。胸から腕にかけて、スーツがはち切れそうなほどの筋肉が、みっしりとついている。短く刈った髪と精悍《せいかん》な顔つき、姿勢の良さなどから、軍人または警察官の匂いを嗅《か》ぎ取った。

——この男が自分を北京に運ぶのか。

観察している安濃を、相手もいぶかしげな表情で見つめている。初対面のはずだ。それなのに、に、男はなぜか、安濃を知っているかのような奇妙な表情をした。

「——！」

突然、大声で喚《わめ》きながら男が室内に飛び込んできた。安濃は慌てて寝台から飛び降りた。男の目が吊《つ》り上がり、嚙《か》みしめた奥歯がぎりぎりと音を立てそうだ。その瞬間、安濃も男に見覚えがあるような気がした。端午の節句で飾られる鍾馗《しょうき》様だ。男は明確に殺意をこめて襲撃してきた。太い腕で安濃の胸倉を摑《つか》み、絞め殺す勢いで吊り上げようとする。とっさに腕を摑んだが、鋼のような相手の腕はびくともしない。焦った。鍛え方が普通じゃない。膂力《りょりょく》で勝てる気がしない。足枷もハンディキャップだ。男が力を込めると、太い首の筋肉がぐっと隆起する。

「なんだ、お前！　放せ！」

死に物狂いで、安濃は鉄骨入りのような足を蹴《け》った。

男は喚いている。目前にいる男の眼差《まなざ》しには、こちらを燃やしつくそうとするかのような強烈な怒りがあった。初対面の相手から、これほど激しい、身に覚えのない憎しみをぶつけられるいわれはない。なぜ、と考える余裕もなく、男の手を振りほどこうと摑みあった。首から顔にかけて鬱血《うっけつ》し、危険な耳鳴りがしている。

やっと異変に気付いたのか、いつもの男が駆けつけて来て、安濃には理解できない言葉で男を制止した。理解できなくても、やめろと叫んでいることはわかる。

「リゥ・ヤー・ジョウ！」

　無理やり男の手が引きはがされると、安濃はよろめいて寝台に腰をぶつけた。酸素が急激に肺に流れ込む。喉《のど》が悲鳴を上げ、咳《せき》が止まらない。いつも安濃に指示する監視役が、三倍速くらいの早口で叫んでいる。ようやく、監視役が先ほど言ったリゥという言葉が、男の名前だと気付いた。漢字で書くなら劉、だろうか。

　ふたりはもはや安濃など眼中にないかのように、睨《にら》み合いながら早口で罵《のの》りあっている。いったい何が起きているのか、教えてほしいくらいだった。ソンミョク、という言葉がふたりの口から聞き取れたような気がして、安濃は耳を澄ませた。まさかと思うが、それが人名なら聞き覚えのある言葉だ。劉がポケットから携帯電話を取り出し、喚きながらボタンを押した。

「いったい何なんだ！」

　安濃が叫ぶと、監視役がちらりとこちらを見た。

「あんたは黙っててくれ」

「黙ってられるか。殺されかけたのに！」

「いいから！」

　劉は電話の相手にも噛みつくような口調で話し始めた。ようやく呼吸が普通に戻り、劉という男を観察する余裕が生まれた。

　まだ、目を吊り上げて怒っている。自分と誰かを取り違えているのではないかと思った。でなければ、ここまで憎まれる覚えがない。

劉はしばらく電話の相手に猛抗議をしている様子だった。だんだん口数が減り、相手にうまく言いくるめられたのか、憤懣《ふんまん》やるかたない表情で通話を切って電話をポケットに放り込む。監視役と言葉を交わすと、安濃をしつこく睨んで部屋を出て行った。八つ当たりのように、扉や壁に拳骨《げんこつ》をくらわしている。まるで乱暴な子どもだ。

「——何なんだ、あれは」

呆然《ぼうぜん》と見送る安濃に、男がため息をついた。

「すぐに誤解が解けるといいんだが。劉さんは、あんたが彼の兄を危険な目に遭わせたと信じ込んでいる」

「俺が？　いつ？」

「誤解なんだ。そのうち解けるだろう」

どんな事情で、そんな誤解をするというのだろう。

「とにかく、あの男があんたを北京に連れて行く。せいぜい、北京に着くまで大人しくして、劉さんの逆鱗《げきりん》に触れて絞め殺されないよう気をつけたほうがいい」

「逆鱗に触れるもなにも、言葉が通じないじゃないか。だいたい、中国のパスポートを持ったところで、言葉が通じなければ入国審査官も妙だと思うだろう」

「どうにかなるさ。日本で育った華人だということにするといい。中国は多民族国家だ。朝鮮系の中国人には、今でも中国語が苦手な人もいる」

男の無責任な言い草に呆《あき》れたが、安濃は黙っていた。自分はこれから、劉という男とここを出る。あのすさまじい膂力の持ち主を相手にまわして、脱出しなければいけないのだ。そんなことが可能だろうか。

劉が持っていた携帯電話が気になった。どこかに電話をかけていたが、北京にいる誰かの指示を仰いだと考えるのが理にかなっているのではないか。ここが釜山なら、海外にもつながる電話を持っているということだ。あの男の電話を奪うことができれば、日本に連絡することもできるかもしれない。

「――」

部屋の入り口から、看護師の女が顔を覗かせた。いつものように、盆に粥《かゆ》の入った碗《わん》を載せている。寝台まで運んできて、安濃の首筋に目を留め、眉間《みけん》に皺《しわ》を寄せてわずかにひるんだ。先ほど男に首を絞められた際に、手形がついたか、爪でひっかかれたのだろう。首のあたりが今もひりひりと痛む。

「大丈夫です」

日本語で言ったが、意味は通じたらしく女が生真面目に頷《うなず》き、盆を置いて立ち去った。安濃が寝台に腰掛けて粥に手を伸ばした時、彼女は絆創膏《ばんそうこう》を手に戻ってきた。無言で傷の手当てをしてくれる彼女に、日本語で「ありがとう」と告げたものの、せめてそのくらい相手の言葉で言えば良かったと後悔した。

言葉が通じれば、彼女とは色んな会話ができたかもしれない。しかし、どうやら別れが近付いているようだ。

＊

王小琳の胸は、寝台の上でゆっくり上下している。息はある、と暁江は安堵《あんど》した。怒りが激発した陸たち水兵に殴打され、半死半生の態《てい》で暁江に救い出されたが、意識が朦朧《もうろう》とするらしく、目を閉じてぼんやりしている。ふっくらした頰や手のひらといい、横になっているとますます少年のようだ。

「艦長。政治委員など打ち捨てておけば良いではありませんか。発令所に戻りましょう」

暁江は、抜け抜けとそんなことを言う呉勝英を冷やかに睨んだ。

「貴官を任務に戻したつもりはないぞ」

水兵の反乱をおさめ、小琳を救出するのは、勝英の協力がなければできなかった。暁江らが水兵に取り囲まれて難渋していると見ると、勝英は自ら艦長室を出て無防備に姿を晒《さら》した。

（よさないか！　呉勝英は逃げも隠れもしないぞ）

自分を出せという外の騒ぎを耳にしていたのか、勝英は荒れる水兵たちを一喝すると、暁江が小琳を救い出し、彼の手から五四式銃を取り返すまで待った。

（魚雷発射管室の爆発は、不幸な事故だった）

勝英は彼らを前にして、堂々と宣言した。あまりにきっぱりした語調に、暁江もその言い分を信じたくなったほどだ。水兵たちがたじろぎ、小琳に肩を撃たれて制服を朱に染めた古参の陸が、「しかし」と言葉を継いだ。

（なぜ副長が艦内に爆発物など
（必要あって持ち込んだものだ。私の責任を回避するつもりはないし、艦長に全てを説明する。お前たちは自分の職責を果たせ）

長征七号を苦境に追い込んだ引け目も見せず、揺るぎのない態度で睥睨《へいげい》する勝英に、水兵たちも気をくじかれたようだ。怒りの爆発は急速にしぼみ、意識を失くして倒れている小琳を見ると今後の咎《とが》めが怖くなったのか、逃げるように帰った。

「——宋先生に診てもらわねばならないな」

小琳はどうやら発熱しているようだ。どこか骨折したのかもしれない。ひ弱な、という思いがないではない。しかし、亜州のような体軀《たいく》に生まれつく男もいれば、小琳のような身体を器として生まれてくる男もいるだろう。いちがいに、一人っ子政策の弊害と言われる八〇年代生まれを意味する八十后《バーリンホウ》と軽蔑《けいべつ》するわけにもいかない。

こんなふうに柔軟なものの見方を得ることができたのは、身近に亜州を見ていたからかもしれなかった。鍛錬や意志の力から離れたところで、生まれつき亜州のような恵まれた肉体を持つ人間も存在するのだ。子どもの頃の亜州には決して言わなかったが、暁江は亜州と力で争う事態を注意深く避けていた。もちろん、兄の威厳を保つためだ。

「艦長。我々が発令所に戻らなければいけないわけがあるのです」

「ならば、そのわけをここで話せ」

暁江は冷たく吐き捨てた。勝英は、これほどの混乱を艦内に招いておきながら、反省の色が見えない。秘密が多すぎる。

「発令所でお見せしなければいけないのです。でなければわかっていただけません」

勝英が、焦燥の面持ちで告げた。彼がこういう具合に頑固に言い張る時には、どう宥《なだ》めすかしても無駄だ。それに、青島までなんとしても長征七号を連れて帰らねばならない今、たとえ相手が裏切り者であろうとも、ひとりでも多くの人手が欲しいのも事実だった。面子《メンツ》や規則より実利を尊ばねばならない。

暁江はため息とともに、伝声管を通して医務室代わりの食堂にいる宋軍医を呼んだ。

「宋先生。聞こえるだろうか」

『──何ですか、艦長』

「艦長室までご足労願いたい。負傷者がいる」

『今も新たな負傷者の手当てをしておりますよ。狭い艦内で弾傷ときたものだ。──これがすんだらそちらに行きます』

「頼む」

宋軍医は、陸の手当てをしているらしい。銃弾の痕《あと》を見てさぞ呆れているだろう。

「王さん。聞こえますか」

暁江が耳元で語りかけると、小琳は上気した顔に熱で潤んだ目を開いた。

「もうじき宋先生が来て診察をします。私は発令所に戻らなければいけないので、それまでひとりにしますが、大丈夫ですね」

小琳がかすかに頷いたように見えた。少年のように見えると言っても、実際にはそれなりの年齢なのだ。行こう、と勝英に目配せし、暁江は艦長室を出た。

「艦長はあの政治委員がお気に入りだ」

勝英が後からハッチを降りてくる。声に嫉妬《しっと》が滲《にじ》んでいる気がして、暁江は首を振った。

「王小琳は艦内の風紀と規律を正すために来たのだ。彼にこの有様を見せて、お前はさぞかし満足だろうな」

「すべきことを行うためです、艦長」

発令所に勝英をともなって入ると、崔たちが一斉に振り向いて驚愕《きょうがく》の表情を見せた。中には、暁江が脅されているのではないかと、銃に手を伸ばした者すらいた。ある意味、正しい判断だ。

「来たぞ、勝英。発令所でなければできない話とは何だ」

冷やかに勝英を見ると、彼は緊張の面持ちで卓に近寄り、座標と水深を読み取った。

「艦長、今すぐ本部と連絡を取らねばなりません。潜望鏡深度に浮上してください」

「なぜ今さら貴方《あなた》の命令に従わねばならないのですか、副長」

気色ばんだ崔が、血相を変えて詰め寄る。その身体を暁江は制止した。

「理由を言え、勝英」

不可解な行動が多いものの、暁江はいまだ勝英の能力を高く買っている。だからこそ、彼の裏切りを惜しむのだ。勝英は緊張のあまりか、血の気の引いた顔で唇を噛《か》んだ。

「本部と連絡が取れなくなっているのではありませんか」

「そうだ」

「私の名前で本部にある報告をすれば、本艦に新たな命令が下ります」

発令所で位置につく面々が、腑《ふ》に落ちない複雑な表情を浮かべて勝英を見つめている。勝英は今、暁江に対する裏切りを告白したのも同じだった。

「——我々が潜航している間に、地上で何か起きたのだな」

暁江が尋ねると、勝英は曖昧《あいまい》に頷いた。もはや、座標がどうの、敵側に発見される可能性がどうのと言っている場合ではなくなった。ことの重大さに、崔たちも青くなる。

暁江は伝声管に向かった。

「当艦はこれより、潜望鏡深度に浮上する」

「浮上準備よし」

自分たちが海の底にいる間に、世界が滅びているのではないか。時に潜水艦乗りが抱く幻想が、いま現実になろうとしているのかもしれない。青島に到着する前に、祖国が消えている。その可能性が、暁江たちの前に広がっていた。

潜航指揮官の崔が指揮を執り、長征七号のトリムを調整しながら、傷ついた艦体に負担をかけないようゆっくり浮上を試みる。その間に、勝英が用箋《ようせん》に鉛筆で何事か書き始めた。

「浮上後、これを暗号化して本部に送ってください」

暁江は受け取った用箋を無言で読み下した。

『虎は眠れり。呉勝英』

暁江の怒りを恐れてやりすごそうとするかのように、勝英は暁江が口を開く前にさっと両手を顔の前に持ち上げた。

「ことが終わるまで、少し眠っていただくつもりだっただけです。どちらに転んでも、艦長の名前と経歴に傷がつかないように」

「都合のいいことを」

「艦長、じき潜望鏡深度です」

ふたりの険悪なやりとりに困惑を隠さず、崔が報告する。暁江は通信士官に用箋を渡し、暗号文として打電するよう命じた。通信士官もはっと息を呑《の》み、憎々しげに勝英を睨《にら》む。勝英はいまや、発令所全体を敵に回したも同じだったが、自分の存在を誇示するかのように胸を張っている。

「済南《さいなん》軍区は政変側につきます」

済南軍区とは中国人民解放軍の七大軍区のひとつで、山東《さんとう》・河南《かなん》方面を担当する。暁江らの長征七号が所属する青島軍港は北海艦隊に所属し、北海艦隊の司令員（司令長官）は、済南軍区の副司令員を兼任する決まりである。

「首謀者は誰だ」

勝英が唇を舐《な》め、上級将校の名前をひとり漏らした。済南軍区の次期司令員にも名前の挙がる上将だ。そんな男までが、と暁江は押し黙った。今頃地上で何が起きているのかと、ひどくもどかしい思いがする。

「艦長、返電ありました」

打電後まもなく、通信士官が受信した暗号文を解読して書きとめた。手を出そうとする勝英を制し、暁江は通信士官から解読文を受け取った。自分の目を疑い、二度読み返した。

『能登半島沖にて指示あるまで待機せよ。今後は理由の如何《いかん》を問わず応答を禁ず。全て計画通りに進行せよ。北海艦隊暫定司令員・潘貴鮮《はんきせん》上将』

「どうやら政変は成功したようだ」

勝英が覗《のぞ》きこみ、短く呟《つぶや》いた。

――絶望的だ。

暁江は通信文を睨みすえた。暫定司令員との肩書きについて問い合わせたところで、回答はないだろう。これを正式な命令と呼べるかどうか――。しかし、司令部から命令が届いた以上、従わざるをえない。これで長征七号は、青島軍港に帰る道を断たれてしまった。

＊

「これに着替えろ。空港まで車で送る」

食事を終えると、監視役の男が安濃の足枷《あしかせ》を外して着替えを渡した。地味なグレーのスラックスに白いワイシャツ。手早く着替えながら、安濃は足を動かし、軽く屈伸したりして運動した。久しぶりの自由だ。

「逃げようなんて考えるなよ。劉さんはあんたひとりぐらい、軽くひねるからな」

この男は面白がっている。安濃は男を睨み、ふと思い出した。

「あんた、ひょっとしてイ・ソンミョクという男を知らないか」

劉と男が会話している時に、その名前が出たような気がしたのだ。男は一瞬真顔になり、首を横に振った。

「——知らないな。お前が先に外へ出ろ」

彼は知っている。彼らはイ・ソンミョクの仲間なのだ。あの、F―2奪取事件に加賀山を引きずりこんだ男。ひとり息子を失って傷心のどん底にいた加賀山を使嗾《しそう》し、テロに加担させたイ・ソンミョクの仲間が、再び自分の身辺に姿を現したのか。怒りよりも、戸惑いを先に感じる。

男は決して背中を見せないように、先に安濃を部屋の外に出した。こんなに小さな家だったのか、と部屋を出て安濃は周囲を見回した。やはり、元は診療所だったようだ。コンクリート造りの、診察室がひとつと入院か検査のための小部屋がふたつ。診察室の向こうに、申し訳程度の台所がついているのは、後から増築したのかもしれない。女が台所の隅に立ち、鍋《なべ》を前にして怯《おび》えた目でこちらの様子を見ている。彼女が怖がる理由は、尋ねるまでもなかった。

——劉が外で喚《わめ》いている。

喚く、というのとも違う。初めて見た窓から外を覗くと、高い塀に囲まれた庭で、黒い棒を両手に握り、掛け声と共に振りまわしている。劉が奇声を上げ、棒と共に片足を前に突き出すと、地響きがしそうだ。気合いも激しいが、なにしろ猛獣のような力だ。拳法《けんぽう》の型のようだが、安濃には新鮮だった。こんな男が現実にいるのかと呆《あき》れる。身の内に溢《あふ》れる力を持て余している。現代人というより、前近代的な――戦国時代の武将か何かのようだ。一挙手一投足が、虎か熊かと疑うほどの原始的な生命力と怒りに満ちている。

劉が今でも自分に強烈な憎しみを抱いていることは、明白だ。彼が害意を抱いて向かってくるつもりではないかと、応戦する際の得物になりそうなものを探した。残念ながら、手頃な得物が見当たらない。彼らは用意周到で、安濃が逃げる手掛かりになりそうなものは、何ひとつ置かないように注意を払っているらしい。

「リゥ・ヤー・ジョウ！」

男が安濃を玄関から押し出しながら、劉に向かって叫んだ。いい加減にしてくれとでも言っているような口調だった。ふたりで激しく嚙みつくように罵《のの》りあっている。あるいは、罵りあいではないのかもしれないが、早口の中国語が厳しく聞こえるのだろうか。

ここはどんな場所なのかと安濃は見まわした。診療所の前庭は道路に面しており、川の音はそちらから聞こえてくる。高速道路とおぼしき道路が空中を横ぎり、塀越しに見えるのは高さもデザインもまちまちの雑居ビルのようだ。まるで池袋《いけぶくろ》の裏通りにでも入りこんだようだった。なんだ、こんな街中にいたのかと安濃は呆れた。空気は乾燥していて、埃《ほこり》っぽかった。ワイシャツ一枚では肌寒い。

前の道路を時おり車が走り過ぎていく。これなら助けが呼べるかもしれない。そう迷ったことを、見透かされたようだ。

「日本人、後ろに乗れ！」

男が指示した。安濃は彼らの動きに油断なく目を配り隙をうかがいながら、黒塗りの乗用車の後部ドアを開いた。安濃が乗り込む前に、男は運転席のドアを開いて、劉に助手席に乗れと告げたようだった。その瞬間、劉が歯を剝《む》き出して駆けより、男の顔を平手打ちした。仲間に攻撃されるとは思ってもみなかったのか、男の身体が吹き飛び、車のボンネットに倒れ込む。黙ってやられるつもりはないらしく、すぐさまはね起きて劉に向かう。口の中を切ったのか、真っ赤な唾《つば》と共に折れた歯を吐き出した。劉が無造作に男に近付き、子どもにするようにやすやすと頭を摑《つか》んで、車体に顔を打ちつけた。今度は男も立ち上がらなかった。ぐったりとボンネットに伸びている。

――こいつら、何をやってる。

慌てて、車の中に武器がないかと探した。キーは男が持っているらしい。劉がのしのしと近付いてくる。目が血走り、肩を怒らせたままで、彼の本当の目的は安濃を叩《たた》きのめすことなのだとはっきりわかった。この男は考え抜いたあげくに北京行きをとりやめ、命令に逆らってでも安濃を殺すか痛めつけると決めたらしい。

こんな男を相手に素手で互角にやりあえると思うほど、無謀ではない。

「待て！　俺はあんたの兄さんなんか知らんぞ。落ち着《つ》け！」

じりじりと後退しながら言ってみる。劉は目を吊り上げたまま、無言で車を回ってくる。狙い定めた獲物を追い詰める虎のようだ。のされた男が銃を持っているはずだが、捜しに駆け寄る暇がない。

こんな場所で、わけもわからず殺されるなんて、冗談ではない。

睨み合ったまま、隙を見せないように後ずさる。庭から飛び出し、道路を横切れば川がある。川まで走れば、逃げることはできるだろうか。劉は泳ぎも得意だろうか。息詰まる睨み合いのさなかに、倒れていた男が呻《うめ》いて身動きした。安濃は一瞬、そちらに気を取られた。

「――!」

劉の身体が、四足の動物のようにしなやかに跳躍した。逃げる暇もなく、側頭部に隕石《いんせき》がぶつかったような衝撃を受け、車の上にもんどりうって倒れる。鋼鉄の棒のような腕だ。

近づいてこようとする劉の腹部に、反射的に蹴《け》りを入れた。突き放すつもりが、その足を軽々と摑まれた。踵《かかと》を摑んで斜めにひねられ、悲鳴を上げた。折れたかと思った。劉の手が喉《のど》にかかる。絞めあげられる。万力のような手、という言葉が、こんな際にふいに脳裏に浮かぶ。歯を食いしばり、劉の指を引きはがそうと夢中で爪を立て、どこかに弱点があるはずだとむやみに片手で探るうちに、硬いものを相手のポケットから摑み出した。摑んで劉のこめかみに叩きつけたが、相手は意にも介していない。

耳の奥がじわじわと鳴り始める。痛みより息が止まり、頭の中が真っ白になる。

自分はなぜ、こんな場所でこの男と格闘しているのだろう。だんだん抵抗するのが馬鹿らしい気分になってくる。楽になればいい。身体の力を抜けば、楽になれる。楽に――。

瞬間、絶叫が聞こえた。

ジューッと気味の悪い音がして、もうもうと白い湯気が立ち上る。唐突に劉が手を放した。本能的に劉から離れ、安濃は咳《せ》き込み、かすむ目を瞠《みは》り、叫んでいるのが劉自身だと気付いた。女が鍋を抱えたまま、劉にも負けないくらいの悲鳴を上げている。肉が焦げるひどい悪臭。油の臭いもする。女が、煮え立つ油をかけたのだ。

劉は背中に火がついた動物のように、絶叫しながらその場でぐるぐる回っている。上着が脱げない。引きちぎるようにスーツをむしる。女は川の方角に向けて顎《あご》をしゃくり、必死の形相で喚いた。トンチョングァ、と聞こえた。川に逃げろと言っているのだと、安濃は読み取った。

「あんたも逃げろ！」

女に叫び、安濃は走り出した。いや、走っているつもりだったが、首をさすり、足を引きずるみっともない姿で、ほとんどよろめくようだったかもしれない。劉はこちらに気付いていたが、睨《にら》みながらも火傷《やけど》の痛みに耐えかねたのか地面に膝《ひざ》をついた。とっさの判断で命を救ってくれた女には感謝したが、劉が受けたダメージを考えると背筋が寒くなる。この後、彼女が無事逃げてくれるかどうかも心配だった。

診療所の敷地を飛び出し、車がすれちがうこともできなそうな道路を横切る。通行している人たちが何ごとかとこちらを見守っているが、彼らに助けを求めるのは避けた。巻き添えにしてはいけない。手すりから川を覗《のぞ》きこんで、がっかりした。川幅は広いが、深緑色の汚い水が澱《よど》んだ運河のようだ。金属製の階段を降りたところに、うす汚れたボートのようなものが浮かんでいる。川の浄化に使われる舟のようで、一応は船外機がついている。女は、このボートのことを知っていたのかもしれない。

まだ劉が追ってくる気配はない。安濃は階段を駆け下り、ボートに飛び乗った。船外機は二馬力程度だろうと思ったが、オールを漕《こ》ぐよりはましだ。燃料は入っていると信じることにした。このタイプの船外機に慣れているわけではないが、見よう見まねで触ったことくらいはある。燃料コックを開き、プライマーポンプを数回握ってガソリンをタンクから送る。シフトレバーをニュートラルに入れ、スターターロープを引いたが、冷えているためかエンジンはかからない。何度も繰り返し深く引く。

――くそっ。

焦るなと自分に言い聞かせるが、船外機は思い通りに動かない。冷や汗が滲《にじ》んできた。男の鋭い叫び声を聞き、道路を見上げると劉が悪鬼の形相で階段に向かっている。まずい。

ふと、冷えたエンジンをかける時には、チョークを引けと教えられたことを思い出した。加賀山だ。元上司は釣りが趣味で、何度か連れられて海釣りに出た。チョークを引いて、ガソリンと空気の混合気をたくさんエンジンに与えてやるのだ。

――ロープはゆっくり引くんだ。

加賀山の声が聞こえるようだ。懐かしい声だった。安濃がまだ自衛官になったばかりで、加賀山の下で警戒監視の知識を鍛えあげられていた頃の、楽しい思い出だった。

劉が喚きながら走ってくる。安濃は急いでチョークレバーを引き、スターターロープをもう一度ゆっくり引いた。エンジンが、機嫌のいい律動的な音を立てて始動した。

安濃は腰を落としてレバーを握った。炎のような憤怒《ふんぬ》を撒《ま》き散らす劉を視線で牽制《けんせい》しながらレバーを前進に入れると、ボートはするすると水面を走り出す。

川に飛び込んで追いかけてくるかと心配したが、背中をかばうように片手で肩を押さえ、睨むばかりで水には入るつもりがないらしい。背中は無残な状態になっているはずだ。普通の人間なら気絶しているだろう。さすがに、あの傷でこの汚れた川に入ることは諦《あきら》めたのか。

ボートは滑るように走った。劉の姿がどんどん遠ざかる。藻や腐った魚のような臭いが混じっていたが、吹きつける風は爽快《そうかい》だった。

――五日ぶりの自由だ！

スラックスのポケットに硬いものが入っていることに気がついた。エンジンをかけた時に、握っていると邪魔なので無意識にポケットに入れたらしい。首を絞められ、無我夢中で劉のポケットから抜き出したものだ。何かと思えば、携帯電話だった。ここは圏外のようで、アンテナは立っていない。高速道路が川の屋根のように走っているせいで、電波の状態が悪いのだろう。

――しかし、電波が届く場所まで行けば、日本と連絡が取れるかもしれない。

安濃は劉の携帯電話を大切にポケットにしまった。ようやく、唇にかすかな笑みが戻ってきた。

17　大義

薄曇りの空の向こうから、ヘリコプターの機影が近付いてくる。

遠野真樹は、足元に置いたショルダーバッグを取り上げて、紗代に向き直った。強い潮風に髪をあおられ、紗代は目を細めている。

「それじゃ、すみません。私は春日に戻りますが、早く安濃さんが見つかることを祈っています。もし何かあれば、遠慮なく私の携帯に電話してください」

春日基地から、真樹に至急戻れとの命令が出た。中国で発生したクーデターの関係だろう。政変が起きて権力を握る人間が代わると、これからしばらく、何が起きるかわからない。対外強硬派が権力を握る可能性もある。陸海空の自衛隊は、厳戒態勢を敷いている。安濃の件は後ろ髪を引かれるようだが、春日DCからヘリコプターで迎えを海栗島に寄こすと言われれば、観念するしかない。

「ありがとう、遠野さん。ここまでわざわざ来てくれて」

紗代は気丈だなと思った。こんな時でも、他人に気を遣うことを忘れない。しかし、彼女はもっと我がままになってもいいのだ。真樹は紗代の手を握った。

「いいですね、絶対にひとりで抱え込まないで。海栗島の皆さんも支えになってくれますが、何かあれば泊里さんも私も、安濃さんを見捨てたりしませんから」

「わかってる。ありがとう」

紗代が眩《まぶ》しげに頷《うなず》く。安濃の消息は、いまだ不明だった。騙《だま》されて拉致《らち》された後、どこに連れて行かれたのか。対馬北署は、船などで海外に連れ去られた可能性もあると見て、不審船の情報などを集めている。

「私がいない時に安濃さんが戻ってきたら、私の代わりに一発殴っておいてください」

グーですよ、と念を押して拳《こぶし》を見せると、紗代がようやく笑みを見せた。

ヘリのローターが風を巻き上げる。乗り込もうとすると、新海が声をかけた。

「安濃さんの奥さんは、我々が責任を持ってお預かりしますから」

「よろしくお願いします」

鞄《かばん》を肩に掛け、座席に収まった。名残惜しいが、時間を無駄にできない。ドアを閉めて窓から手を振る。紗代が大きく手を振り返してきた。紗代や新海たちの影が、海栗島のヘリポートに長く伸びる。その姿が、あっという間に小さくなっていく。

——どうか、安濃一尉の消息が一刻も早く知れますように。

海栗島はもはや、波の間に浮かぶ緑の小島に過ぎなかった。ヘリコプターのやかましいローター音を聞き、振動に全身をゆだねながら、真樹は心の中で祈るしかなかった。

*

鏡に映した背中の皮膚は赤黒く焼けただれ、腐ったような色に見える。林《イム》という朝鮮族の男が用意したのは、透明で冷たい塗り薬だった。それを火傷全体に伸ばし、ラップを巻きつけられた。浴槽で火傷を冷やし、病院に行くべきだと言われたが、亜州は断った。そんなことをするために釜山まで来たわけではない。手当てが済めば、すぐにでもあの日本人の間諜《かんちょう》を追わねばならない。

「あの女はどうした」

傷に響かないよう下着を着ながら、亜州は思い出して尋ねた。

「何もかも放り出して逃げたようだ。あんたが死ぬほど怖がらせるから」

揶揄《やゆ》するような林の返答に、亜州はふんと鼻を鳴らす。日本人を殺すつもりで首を絞めていたら、突然背中に猛烈な痛みを感じて飛び上がった。衣服の繊維が焼けて、背中の皮膚に貼りつくようだった。あの女が、自分に煮え立つ油をかけたのだ。まだ湯気のたつ鍋《なべ》を抱え、真っ青になってがたがた震えている女を振り返り、しかし亜州の頭は急速に冷えた。あの女の怯《おび》えた様子が、子どもの頃さんざん外で暴力を振るって戻ると母親が見せた、「この子はどうしようもない子だ」という諦めに似た表情を思い出させたのだ。

あの女がまだいたら、謝ろうと思っていた。自分は馬鹿で、すぐ頭に血がのぼる。あの女はひどいことをしたが、この程度の怪我はなんとも思っていない。これまで自分が喧嘩《けんか》相手にしてきたことを考えれば、どうということもない。すぐに治るだろう。あの女が精神的に被った影響のほうが大きいのではないか。

「もし彼女に会うことがあれば、俺が悪いことをしたと言ってたと伝えてくれ」

林が心底不思議そうに目を細める。

「――あんたもおかしな男だな」

どういう意味か理解できず、亜州は唇の端をぐいと下げた。女にもこの男にも、遺恨はない。亜州の敵は、例の日本人だけだった。長征七号の情報を盗み、日本の潜水艦に攻撃させたというあの日本人。暁江の敵、すなわち亜州の敵だ。何度殺しても飽きたりない。

――なぜ、ソンミョクはあの男をかくまい、北京に連れて来いと指示したのか。

それがどうにも不思議でならない。

あの男には、今後役に立ってもらうとソンミョクは言った。本気だろうか。この亜州が、兄を危険にさらした間諜を一時的にせよ許し、行動を共にすると本気で考えたのだろうか。

(私の人生で、最も良いこと、美しいことは、劉先生にお会いできたことです)

ソンミョクがそう口にしたのは、昨夜だった。若干の含羞《がんしゅう》を滲ませながら彼が告げた時、亜州の魂は震えた。容易にそんな言葉を口にしない男なのだと悟った。ソンミョクとは、気持ちの底で通じ合っている。そう実感した瞬間だった。力を合わせて闘うことが誇りとなり、共に天を戴《いただ》くように、理想を掲げて前進する。そんな盟友と出会うことなど、生涯に一度でもあれば幸せだ。そんな相手ともし出会ったなら、命を賭《か》けても惜しくない。

(まったくお前は、三国志の時代に生まれるべき男だな)

周高寧の声が聞こえるような気がした。そうすれば、張飛のごとく勇猛な英雄と称《たた》えられただろうにと、彼は嘆くのだった。

――ソンミョクは、あの男が長征七号を危地に陥れた人間だと、知らないのではあるまいか。

その考えが芽生え、亜州はしきりに頷いた。きっとそうだ。ソンミョクは強く、潔癖な人物だから、あの日本人のような醜悪な人間が存在することを知らないのに違いない。

ソンミョクと直接話そうと考えて携帯電話を捜したが、見当たらなかった。そう言えば、格闘の最中に硬いもので殴られた覚えがある。あの男が盗んだのだ。どこまでも厚かましく、最低な奴だ。

背広の上着を羽織り、亜州は立ち上がった。

「行くぞ」

林がもの問いたげな顔を上げる。

「あの日本人を捜しに行く」

「どこへ」

亜州は大きな目を剝《む》いた。

「下流だ。船が向かった先を捜すんだ」

あの日本人は偽造旅券を持っているが、金は持っていない。川をたどれば港に行きつく。自分があの男の立場なら、船で密航して日本に帰ろうとするかもしれない。

「運転してくれ。港だ」

亜州はさっさと車に向かい、助手席に乗り込んだ。座席にもたれることはできず、腰掛けただけで背中に焼けた串《くし》を当てたような激痛が走ったが、亜州は平然としていた。林は何も言わず運転席に滑り込む。太陽は中天を過ぎ、西の端に向かっている。周囲に並ぶビルの窓が、赤々と染まり始めている。

――急がなければ。

必ず捕える。そう誓った。

*

川を数キロ下るうちに、ガソリンが切れた。左右両岸には、中低層マンションや、日本の公団住宅のようにも見えるマッチ箱に窓をつけたような建物が目につく。時々、何かの工場らしい、そっけないトタン屋根と煙突を持つ建物が見えたり、学校が見えたりした。校庭を駆けまわる子どもの姿はもうなかったが、こうして見ると日本の地方都市にいるのと何も変わらないようだ。

水面が夕映えに輝いている。日暮れまでに安全な場所にたどりつけるだろうか。部屋の中にいると感じなかったが、外に出ると空気が肌寒い。日没後はもっと冷えるだろう。

ガソリンが切れた時のためかパドルが用意されていて、安濃はゆっくり下流に漕《こ》いで行った。水は深緑色に濁り、汚水の悪臭がする。土地勘がないので不安だが、川の流れは必ずいつか海に行きつくはずだ。後のことはそれから考えるしかない。まっすぐ警察に行って相談するのか。それとも対馬に帰る方法を模索するのか。警察に行って事情を話し、起きたことを明らかにしたいという気持ちはあるが、警察が自分を信じてくれるかどうか、甚だ心もとない。

想像してみた。韓国語を話すこともできない日本人が、たったひとりで釜山の警察署に駆けこんでくる。自分は四月一日の朝、対馬で拉致され、目を覚ますとここに閉じ込められていた――。

真実だが、警察から見れば眉《まゆ》つばだろう。おまけに、中国語も話せないくせに中国の偽造パスポートを持っているのだ。

――捨てるか。しかしこれは、連中が自分を中国に連れて行こうとした証拠でもある。

ポケットの中で、携帯が鳴り始めた。賑《にぎ》やかなベルの音だった。しばらく船を漕ぐのに夢中で、電波状況を確認するのを忘れていた。そう気付いて、携帯を取り出す。画面に漢字で「李」と表示されている。迷ったが、通話ボタンを押す。ボタンの絵は万国共通だ。

『ウェイ』

落ち着いた男性の声が聞こえてきた。劉でも、監視役の声でもなかった。

「――もしもし」

意を決して、安濃は日本語で話しかけた。相手の反応がなければ、英語に切り替えてもいいと思った。

『――これは驚いた』

流暢《りゅうちょう》な日本語が返ってくる。

『劉さんはどうした』

「彼は電話に出られない」

慎重に答えると、相手はこちらの状況を推測したのか、しばし黙りこんだ。

『安濃だな』

「そちらはイ・ソンミョク？」

あてずっぽうだったが、相手は忍びやかな笑い声を漏らした。この男なのか、と安濃は耳を澄ませる。加賀山をテロの仲間に引きずりこんだ、「北」の工作員だ。

『まったく驚いたな。劉さんはどうなったんだ。貴様が彼を倒したとは思えないが』

「彼は重傷だ」

肉が焼けただれる、ぞっとするような音を思い出しながら、安濃は答えた。相手は疑っているようだ。

『本当ならすごいことだが。ますます、仲間に欲しくなる』

「仲間？」

パドルを漕ぐ手を休めると、スピードが落ちてボートが川の端に寄り始める。周囲の風景が少し変わったことに気がついた。マンション街から、倉庫街へ。大型コンテナが山のように積み上げられている。港が近付いているのだ。携帯を肩と耳の間に挟んで、パドルの先を水に沈めた。

『北京に来い、安濃』

安濃は無言でパドルを漕いだ。この男は何を言い出すのかと、眉間《みけん》に暗い皺《しわ》が寄る。加賀山を引きずりこんだだけでは飽き足らず、自分をも仲間に加えようというのか。

『俺はいろんな情報網を持っている。貴様が国でどんな扱いを受けているか、詳しく聞いている。もっと自分を大切にしろ』

「人を馬鹿にするな。工作員の仲間になどならない」

『俺は新しい国を造るぞ』

ソンミョクの言葉に、この男はついに正気を失ったのかと思った。加賀山は、この男の狂気に魂を吸われたのだ。

『貴様はどのみち、日本に帰ったところで、これまで通りの幸せな人生など送ることはできないだろう。中国に潜入した日本の工作員として、各国にマークされる』

「何の話だ」

監禁されていた間、監視役に命じられて書類を書き写したことを思い出し、眉をひそめた。

自分は、知らない間にとんでもない状況に置かれているらしい。

『貴様のような経歴を持つ日本人は珍しい。最初は受け入れがたい仲間もいるかもしれないが、俺が必ず説得してみせる』

「お前は何か勘違いしてる」

『中国は既に分裂を始めた。いま起きていることを貴様に見せられないのが残念だ』

ソンミョクの声は高揚し、興奮を隠せない。まるで分裂する中国を目の当たりにしているかのようだ。

『アジアの地図が大きく書きかえられるのは、時間の問題だ。既存の権威が覆るぞ。力がものを言う時代が、また来る。新たな正義が生み出される。そこでは俺たちのような人間が、存分に実力を発揮できる』

　俺たちと、ソンミョクが明らかに彼と安濃をひとくくりにしているのが不愉快だった。安濃は重いパドルを一心に漕ぎ続けた。太陽が沈み、川の上は冷たい風が吹き渡る。身体が冷えてきた。明かりが見える。――港の明かりが。

『俺と来い、安濃』

　ソンミョクが囁《ささや》く。

『一緒に新しい国を造ろう。薄汚れた政治屋もいなければ、己の権益だけに執着する人間もいない。皆が平等で、同じスタートラインから競うことができる』

「ソンミョク――」

『聞け、安濃。国家は時間と共に必ず腐敗する。どんなに清新な気持ちで立ち上げた新しい国も、完成した瞬間から腐敗が始まるのだ。国家とはそういうものだ。人間的で瑞々《みずみず》しい、本当に美しい国家を造るためには、何度でも国家を壊し、造り直すしかない。理想という炎を持つ人間が集まって』

　この男は今まで、何に抗《あらが》って生きてきたのだろうかと不思議に感じた。

「あんたは北の工作員だったはずだ。あんたに大義はあるのか、イ・ソンミョク」

『大義がどうした』

「力がものを言う時代など、俺は歓迎したくない。あんたは新しい国を造るというが、それは俺が守るべき国じゃない。俺は日本という国を守りたい。もちろんあんたが指摘する以上に多くの問題を抱えているし、決して美しい国ではないかもしれないが、それが自分の国だからだ。家族がいて友人がいて、生まれ育った土地があって、自分が守りたいものは、みんなその国にあるからだ。当たり前のことじゃないか。あんたは大義を持たないから、逆にそれを欲しがっているんだ」

ソンミョクは長く黙っていたが、やがて小さく「きついな」と呟《つぶや》いたように聞こえた。気に入らないからと、簡単に相手を替えられるようなものは、大義ではない。そう言いかけて、やめた。この男は、己の大義を自分が所属する国家によって壊されたのだ。

「核を配備した潜水艦とは、何の話だ」

この男は全体の状況を把握しているはずだと気がつき、尋ねた。ソンミョクは、安濃が関心を持ったことをむしろ喜んだようだ。

『その通りの話だ。中国が分裂する混乱に乗じて、近隣諸国が妙な手を出さないよう、核配備の原子力潜水艦が海中で待機している。劉さんの兄が艦長だ』

「劉は、兄の仇《かたき》だと言って俺を殺そうとしたぞ」

おやおやと意外そうにソンミョクが呟き、しばらく彼らはふたりしてお互いの出方を測るように沈黙した。

『貴様は俺とは来ない。――そういうことか』

「そうだな」

『それなら、劉さんが貴様を殺すのに何の障害もなくなった』

劉をけしかける。そう言っているのだと安濃は理解した。これまで劉がためらったり、監視役に制止を受けたりしていたのは、ソンミョクが殺すなと止めていたのだ。

『残念だ、安濃』

何かを断ち切るように、通話が切れた。

パドルを漕ぐ手が疲れてきた。

すっかり日が落ち、ボートは暗い川を手探りで進んでいく。港の照明に照らされ、停泊中の貨物船やクルーザーが見えた。

――あの中に、日本の船はないだろうか。

なんとか、日本に帰らなければいけない。船に隠して連れて来られたのなら、隠れて戻ることもできるはずだ。

携帯電話を見て、やっと日本に電話をかけることができると気付いた。海栗島分屯基地の電話番号は、まだ覚えていない。近頃は携帯の電話帳に必要な番号を登録してしまうので、記憶に残らない。はっきり覚えているのは、ふたつだけだった。

自宅の固定電話と、紗代の携帯電話だ。

少し考えて、紗代の携帯の番号を国番号から押した。呼び出し音を祈るように聞いた。

18 痛撃

港を漕《こ》ぎ出した漁船が、沖合目指してゆったりと進んでいく。日暮れとともに、暗い海の向こうに漁火《いさりび》がちらちらと瞬き始めた。

傭船《ようせん》がもうじき海栗島のドックに入る。新海は安濃紗代とともに船を待ちながら、湾の対岸で輝く鰐浦の町の灯《ひ》を見つめていた。安濃の妻は口数の少ない女性だが、不思議なことには、互いに黙っていても落ち着かない気分にならない。

「夜景も美しい島ですね」

紗代がぽつりと呟く。

「対馬がこんなに美しいところだなんて、知りませんでした」

こちらを目指す傭船の灯火が近付いてくる。新海は海の向こうに広がる闇を透かし見た。

「神さびると言うんでしょうか。古代の香りがする島です。安濃さんが戻ってきたら、ご家族一緒に住んでみられるのも、良い経験になると思いますよ」

おせっかいと疎まれるかもしれないと案じながら、新海はそう告げた。安濃は対馬でひとり暮らしをする予定だったというが、共に暮らしたほうが家族のためにも良いと思ったのだ。口の重い紗代から聞き出した情報によれば、安濃には小学二年生の娘がいるそうだ。低学年なら、対馬に転校しても友達だってできるだろう。紗代の口ぶりからは、さほどの教育ママぶりも窺《うかが》えない。紗代自身が仕事を持つわけでもないようだ。

「――私は、いつでも対馬に行くと言ったのですけど」

紗代が表情を曇らせ、波間を見つめている。事情がありそうだ。安濃という男は、やはり性格的に複雑なものを持っているのだろうか。

愛らしい電子音が鳴り始めた。紗代がショルダーバッグから携帯電話を取り出し、戸惑ったように画面を凝視した。

「――誰かしら」

「どうしました」

「番号が表示されないんです」

言葉にすることで思いきったのか、彼女は携帯電話を耳に当てた。もしもし、と言ったきり電話の声を聞いている。彼女の顔から、すっと血の気が引くのが新海にもわかった。

「どうしました、安濃さん。大丈夫ですか」

「――うそ」

紗代は携帯にしがみつくように両手を当て、必死の表情で唇を震わせた。

「本当なの？　本当にあなたなの？」

ぎょっとして彼女を見た。

「安濃さんからの電話ですか！」

紗代が呆然《ぼうぜん》とした表情で頷《うなず》き、電話の相手に自分が海栗島に来ていることなどを説明しはじめた。安濃は無事だったのか。何が起きたというのか。どこにいるのか。――質問したくてじりじりしながら、新海は彼女の話が一段落するのを待った。紗代から電話を奪い取って直接尋ねたい気分だが、そういうわけにもいかない。

「新海さん、替わってほしいと主人が」

紗代が電話を差し出したのでほっとした。同時に、ついに本物の安濃将文一尉と話すのかと思うと、妙に高揚した。

『安濃です。いろいろご迷惑をおかけしています。家内もそちらでお世話に』

五日も行方不明になっている割りには、安濃の声はしっかりしている。高からず低からず、耳に心地よい声の持ち主だった。こんな状況にありながら、少しも動じていない様子に好感を抱いたが、反対にじれったくもある。

「海栗島先任の新海です。安濃さん、いったい今どこにいるんですか。みんな心配していますよ」

『釜山に拉致《らち》され、監禁されていたんです。なんとか監禁場所を脱出して、港の近くまで逃げてきました。まだ追われています。今のところ無事ですが、どうやら妙な陰謀に巻き込まれたらしい』

「陰謀？」

思いがけない言葉を耳にして、とっさに鸚鵡《おうむ》返しにしてしまう。

『イ・ソンミョクの陰謀です。この名前を知る人間は限られています。航空幕僚監部の泊里三佐に知らせてください。イ・ソンミョクがまだ生きていて、中国内部でクーデターを起こそうと企てています。彼は中国を分裂させて、自分が思い通りに動かせる国家を造るつもりです』

衝撃を受け、新海は目を瞬《しばたた》いた。まさに、中国で発生したクーデターが報じられたばかりだ。安濃は何に巻き込まれたのか。

鋭い舌打ちが聞こえた。『連中だ』と吐き捨てるように呟く。

「安濃さん？」

『すみませんが、これで切ります。必ず泊里に伝えてください』

さらに呼びかけようとしたが、通話はもう切れていた。紗代が青白い顔でこちらを見ている。安濃は誰かに追われていると言っていた。港の近くまで逃げたというが、見つかってしまったのだろうか。生命の危険が迫っているのでなければいいが、保証はなさそうだ。

傭船がドックに入ってきたが、安濃から連絡があったことを門脇二佐に報告し、泊里三佐を探して彼の言葉を伝えなければいけない。

「行きましょう、安濃さん」

傭船から夜勤の当番が降りてくる。逆に、これから傭船に乗って帰る隊員たちが、ドックにたむろしている。彼らをかき分けるように、新海は紗代を連れて坂道を登り始めた。

＊

「目が覚めましたか」

艦長室の寝台に横たわる小琳が、身じろぎして目を開いた。発熱のせいで、ふっくらした頬い出したのか、視線を合わせてきた。

「──艦長」

起き上がろうとするのを、暁江は押しとどめて首を横に振った。

「肋骨《ろっこつ》が折れているそうです。そのまま休んでいてください」

宋軍医の診立てによると、肋骨が二本折れたほかは打撲と擦り傷程度で、X光線撮影《レントゲン》はできないが、小琳の容態を見る限り臓器に折れた骨が刺さった様子はない。命に別条はないとのことだ。発熱は骨折と興奮によるものだと言っていた。本格的な殴り合いなど生まれて初めてだろうから、ある意味「知恵熱のようなものだ」とは口の悪い宋軍医の言葉だ。医務室の設備を全て失ったので、解熱剤も湿布薬も手に入らない。このまま自然治癒を待たねばならない。

「お役に立てず、申し訳ありません」

福々しいほど肉付きの良い白い顔を歪《ゆが》めて、小琳が呻《うめ》いた。熱のせいか、目が潤んでいる。

「何を言われる。謝るのはこちらのほうです」

「あの人は無事ですか」

監督すべき艦内でこんな目に遭ったというのに、小琳は自分が撃った陸を案じているらしい。なんと育ちのいいことだ。暁江はわざと小さく笑い声をたてた。

「弾は肩をかすめたようですが、先ほど様子を見た限りでは、王さんのほうがよほど重傷のようだ」

幸い弾は貫通しており、医療器具を失った宋軍医は、厨房《ちゅうぼう》の料理酒で傷の周囲を消毒し、裁縫針を焼いて絹糸で傷口を縫ったそうだ。麻酔もないから、たいそう悲惨な手術だったろう。しかし、当の陸は暁江が兵員居住区に姿を現すと、自分が軽はずみな行動をしたばかりに政治委員に怪我を負わせたと恐縮していた。打ちすえられて寝込んでいる小琳とは、鍛え方が違う。

「良かった。むしろ、面目ないと言うべきかもしれませんが」

本心から安堵《あんど》したらしく、小琳の表情が晴れる。暁江は、自分が撃った水兵を思い出した。銃口を向けられたから迷わず撃った。非情とは思わない。撃たねば撃たれる。小琳の様子を見ていてふと、あの男は今夜ひと晩もたないだろうと考えた。急いで青島軍港に戻っていれば、あるいは――と思わないでもなかったが、今さら悔やんでもしかたのないことだ。あの水兵は運がなかった。

せめてもと、ようやく身体の空いた宋軍医に、水兵を看取《みと》ってくれるよう頼んでおいた。複雑な目の色をして、暁江に言いたい言葉をぐっと飲み込んだらしく、宋軍医は黙って引き受けた。医師とはいえ、あるいは医師だからこそ、手の施しようがない患者のそばにいるのは辛《つら》いだろう。

『艦長、そちらにおられますか。至急、発令所にお戻りください』

艦長室に、よそよそしい勝英の声が伝声管越しに響く。彼はいよいよ、発令所の主のようにふるまい始めている。小琳を振り向いた。

「王さんの容態を見に来たのですが、落ち着いておられるので安心しました。私はこれで、発令所に戻ります。何かあれば伝声管で宋先生を呼んでください」

「──艦長、何が起きているのですか。副長はいったい」

不安を隠さず、小琳が慄《おのの》いたように目を瞬く。艦内に爆発物を持ち込んだ張本人の勝英が、平然と発令所に戻っている。その事実に衝撃を受けたようだ。地上で発生した政変について、いま彼に告げるのは酷な気がした。何より、暁江自身が政変について詳細を知らない。全てを把握しているのは勝英だけだ。

「心配せず休んでください。明日、目が覚める頃には、体調が回復しているよう祈ります」

安心させるように頷きかけ、暁江はそっと艦長室を出て扉を閉めた。──明日、目が覚める頃。その言葉の偽善に、我ながら嫌気がさす。満身創痍《まんしんそうい》の長征七号が、明日の朝まで無事でいられるかどうか、暁江にもわからない。他国の潜水艦や哨戒機《しょうかいき》が、長征七号の位置を摑《つか》んでいないとは思えない。二度の爆発に、魚雷発射管室の破損。自分たちはここにいると、撞木《しゅもく》を叩《たた》いて世界中に触れまわったようなものだ。しかも、艦内への浸水を完全に食い止めていない。浸水箇所を修繕してひと息つくたび、次の浸水箇所が見つかる。乗組員たちは、息つく間もなく修理に駆けまわっている。

──明日の朝には、全員が海の藻屑《もくず》と消えている可能性も高い。

ハッチを降り、発令所に急ぐ。

「どうした」

発令所の中には、嫌な緊張感が漲《みなぎ》っている。もちろん、勝英がいるせいだ。暫定司令員からの一方的な命令は、堂々と勝英宛《あて》に届くようになった。副長の裏切りが白日のもとにさらされ、発令所に配属されている士官や下士官の間に、勝英に反発する空気が満ちている。

ほんの数日前まで、暁江の右腕として信頼を勝ち得ていたくせに、勝英もよくこの空気に耐えられるものだと思う。だが、今はあえてそれを無視するしかない。勝英は彼らの反抗心に気付かぬ態《てい》で、平常心を装っている。むろん、内心は穏やかでないだろう。

「司令部の指示が出ました」

勝英が、書きつけた用箋《ようせん》を差し出した。現在、艦からの返信は禁じられ、司令部から一方的に命令を受信するのみとなっている。

「――もう、何が起きても驚かんな」

暗号解読された通信文を読み下し、暁江は自嘲《じちょう》ぎみに呟《つぶや》いた。受信内容は短い。ＶＬＦ通信のため、わずかな文字を受信するのにも時間がかかるのだ。

『釣魚島《ちょうぎょとう》方面に日本艦隊多数航行中。打合せ通り威嚇攻撃を開始せよ』

「威嚇攻撃だと？」

暁江は勝英を鋭く見据えた。彼はあらかじめ政変側の指揮官から命令を受けている。いまだにその全貌《ぜんぼう》を告白しないのは、情報を全て明かせば自分の存在価値が失われ、生命が危ないと考えているのかもしれない。

「通常弾頭の巨浪二号を発射するのです」

勝英が大きな双眸《そうぼう》を光らせた。彼はまた、燃えさかる覇気を取り戻しつつある。

「どこへ」

「もちろん、釣魚島へ」

日本側が尖閣諸島と呼ぶ群島のうち、最も大きな、そら豆形の無人島が釣魚島だ。日本人は魚釣《うおつり》島と呼んでいる。大きいと言っても、東西におよそ三・五キロメートルの島だから、知れたものだ。

「我が国の政変に乗じて、あの日本が釣魚島に艦隊を送っただと？」

暁江は唸《うな》った。どうにも信じがたいが、確かに国内では近ごろ日本の右傾化が観測されている。本土で発生した政変の様子が見えずもどかしいが、よほどの混乱状態が起きて、弱味につけこまれているのだろうか。

「撃てば、戦争になるぞ」

開戦の引き金を引けというのか。暁江は背中に冷や汗が滲《にじ》むのを感じた。自分が臆病《おくびょう》だとは思わないが、この状況でそれを引き受けることになるとは予想外だった。この艦の状態で巨浪二号を発射すれば、その反動で艦の制御が再び困難になるかもしれない。釣魚島を狙えば、長征七号は海上自衛隊の攻撃を受けるだろう。ただでさえ青島軍港に帰港するのは困難なのに、残されたわずかな望みを自ら断つようなものだ。

「艦長、あれは我が国の領土です。自国の領土に対し、発射実験を行うのです」

勝英が存外真面目な顔を寄せる。その詭弁《きべん》で説得しているつもりらしい。暁江は黙っていた。

もちろん彼自身も、釣魚島は中国の領土だと教えられている。だが、日本と係争中の島だ。米国上院が、尖閣諸島は日本の施政下にあり、日米安全保障条約に基づく米国の防衛義務があると法案に明記したこともある。発射実験を行ったですむはずがない。尖閣諸島に対する中国側の猛抗議に対し、米国が思いのほか強い態度で日本の領有を主張したことで、人民解放軍の中に割りきれぬ思いがわだかまっていることも確かだ。

「我々潜水艦乗りは、命令を受ければたとえ相手が何者であろうと、発射装置の引き金を引かねばなりません。逡巡《しゅんじゅん》する暇はないのです。そう教えてくださったのは、艦長、あなたです」

暁江の沈黙が歯がゆいと言いたげに、勝英が睨《にら》む。暁江は静かにかぶりを振った。

「それは違う、勝英。通常の指揮命令系統のもとで発された命令なら、私は何の迷いもなく従うだろう。しかし、これが正しい命令系統と言えるのか。本来の司令部はどうしたのだ。何の説明もなく、暫定司令員と名乗る上将の命令が届いても、従うことはできない」

海の底で、乏しい情報を頼りに判断を下さねばならない。これが正しい判断だと、自分を納得させるものが欲しい。一度引き金を引いてしまえば、取り戻すことはできないのだ。

「艦長は、政変側に与《くみ》しないと言われるのですか。済南軍区が既にことを起こしているのに、従わないのですか」

歯ぎしりするような声で勝英が呻《うめ》いた。暁江は静かに背筋をただし、勝英を見つめた。

「長征七号は政変に抗する。その選択肢もありうるということだ」

暁江の言葉を聞くや、発令所の中に殺気が漲った。操舵《そうだ》手や潜航指揮官の崔たちも、席から腰を浮かせて勝英を睨んでいる。命令があれば、勝英を撃つ。その気迫だ。

勝英は、冷やかにそちらを睨み返した。

「――これは思いがけない選択だ。このまま政変が成功すれば、長征七号は国に帰れなくなりますよ」

発令所の内部は、誰かが踵《かかと》を鳴らせば火花が散りそうな緊張で満たされている。

「なぜです、艦長。なぜ政変に抗するのです。人民はまさに苛斂誅求《かれんちゆうきゆう》によって虐げられ、一部の汚職官僚や富裕層により苦しめられている。その腐敗を糺《ただ》すのです」

こちらを振り向き、熱意をほとばしらせるように勝英は説得を続ける。彼の情熱を汲《く》み、お前の気持ちはわかると告げてやりたいとさえ思った。現在のままで良いとは、暁江自身も考えていない。腐敗した役人たちは、一掃されなければならない。人脈と袖《そで》の下がものいう世情を改め、貧困にあえぐ農村を立て直し、全ての国民をより良い生活に導かなければならない。

――しかし、やり方が良くない。

「勝英、それと軍の指揮系統とは別の問題だ」

暁江は首を横に振った。

「長征七号を政変の道具にするつもりなら、先に私を説得するべきだったな。こんなやり方は私には受け入れられない」

「あらかじめこの話を聞いていたら、あなたは仲間になりましたか。政変の計画を知る人間は、少なければ少ないほどいいんです」

「つまりお前は、私が仲間に加わることはないと最初から考えていたわけだ」

勝英が、火を噴くように睨んだ。政変の計画を打ち明けられたら、暁江は妨害する。彼はそう考えたのだろう。暁江はものの考え方が中庸で、決して過激には走らない。もし勝英に計画を聞かされていれば、武力による政変などに訴えず、正しい政治を実現する方法を考えよと論したに違いない。勝英は、外部に計画が漏れる危険を避けたのだ。

勝英が自分を殺さず、睡眠薬で眠らせておこうと企んだことや、暁江の反撃にも無茶な抵抗をせず、監禁に甘んじたことなどを思い起こした。本人の言う通り、彼は本気で暁江を眠らせておくだけのつもりだったのだろう。踊らされ政変に与したことは愚かだが、その心根がいじらしくもある。

「勝英――」

穏やかに諭そうとしたが、勝英は錐《きり》のように鋭い眼差《まなざ》しを投げかけてきた。どことなく、ふてくされたように見えなくもない。

「――わかりました、艦長。私もこんなことを言いたくはなかったのですが」

豹変《ひょうへん》した勝英の態度に眉《まゆ》をひそめる。勝英は上着から手帳を取り出し、小さな写真を抜いた。無造作に手渡されたそれに視線を落とし、暁江は息を呑《の》んだ。

――暁安。

七つになる息子が写っている。妻と共に、青島市に残してきた我が子だ。誰を見ているのか、照相機《カメラ》を向いて手を振り、腕白そうな笑みを満面に浮かべている。暁江にそっくりだとよく言われる、自慢のひとり息子だ。

「勝英。貴様、何の真似だ」

声が怒りで震えた。従わなければ息子に危害を加えるという脅迫か。崔が遠目に写真を一瞥《いちべつ》し、火のように激しく勝英を睨んだ。

「副長！　いくらなんでも」

勝英が崔など眼中にないかのように、うるさそうに「黙れ」と手で払う仕草をした。

「巨浪を発射してください。艦長が撃てないのならば、私がやります」

勝英が右手を前に差し出す。巨浪の発射装置の鍵《かぎ》を渡せと言っているのだ。薬物で眠らされた時に一度奪われたが、その後形勢が逆転した時に取り戻しておいた。

──勝英を撃つか。

この青年の上昇志向も漲る覇気も、好ましく感じていた。とは言え、ここまでされては限界だ。殺意すら覚える。だが、勝英を撃っても、長征七号が巨浪を発射しなければ暁安に危害が加えられるのであれば──。

「さあ、艦長。鍵をください」

勝英が繰り返す。慎重でしたたかな目つきに戻っている。暁江の肚《はら》が読めると豪語した男だ。いま暁江の胸の内で、天秤《てんびん》にかけられている言葉も想像がついたに違いない。勝英を撃つか、それとも──。

「艦長、私を撃っても無駄です。地上に仲間がいますから」

勝英がさらりと告げた。

「さあ鍵をください。――お願いですから」

暁江は瞼《まぶた》を閉じた。いっそ今この瞬間、何かが自分の息の根をとめてくれればいいのにと心から願った。あるいは、勝英に雷が落ちて、焼き尽くしてくれれば。

腰の帯についた鍵を外し、勝英の右手に落とした。自分の手のひらが汗ばんでいることに、ようやく気付いた。

＊

「いま何と言われました？」

真樹は自分の耳を疑い、電話の相手に問い返した。

『釜山の警察から、対馬の警察署に問い合わせがあったんだよ。アノウという行方不明になっている男が実在するかどうか、確認してきたそうだ。安濃を拉致《らち》した奴の仲間が、釜山警察に通報したらしい』

回線の向こうで喋《しゃべ》っているのは、泊里だ。相変わらず精気に満ちた声をしている。彼のような男は、危機的状況に陥るほど生き生きと輝くのかもしれない。

「敵は仲間割れをしたということですか」

『詳しいことはわからない。安濃が今どこにいるかも不明だ。警察に駆けこんだ女は、元看護師だそうだ。彼女が言うには、安濃は四月一日の夜からずっと、廃業した診療所の跡に監禁されていたが、今日の昼頃になって脱走した。その際、危うく仲間が安濃を殺しかけたそうだ。

どこまで本当のことを言ってるのか怪しいもんだが、お金をもらって監禁中の食事を作ったり、点滴を打ったりするだけだと聞いていたのに、とんでもないことに巻き込まれたと後悔して、警察に通報したんだとさ』

殺しかけたという言葉も、泊里の口から出ると、さも日常茶飯事のように聞こえる。しかし、ともかくも安濃は昼の時点でまだ生きていたらしい。

――感謝します。

いわゆる葬式仏教徒の真樹は、信仰などほとんど持たないに等しいが、この時ばかりは瞑目《めいもく》し、人智を超えた大きな存在に向かって感謝の言葉を捧《ささ》げたかった。どれだけ安濃に対して気軽に接していても、あの日から決して忘れたことはない。北軽井沢で、工作員に危うく殺されるところだった自分を救ってくれたのは安濃だ。良い先輩だったとはお世辞にも言い難いし、尊敬しているかと問われれば複雑な気分になる。しかし、安濃がいなければ、そしてあの時拳《けん》銃《じゅう》を撃つ決断をしてくれなければ、自分はたぶん今生きてここにいない。安濃と、自分の身代わりになって撃たれた若狭は、時代がかった言葉ではあるが、間違いなく命の恩人だ。

『そこでだ、遠野一尉。君にはこれから釜山に行ってもらう』

「はあ？」

泊里の唐突な指示に調子が狂い、真樹は思わず上官に対する返答とは言い難い声を漏らした。

『釜山の警察が安濃を捜すと言ってるんだ。下手すりゃ国際的な拉致監禁事件に発展するからな。安濃を知る日本人を寄こしてほしいと言ってきたんだよ。本人確認をさせるつもりだろう』

「しかし、どうして私が——」

泊里から携帯に着信したので防空指令所を出てきたが、いま真樹を始めとする春日DCの面々は、中国で勃発《ぼっぱつ》したクーデターの動向を確認しながら、付近の空域に異変がないか、レーダーを睨《にら》んでいるところだ。中国人民解放軍の南海艦隊の一部が、南沙諸島沖に向かっているという情報も入っている。何が起きるか判然としない状況だ。

『福岡を一九四〇に発《た》つ大韓航空《だいかんこうくう》機のチケットを押さえた。春日DCには話を通しておいたよ。今から出れば、二〇三五には釜山に着くはずだ。向こうの警察が出迎えてくれるから、心配はいらない。ちゃんと日本語を話せる人間がエスコートしてくれるそうだ。パスポートを忘れるなよ。去年、国際射撃大会に出るんでアメリカに行ったから、パスポートの有効期限はまだ切れてないだろ』

泊里の手まわしの良さを忘れていた。それに、地獄耳と余計なことまで記憶していることも。腕の時計に目を落とす。今からここを出れば、空港に行くまでに着替えなどを官舎に取りに戻ることもできるだろう。

「しかし、私はここで仕事が——」

『いいじゃねえか、お前さんたちコンビなんだから』

泊里がくだけた口調でいきなりとんでもないことを言う。

「誰がコンビですか!」

我知らず、声が一オクターブほど裏返る。

『それじゃ、頼んだからな。メールで航空機の電子チケットを送った。印刷して空港に向かってくれ。よろしく』

文句を言う暇もなく、通話は切れた。かけ直しても無駄だ。どうせ真樹だとわかれば出ないつもりなのだ。

真樹は憤然として防空指令所に戻った。静かなレーダールームでは、若狭一尉を始め、塩塚らがヘッドセットを耳に当て、無言で画面を睨んでいる。その通路を、上官を捜して歩いた。もう泊里から話が伝わっているはずだが、上官の意思を確認しなくては。

「遠野、何うろうろしてる」

若狭一尉が怪訝《けげん》そうに尋ねる。

「ええ、ちょっと」

どう説明しようかと困惑しながら、若狭を振り向いた時だった。

不穏なサイレンが、突如として鳴り響いた。指令所の総員が、はっとレーダーを注視する。

「早期警戒情報《SEW》入感！」

西部航空警戒管制団の配下にあるレーダーには、それらしい飛行物体は映っていない。しかし、全国各地に設置された固定式警戒管制レーダーのうち、新潟県佐渡島《さどがしま》にあるFPS—5がいちはやくミサイルを探知していた。真樹は日本地図が表示されたレーダー卓に急いだ。各地のレーダーが捕えた情報はJADGE《ジャッジ》システムに送信され、着弾予測地点を算出する材料となる。

「どこから発射されたの」

レーダーに表示された発射位置は、日本海のほぼ中央と呼びたい地点だった。

「海中？」

潜水艦発射型弾道ミサイルだ。そう気付いた瞬間、しばらく行方不明になっていた中国の晋級潜水艦が、真樹の中で弾道ミサイルとつながった。二度にわたる爆発音がキャッチされ、その安否も心配されていたのだが、あの潜水艦はこのために日本海に潜んでいたのだ。

「どういうこと。着弾予測地点はまだ？」

通常なら即座に算出され、画面に表示されるはずの地点が、まだ出てこない。手に汗を握る思いで、真樹は卓に拳《こぶし》を叩《たた》きつけた。ミサイルを表す光点は、刻一刻と南西方面に飛び続けている。方向から考えて、着弾予測地点は九州、沖縄、台湾――。

指令所の内部がざわめき始める。

「おい、なんで予測地点が表示されないんだ！」

若狭が叫び、内線電話を摑《つか》んでどこかにかけ始めた。作戦指揮所に問い合わせているのか、あるいはシステムの異状を疑ってオペレーションルームにかけているのか。

西部にあるレーダーサイトが、次々にミサイルの影を捕捉《ほそく》し始める。鹿児島県の下甑《しもこしき》島や、沖縄県の与座《よざ》岳にあるFPS―5にも映った。各地の飛行場を飛び立った警戒管制機からも、ミサイルの情報が流れ込んでくる。神々の歯ぎしりのようなサイレンは、やむどころか騒々しく鳴り続けるばかりだ。

「どうして。なぜJADGEシステムが反応しないの？」

真樹はレーダーに向かい、押し殺した声で虚《むな》しく囁《ささや》いた。

この手順は、訓練でも「北」の某国が行うミサイル発射においても、何度も繰り返されてきた。JADGEシステムは、着弾予測地点を算出し終えると、迎撃のため最適な兵器の組み合わせを割り出し、選択された兵器に対して自動的に目標の情報を伝達する。それが、なぜいつも通りに反応しないのか。

今頃、迎撃のため各地の海に派遣されているイージス艦では、レーダーを睨みながら慌てているだろう。JADGEシステムが脅威に対抗するための回答を出さない。こんなことは初めてだ。打ち上げられたミサイルが、我が国の領土を狙うものではないということだろうか。

「ミサイルの高度が下がり始めました!」

塩塚がレーダーに表示された数値を睨み、叫んだ。弾道ミサイルは放物線を描いて飛ぶ。高度を下げ始めたポイントがわかれば、およその着弾予測地点も目算できる。画面を睨んでとっさに計算し、真樹は呻《うめ》いた。

「――そんな」

このまま行けば、ミサイルが着弾するのは――あの島かもしれない。

「ちきしょう。JADGEシステムで異状発生だ。計算処理がループしているらしい」

システムのオペレーションルームと会話していたらしい若狭が、叩きつけるように受話器を戻した。計算処理がループしているとは、同じ処理を堂々巡りのように繰り返しているということか。どうしてそんな不具合が、今になって突然発生したのだろう。

そう考え、真樹は思わずあっと叫んだ。

「——海栗島の侵入者」

安濃に成りすまし、海栗島分屯基地に侵入した男の目的は、これだったのか。JADGEシステムに何かを仕掛けたのだ。——この日のために。

「ミサイル、着弾します！」

塩塚が叫ぶ。

光点の落下速度が速くなり、瞬く間にレーダーから消えた。サイレンがやみ、防空指令所はエアポケットのような沈黙に包まれた。

「——ミサイル、消失」

塩塚が、しゃがれた声を絞り出す。真樹は言葉もなく、光点が消えた——つまり、ミサイルが落ちた尖閣諸島のあたりを睨んでいた。

19　迷魂

ずぶ濡《ぬ》れの衣類から、寒気が肌に染みる。くしゃみを我慢して、安濃は身体を震わせた。川をボートで下り、港に出たまでは良かったのだが、ここはどう見ても貨物船やタンカー、フェリー等が停泊する埠頭《ふとう》だった。ボートがうろうろする場所ではない。しかも紗代に電話をかけ、海栗島の准曹士先任と名乗る男と会話している最中に、車で埠頭に乗りつけた劉たちを見つけてしまった。懐中電灯を用意し、安濃を捜している。埠頭の岸壁から、海を覗《のぞ》きこんでいる。夜の埠頭には夜景を見に来たカップルの姿もちらほら見えるようだ。そんな中で、妙に焦っている体格のいい男性ふたり組は、不穏な気配を漂わせている。人影を見つけるたび、懐中電灯で顔を照らして確認するので、嫌がって逃げるように埠頭を離れるカップルの姿も見えた。あんな露骨な嫌がらせをしていたら、そのうち警察が呼ばれるかもしれない。

ボートで川を進めば海に出る。考えてみれば、他に行き場はないのだから、彼らが追ってくるのも当然だ。それに、ひょっとすると携帯のGPS機能を利用して、居場所を探知することもできたかもしれない。

電話を切り、安濃はなるべく見つかりにくいよう、川の端にボートを寄せた。劉たちまであと数百メートル。このままボートで進めば、確実に発見される。警察に駆け込むにしても、日本に帰るための船を見つけるにしても、連中を撒《ま》くのが先決だ。そうなると、ボートが邪魔だ。そのあたりに係留するか放置しても、安濃がどの地点から上陸したか、知られてしまう。

――ボートを沈めるか。

薄汚れた緑色の水に浸《つ》かることを思うと気分が滅入《めい》ったが、逃げ切るために多少のリスクは負うべきだと判断した。まず命だ。優先順位を間違えてはいけない。

安濃は真っ先に、偽造パスポートと携帯電話を入れたウェストポーチを、濡《ぬ》らさないよう頭の上にくくりつけた。適当な紐《ひも》など持ち合わせていないので、ワイシャツを脱いで袋状にし、両袖《りょうそで》を使って顎《あご》の下で結わえると、どうにかおさまりがついた。我ながら珍妙な姿だったが、携帯電話は命綱だ。

見つからないよう姿勢を低くして、水音を立てずにそっと右足から水に入れる。

——冷たい！

顔をしかめる。凍えながら滝に打たれて修行する行者ではあるまいし。春だというのに、夜の釜山は冷える。水温も低いようだ。

スラックスも靴の中にも、すぐに臭い水が染みこんで気持ち悪かった。左足、腰と順に川に入り、舷側《げんそく》に摑まって、ごめんなとボートに呟《つぶや》きながらわざと横に傾ける。——静かに、静かに。水がみるみるボートの底に溜《た》まり始める。足で水を掻《か》きながら、力をこめてボートを押さえていると、最初はちろちろとボートに流れこんでいた細い水の流れが、だんだん雪崩を打つように大量に流れ込み、ごぼごぼと小さな呻き声をたてながら、水没していった。もう大丈夫だと見てとり、そっと舟から離れる。水面からは見えないが、劉たちがこちらに気付いていないことを祈るばかりだ。

彼らから逃げるなら、川の対岸だ。川の水面から上の道路まではかなり高さがある。護岸のコンクリートは垂直で、とても登れるようなものではない。下ってくる間に見たところでは、数か所ある金属の階段以外に、上に戻れる場所はなかった。頭を水から出したまま、対岸に向かって泳いでいく。向こうに見えるのはマンションの灯《あか》りだ。時刻はわからないが、午後七時から八時頃だろうか。いくつもの眩《まぶ》しい灯りは、ひとつひとつが夕食後の団欒《だんらん》のひとときを楽しむ家族なのかもしれない。

——いいな。

それに引き換え、自分は汚れた川で水泳ときている。紗代は、行方不明になった安濃を心配して対馬まで来たと言っていた。海栗島分屯基地でも心配して、捜してくれていたようだ。伝言を聞けば、泊里も動いてくれるだろう。それに紗代は、さっきまで遠野さんが来てくれていたと言っていた。春日DCに配属された遠野真樹だ。彼女にまで心配をかけたらしい。頼りない先輩が、またとんでもない事件に巻き込まれて、と眉間《みけん》に皺《しわ》を寄せて奔走してくれたのだろう。苦笑したが、彼女らのことを考えると、水の冷たさもあまり気にならなくなった。川幅は百メートルもなく、向こう側まで泳ぎきるのは苦労しない。

安濃はそろそろと、いま下ってきた方向に遡《さかのぼ》り始めた。

道路を見上げながら泳いでいくと、フェンスに囲まれた駐車場や、工場の建物が見えた。立ち泳ぎで一心に水を掻く。劉たちはまだ埠頭で彼を捜しているだろうか。彼らが川を覗きこみ、埠頭で見つからないなら川を捜索すべきだと考えないよう祈るばかりだ。ボートの燃料が切れたので、たどりつくまで予想以上に時間がかかった。劉たちは安濃がとっくに埠頭を離れたものと考えるかもしれない。早く行ってしまえ、と心の中で願う。

身体の芯《しん》まで冷えきって、歯の根が合わなくなってきた。腹まで痛み始めている。さっさと水から上がりたい。しかし、上れる場所が見つからない。たしかに途中で階段を見かけたのだが。

こんな夜中に見知らぬ場所で、自分は何をやっているのだろう。本来なら、今頃は新しい職場で警戒管制の任務に就いているはずだった。新しい人間関係に軽く緊張しながらも、そこで精一杯の仕事をしようと考えているはずだった。対馬は美しい島だと聞いている。休みの日には釣り竿《ざお》を持って出かけろと、泊里にさんざん勧められた。じき磯釣りに飽きて、釣り船を出してもらうか、ボートを借りて釣りに出掛けたくなるぞと彼が懐かしげに繰り返したのは、二十代の頃に対馬勤務を経験したからだ。泊里は、海栗島分屯基地の良い思い出をたっぷり持っているようだった。

——自分は、とことんついていない。

そう苦笑いして水を掻き、ふと見ると、ぼんやり通り過ぎようとしていたコンクリートの岸に、梯子《はしご》段がついていることに気がついた。まさに探していたものだ。しっかり梯子に手を掛けて、よじ登った。水から上がると、衣服に溜まった水がぼとぼとと音を立てて滴り落ちた。周囲を見回せば、道の向こうにコンテナ置き場が目につく。倉庫の出入り口に降りたシャッターと、無人の駐車場が見えた。隅の外灯一本が、ぼんやり駐車場を照らしている。防犯カメラが設置されているかもしれない。

濡れた衣類はひとまずそのままにして、ワイシャツに包んだポーチの偽造パスポートと携帯電話の無事を確かめた。凍えて震える指で携帯の裏蓋《うらぶた》を開け、ＳＩＭカードを抜いておく。いまＧＰＳで居場所を探知されると、絶体絶命だ。大事なものは全てポーチに納め、唯一乾いたワイシャツの襟を握ってよろめくようにその場を後にした。とにかく、一刻も早くここを離れるのだ。

道路沿いに、とぼとぼと歩いていく。水に浸かった靴が、ぐちゃぐちゃと気味の悪い音を立てた。追い越していく車のヘッドライトに、時おり照らし出された。なるべくそちらに顔を向けないようにした。おかしな男が歩いていると、記憶に留《とど》められたくない。

どちらに向かえばいいのかも、さっぱりわからなかった。釜山なら日本人の観光客も大勢いるはずだ。釜山のどのあたりなのか不明だが、繁華街に行けば日本人が見つかるかもしれない。

人の気配がなく、防犯カメラも見当たらない建物の陰で、ずぶ濡れの衣類を脱いで水を絞った。スラックスもアンダーウェアも、どろどろに汚れてひどい有様だ。水を絞ると皺くちゃになり、冷たいのを我慢して着直したものの、ホームレスにしか見えないだろう。乾いたワイシャツを着ると、寒いながらも人間に戻ったような心地がして、ほっと吐息が漏れる。靴の具合は最低だが、どうしようもない。

ポーチを摑《つか》んで、寒さに震えながら歩き出す。正直、心細くてたまらない。昼過ぎに、女が昼食を食べさせてくれて以来、水も飲んでいない。腹も減ったし、喉《のど》も渇いてきた。

――この方向で本当にいいのだろうか。

「なあ、紗代。俺はもう、泣きたいよ」

声に出して呟くと、逆に背筋がしゃんとした。それでも不安を覚えながら、なるべく大きな道路に沿って歩き続ける。工場が並ぶ区域を抜けると、スーパーマーケットが見えた。文字が読めなくても、建物の構造を見るとなんとなくわかるのが面白い。しかし、とっくに閉店時刻を過ぎているらしく、入り口が閉まり真っ暗だ。水を吸った革は硬くなり、くるぶしにこすれて痛くなってきた。足を引きずって光を探す。明るいほうへ、明るいほうへと自分を引っ張っていく。

営業中のガソリンスタンドの灯りが見えると、ひどくほっとした。まだ何の新しい展望も見えないのに、助かったとすら感じた。光は人間の心を和らげるのかもしれない。

近づくにつれ、周辺の様子が目に入るようになってきた。焼き肉屋、韓国料理、中華食堂――だんだん、いい匂いが漂ってくる。唾《つば》を飲みたくなるような香りだ。心なしか、気温が上がったようにも感じる。頑《かたく》なに凍りついていた心が、ほぐれてきたような気分がした。間違いない。この方角で間違いではない。そう胸の中で繰り返しながら彷徨《さまよ》った。繁華街とは呼べないまでも、気軽に入れる食堂が軒を連ねる食堂街のようだ。行き交う人々は、安濃の薄汚れて濡れたスラックスを見たり、びちゃびちゃ音を立てる靴を見たりすると、びっくりしたように疑わしげな視線を投げかけてくる。韓国人でないことは、雰囲気でわかるのかもしれない。誰も話しかけてこない。あるいは、危険人物に見えるのかもしれない。

日本人を探した。どこからか日本語が聞こえてこないかと、這《は》いずるように歩き続けた。観光客が訪れるような地域ではないのだろうか。ガイドブックで紹介されたり、グルメサイトで高い評価を得たりする店があるような場所ではないのだろうか。だんだん絶望的な気分になり始めた頃、その笑い声を聞いた。

随分酒が入ったような、陽気な高笑いだ。そりゃそうだよ、という言葉が聞こえたので、日本人の一団だと思った。遠くない。慌てて周囲を見回すと、韓国料理の店から連れだって出て来た三人の中年男性が、真っ赤な顔をして楽しげに笑っているのを見つけた。今夜は気持ちのいい会だったらしい。三人ともビジネススーツを着込んでいるところを見ると、観光ではなく仕事で釜山に来たのだろう。安濃は足早に彼らに近づいた。靴ずれの痛みも忘れていた。

異国で聞いた日本語に、男たちが振り向く。すぐ、目を丸くした。異様な臭気を漂わせ、ワイシャツと首から上以外はずぶ濡《ぬ》れという男が呼びかけたのだから当然だろう。

「あんた日本人？　どうしたの、いったい」

一歩進むたび、びちゃ、びちゃ、と音を立てる靴に眉《まゆ》をひそめている。大きな福耳の男と、ロマンスグレーと、でっぷり肉付きのいい三人が、不思議そうにこちらを見つめる。

「飲み過ぎて、川に落っこちて」

安濃はとっさに気弱な笑顔を見せた。

一瞬、本当のことを話して助けを求めようかと迷った。寒さで気持ちが弱っている。船に乗って逃げることを画策するよりも、素直に警察に名乗り出て、保護を求めたほうがいいだろうか。

――いや、それは考えものだ。

劉たちが、この国の警察にパイプを持っていたら危険だ。相手は彼らだけではない。あのイ・ソンミョクなのだ。

「ええっ、川に落ちた！」

「あんた、そりゃまた豪儀な酔い方だねえ」

ほどよく酩酊《めいてい》した三人は、笑顔を取り戻して顔を輝かせた。命に別条がなければ、酔って川に落ちた男なんて笑い話だ。酔って落ちたにしては、なぜワイシャツだけが無事なのかとか、よく考えれば妙だが、当座はしのげそうだ。これだけ酒を飲んでいれば、安濃からアルコールの臭いがしないことなど気がつくまい。

「このへんにマリーナはありませんか。自分がいた場所もわからなくなっちゃって」

男たちは顔を突き合わせて相談を始めた。

「マリーナって言うからには、ボートだな」

「国際旅客ターミナルじゃないだろう。水営《スヨン》のことかな」

「そう、ボートなんです。友達に連れて来られたんで、何がなんだかさっぱり。どっちに行けばいいですか」

安濃が尋ねると、福耳が驚いたように目を瞠《みは》った。

「来る時どうやって来たの。けっこうあるよ、スヨンまで」

「来た時は友達の車で――そんなにありますか。歩けないくらい？」

福耳がじろじろと安濃の靴を見下ろす。無理だよ、とその視線が物語っている。

「タクシーに乗ったほうがいいな」

とは言われても、金がないのだ。安濃はできるだけ誠実そうな表情を作った。

「川に落ちて這い上がったら、財布もないんです。場所がわかれば、歩きますから」

「あんたそれ、性質《たち》の悪い店に入ったんじゃないの。一緒にいた友達は大丈夫か？」

「警察に行ったほうがいいよ」

彼らは口々に安濃を諭すように言い始めた。だんだん話が妙な方向に転がってしまったようだ。これだから、嘘をつくのは苦手だ。

「大丈夫です、友達は先に船に戻ったので。財布は川に落としたみたいだし」

「ならいいけど、車で二十分はかかるよ。ちょっと待って」

福耳が三人のボス格らしく、懐から財布を取り出すと、紙幣を抜いた。名刺を添えて渡してくれる。

「その様子じゃ、相当困ってるでしょ。貸したげるよ。日本に帰ったら、ここに返してくれたらいいから。名刺の裏に、スヨンのマリーナだって書いといたよ。運転手さんに見せたら、送ってくれると思うよ」

草野洋輔《くさのようすけ》と書かれた男の肩書きは、株式会社源《みなもと》商事専務取締役となっていた。聞いたことのない会社だが、行き届いた親切が身にしみる。安濃は借りた金と名刺を押し頂いて、深く頭を下げた。

「本当にありがとうございます。帰ったら必ずお返ししますから。私は――」

名乗ろうとして、舌が顎《あご》に貼りついた。この男たちに、本名を名乗っても大丈夫だろうか。問題ないとは思うが、ここは安全を第一に考えるべきだった。

「泊里といいます。お借りします」

とっさに泊里の名を借りた。

「泊里さんか。うん、気をつけてな。もう飲みすぎるなよ！」

福耳の草野が嬉《うれ》しそうに笑っている。安濃が離れると、他のふたりが草野に話しかける声が聞こえてきた。もう、専務は気前が良すぎるよ、二万ウォンも貸しちゃって、あんな金戻ってきやしないよ。まあいいじゃないか、日本円なら二千円くらいなんだからさ――。

彼らに偽名を教えたことを考えると、疑われてもしかたがない。

「――意地でも、生きて帰らなきゃな」

劉たちに殺されれば、草野に金を返すこともできなくなる。善意には誠意で報いたい。

大通りに出て、タクシーを待った。速いスピードで逃げるように飛ばしていく車の中から、停まってくれそうな車を見つけた。

「ここに」

草野の名刺の裏を見せると、運転手が頷《うなず》いたが、乗り込む前に慌てたように制止された。何を言っているのかはわからないが、安濃の衣類が濡れていることをひと目で見破ったようだ。運転席から降りて後ろのトランクを開き、レジャーシートを取って助手席に敷いた。ここに座れという意味らしい。後部座席にはちゃんとした身なりの客を座らせたいのだろう。文句を言えた義理ではない。

安濃は助手席に乗り込んだ。崩れ落ちるほど、ほっとした。日本に帰れるという確信が生まれたわけではないが、マリーナまでの二十分は、襲撃を受ける心配もないだろう。劉たちは安濃が一文無しだと考えているはずだ。

運転手が無言で車を出した。安濃は助手席にもたれ、目を閉じた。切望していた、しばしの休息だった。

入管と税関は問題なく通過した。ロビーに出れば、男が待っていると聞いている。

――ああ、なるほどね。

*

真樹は、『遠野真樹さん』と日本語で書かれたボール紙を掲げた男を見つけた。髪を短く刈り、警察官というより軍人のような、精悍《せいかん》な若い男性だ。目つきも尖《とが》っている。この国は徴兵制度があるから、最近まで兵士だったのかもしれない。

「遠野です」

近づいて声をかけると、男は生真面目に頷いてボール紙を下ろした。

「ユ・スビンです。よろしく」

差し出された硬い右手を握った。

「さっそくですが、安濃さんの行方はわかりましたか」

出口に向かって歩き出す。真樹の荷物は、機内持ち込みのボストンバッグひとつだった。身につけているのは、濃いグレーのかっちりとしたパンツスーツだ。

「まだです。しかし、港にいた人から面白い通報がありました」

ユ・スビンが、荷物を持とうと言いかける気配を感じたが、真樹が無言で発散する拒絶に気付いたらしく、口には出さなかった。

「通報？」

「中国人が、港で誰かを捜しているという通報です。あのへんはデートにちょうどいい。女の子を連れてデートしていたら、怖そうな感じの中国人ふたりが、懐中電灯で顔を照らして、じろじろ見て行ったそうです。気持ちが悪かったと通報がありました」

ユ・スビンの日本語は、若干アクセントが妙に聞こえる以外は流暢《りゅうちょう》だ。

「中国人ですか」

「場所から見て、アノウさんを捕まえていた連中だと考えています」

安濃もそのふたりが現れた場所から、あまり遠くないところにいるかもしれない。

「それじゃ、安濃さんを捜しますか」

「もちろん。車用意しました」

ユ・スビンが駐車場に親指を向けた。こんなところにまで来る羽目になるとは思わなかった。しかし、ここまで来た以上は、必ず安濃を無事に連れて帰らねばならない。

真樹は、ユ・スビンに従い、駐車場に向かって歩き始めた。

20　追撃

四月六日

潮の香りに満たされ、波に軽く揺られながら、安濃は明け方までまどろんでいた。そう言えば、つい最近も似た体験をしたという淡い記憶がある。薬物で眠らされ釜山に運ばれる最中、夢の中で船の揺れをぼんやり意識していた。

――話し声が聞こえた。

はっとして、今度ははっきり目が覚める。男ふたりの話し声は、砂を踏む足音と共に、安濃が潜むクルーザーの外を遠ざかって行った。真っ暗な船のゲストルームで、安堵《あんど》の吐息を漏らす。

スヨンのマリーナでタクシーを降りた後、安濃は夜の散歩に出た観光客を装って、マリーナの埠頭《ふとう》をぶらぶらと歩いた。マリーナのすぐそばに、五十階以上ありそうな高層ビルが寄り添うように林立している。夜になってもこうこうと照明が輝いているということは、マンションのようだ。きらびやかな明かりを見ながら、安濃は日本に帰る船が泊まっていないか、探していた。マリーナと年間契約を結んでいる船は、キーがなければ埠頭に入れないエリアに停泊しているようだが、ビジター用の埠頭はそこから離れた場所にあった。利用者には不便だろうが、今の安濃には助かる。停まっているのは沿岸用の小型船がほとんどだが、中には全長十メートルを超える豪華な船を集めた埠頭がある。観察するうち、ようやく目的にかないそうな船が見つかった。「おおとり号」と日本語で書かれた、白地に水色の線が入ったクルーザーだ。

静まりかえった船内から考えて、オーナーは船を停泊させてホテルにでも泊まっているらしい。好都合だ。埠頭に防犯カメラはあるだろうが、自分の船のように堂々と乗り込めば、怪しまれないだろう。

船のデッキからキャビンに続くドアを試しに押すと、鍵《かぎ》もかかっていなかった。火災や浸水の警報装置はついていても、侵入者を防ぐ防犯カメラはないようだ。そもそも、船を盗まれることを考えてみたこともないらしい。念のためブリッジに行って操船装置を見たが、さすがにキーは抜かれていた。キーさえなければ安心だと考えているのだ。燃料タンクの容量は九百リットルで三分の一程度が残っているが、この燃料で対馬に帰れるのかどうか、安濃には見当もつかない。そう言えば、三浦《みうら》半島から大島《おおしま》まで、クルーザーなら燃料を五百リットルは食うと誰かに聞いた覚えがある。四十キロメートルほどあるだろうか。釜山から対馬までは五十キロメートルほどだから、残っている燃料ではたどりつけそうにない。

——それでも、この船しか頼れるものがない。

船の持ち主に事情を話して——場合によっては無理にでも——対馬まで同乗させてもらうか。初対面の安濃のために、積極的に密入国の片棒をかつぐ気になってくれる可能性はなさそうだ。豪華なソファのついたサロンやオーナーの寝室、ゲスト用の寝室、簡易キッチンにトイレやシャワールームまである立派な船だが、日本までオーナーに見つからずに隠れていられるほど広いわけではない。出国時には税関の手続きもあるだろう。万が一、立ち入り検査を受ければおしまいだ。オーナーの協力がなければ、船で出国するのは難しい。

そこまで考えると、階下にあるゲスト用の寝室に潜り込み、床にうずくまった。濡《ぬ》れて汚れた服を着たままだったし、これから船に乗せてもらおうという相手に迷惑をかけたくない。潮の香りが染みついた船だ。風を遮ってくれるだけでも、中は随分暖かかった。疲労困憊《こんぱい》で、床に尻《しり》を落ちつけたとたん、気絶するように眠った——。

まだ船の持ち主は帰ってこないようだ。読みが外れて、長期滞在する船ならどうしたものか。安濃はゲストルームを這《は》い出し、窓のあるサロンに上がった。夜明けの暖かい光が、防波堤の上を走る高速道路の向こうから差し込んでくる。眩《まぶ》しさに目を細めていると、急にひどい空腹を覚えた。昨日の昼以降何も口にしていない上に、冷たい水の中を泳いで、長い距離を歩いたのだ。多少の後ろめたさを感じながら、階下に戻ってキッチンの冷蔵庫を覗《のぞ》いてみた。まず目についたのが缶ビールで、次に見えたのが醤油《しょうゆ》の容器だった。船上で釣った魚をおろして食べるためのものだろうか。醤油を冷蔵庫に入れておく理由がよくわからなかったが、オーナーは間違いなく日本人だと思えて微笑した。奥に、コンビニのおにぎりがひとつ残っている。賞味期限は昨日の昼までだが、食べられないことはないだろう。おにぎりを見て、やはり船の持ち主は釜山に長居をしないはずだと考えた。長居する気なら、残ったおにぎりを捨てて行く。船が入港したのも、昨日か一昨日《おととい》のことだ。

他人の冷蔵庫を無断で漁《あさ》ったのは初めてだ。おにぎりにかぶりつきながら、キッチンの引き出しに包丁が入っているのを見た。いざという時には使うべきだろうかと迷ったが、そのまま引き出しを閉めた。脅迫は駄目だ。誠心誠意、頼むしかない。信じてくれるかどうか、それが問題だ。

ポーチの携帯電話を意識する。昨日、紗代に電話をかけた後は、ずっと電源を切っておいた。何でもいいから日本にいる誰かと話し、助けを求めるか、何があったか詳しく聞いてもらいたくてたまらないのだが、電源を入れるとGPSなどで位置を知られる可能性が高くなる。そのチャンスを見逃すイ・ソンミョクではないだろう。慎重すぎるくらい慎重に行動して、彼の場

いいくらいだ。

合りひとつ胃に入れると余計に空腹を感じたが、他に食べられるものも見つからず、サンに戻った。衣類はようやく乾いたようだ。革靴だけは、靴の中敷きが今でも湿っていて気持ちが悪く、歩くと妙な音がする。

サロンの床に座り込み、船の持ち主の帰還をじっと待った。早朝から船を出す人も多いようで、あちこちからエンジン音が聞こえてくる。自分を奮い立たせ、希望を持ち続けるために、無事に日本に帰ったら紗代や美冬に会って何を話そうかと、それぱかり考えていた。釜山での冒険を、彼女らは目を丸くして聞くのではないか。自分を待っているはずの事情聴取や取調べについては、極力考えないように努めた。今さら考えてもどうしようもない。

その声が聞こえたのは、太陽がちょうど船の真上に昇った頃だった。

「荷物、サロンでいい？」

女性の声だ。すぐ後に、「いいよ」と男性の声が続く。かなり年配の夫婦のようだ。これだけの船を手に入れて海外旅行ができるのだから、よほどの資産家なのか、それとも退職金を船につぎ込んだのだろうか。デッキに上がってくる人の気配を感じ、はっとした。女性はこちらに来るつもりだ。

逃げる暇もなく、扉が開いた。街で買い物をしたのか、大きな紙袋を抱えた女性が、サロンの椅子に荷物を下ろしかけ、こちらに気付いてぎょっとした様子を見せた。

「すみません、驚かせて」

安濃は手を上げて宥《なだ》めようとしたが、彼女は目をまん丸に瞠《みは》り、悲鳴を上げた。

「ちょ——あなた！　あなた！　早く」

慌てるあまり言葉にならない。カジュアルなオリーブ色のパンツに、クリーム色のアノラックを羽織っている。ショートにした髪もきれいな栗色で若々しい印象だが、おそらく安濃の母親くらいの年齢だろう。

「大丈夫です、落ち着いてください。危害を加えるつもりは全くありません。泥棒でもないです——」

言いかけて、安濃は顔を赤らめた。

「あの、さっき冷蔵庫のおにぎりをひとつ、勝手に頂きました。申し訳ありません」

どうした、と不審がる声が聞こえ、妻の背後からサロンを覗いた男性も、仰天した様子で得物を探すように視線を泳がせた。

「待ってください。怪しい者じゃないんです——怪しく見えるのはわかってますが」

自分でもしどろもどろで、何を説明しているのかわからない。船の持ち主が現れれば、どう説明しようかとひと晩考えていたくせに、話の順序も段取りもすっかり頭からこぼれ落ちたようだった。

「助けが必要なんです」

「あんた日本人か？」

う汚れた服をじろじろと見つめた男性が、いかにも胡散《うさん》臭そうに眉《まゆ》をひそめた。洒落《しゃれ》たのだろう。

チャコールグレーのジャケットにフラノのパンツ姿で、春先のクルージングはまだ少し冷える
「その服装は――」

「昨日の夜、川に飛び込んで」

まあ、と困惑を隠さず夫人が男性と顔を見合わせた。

「私は安濃と言います。航空自衛隊の自衛官です。何日か前に対馬で誘拐されて、ここに連れてこられました」

「誘拐？」

彼らの表情が動いたが、まだ完全に安濃を信じたわけではない。釜山の警察に行けと言いかけるふたりを押しとどめる。

「韓国の警察には、行けない事情があるんです。誘拐犯の仲間が、警察の内部にも潜んでいる可能性があります。もし携帯電話をお持ちなら、対馬北警察署に電話をかけてみてください。安濃という名前を出して聞いてくれれば、嘘じゃないことがわかります。それでもお疑いなら、海栗島の航空自衛隊に電話してください。私を捜していますから」

不承不承の態《てい》で、男性が携帯電話を取り出し、どこかにかけ始めた。彼が日本語で話し始めたのを聞いて、ほっとした。安濃の頼みをひとまず聞いて、対馬北警察署に電話をかけているのだ。漏れ聞こえる言葉から、彼らが吉村《よしむら》というのだとわかった。釜山のスヨンのマリーナにいると話している。その間に、夫人のほうがおずおずとこちらに近づいた。肌に細かい皺《しわ》が見

えるものの、きれいな人だった。

「――それで、誘拐犯から逃げてきたの？」

彼女がこちらの言葉を信じようとしていることがわかり、嬉《うれ》しかった。

「おにぎり、傷んでなかった？　気の毒に、よっぽどお腹が空《す》いていたのね。待ってて」

紙袋の中から包みをいくつか取り出し、階下のキッチンに向かう。電話していた吉村が、携帯を握ったまま真顔でこちらを振り返った。

「――対馬北署の刑事さんだ。あんたと話したいそうだ」

彼も信じてくれたようだ。電話を受け取ると、戸崎と名乗る渋い声の刑事が話し始めた。

『本当に安濃さんですか。驚いたな、いまスヨンにいるそうですね。無事ですか』

「なんとか無事です。日本人の船を見つけて、かくまってもらっています」

『それは良かった。そこにいてください。自衛隊の人が、昨日の夜に釜山に行ったんです。釜山の警察と一緒にあんたを捜してるから、スヨンにいると伝えましょう』

初耳だった。誰だろうと首をひねったが、海栗島分屯基地に勤務する自衛官かもしれない。釜山の警察と共に動いていることに一抹の不安を感じないでもないが、密航したりせず堂々と帰国できるのなら、これほど安心なことはない。劉たちも諦《あきら》めるのではないか。

「お願いします。私が持っている携帯は敵に番号を知られているので、位置情報を摑《つか》まれる可能性があります。電源を切っていますから、何かあればかくまってくれている方の番号にかけてください」

電話を切って礼と共に返すと、吉村がようやく愁眉《しゅうび》を開いた。安濃の言葉が嘘ではないと確認が取れたので、今度は好奇心が首をもたげ始めたようだ。

「ほんとに誘拐されたんですか。びっくりしたな。船に戻ったら知らない人がいて」

「驚かして本当にすみません。命からがら逃げてきました」

迎えが来るまで、しばらくここで待たせてもらいたい。そう話すと、吉村は快く了解してくれた。

「いいですよ。僕らはもう出国の手続きをすませて、後は出港するばかりなんで。僕は吉村です。あっちは家内」

彼が差し出した手を握った。柔らかい手のひらに触れて、なぜかほっとした。スパイスのきいたいい匂いがサロンにたちこめ、吉村の妻が上がってくるのが見えた。いかにも辛そうな唐辛子色でハングル文字が印刷されたカップ麵《めん》の容器を抱えている。

「インスタントを買っておいて良かったわ。さあどうぞ、温まるから」

見ただけでお腹が鳴りだす。赤面しながら、好意に甘えて箸《はし》を取った。予想通りに辛い。吉村夫人の言葉通り、冷え切った身体に染み通るような熱さだった。

「私たち、九州から厳原《いづはら》港に入って、昨日釜山に来たの。観光と買い物をして戻ったところだったのよ」

ねえ、と同意を求めると、吉村も頷《うなず》く。

「どうして自衛隊の人が誘拐なんかされたんですか。相手はテロリストか何かですか」

「いや——」

どう答えたものかと悩みながら、麵をすする手を止めて顔を上げ、窓の外を見て——安濃は全身を凍りつかせた。

あのふたりだ。

劉という中国人と、監視役を務めていた男が、ビジターエリアに停泊中の船を、端から一隻ずつ覗《のぞ》いて回っている。だんだんこちらに近づいてくる。

「——すぐに船を出せますか」

「何だって」

吉村が安濃の視線を追う。

「あいつらです。私を誘拐した犯人。銃を持ってます」

銃と聞いて、振り向いたふたりの顔色が変わった。荒っぽく船を覗き込み誰かを捜す男たちを見て、危機感を抱いたらしい。

「迎えを待たなくていいのかね」

「迎えが来る前に、連中が来てしまいますよ」

自分が撃たれるだけならまだしも、助けを求めたばかりに吉村夫妻に危険が及ぶかもしれない。吉村を急《せ》かして操縦席に追い上げた。

「いけない。もやいを解いてくる」

引き止める間もなく夫人がデッキに出て、自然な動作でロープを解くとすぐ戻ってきた。ロープワークに慣れているようだが、なにより度胸がいい。

「対馬までだと、燃料が足りないな」

「入れてる暇はありません」

「そうだな」

始動したエンジン音を聞いて、劉たちがぱっとこちらを見た。鬼のような形相で何か叫びながらこちらに走って来る。「止まれ」と言っているようだ。驚いたことに、白昼の屋外で劉がオートマチックを握った。ブリッジにいる安濃の姿が見えたらしい。

「伏せて！　奥さんは階下に隠れて！」

パン、と乾いた音が聞こえる。サロンの窓に当たり、ガラスが砕けて中に飛び散った。夫人は安濃の指示に従い、階下に駆け下りたようだ。

「おい――こいつはまだ、ローンが残ってるんだ！」

吉村が青くなって叫び、シフトレバーを前進に倒した。埠頭《ふとう》と船の間に挟んだ緩衝材を引き上げる余裕もない。何度か緩衝材が埠頭のコンクリートにぶつかり、ずるずると横腹をこすりつけて鈍い音をたてた。

劉たちが埠頭をしゃにむに走ってくる。船のエンジンはなかなか回転数が上がらない。ゆっくり波に逆らうように進み始める。岸から充分離れると、スピードを上げてマリーナを離れた。再び銃声が轟《とどろ》く。劉が上着を脱ぎ捨てて海に飛び込もうとするのを、もうひとりが慌てて制止している。止められてようやく、劉は自分が負傷していることを思い出したようだ。あんな背中で海水に浸《つ》かるつもりだったのか。あの男は、頭に血が上ると見さかいがなくなるらしい。マリーナで悔しげにこちらを見送る劉らの姿が遠ざかっていく。埠頭が視界から消えると、吉村もほっとした様子になった。

「吉村さん、先ほどの刑事さんに、もう一度電話をかけて頂けませんか。私たちが岸を離れたことを報告しておかないと」

「そうだな」

吉村が合点して携帯を取り出す。刑事に電話をしたとたん、劉たちが現れた。それは不安材料ではあったが、逆にあまりにも短い時間で現れたので、情報が漏れたためとも考えにくい。彼らは安濃が船で逃げる可能性を予測して、港を捜し回ってスヨンまで来たと考えたほうがいいだろう。諦めの悪い連中だ。

「船に傷をつけてすみません。すぐには無理かもしれないけど、少しずつでも弁償します」

ふたり組が現れて拳銃《けんじゅう》を撃ったこと、マリーナを離れたことなどを吉村が刑事に伝えた後、電話を切ったのを見計らい謝罪した。吉村が目尻《めじり》に皺《しわ》を寄せる。

「いやあ。多少の傷くらいは、船に貫禄《かんろく》がついていいよ。それより、みんな無事で良かった。刑事さんから、釜山に来ている自衛官に知らせてくれるそうですよ。燃料が足りないので、まっすぐ対馬には向かわずに、連絡を取って別の港で補給します」

「助かります」

安濃は深々と頭を下げた。

かいてくれなければ、スヨンで立ち往生する羽目になったことは間違いない。快く
してくれた草野といい、自分は間違いなく、他人の好意に支えられて生き延びている。

敵側だったとはいえ、あの女もだ。

「ちょっと！　大変よ」

夫人が鋭い警告の声を上げた。サロンに降りてみると、後尾の窓から外を覗いている。

「あの船見て！　あの人、追いかけてきたみたい！」

驚いて窓に駆け寄った。割れたガラスから、びゅうびゅうと音をたてて冷たい風が吹きこんでくる。彼女の言う通り、小型のスピードボートがこの船を追っていた。白い波を蹴《け》立てているのは、スピードが出ている証拠だ。夫人が横から双眼鏡を渡してくれた。ハンドルを握っているのは劉だ。緊張した怖い顔で、こちらを睨《にら》むように前方を見据えている。ボートの上には、劉ひとりの姿しか見えない。監視役が姿を消したようだ。彼はもともと劉を制止していた。劉の妄執についていけず、袂《たもと》を分かったのかもしれない。

「吉村さん、海洋警察に電話できませんか！」

もう、韓国の警察内部に潜むイ・ソンミョクの関係者を心配している場合ではない。安濃はブリッジに駆け上がった。韓国の海上保安庁にあたる、海洋警察庁に助けを求めるしかない。目の前の敵は劉だ。吉村は船の舵《かじ》にしがみつくように前を睨んでいる。スピードを上げながら針路を変え、逃げきろうとしているのだ。携帯を投げてきた。

「僕は韓国語が話せないんだ。家内は少し話せるから、渡してくれ。僕は港に無線で知らせて

みる」

言われた通り夫人に渡すと、戸惑いながらもどこかに電話をかけ始めた。気丈な人だ。吉村も英語で「沖で銃撃を受けた」と無線に怒鳴っている。安濃は思いつきで、サロンの椅子に散っているガラスの破片から、大きなものを拾い集めた。拳銃には対抗できないが、少しでも武器になるものが必要だ。思い出し、階下のキッチンから包丁を取って戻った。夫人はぎょっとした顔を見せたが、こちらの意図を正しく汲《く》んでくれたようだ。

——場合によっては、劉と刺し違えることになるかもしれない。

逃げ回るだけでなく、このへんで覚悟を決めなければいけない。本来は、無関係な吉村夫妻を巻き添えにする前に、腹をくくるべきだったのかもしれない。自分の身に起きたことを正確に内地に伝えたい。その一心で逃げてきたのだ。

「海洋警察の番号がわからないから、日本の一一〇番みたいなところに電話したわ。拳銃を持った人に襲われてると言ったら、すぐ伝えてくれるって」

吉村夫人が、緊張した面持ちで電話を切った。海洋警察の船が来るまで、どのくらいかかるだろう。

「ありがとうございます」

「早まっちゃ駄目よ。逃げられるだけ逃げるんだから。うちの亭主は若い頃から乗ってて、船には慣れてるからね」

その決意など、この女性には簡単に読まれてしまったようだ。しかし、その言葉に甘えてばかりもいられない。劉のモーターボートは、運転が上手《うま》くないらしく、大きく蛇行するような航跡をふらふらと描いている。とは言え、確実にこちらに追いつきつつあった。

「手鏡、ありますか」

夫人に頼むと、鞄《かばん》の中から小さな長方形の鏡を渡してくれた。安濃は姿勢を低くして、デッキに出て最後尾に這《は》い寄った。船がローリングするたび、激しく波をかぶる。昨夜から濡《ぬ》れてばかりだ。舷側《げんそく》に身体を隠し、ガラスの破片をブーメランのように握った。手鏡を潜望鏡のように使って、ボートの位置を確認する。充分近付くまで待たねばならない。安濃がデッキに出たことは、奴も気付いただろう。劉自身がハンドルを握っている。距離を詰めるまで、向こうも撃てないのだ。

——俺たちは馬鹿なことをしているな。

劉がしつこく自分を狙うのは、イ・ソンミョクの誘いを断ったからではないだろう。安濃が劉の兄に危害を加えたと誤解している。そう監視役の男が漏らしていた。あの男は、あえてその誤解を正さなかったということだ。誤解がもとで、殺し合いをする羽目になるとは残念だ。しかし、みすみすやられるつもりもない。命を狙われて抵抗しないのは、ただのお人よしだ。

「あと二十メートル！」

吉村夫人がボートとの距離を目算して叫ぶ。鏡の中のボートが、徐々に大きく迫ってくる。

「下に逃げてください！」

気持ちはありがたいが、劉が発砲すると危険だ。夫人は素直に従って、階下に降りて行った。

これ以上は足手まといになると察したのかもしれない。

――どのくらい飛ぶだろう。

ガラスの破片を掴《つか》み、タイミングを見計らった。相手にとって脅威にはなるまい。わずかでも船足を遅らせることができれば充分だ。海洋警察が到着するまでもたせることができれば、こちらの勝ちだ。

二十メートル圏まで近付けば、普通なら拳銃で撃てる。洋上で、しかも猛スピードで追跡している最中なら難しいかもしれない。劉はまだ船を近寄せるつもりらしい。ボートを手鏡で見守った。まだだ。もう少しこっちへ――近づいて来い。

身体の左側に右手を振り、円盤投げのように舷側を越えてガラスを投げた。一枚目は明後日《あさって》の方角に飛び、脅威どころか相手は気付きもしなかった。

懲りずに二枚目を放った。投げてすぐ舷側に隠れ、手鏡で結果を見守る。二枚目のガラスは、ボートの脇に落ちて沈んだ。劉は視線も動かさなかった。やはり、こんなもので足止めするのは無理なのだろうか。

三枚目を放つ頃には、ボートがすぐそばまで近付いていた。思いきりよく投げると、ガラスはボートの舳先《へさき》に当たり、砕けたガラスの破片が一部操舵《そうだ》席に飛び込んだ。劉が初めて表情を動かす。舷側に隠れる前に、銃声が轟いた。耳のそばを、熱い風が吹き抜けたようだった。ひやりとした。

「大丈夫か！」

ブリッジで吉村が喚《わめ》いている。

「大丈夫です！」

劉がハンドルから手を離し、立ち上がっている。揺れに耐えて両足をしっかり踏んばり、両手で銃を構えて狙いをつけている。もう隠れても無駄だ。こんな男を相手に、丸腰で立ち向かうのが無謀なのだ。

包丁の柄を摑み、覚悟を決めた。たとえ撃たれても、一矢でも報いてやろうと思った。こうなれば意地だ。

劉の右手がわずかに動いた瞬間、包丁を投げた。回転しながら飛んでいく刃物に、さすがの劉も一瞬ひるみ、気を取られて視線を逸《そ》らしたらしい。銃声に観念して目を閉じたが、身体のどこにも痛みは感じなかった。弾道がわずかに逸れたようだ。

「――！」

メガホン越しの男性の声が聞こえる。特徴のあるあの語尾は、間違いなく韓国語だ。声は安濃の背後、船の進行方向から聞こえてきた。振り返ると、船腹に「コリア・コースト・ガード」と英語表記された韓国海洋警察庁の小型警備艇が近付いてくる。「おおとり号」とさほど変わらないサイズだが、白い船体が眩《まぶ》しかった。韓国語が通じないと見ると、メガホンの放送は英語に切り替わった。停船を命じている。劉は警告を無視して銃口を安濃に向けた。

――これまでか。

ようやく海洋警察庁が到着したというのに、ほんの一瞬遅かったのか――。

銃声が海上に轟《とどろ》く。はっと身体を強張《こわば》らせたが、撃ったのは海洋警察庁だった。機関銃による威嚇射撃だ。劉がボートの座席に飛び込み、ハンドルに取りついてスピードを上げた。「おおとり号」を警備艇との間に挟み、盾にするつもりだ。本当に、往生際が悪い。警備艇の舷側に、機関銃を操作する海洋警察官が見える。「おおとり号」の陰に飛び込んだボートが、再び姿を現すのを待っているのだ。警備艇もかなり距離を詰めていて、若い海洋警察官の苦りきった表情が安濃にもはっきり見えた。

「こっちに来たぞ！」

舵を握る吉村が、突然脇に回り込んできたボートに気付いて焦ったように叫んだ。劉は、危険なくらいぴったりと、ボートを「おおとり号」に横付けしている。

「吉村さん、スピードを落として！」

「よし！」

シフトレバーを後進に入れると、船の行き足がぐっと落ちた。勢い余った劉のボートが、「おおとり号」の陰から突出する。警備艇の上で、メガホンを持った男が劉に停船を呼びかけている。ボートが飛び出した瞬間、劉が即座に立ち上がり撃った。機関銃の脇に立つ警察官が、後ろに倒れ込むのが見えた。

「あいつ、タイミングを計ってたな」

思わず舌打ちした。いい加減諦《あきら》めろと言いたいが、劉は諦めるという言葉を知らないようだ。警備艇の甲板は騒然となり、他の警察官が交替して機関銃に取りつく。

安濃の目は、もう一隻の警備艇を発見した。劉のボートを挟み撃ちするかのように、背後から迫っている。後はもう、海洋警察庁と劉の戦いだ。そう見て取り、デッキに崩れるように座り込んだ時だった。

劉がボートの座席下から、ゴムボール大のものを取り出した。歯を使ってピンを引き抜き、円弧を描いて前方の警備艇に投げ込む。警備艇の警察官が、雪崩を打って逃げる。爆風にあおられ、「おおとり号」もぐらりと揺れた。安濃は毬《まり》のように弾んでデッキに投げ出され、危ういところで舷側に掴まった。警備艇には、相当数の負傷者が出たようだ。劉の奴、手榴弾《しゅりゅうだん》まで用意している。この船に対して使わなかったのは、安濃ひとりを狙うつもりでいたからだろうか。あるいは、海洋警察が出張ってくることを見越して、温存していたのか。

後方の警備艇が、怒りにかられた様子で機関銃をボートに向けた。手榴弾を警戒してボートとの距離をとりながら、掃射を始める。狙いはボートの船腹だ。不審な点の多い事件だけに、犯人を生け捕りにせよとの指示を受けているのだろうか。劉は座席の陰に身を隠しながらふたつめの手榴弾を紐《ひも》の先に縛りつけ、ピンを抜くと投擲《とうてき》武器のように振りまわして投げた。とんでもない飛距離だ。警備艇のデッキにいた警察官が、ふたりほど慌てて海に飛び込んだ。警備艇の後尾が、爆発で吹き飛ぶ。破片が波にばらばらと四散した。

——信じられない。劉とはいったいどんな化け物だ。警備艇まで八十メートルはあるだろう。手榴弾を飛ばすだけでも驚くのに、見事デッキに落としてみせるとは。

海洋警察庁の警備艇二隻が、わずか一瞬で戦意を喪失し漂っている。劉のボートも無事ではなかったが、浸水しているボートを無理に「おおとり号」に寄せてきた。デッキに這いつくばる安濃に、見たかと言いたげな、得意げな表情を見せる。自分の船も沈みかけているくせに、この男は、敵を屠《ほふ》ることしか念頭にないのだ。自分の生命や安全など意識していない。兵士の中の兵士。闘うために生まれた男。劉を形容するなら、そんな言葉が似合うのかもしれない。満面に喜色を浮かべて銃口を上げる劉を、安濃はなすすべもなく見上げた。こんな過激な男を相手に、自分はよくやったと満足感さえ覚えた。

「――」

劉が何事か呟《つぶや》いた。言葉がわからないのに、「俺の勝ちだ」と言われた気がした。この男と、一度も直接言葉を交わす機会がなかったことを残念に思う。劉のボートが、ごぼりと嫌な音を立てた。沈降の速度が速くなっている。最後の一瞬まで、自分の目でこの世界を見ていたくて、じっと劉の目を見つめた。自分を殺そうとしている男の目だ。しかし、ボートが沈めば、この男だってどの道自分と共に死ぬのだと思った。誰でも、いつかは己の死と向きあう日が来る。自分と劉は、それが今日だということだ。

怖れなど感じていないはずなのに、じわりと額に汗が滲《にじ》んだ。

瞬間、乾いた長い銃声と共に劉が呻《うめ》いた。背中をのけぞらせ、右手が突然言うことをきかなくなったかのように、ぽろりと銃を海中に取り落とした。何が起きたのか、彼自身も理解していない。あっけにとられた表情で、警備艇を振り返る。また銃声が響き、劉の頬に赤い線がひと筋走った。

ごぼりとボートが断末魔の息を吐く。

――いったい何が。

安濃は、呆然《ぼうぜん》と青空を見上げた。劉の顔が消えたのは一瞬の後だった。沈み始めると、ボートはいっきに海面下に没した。撃たれた劉を乗せたまま、彼の血で波を赤く染めながら。慌てて起き直り舷側から波間を覗《のぞ》いたが、劉の姿はもうどこにもなかった。沈みゆくボートの渦に巻き込まれ、海中深く引きずりこまれたのだ。

後方で態勢を立て直そうと苦心している警備艇を見やると、後部甲板から煙を上げ、負傷者を救助して移動させながらも、思ったよりこちらに近づいている。破壊された甲板のそばに、拳銃《けんじゅう》を両手でしっかりホールドして立つ華奢《きゃしゃ》な人影が見えた。姿勢のいい女性だ。グレーのパンツスーツ姿で、海洋警察の制服を着ていない。海洋警察にも私服刑事がいるのだろうか。

劉が海面下に消えたのを見届け、彼女はゆっくりと銃口を下ろした。女性にしては鋭すぎる視線に射すくめられ、安濃はようやく彼女の正体を知った。

「――遠野！」

炎を噴きそうなくらい厳しい表情のまま、遠野真樹がじっとこちらを見つめている。

21　天命

ソナー室は、いまだ敵艦の姿を拾うことができない。

——本当にこれしか手がなかったのか。

暁江は発令所に立ち、慎重に北上を続ける長征七号の計器類を読んだ。

長征七号は勝英の指示のもと、通常弾頭の巨浪二号を釣魚島に発射した。損傷を受けた艦体が発射の衝撃に耐えられるか案じたが、今のところ状態が悪化した様子はない。

発射直後、暁江はマスカー装置を使って長征七号を気泡で覆わせた。マスカーは船体の数か所から圧縮空気を噴出する。海中で、気泡は音響を通過させないため、長征七号の内部の雑音を隠してくれる。気泡を隠れ蓑《みの》にして、変温層の下に潜りこんだ。海中での音の伝わり方は、海水の温度によって変化するため、変温層に逃げれば敵のソナーは長征七号を見つけにくくなる。温度が異なる水の層で、音が反射したり屈折したりするのだ。

それでも発見された場合は——。

本来なら、わざと騒がしいスクリュー音を立てる囮《おとり》魚雷などを発射して、敵のソナーを攪乱《かくらん》すべきところだが、残念ながら長征七号は現在、魚雷を発射することができない。

——逃げおおせたのか、どうか。近隣諸国の潜水艦や哨戒機《しょうかいき》が、こちらを監視しているのではないか。

勝英は涼しい表情で発令所に立ち、地上からの次の指令を待っている。戦略型原子力潜水艦の主な任務は待機だ。敵対国家の近海にひそんで待ち、命令を受ければ迷わず海中から攻撃を実施する。先制攻撃で相手の意欲を削《そ》ぐのが目的だ。

自分の生命なら、国家のために差し出す用意がある。弟の亜州ならば、「そいつは兄者、そろそろ時代遅れじゃないか」と揶揄《やゆ》するかもしれないが、そのために鍛えられ、磨き抜かれてきた身体であり、生命なのだ。

――しかし、息子の生命は別だった。

反乱軍の命令に従わねば、七歳の子どもを殺すという。そんな理不尽があるか、と暁江は密《ひそ》かに震える拳《こぶし》を握った。だから自分は、無人島に通常弾頭の巨浪二号を落とすことで生じる風險《リスク》と、反乱軍の指示をあくまで突っぱねた時の風險とを天秤《てんびん》にかけ、前者を選んだのだ。通常弾頭の巨浪二号の破壊力は、限定的なものだ。建物の屋根を突き抜け、破壊することはできるかもしれないが、核弾頭でなければ広範囲にわたる損害を与えることはない。政治的な騒乱の種を播《ま》くだろうが、それはこの期に及んで自分が考えるべきことでもない。

巨浪二号は放たれた。この先、政変が成功しても失敗しても、自分の将来は断たれたも同然だ。成功すれば自分は政変に抗した者として艦を降ろされる。政変が失敗しても、艦長たる自分は巨浪二号発射の責任を問われる。

「艦長」

艦内電話を耳に当てた崔が呼んだ。

「軍医が食堂に来てほしいと言ってます」

「わかった」

食堂には、暁江に撃たれた瀕死《ひんし》の水兵が寝かされている。宋軍医は、今朝までもたないだろうと予想していたが、若い身体が生命を解き放つことを拒むらしく、水兵はまだ永らえていた。

それも、もう最期に近付いているのかもしれない。臨終の時が近付けば、声をかけてほしいと暁江は宋軍医に頼んでいた。

「食堂で軍医と話す。しばらく後を頼む」

勝英にではなく、崔に告げる。既に、勝英は自分の副官ではない。暁江が崔に声をかける間も、勝英は頑《かたく》なに前方を向き、こちらを無視する態度を取っていた。暁江との絆《きずな》が失われたことなど、何ほどのこともないと言いたげなそぶりだ。

暁江は発令所を出て兵員食堂に向かった。厨房《ちゅうぼう》のすぐそばに重傷者を置くのはどうかとも思うが、他に適切な場所がない。現在、水兵たちには居住区で食事を摂《と》らせている。

「宋先生」

食堂の机を寝台代わりに寝かせた水兵の瞼《まぶた》を開き、宋軍医が小型懐中電灯で照らして調べていた。呼びかけに応じ、ちらりとこちらを振り返った。髭《ひげ》の伸びた、青黒い顔色だった。宋軍医のほうこそ墓から出てきたようで、炯々《けいけい》と目を光らせている。

「艦長。たった今、息を引き取ったぞ」

暁江は死んだ水兵に歩み寄った。腹腔《ふっこう》に血が溜《た》まり、壊死した内臓から腐敗が始まっていた。食堂に足を踏み入れただけで、汚物と血液と、腐肉の混じり合った臭気が鼻をつく。潜水艦の内部はただでさえ異臭が染みついているが、この部屋は格別だ。若い水兵の死に顔は安らかだった。モルヒネもなく、満足な手当てを受けることもできず、意識のないまま死んだ。青島軍港に引き返すことができなくなった時点で、彼の生命が永らえる可能性は万に一つもなかった。

乗組員全員の名前を記憶しているはずなのに、自分が撃った若者の名前をどうしても思い出せなかった。斉《せい》と言ったはずだ。穏やかな死に顔を見て、ふと思い出す。

「艦長が巨浪の鍵《かぎ》を渡すとは思わなかった」

宋軍医が用意していた遺体袋を広げ、死んだ若者の横に伸ばす。乞《こ》われるまま、遺体の足を摑《つか》んで持ち上げ、袋に納めるのを手伝った。軍医はどこか機械的に斉の身体を納め、てきぱきと袋を閉めていく。水上艦なら水葬という手もあるが、潜水艦では浮上するまで遺体を外に出すことはできない。

「――しかたがなかった」

「艦長も人の子だな」

軍医は苦渋を押し殺すように呟き、腹の底から深いため息を漏らした。暁江が、息子の生命と引き換えに脅迫を受けたことも知っているのだ。

「副長を止めてほしかった」

「私に何ができた」

「何でもできるだろう。副長を殺してもいい。巨浪を撃たせるのだけはまずかった」

「――誰にも被害はない。通常弾頭を無人島に撃ちこんだだけだ」

「そういう問題じゃないと、艦長が一番よく知っているだろう」

濡《ぬ》らした毛巾《タオル》で丁寧に指を拭《ぬぐ》いながら、軍医が首を横に振る。水兵の死を理由に呼びつけたのは表向きで、彼が本当に話したかったのは今後の計画らしい。

「宋先生には何か意見があると？」

宋軍医が乱れた髪の間からこちらを瞥見《べっけん》する。気迫のこもった視線だ。医師だが、叩《たた》き上げの兵士の匂いがする男だった。

「政変はじき終息する。それを伝えたかった」

暁江は黙り込んだ。軍医のひと言が何を意味するのか、考えていた。互いに相手の腹を探る視線を交わす。

「なぜそう思う」

「長征七号の航海中に政変が起きることを、最高指導部があらかじめ知っていたからだ」

軍医は抑制のきいた静かな声で告げた。

──この男、何者だ。

ただの軍医にしては態度が横柄だ。医師としての腕はよく、鬼軍曹のように叱り飛ばしても、水兵たちはよく懐いている。爆発が起きて魚雷発射管室を含む第七区画が閉鎖された時も、軍医は間一髪で逃げた。思えばそれも怪しい。

「なぜそんなことを宋先生が知っている」

彼の言葉を信じていいのか、にわかに判断しかねた。艦の行く末のみならず、息子の生命もかかっているのだ。宋軍医が肩をすくめ、皮肉そうに唇を歪《ゆが》めた。

「勘違いしないでくれ。私は面倒が嫌いだし、誰かに責任を負わされるのもまっぴらだ。政変が起きようが起きまいが、正直知ったこっちゃない。今回の航海に出る前に、聞かされたんだよ」

何を、と暁江は目で続きを促した。

「――もうすぐ政変が起きる。政変を画策する連中がいて、協力する外国人がいるんだ。最高指導部は、この際政変を利用して党幹部の膿《うみ》を絞り出そうとしている」

宋軍医の言葉には、暁江にも思い当たる節があった。新しい指導部は、汚職や腐敗、官僚主義といった中国共産党の課題を解決すると、発足当時から目標に掲げている。ただ、民衆はその目標をどちらかと言えば冷やかな目で見ていた。どこまで本気なのか。共産党幹部らの腐敗はあまりに根が深く、簡単に糺《ただ》すことができない状態だ。

共産党に限らず、中国人は血縁関係や地縁を大事にする。長幼の序に厳しく、先輩の意見は絶対だ。新しい指導部が官僚の腐敗を糺したいと考えても、血縁関係や先輩後輩の仲が彼らを強い鎖で縛る。全てを支配するのは関係《コネ》だ。それを無視して指導部が独断専行すれば、必ず強い反動がある。本気でやるなら、党の半身を切り捨てるくらいのつもりでやらねば――。

政変を利用するという宋軍医の言葉を聞き、暁江は背筋に冷たいものを感じた。指導部が独力で腐敗した幹部を排除するのは難しい。だから、政変に乗じて切るべき層を見切ろうというのか。反乱側に指導部の間諜《かんちょう》が潜り込んでいるのに違いない。計画を逐一知り、指導部に難が及ばず膿を出し切った時点で反撃する準備もできている。政変を鎮圧した後で、失われた汚職幹部のため指導部は空々しい涙を流し、新体制の確立と中国のさらなる発展を誓うのだ。

「政変が起きる時には、指導部は北京を脱出し、中南海は空っぽになっているだろう」

中南海は天安門のすぐそば、皇帝の宮殿があった地域だが、現在は共産党本部と国務院がおかれ、総書記ら要人の住まいもある場所だ。最高指導部は政変発生の前に逃げている。そういうことなのか。

「長征七号は目をつけられていた。副長が反乱側にいることは知られていたからな。しかし、艦長がどちら側かは最後までわからなかった。だから、艦長にも政変が起きることは知らされなかったんだ」

「宋先生は私のお目付け役だったのか」

軍医は艦の運用に携わらない。反乱側が軍医を味方につけることはないと計算して、指導部が宋軍医に探りを入れたのだろう。勝英が暁江を睡眠薬で眠らせた時、薬剤の量を加減して暁江の目が早く覚めるように工夫したのは軍医だった。あの時点で、暁江が政変に与《くみ》していないと確信したのかもしれない。

「冗談じゃない」

宋軍医が吐き捨てた。この男は、相手が上官でも水兵でも容赦なく噛《か》みつく。

「本当に政変が起きるとは、夢にも思わなかった。与太話だと考えたのさ」

しかし政変は現実に起きた。軍医の意見が正しければ、じき終息するという。暁江は、成功を信じて身を投じた勝英のことを考えた。妻がふたりめの子どもを身ごもっているという。彼女に堕胎させないための参加だった。政変が失敗すれば、子どもどころか彼の将来は完全に断たれる。

――何事もなければ、艦長から将軍への道も開けたろうに。

いつまでも暁江の副長でいる必要はない。気心の知れた右腕を失うのは惜しいが、時機を見て、勝英を新鋭艦の艦長に推薦するつもりでいた。潜水艦でなくてもいい。暁江自身が陸上勤務に転じる可能性もあったのだ。そうなれば、勝英が長征七号の艦長を引き継ぐことになったかもしれない。

——政変さえなければ。

故国に帰れば、勝英は裁判を受けることになる。どんな国家でも、政変を起こした軍人に対する罰は重い。才能に溢《あふ》れ、覇気に満ちた若者の運命を、まるで玩具《おもちゃ》のように弄《もてあそ》ぶ政治家という奴ら。

暁江は奥歯を固く噛み締めた。暁江自身も監督責任を問われることは間違いない。

「艦長、巨浪の鍵を取り返してくれ」

宋軍医が、真剣な面持ちでこちらを凝視している。青黒い肌に無精髭がさらに目立つ。

「あれを副長に持たせておいてはいかん。反乱軍からどんな命令が下るかわからないからな。それに、もし政変の失敗が伝われば、自暴自棄になって何をしでかすかわからんぞ」

はっとした。軍医は、勝英が巨浪二号の目標を北京に設定する可能性があるとほのめかしているようだった。政変が失敗すれば勝英も終わりだ。それなら、一か八か中南海に巨浪を撃ち込むことで、新たな展開を迎える逆転の発想もありえる。

「副長の仲間は士官室に閉じ込めた。今なら副長ひとりだ。鍵を取り返して反乱を鎮圧すれば、艦長は英雄だ。この艦で何が起きたか、私が証人になる。政治委員も喜んで証言するだろうよ」

暁江は斉の遺体を納めた袋を見た。多くの部下を失ったものだ。最初に殺された張宝潤、魚雷発射管室にいた乗組員、裏切ったとはいえ、斉も自分の部下だ。こんな事態になるとは無念の極みだった。自分は部下を救えなかった償いをしなければいけない。英雄呼ばわりされては、恥ずかしくてどこかに身を隠したくなる。

「——艦長！　私を信じて、腹をくくってくれ！」

宋軍医が詰め寄った。もし彼の言葉が誤りで、政変が成功すれば全ては裏目に出る。暁江自身はどうでもいい。勝英の背信に気付けなかった、身から出た錆《さび》だ。心配なのは、七歳の暁安だ。自分が判断を誤れば、あの子まで生命の危険にさらされる。

ふと、亜州の顔が脳裏に浮かんだ。

——暁安は兄者の子だろうが。

目を怒らせて、弟が喚《わめ》いている。七つ、八つの頃の自分を思い出せ。さも一人前のような面つきをして、大人を相手に理路整然と道理を説いて回ったのはどこの誰だ、と亜州が呵々《かか》大笑する。暁安は兄者にそっくりだ。どんな危難にさらされても、きっと自力でなんとかするだろう。そう、彼は暁江の不安を笑い飛ばした。

——違うのだ、亜州。

暁江は心の中でかぶりを振った。

あの頃、自分は必死だった。子どもの頃から、守るべきものを抱えて命の限りに生きてきた。戦地に出かけて長く帰らぬ父を待ち、母を助け、弟を守って死に物狂いだった。早く大人にならねば生きていけなかった。だから私は、周囲の期待通りに大人になったのだ。

――苦難が兄者を男にした。そうだろう。

胸のうちに住まう亜州が大きな目玉をぎょろりと剝《む》き、分厚い唇でにやりと笑う。暁安には春華義姉《ねえ》さんがついている。あの子を愛するなら、男にしてやれとそそのかす。いかにも亜州本人が言いそうなことで、暁江は心中どよもした感情の始末に困った。

「――わかった」

目を閉じ、開いた時には静かに頷《うなず》いた。迷いは消えていた。己の中で、賽《さい》は投げられた。

「勝英を捕えて、鍵《かぎ》を取り戻そう」

切迫した緊張が緩んだせいか、宋軍医がほんの一瞬、呆《ほう》けたような顔になった。

「――やってくれるんですか。信じてくれるんですね、私の言葉を」

「信じよう」

決断すべき時に決断を遅らせ、後悔するのは愚かなことだ。宋軍医が、睨《にら》むように暁江を見つめた。

「党も国も、くそくらえだが――」

わずかに声が震えている。

「約束します。この身に代えても、なんとしてでも私は艦長をお守りする」

暁江は笑った。重い鎖から解き放たれて、自由になった気分だった。

「ありがたいが、軍医先生に守ってもらうほど、私はやわではないぞ」

では行く、と告げて暁江は軍医に背を向け、兵員食堂を出た。勝英との決着をつける時が来たようだ。

*

——悪寒がする。

骨の髄まで冷え切って、水の中で身体が震えてしかたがない。そのくせ背中の火傷《やけど》が燃えるように熱い。熱いのではなく、痛いのかもしれない。手負いの獣のように唸《うな》り声を上げ、意味のない言葉を喚きそうだった。撃たれた肩から面白いほど血が流れ、海水に赤い大理石模様を作る。

——俺は死ぬのかもしれんな。

亜州は両足と自由に動く左腕で海水を掻《か》きながら、熱っぽい頭でぼんやりと考えた。おかしなことに、泣きたくもないのに涙が流れて止まらない。みっともないが、たぶん発熱のせいだ。

亜州の視線の先にあるのは、韓国海洋警察庁の警備艇だった。スヨンに戻ろうとしている。救出された安濃が、先ほど日本人の船から救命艇で乗り移った。あそこまで追い詰めながら、あの男を取り逃がすとは。

撃たれた亜州は、海中に落ちた後、なるべく深く潜って遠くへと泳いだ。海洋警察が、遺体を捜すのは間違いない。彼らが思いもよらぬほど離れる必要があった。

——意識が遠のきそうだ。

今、亜州は警備艇を追いかけている。まだ船上から亜州を捜しているらしく、警備艇はゆっくりと港に向かっていた。

自分の生命はもうないものと、亜州は決めることにした。ただ、あの男――安濃を道連れにしないことには、死んでも死にきれない。銃もなく手榴弾《しゅりゅうだん》もなく、武器と呼べるものなど何ひとつないが、自分にはこの頑丈な身体がある。

――暁江。兄者は必ず、生きて青島に帰れよ。

胸の中で呼びかける。亜州の視線は、警備艇の甲板に立つ安濃と、地味な色の服を着た、厳しい目の女に向けられている。

22　浪虎

ハッチを上り、発令所に向かいながら暁江は艦内の物音に耳を傾けた。潜水艦の内部では、大きな物音を立てるのはご法度だ。皆、息をひそめて生活している。それにしても、見事に静かなものだった。

――勝英から鍵を取り戻す。

巨浪二号を発射するのに必要な鍵だ。艦長のみが持つ発射管制盤用の鍵と、ミサイル発射管の安全装置解除用の二種類がある。必要な鍵が全て揃わなければ、発射はできない。発射事故や、ミサイルの濫用《らんよう》を防ぐため、実際に発射するまでには何重もの障壁が設けられている。勝英が暁江から取り上げたのは発射管制盤用だ。巨浪の発射にあたり、今後は勝英が艦長代理として任務を引き継ぐ旨の艦内放送を、暁江に強制した。でなければ、正当な命令ではないとして、ミサイル発射管室の乗組員が発射を拒否する可能性がある。

勝英から鍵を取り戻すのは、さほど難しい仕事ではないと思えた。発令所に詰める幹部たちに指示し、勝英を取り押さえれば良い。彼は武器を持っておらず、多勢に無勢だから話にならない。

——常識的に考えるとそうだが、なぜこれほど不安なのだろう。

答えは簡単だ。発令所にいる士官が自分の味方なのかどうか、この期に及んでも確信が持てないからだ。まさかと思いたいが、勝英の仲間がひとりでもいれば、発令所は血の海と化す可能性がある。

ようは、巨浪の発射を止めれば良い。鍵は発射管室にもある。十二本の発射管ごとに、鍵が一本ずつ。既に一本は発射されたため、残り十一本だ。暁江がそちらを押さえれば、巨浪は撃てない。

向かう先を変更し、なるべく人に会わない通路を選んで巨浪の発射管室に向かった。資材庫から兵員居住区の横を通るしかないと、頭の中で見取り図に線を引いていく。水雷班に、発令所で何が起きているか説明しなければならない。暁江は、長征七号の艦長としての職権を勝英に引き継いだことになっている。突然現れて鍵を提出せよと命じても、水雷班が素直に従うだろうか。そして、水雷班長の趙はどちら側についているのか。水雷班に勝英の仲間は残っているだろうか。考えるときりがない。

「艦長！」

見回り中であるかのように、わざと悠然と歩いていると、資材庫で部品や機材の管理にあたっている若い水兵が、跳ねるように直立して敬礼した。

「励めよ」

「はい！」

薄桃色に頬を染める水兵に鷹揚《おうよう》に頷きかけ、変わったことなど何ひとつ起きていないような顔で先に進む。平時から、暁江は艦内をよく視察する艦長だった。乗組員ひとりひとりの顔を見て、彼らの士気の高さや、健康状態などを把握しているつもりでいた。勝英の裏切りで、その密《ひそ》かな自負も粉々にされたのだが——。

発射管室は、以前と変わらぬ巨樹の森のようだ。しんと静かな空間に、巨大な円筒形の発射管が十二本、聳《そび》え立つ。円筒の周囲には配管や電気ケーブル、計器類がびっしりと張り巡らされている。当直につく水雷班の水兵が、時おり円筒の陰から陰へと行き交っている。暁江はゆったり歩み続けた。万が一の時に身を守るものは、腰に手挟んだ自決用の五四式一挺《ちょう》のみだ。いつでも素早く抜けるように、帯の留め金は外してある。もう一挺の制式銃は、もしもの時に身を守れと小琳に渡した。彼の場合はこんなものを持たないほうが安全だと、先刻の事故で証明してしまったかもしれないのだが。

「艦長」

計器を睨んでいた水雷班長の趙が、気配に気づいてこちらを振り向いた。暁江はかすかに顎《あご》を引いて応じる。

「乗組員に変わりはないか」

「はい、艦長。変わりありません」

「巨浪の発射で動揺していないか」

「みな士気が高いです」

趙は軽い昂揚《こうよう》を見せて頷く。事情を知らない彼が、釣魚島に巨浪を撃ちこんだことを悔いるわけもない。それとも、事情を知った上で勝英と共に政変側につき闘っているつもりなのだろうか。

「大声を上げるなよ」

素早く五四式銃を抜き、趙の腹部に突きつけた。水兵たちから見えぬよう、趙の身体で拳銃《けんじゅう》を隠す。趙が目を丸くした。まだどこか、暁江の本気を疑っているようでもある。

「気の毒だが、お前が裏切り者でないと私が得心するまでは、このままの体勢でいてもらう。お前は、故国で政変が発生したことを知っているか」

「知りません」

「呉勝英は政変側についた」

趙の目は「まさか」と言いたげでもあり、とうにその事実を知っていたようでもある。暁江はわざと威圧的に彼の目を覗《のぞ》きこんだ。趙が居心地悪そうに目を瞬き、弱みを見せまいとするのか、無理にこちらの目をまっすぐ見返そうとしている。

「先ほどの巨浪発射は事故だ。発射命令を出した青島の司令部代行は政変の首謀者で、私は勝英に巨浪の鍵《かぎ》を奪われた」

趙が本心から驚いたように、肩を揺らした。暁江は彼の目を見ながら頷《うなず》いた。

「しかし、政変は既に制圧されつつある。私はこれ以上の事故を防がねばならない」

「――どうなさいますか」

「巨浪の鍵を寄こせ」

絶句する趙に、畳みかけるように言葉をつなぐ。考える隙を与えないつもりだった。

「いいか。お前が政変に賛同していても構わない。私の言葉をよく聞け。政変はじき鎮圧される。長征七号の乗組員は、巨浪を政変に利用した咎《とが》で裁かれるぞ。鍵を寄こせば、お前がそれを止めようとしたことを私が証言してやる」

趙の目が泳いだ。

「艦長、私は政変になど与《くみ》しません」

「鍵を渡せば信じてやる。金庫を開けなさい」

趙が頷き、発射管制室に向かって歩き出す。管制室の金庫の暗証番号は、趙ともうひとりの士官しか知らない。金庫の解錠にはふたりの立ち合いが必要とされているが、規則に拘泥《こうでい》している場合ではない。

暁江の心証では、趙は限りなく黒に近い灰色だった。勝英が政変側につくと決めたなら、肝心の巨浪発射の鍵を握る趙を、仲間に加えないはずがない。魚雷発射管室に爆発物を隠したのも、その結果事故を起こして多数が死んだのも水雷班だ。刺殺された張宝潤も水雷班だし、彼を殺したのも水雷班のようだ。

勝英がどんな報賞を餌に趙を仲間に勧誘したのか知らないが、政変が鎮圧されると聞けば、趙は暁江の側に寝返ると考えた。鎮圧される政変側について、将来を失うほど馬鹿げたことはない。

五四式を腰に収め、油断なく手を銃把の近くに置いて、発射管制室に向かった。水兵たちがこちらに気付き、敬礼する。発射管制室にいた下士官は、暁江と趙が入室したことに気付き、驚いたように振り返った。暁江の病が重篤で、副長の勝英が今後は艦長代理として発令するという放送を、真に受けていたのかもしれない。趙が金庫の回転式錠を開け始めると、不審な表情になる。暁江はそちらに強い視線を送った。

「巨浪の鍵は、私が預かることになった」

どう解釈するべきかと迷っているような彼らを、安心させるように頷く。

「諸君らは心配するな。我々はこのまま安全に航海を続け、必ず生きて帰る。私を信じろ」

彼らの動揺を鎮めることはできなかったようだが、少なくとも趙の解錠を阻止されることはなかった。

「これで全てです、艦長」

趙が集めた鍵を受け取り、制服の口袋《ポケット》に入れる。数は、既に発射済みのものも含めて十二本。

間違いない。

「邪魔をした」

発射管制室に趙を残し、発令所に向かった。途中でふと、鍵の形状と重さに不審を感じた。これほど軽い鍵だったろうか。狭い廊下で鍵を取り出し、照明にかざしてみた。

──これは違う。

舌打ちした。似せてはいるが、安っぽい偽の鍵だ。趙に騙《だま》された。勝英は、水雷班を抱きこむにあたり、偽の鍵を用意してあらかじめ入れ換えておいたのだ。周到の上にも周到。いったいどこまで、仲間に引き込んだのか──敵ながら天晴《あっぱ》れではある。

突然、艦内に警笛が鳴り響いた。

『総員、戦闘配置につけ』

勝英の声が、拡声器から流れる。

『当艦は巨浪の発射命令を受けた。これより戦闘配置につき、発射準備を行う』

兵員居住区などから、休憩中の乗組員たちも一斉に飛び出し、担当する部署に向かう。行動は敏速だが、誰もが大きな足音を立てずに急いでいる。艦長がここにいることに驚いた様子だ。水兵たちの敬礼を受けながら暁江は発令所に向かった。

予想したより、政変の鎮圧が早く行われようとしているのかもしれない。焦った政変側が、勝英に指示を出した。司令部からの緊急行動指令を超長波の無線で受け取ったのに違いない。事態は予想外の速さで進行している。

暁江は手近な通信機を耳に当て、司令部の指示を聞いた。

『発射準備、一番から四番』

『発射管圧力増加！』

『発射管解放！』

艦長代理の勝英の命令を復唱しているのは、臨時で暁江が副長兼務を命じた崔だ。彼らが発射準備を始めているのは、核弾頭搭載の巨浪だった。通信機を叩《たた》きつける勢いで壁に掛け、暁江はハッチをくぐり抜けた。発令所が遠い。最後のハッチを抜ける直前、全身が床方向に押し付けられるような強い圧力を感じた。ミサイル発射深度まで、艦が浮上を始めたのだ。もうあまり残された時間はない。いま長征七号は水深三百メートルほどの位置にいるが、発射の際は水深二十メートルほどに浮上する。その頃には目標とする座標などの入力も終了し、ミサイルの角速度を計測するジャイロも安定しているだろう。

「勝英、待て！」

ハッチをくぐり発令所に入りながら、暁江は五四式に手をかけた。勝英が振り返りざま、卓の陰に身を隠す。さすがに、誰も彼には銃を渡していない。

暁江はとっさに巨浪発射目標の座標を読んだ。予想通り——北京市内だ。

「勝英、政変はじき鎮圧される」

「だからです。鎮圧を防ぐための措置です」

「己の力を過信して自惚《うぬぼ》れるな。最高指導部は、とうに中南海から逃げた。貴様が殺すのは、罪もない北京の市民と兵士だ」

弟の亜州も武装警察の一員としてそこにいる。政変側の愚かな攻撃の贄《にえ》とするなど、絶対に許せない。勝英が息を呑《の》み、暁江の言葉に嘘がないか測るように目を細めた。

「中南海の奴らが逃げたとしても、一度北京を焼きつくすのは、有効な手段かもしれませんぞ」

「いいか、勝英。貴様らの目標が腐敗の根絶であり、わが国の再生だとは私も理解した。しかし、その目標はこんな形では達成されない。このあたりで諦《あきら》めて、手を打て」

発令所の気温が、じわりと上がる。勝英の焦りと、追い詰められた獣の怒りが、熱波となって身体から放出されるかのようだった。

「――水深二十、到達！」

潜航指揮官の崔が、彼らの会話に割って入った。発令所の全員が、暁江と勝英のやりとりを、固唾《かたず》を呑んで見守っている。中には水雷班長の趙のように、勝英側であることを隠している者もいるかもしれないが、政変が鎮圧された後の身の処し方を思えば、うかつに動くこともできまい。

『発射準備、完了！』

発射管制室などから、準備完了の報告が次々に入り始めた。

「――もう遅い！」

勝英が叫び、鳥のように身軽に床を蹴《け》ると、発射管制盤に飛びついて鍵を差し込もうとした。

──撃つか。

一瞬、暁江は迷った。五四式の銃把に手をかけ、抜く寸前で気持ちが揺れた。ここ数年、有為の青年副長として知識や情熱を注ぎこみ育ててきた勝英を、そう簡単に撃てるはずがなかった。

「愚か者！」

体当たりで勝英の身体を床に突き飛ばす。革の紐《ひも》で勝英の腕に巻き付けられた鍵も、同時に床に飛んだ。

敏捷《びんしょう》に立ち直り、目を赤くして白い歯を剝《む》き出し唸《うな》りながら向かってくる勝英に、今度は暁江が壁に叩きつけられる番だった。若さを武器にした、力任せの攻撃だ。制服の襟を両手で摑《つか》まれ首を絞めあげられたが、暁江は即座に右足を互いの間に割り込ませ、勝英の腹を思いきり蹴って退《ど》かせる。

──この若造が。

自分に立ち向かってくる勝英に、肺腑《はいふ》を抉《えぐ》られるような悲傷すら感じた。将来を楽しみにした副官は、愚鈍な男ではなかった。勝機を見るに明敏で、危険を察知すれば回避するのが巧みだったはずだ。

立場が逆なら、勝英は自分を撃っただろう。その確信もある。もし、自分がもう少し若ければ、裏切り者を撃つのに何の躊躇《ちゅうちょ》も覚えなかっただろう。歳を重ねるほど、引きずるものが増える。

「勝英、目を覚ませ！」

立ち上がり、こちらに駆け戻ろうとする勝英の身体が、ぴたりと止まった。

潜水艦の鋼鉄の胎内でくぐもった銃声が、いつまでも反響してやまない。勝英はこちらを睨《にら》み、今にも咆哮《ほうこう》をあげようとする獅子《しし》のように口を開いたまま、静止していた。その姿のまま、ゆっくりりと床に崩れていく。

長々と横たわった勝英の側頭部から、大量の血が流れ出すのを見てようやく、彼が撃たれたのだと気がついた。

発令所の出入り口に、宋軍医が銃を握り立っていた。肩で荒い息を吐いている。

「――死なせてやったほうが親切という場合もある、艦長」

その言葉は前にも聞いた。そう言いたかったが、頭のどこかが痺《しび》れたようで、暁江はしばし頑《かたく》なに沈黙し、倒れた勝英のそばに跪《ひざまず》いた。首に手を当て、脈を見るより早く、勝英が唇を震わせる。

――生きている。

勝英の目が、暁江を捜している。

「勝英、しっかりしろ。こんなところで命を終えてどうする！」

叫んだが、勝英の肌は見る見る土塊《つちくれ》のようなどす黒い色になり、生命の輝きが失われていく。

若さと覇気できらめいていた双眸《そうぼう》からも、光が消えつつあった。

「――」

何かを言おうとして言葉になりきれず、小さく唇を動かした後、彼はこときれていた。

「勝英！」

呼んでも帰るわけがない。わかっていても、呼び掛けずにはいられない。こんな死に方をして、国に帰れば勝英は愚かなことをしたと蔑《さげす》まれるだろう。しかし、彼が目指した理想そのものは、決して誤ってはいないのだ。

「私は謝らんぞ」

無精ひげが伸び、青黒い顔になった宋軍医が、苦い口調で吐き捨てる。何を謝るというのだ、と言いたかったが黙っていた。彼の言葉の意味も、自分はちゃんと理解している。

「ただ、艦長に全てを背負わせることはさせん。そういうことだと解してくれ」

ふと、宋軍医が握っている五四式に気がついた。士官である医師は拳銃《けんじゅう》を携帯する権利があるのだが、宋軍医は、医師たるものが人の生命を奪う武器など持つべきではないと、任官時に血相を変えて拒否したはずだ。

「――その銃」

どこから手に入れた、と聞く前に、宋軍医本人が銃に視線を落とした。

「艦長室で、政治委員から借りてきた」

それでは勝英を撃った銃は、暁江自身の銃なのだ。そう気付いて心中に様々な思いが去来するのを無理に抑えこむ。今は、感傷に浸る場合ではない。

「巨浪発射命令を解除する！」

立ち上がり、命令を下した。

「発射命令、解除！」

崔が復唱する。暁江は、勝英との格闘で痛めた足首を引きずって伝声管に向かった。

「諸君、艦長の劉暁江だ。艦長代理の呉勝英が、たったいま亡くなった」

事故の後も残された百名余の乗組員が、驚愕《きょうがく》しざわめく姿が目に浮かぶようだった。暁江は瞼《まぶた》を閉じ、静かに息を吐いた。

「これより当艦の指揮は私が執る。今後、当艦は青島軍港を目指す」

それだけ話し、伝声管から離れた。地上の様子を探りながらになるだろうが、少なくとも政変の道具として長征七号が使われることだけは避けたい。

発令所の士官たちが、自分を注視している。暁江は、床に倒れたままの勝英を見つめた。覇気が身体の中から溢《あふ》れるようだった双眸が、虚《うつ》ろな黒いふたつの穴と化している。宋軍医が念のため脈を確認し、死亡を確認して目を閉じてやっている。

——これは勝英ではない。

そうでも思わなければやっていられない。

「まずは、副長を発令所の外へ出そう」

暁江が指示するより早く、崔が若手の航法下士官らに命じて勝英の身体を運び出させた。彼の遺体を目の当たりにしていては、発令所の士気が上がらないこと甚だしい。副長の裏切りを知って、発令所に満ちていた嫌な空気も、勝英が死んでしまうとまた変化した。死が何かの化学変化を起こしたようだ。航法下士官らは、ふたりがかりで丁重に勝英の身体を抱え上げ、大切なものを運ぶようにそろそろと歩いていった。

「全速浮上！　当艦はこれより浮上し、青島に戻る」

ぎょっとしたように崔がこちらを仰ぎ見る。本当にそれでいいんですか、と言葉にするのをためらっているのだ。隠密行動が彼らの任務の一部になっていて、浮上したまま軍港まで帰る潜水艦など聞いた例がない。

「かまわんさ。どのみち当艦は、魚雷発射管室を失い、青息吐息だ」

浮上すれば、公海のみならず他国の領海を横切っても国際法違反にはならない。海外に流出した晋級潜水艦の写真は少ないが、それでも停泊中の晋級を、米国の衛星などが撮影した写真が存在することは知っている。浮上して航海したところで、機密が漏れたとは言えまい。潜水艦のスクリュー音や機械音は、艦の種類や個体によって特徴があり、それを音紋と呼んで艦の特定に利用する。潜水艦はその音紋を特定されることを嫌うが、ここ数日の事故や海上自衛隊の潜水艦とのひそやかな攻防戦のうちに、既に情報を取られてしまったものと見たほうがいいだろう。ここはむしろ、海上を堂々と通過して彼らを驚かせてやる。暁江は、にやりと片頬を上げた。

「副官、全速浮上！」

「全速浮上！」

崔が高らかに叫んだ。

「長征七号の巨体を公海に浮かべ、他国の度肝を抜いてやれ」

「了解しました！」

　バラストタンクの水を放出すると、長征七号が海水の重みから解放され、喜びの鬨《とき》の声を上げる鯨のように水面に跳ね上がる。青島に帰れると知り、歓声を上げる乗組員らの声のようにも、暁江には思えた。

23　無頼

　排水量は二十五トン。全長およそ二十メートルの、小回りがきく小型警備艇だった。三十トン型の警備艇は、船首と船尾に機銃を一挺《ちょう》ずつ据え付けているようだが、二十五トン型は船尾の一挺のみだ。今、真樹が乗っている警備艇は、その一挺も手榴弾《しゅりゅうだん》の影響で使えない。

　警備艇から少し離れて、吉村夫妻の「おおとり号」がついてくる。沿岸警備の目的で建造された殺風景な警備艇と違って、あちらは随分ラグジュアリーな雰囲気を漂わせているが、船尾のサロンは窓ガラスが割れ、銃弾がかすめた痕跡《こんせき》もあり、まるで紛争地帯を通り抜けてきた船のようだ。

「まったく、よく生きてましたね」

　半ば感心して、真樹は呟《つぶや》いた。隣に立った安濃は、まだ不安が残る面持ちで、忙しく海面に視線を走らせている。彼を監禁した一味のひとり、劉という男を捜しているのだ。

劉が手榴弾をこの警備艇に投げた時、真樹はユ・スビン刑事と共にキャビンにいた。対馬北署の戸崎刑事から海栗島分屯基地の新海を経て、真樹に連絡が入ってすぐ、彼女はユ・スビンに事情を説明し、海洋警察に協力を頼んで船を出した。銃を持った男にボートで襲撃を受けているとは聞いていたが、よもや手榴弾が飛び出すとは思わなかった。

警備艇のデッキにいた警察官が数名負傷し、とりわけ機銃のそばにいたひとりが重傷だった。デッキの上は混乱状態で、警備艇はいったんボートから距離を取り始めた。真樹の目には、ピストルでも充分狙えそうな距離に見えたのだ。真樹が出場する女子のピストル競技は二十五メートルの距離だが、それは直径五センチメートルの的に、百パーセントに近い確率で当てられるということだ。男子の競技になると、距離が五十メートルに伸びる。船上でも自分なら、という思いがあった。競技の的でなく、人間を撃てるだろうか、と考え込む時間はなかった。ボートの男が安濃に銃口を向けるのが見えたのだ。もはや猶予はない。とっさに、倒れている警察官の腰から銃を取り、驚くユ・スビンを無視して安全装置を解除すると、引き金を引いた。

ボートの男は、信じがたいほど屈強な兵士だった。確かに右肩に当てたのに、銃を落としただけで、振り向いて敵の位置を確認しようとしていた。ボートが波で揺れ、二発目の弾は男の頬を裂いた。安濃が無事だったのは、機銃の銃弾を受けたボートが沈没したからだ。

「俺だって信じがたいよ」

安濃が肺の中から空気の塊を吐き出すように、しみじみと吐息をついた。

「助かった。もう駄目だと思った」

「諦《あきら》めが早すぎますね」

隣で聞いているユ・スビンが、苦笑いして頭を振っている。

「あなたがたは、お国でもこんな無茶をするんですか」

「無茶をするのは彼女だけだ。私は犯人に無理やり攫《さら》われただけです」

安濃の言い草に真樹は軽くむっとする。

「男を撃ったのは、あの銃の本来の持ち主か、もしくは私ということにして報告します。本来なら、遠野さんのお手柄ですが――」

ユ・スビンが言いにくそうに口ごもった。真樹は真顔で頷《うなず》いた。

「手柄どころか、私はここで銃など撃ってはいけない人間ですから」

安濃が身元不明の誘拐犯に攫われて釜山に連れて来られただけでも大騒ぎなのに、真樹が韓国の海洋警察の船で他人の拳銃を撃ったことが公になれば、どんな複雑な事態を招くかわからない。真樹に銃を奪われた警官も、まずい立場に立たされるかもしれない。劉がボートと共に沈むとすぐ、ユ・スビンが真樹から銃を取り上げた。

「あの距離では、私は的を外す自信がありますからね。上司が騙《だま》されてくれるかどうかが心配です」

冗談とも本気ともつかぬ表情で、ユ・スビンが肩をすくめる。

最初に現場に到着した二隻の警備艇は、スヨンのマリーナに引き返すところだった。二十五トン型の警備艇がもう一隻出て、劉の遺体を捜している。沈んだボートのどこかに身体が引っかかって、浮いてこないのかもしれない。どうしても見つからなければ、ダイバーの応援を要請することになるだろう。

四月の海に手を差し入れると、骨まで染みるような冷たさだ。こんな海に、あの男は沈んだのか、と震える。安濃の説明によると、正体は不明だが、劉という名でイ・ソンミョクの部下だそうだ。格闘した安濃が、思い出すだけで悪寒を感じるというほど、強靭《きょうじん》な肉体を誇っていたという。あたかも人間兵器のようだったらしい。とはいえ、この手で撃ち殺すことになるとは思わなかった。

狙いは肩もしくは腕で、手当てが早ければ命は助かる。そう考えていたのだが、ボートのほうがもたなかった。

「私は、すぐ日本に帰れるんでしょうか」

安濃が不安げに尋ねた。この男は、理不尽な目に遭いすぎていて、自分の未来に希望を持つことができないらしい。

「まずは、警察署で事情をお聞きします。そうですね、しばらくはこちらで足止めをお願いするかもしれないです。しかし、そんなに心配しないでいいですよ。あなたのお話を裏付ける証拠が、いくつも見つかっています。監禁されていた診療所の跡も、女性の証言通りでした。こちらでお話を聞くのは、せいぜいあと二、三日でしょう」

そうですか、と漏らした安濃の声が、安堵《あんど》のため息のように聞こえる。ユ・スビンはその安濃を面白そうに見やり、誰かが彼を呼ぶと、ひとこと断ってキャビンに入っていった。

「——大丈夫か、遠野」

「何がです」

安濃が何を心配しているのか、わかっている。とっさに劉を撃ったことを、後悔していないかと聞いているのだ。

素知らぬ顔でそっぽを向くと、それ以上は安濃も追及しなかった。真樹は潮風が髪をなぶるのにまかせて目を細めた。海の香りと、脂っぽいような魚の生臭さが鼻孔をくすぐる。潮の香りはともかく、魚臭いのはなぜだろう。そう思ったが、どうやら安濃の衣類が、複雑な臭いの元凶のようだ。

ユ・スビンがキャビンから顔を出し、手を振った。

「中国で、クーデターの形勢が逆転したようです」

真樹は戸惑い、安濃と顔を見合わせた。つまり、政府軍が反乱軍を鎮圧しつつあるのだろうか。これで隣国の情勢が落ち着くかもしれないとほっとする反面、いったいどれだけの被害が出たのか、あるいは今後、どれだけの人が反乱軍側とみなされて弾圧を受けるのかと恐れる気持ちもある。

これから中国国内の情勢が、少しずつ明らかになることだろう。インターネットの時代だ。中国政府は国民にツイッターなど海外発のSNSの利用を禁じ、金盾と呼ばれるサイバー空間の検閲システムによって、政府にとって都合の悪い情報に国民が触れることができないように遮断している。しかし、その裏をかいて検閲をかいくぐり、デモの画像や動画をアップしたり、起きていることを知らせたりする人たちが後を絶たない。中国で本当は何が起きたのか、すぐに世界中の人々が知ることになるだろう。

魚釣島を襲ったミサイルと、発射した潜水艦の件もだ。日本の国内では、ネット右翼を中心
に大騒ぎしている。自衛隊は中国にミサイルを撃ち返せとか、潜水艦を沈めてしまえとか、過
激な意見がネットを飛び交っているらしい。海上自衛隊は、潜水艦の位置を正確にとらえてい
るようだが——。

「そう言えば、JADGEシステムにウイルスが侵入したって？」

安濃の問いに、真樹は首を振った。

「安濃さんに化けた男がやったんですよ。今頃、ウイルスが侵入する前の状態に戻そうとして
いるはずです」

安濃がふと、舷側《げんそく》から身を乗り出した。

「何ですか」

「今、波間に白い物が見えた」

言われて目を凝らすと、確かにワイシャツのような物が、警備艇のすぐそばを漂っている。
背中のあたりに茶色い染みが見え、安濃が顔色を変えた。

「劉のシャツかもしれない。背中にひどい火傷《やけど》を負ったから」

海で亡くなった人の衣類が、波に洗われて流されることがあると聞くが、それにしてもわず
か一時間ほどでは早すぎないか。真樹は警戒して、洋上に目を走らせた。

「海流の関係で、遺体が近くに流されている可能性もある」

安濃は言葉の通じるユ・スビンを呼び、シャツの引き上げと劉の探索を頼んだ。海洋警察の警察官たちも、次々に見に来る。事情を聞くと、船足を落とした。錨《いかり》を下ろして遺体を捜そうとしているようだ。船首で乗組員が錨をジャラジャラと金属音高く海に沈め始める。ひとりが三メートルほどある釣り竿《ざお》のような棒を持ち出し、シャツを船の近くにたぐり寄せ、器用に引き上げた。甲板に広げられたワイシャツの背には、血液と思われる痕跡《こんせき》が茶色く残っている。血痕《けっこん》の広さと明らかに体液が滲出《しんしゅつ》していることから推測するに、劉の火傷は相当な重傷だったはずだ。

「今頃、病院で唸《うな》っているのが当たり前の傷だったんだ」

殺されかけたというのに、唇を噛《か》んだ安濃の言葉は、偉大な敵を惜しんでいるようだ。

「あそこにも何かある」

ユ・スビンがまた、波の向こうを指した。黒い小さなものが、水面に漂い上下している。やがて解《ほど》けた靴紐《くつひも》が見え、革靴だと気付いた。

「引き上げましょう」

先が曲がった棒を摑《つか》んでユ・スビンが戻って来る。彼が舷側に摑まり、腕を伸ばして靴に引っ掛けようとするのを、真樹も見守った。

背後で叫び声が聞こえた。

棒の先に神経を集中しすぎて、反応が遅れた。振り向いた時には、既に甲板上に警察官がふたりなぎ倒されていた。

——安濃はどこに行った。

気がつくと、そばにいたはずの安濃が消えている。

「安濃さん？」

血の跡が、甲板についている。出血しながら、甲板を転げ回ったような跡だ。上半身裸の大男と安濃が、甲板をごろごろと上になり、下になりしながら転がっていた。劉だ。頬に赤いサインペンで描いたような線が走っているが、そちらの出血は止まっている。肩と背中の傷は出血が続いている。特に背中はひどい。気の弱い人間なら目をそむけたくなるほどの、重度の火傷だ。赤黒く変色した肌から、血液だけでなく黄色い汁も滲《にじ》んでいる。病院で唸っているのが当たり前の傷だと言った安濃の言葉が、実感を伴った。

さっきまで錨を下ろしていた乗組員が、海中に落ちて助けを求めている。劉は、ワイシャツや靴を囮《おとり》に使い、真樹たちが気を取られた隙に錨を登ってきたらしい。

劉の手が安濃の首にかかろうとする。安濃が撥《は》ね退《の》け、死に物狂いで逃れる。この男なら、他人の首をひと息でひねるコツくらい会得していそうだ。力を込める角度を知っていれば、人間の骨を折るのは意外にたやすい。

「安濃さん！」

真樹は慌てて武器になるものを探した。海洋警察官が何か叫び、銃を構えているが、安濃が近すぎて撃てないのだ。倒れたふたりの警察官は、勇敢に劉に立ち向かおうとして、吹き飛ばされたらしい。劉は安濃から離れない。ふたりが摑み合って転げまわるたび、白いデッキが血と体液で汚れる。真樹は生来、傷の痛みに強いほうだが、劉の傷を見ていると、あの状態で痛みを感じないのだろうかと他人事《ひとごと》ながら気分が悪くなった。武器になりそうなものが、何もないと知ってめまいを感じた。――これでは安濃を助けられない。

「俺は、あんたの兄さんを陥れたりしていない！」

安濃が喚《わめ》いたが、劉は歯を食いしばるような顔つきで安濃の叫びを聞き流した。日本語が通じていない。あるいは、身体の痛みで既に正気を失っていても不思議ではない。妄執だけで動いている。劉の形相は、そう見える。

いったん劉にはじき飛ばされた警察官たちが、数を恃《たの》みにふたりに駆け寄り、引き離して劉を捕えようとした。劉が彼らを撥ねつけ、獅子《しし》が吠《ほ》えるように鼻筋に皺《しわ》を寄せて猛然と雄たけびを上げる。体力があるとか、力が強いとか、そういうレベルを超えている。

――この人、いったい何なの。

警察官たちの協力で、劉の腕から安濃がするりと逃げた。複数の銃口が劉に向けられる。憤《ふん》怒《ぬ》と共に、劉は銃口など目に入らないかのように、彼らに摑みかかろうとした。この男は、銃口を向けられても止まる気はないのだ。ここで命を捨てる覚悟なのだ。――できれば安濃を道連れにして。

劉が撃たれる、と真樹は目を閉じかけた。

「待ってくれ、撃たないでくれ！」

彼らの間に自分から飛び込み、劉のために命乞《いのちご》いをしたのは安濃だった。ユ・スビンが手にした棒を投げ出して駆け寄る。劉に何かを叫んだ。劉の目がユ・スビンを憎々しげに睨《にら》み、肩で大きく息を吐いた。

——その瞬間、信じられない光景を見た。

劉の身体が甲板に崩れ落ちていく。麻酔銃が効き始めた熊が、ゆっくり意識を失って倒れるような風情だった。劉を取り囲み、警官たちが銃を構えたまま怖々覗《のぞ》きこむ。劉は白目を剝《む》いて長々と甲板に伸びていた。

「——何と言ったの」

劉を見下ろして呆然《ぼうぜん》としているユ・スビンに近寄り、真樹は尋ねた。自分でも驚くほど静かな声が出た。

「——安濃さんが言ったことを、北京語に翻訳したんです。お兄さんを陥れたのは、この人じゃないって」

反射的に叫んだ言葉の影響力に、一番驚いたのはユ・スビンのようだ。彼が日本語ばかりでなく、中国語も話せるとは知らなかったが、とっさに行動してくれて助かった。

「ありがとう」

真樹は呟《つぶや》いた。自分が撃った弾は、彼を殺していなかった。あの時、引き金を引いたことを後悔してはいないし、誰かの命を奪ったことを必要以上に気に病むつもりはなかったが、劉が生きていたとわかってほっとした。

「やっぱり、手柄はあなたのものね」

ユ・スビンがもの問いたげにこちらを見て、軽く首を傾げた。担架が運ばれ、劉の身体がうつ伏せに載せられる。あまりの力の差を見せつけられたためか、意識がない劉には後ろ手に手錠がかけられていた。

担架を見下ろす安濃は、自分が劉のために命懸けで銃口の前に身をさらしたことも覚えていないように見えた。真樹はつかつかと彼に近寄った。たった今まで抑えに抑えていた激情が、噴水のように噴きあげてくる。相手が先輩でなければ、胸倉を摑んで罵声《ばせい》を浴びせてしまいそうだった。

「──何をやってるんですか、銃口の前に飛び出すなんて！　そんなに早く死にたいんですか！　それなら、私の目の届かないところで、さっさと死んでもらえませんか」

安濃の身体が凍結し、それからゆっくり動きだす。かっかと燃え盛る炎のような目で睨んでいる真樹を見ると、いったん担架の劉を見下ろし、頷《うなず》く。

「すまない。軽率な行動だった。──俺にはこの男、どうしても悪人には思えなくてな」

「お人よしもいい加減にしてください。こんなにしつこく何度も、あなたの命を狙ったんですよ。悪人だろうが善人だろうが、敵は敵でしょうが」

安濃が困ったように耳に手をやり、耳たぶを軽く引っ張った。

「たしかに敵だよなあ」

──まったく、この人は。

頭のネジが、どこか普通の人間と違う締まり方をしているとしか思えない。真面目に怒るのが馬鹿らしくなって、真樹はため息をついた。もし安濃がまた問題を起こしたら、今度こそ自分に関係ないところで処置を終えてもらおう。死んだって知るものか。

スヨンのマリーナと、その向こうに広がる豪勢な高層マンション群や、街並みが見えてくる。

――これでやっと、春日に帰れる。

潮風が、頬を撫《な》でて吹き抜ける。それが気持ちのいいものだと、今になってようやく思えた。

＊

片桐は、ヘッドセットから流れる音に耳を澄ましながら、ソナーのディスプレイに表示されるデータや波形を見つめた。

第一潜水隊群第三潜水隊に所属するおやしお型潜水艦《くろしお》。四月一日に、晋級潜水艦の爆発音をキャッチして以来、晋級追尾の任務を与えられて日本海に潜んでいる。その任務も、先ほど意外な形で終わりを告げた。

――晋級潜水艦が浮上し、セイルを露頂したまま悠々と西に向かい始めたのだ。

二度の爆発の後、追尾を振り切るために、彼らはあの手この手で逃げ回った。二度の爆発の原因が何だったのか、いまだにわからない。ただ、北京で発生したクーデターに関連しているのではないかと、推測している。

「白旗でも掲げてみせりゃいいのに。可愛げがない」

片桐は小さくぼやいた。

晋級が尖閣諸島にミサイルを発射した直後、《くろしお》は防衛大臣より海上警備行動を発令された。命令が出れば、晋級に魚雷を撃ち込むことになる。実戦の可能性が高まったと聞いて、緊張したことは確かだ。未確認だが、目の前にいる晋級は核ミサイルを積んでいるとの情報もある。

晋級が、国際VHF無線を使って英語で放送を始めたのは、つい先ほどのことだった。マリンVHFとも呼ばれる、船舶同士でのやりとりに利用される周波数帯だ。

『艦内において爆発事故が発生したため、これより帰港する』

現在この海域では、奇怪な行動を取り続ける晋級潜水艦を、集結した海上自衛隊や韓国の潜水艦、艦艇、ヘリコプターなどが遠巻きにして監視している。爆発事故が発生したと言うわりには、救援を求めるわけでもない。露頂した晋級に、強引に近づいて観察した哨戒《しょうかい》ヘリのパイロットが、水面下にある艦体の前方下部が爆発で傷ついているようだと報告してきた。

――まさか、ミサイル発射も事故だと言い張るつもりだろうか。

ソナーの画面に、晋級潜水艦に接近する海上自衛隊の護衛艦が映っている。舞鶴《まいづる》の第三護衛隊群に所属する、しらね型護衛艦《しらね》だ。

『爆発事故とのことだが、貴艦は救難活動を要請するか?』

『救難活動は必要ない。貴艦の気遣いに感謝する』

マリンVHFを使った晋級と《しらね》の交信内容が、こちらにも流れてくる。空からはヘリコプター、海中からは潜水艦、海上では護衛艦と、大勢の監視の目に晒《さら》されているというのに、晋級は泰然としたものだ。

——乗っているのはどんな奴らだろう。

自分と同じように深海に潜み、ソナーに耳を澄ませ、敵艦の探知を続けている乗組員に興味が湧く。二度目の爆発音と、明らかに艦体の一部が破壊された音を聞いて、彼らはさぞかし肝が冷えただろうと思った。

＊

ハッチをくぐり、晋級潜水艦の艦橋に上がった男は、濃紺に金モールの制服を着用し、目深に制帽を被《かぶ》っていた。

——あれが向こうの艦長か。

護衛艦《しらね》の艦長、篠山《ささやま》一等海佐は、艦橋のガラス越しに双眼鏡を覗いた。晋級の艦橋に出た男も、双眼鏡を握っている。年齢は篠山と同じくらいで、四十代半ばだろうか。背丈はさほど高くないが、濃紺の制服がすらりと身に合う、スマートな男だ。満身創痍《まんしんそうい》で他国の艦船に包囲されるという最悪の状況にしては動じた様子もなく、悪びれずに周囲を観察している。向こうの双眼鏡が、《しらね》の艦橋にぴたりと向けられた。彼の外見から、艦内で発生したらしいクーデターや、爆発の影響を感じ取ることはできなかった。救援をあっさり謝絶した点を見ても、剛直な男のようだ。

「艦長、あいつらミサイルを撃った奴らですよ。停船を命じなくていいんですか」

尖閣諸島のミサイル騒動以来、かっかと頭に血を上らせている先任伍長《ごちよう》の真島《まじま》海曹長が、隣でじれったそうに歯がみをして唸《うな》った。五十代の真島は、短気で血の熱い男だ。

「このまま放っておくんだ。上からの命令だ」

篠山自身、意外でもあったのだが、晋級をこのまま青島に帰せと命令を受けている。聞くところによれば、中国で発生したクーデターに、以前日本でF―2奪取事件を起こした工作員が関与しているそうだ。今では工作員というより、テロリストと呼ぶべきだろうか。クーデター推進派は、晋級潜水艦の乗組員を仲間に取り込んでいた。クーデター発生に呼応して艦内でも反乱を起こし、ミサイルを発射する権限を奪取した。そう、米国や韓国の情報部門も分析している。そして現在、北京のクーデターが政府軍により鎮圧されつつあるのと同時に、晋級の艦内でも艦長がクーデター派の反乱を鎮圧したのではないか。

そう考えると、爆発の後、逃げ回ったり突然ミサイルを発射したりという、晋級潜水艦の不可思議な行動も説明がつく。

「今なら簡単に撃沈できますがね」

腕を撫《ぶ》し、真島が物騒な冗談を言ってにやりとした。篠山も微笑んだ。

「原子炉と核弾頭を積んだ潜水艦だぞ。そんな物騒なものを、近海に沈めてどうする」

「それもそうか。漁業に差し支えますな」

真島が、冗談とも本気ともつかぬ顔で言う。

「そっとしておこう。あれは青島に帰らせる。ミサイル発射は不慮の事故だとでも、好きに言い訳させてやるさ」

ミサイル発射の背後にいたのがテロリストなら、クーデターが鎮圧されれば、中国当局とこれ以上ことを荒立てる必要はない。反対に、日本と中国が戦争状態に突入することこそ、テロリストの思うツボかもしれないのだ。何もかも、ミサイル発射前の状態にまで戻すこと。それが、篠山が受けた命令だった。

航空自衛隊の自衛官がひとり、彼らに拉致《らち》されていたらしい。ところが、それを奇貨として、彼は事件の背後にテロリストが存在することを知り、こちらに伝えてきたそうだ。

「——空自にも、面白い奴がいるもんだな」

「はい？」

聞き返した真島に、独り言だと答えて口をつぐむ。晋級の艦長は既に双眼鏡を下ろしていたが、顔はまだしっかりとこちらに向けられていた。四月とはいえ、吹きさらしになる潜水艦の艦橋は寒いはずだが、男は強い海風や、はためく制服など意に介した様子もなく、端然とこちらを見ている。

——あれは何という男だろうか。

貫禄《かんろく》を感じさせる態度に、俄然《がぜん》興味が湧いた。通常、友好国の軍艦が近海で行動する場合には、その行動内容や艦長等の氏名と階級が大使館を通じて知らされることが多い。すれ違う際には、階級に応じて艦艇同士の敬礼を行うこともある。

——いずれまた、どこかであいまみえることもあるだろうか。

篠山は晋級の艦長の姿を遠く見送った。

＊

耳を聾《ろう》する爆音とともに、機関砲の弾がすぐそばの中海に降り注ぐ。シャワーのように、水しぶきが上がる。粉々になった煉瓦《れんが》のかけらが目に入らぬよう、イ・ソンミョクは顔をそむけた。建物の陰に飛び込み、身体を伏せて隠れると、ロシア製スホイ35の機影が中南海の上空を旋回して戻ってくるのが見えた。

——どうやら、共産党の古狸どもにしてやられたようだ。

イ・ソンミョクは、大気汚染と土埃《つちぼこり》にまみれた空気を吸い、唾《つば》を吐いた。火災が発生して焦げ臭い。スホイが戻ってくるたび、機関砲と爆撃で地面が揺れ、建物が崩れ落ちていく。ここに侵入するまで、二十名近く引き連れていた部下は散り散りになり、いま彼に従うのはほんの数名だ。戦車はここまで入れず、人民解放軍陸軍の兵士たちは、ジープと徒歩で攻め込んだものの、スホイ35の三十ミリ砲弾の前に立ちすくみ、なぎ倒されつつある。

中南海に住む高官たちが、政変が始まる前に家族と共に逃走していたと気付いた時、イ・ソンミョクは政変の失敗を予感した。高官らの裏をかいたつもりだったが、どうやら彼らは、さらにその裏をかいたのだ。

イ・ソンミョクや部下たちが、腐敗官僚を処刑して回ったことすら、共産党の中枢部を喜ばせただけだったのかもしれない。中南海という、最高指導部の居住区であり、権威の象徴でもある場所を破壊し、あまつさえ反乱軍と共に焼き捨ててでも、この国に秩序を取り戻そうとしている。ひそかにそこまで決意を固めていたことに気付かなかったとは、連中を侮ったか。

この混乱のさなかにも、携帯電話は生きている。鳴り始めた電話を手探りで取り出し、身体を伏せたまま耳に当てた。釜山に送り込んだイムの声が聞こえた。ひどく泡を食っている。ひと通り彼の説明を聞き、短く応じて通話を切った。

「いい知らせですか」

イ・ソンミョクの隣で地面に腹ばいになったチョンが、爆風と土で汚れ、真っ黒になった顔で尋ねた。四角い顎《あご》の右側には、工作員時代に訓練で受けた大きな刀傷が残っている。彼のそばには、スホイの機関砲で撃たれて死んだ陸軍兵士の遺体が転がっている。損傷の激しい遺体だが、チョンも自分も、眉《まゆ》ひと筋ほども動かすことはない。数分後には自分がああなるかもしれないが、それは天命によるものだ。故国を出てからずっと自分に従う男は、チョンひとりになった。絆《きずな》も深い。

「イムからだ。劉さんが韓国警察に捕まった」

チョンは何も言わずに仏頂面で頷《うなず》く。劉亜州は、釜山のスヨンのマリーナで安濃が船に乗って逃げようとしているのを発見し、他人のボートを力ずくで奪って追跡した。イムは彼を制止できず、警察が急行したためその場からひとまず逃げたという。その後、劉亜州は韓国海洋警察と大立ち回りを演じたものの、安濃を殺すことも捕えることもできず、警察に逮捕されたそうだ。

――あの劉亜州の追跡から逃げ切るとは。

劉は大けがを負っていたとも言うが、安濃という日本人に、ますます興味が湧く。彼を拉致したのは、成りすましを海栗島に送り込んでミサイル迎撃システムを無力化するためだった。目的は達成したが、安濃自身にも強く惹《ひ》かれるものがある。さすがは、加賀山の一番弟子だ。

あんたに大義はあるのか、と尋ねた安濃の声を思い出した。大義を疑わずにいられる者は幸いだ。自分は大義を与えられ、やがてそれを無理やりに捨てさせられた。だからその時決めたのだ。大義は与えられるものではない。自分で得るもの、生み出すものだと。

チョンが、無線のイヤフォンに耳を傾けた。軍同士の交信を傍受しているのだ。その鼻の上に、皺《しわ》が寄る。

「政変を煽動《せんどう》したテロリストを捕えろと言ってます。どうやらわしらのことのようですな」

ふん、とイ・ソンミョクは鼻で嘲笑《あざわら》った。

「どうします。これから」

スホイ35の航跡を目で追い、チョンが思案気に尋ねる。イ・ソンミョクは爆撃で炎に巻かれた中南海を見渡した。白煙が出てきた。目に染みるが、今なら煙にまぎれて逃げることもできそうだ。

「これ以上粘っても時間の無駄だな」

先に空を制圧された。最高指導部は政変の計画を掴《つか》み、対策を立てていたようだ。天安門広場に配置した部下とは連絡が取れない。政変側が陸軍を完全に手中に収めたと考えたのは、過ちだったのか。

「延辺《ヨンビョン》に行こう」

北朝鮮との境界となる吉林《チーリン》省延辺朝鮮族自治州は、今でも四割程度の住民が朝鮮族だ。仲間の中には中国語があまり話せない者もいるが、延辺ならそれほど不審に思われないし、知人も多いから当分の間かくまってもらうこともできるだろう。何より、共産党政府がいくら抑え込もうとしたところで、この政変をきっかけに生まれた熱気がそう簡単に鎮まるとは思えない。天安門広場でつぶさに観察した自分だからこそ、確信を持って言えることだ。表向きは鎮圧されたように見えても、いずれまた沸騰して吹きこぼれるに違いない。中国各地にある少数民族の自治区では、政変の噂に心を躍らせた者も少なくないはずだ。いったん延辺に落ち、捲土重《けんど》来をはかるうちに、必ず二度、三度の機会が訪れる。そう遠くない先に。

――今だけは、共産党の奴らに北京を譲ってやる。

イ・ソンミョクは、不遜《ふそん》で大胆な笑みを浮かべた。

「延辺ですな。わかりました」

チョンが機銃をのっそりと背負い直す。歴戦の闘士の四角い顔は、中南海を取り囲む大軍も、上空で爆撃のタイミングを窺《うかが》っているスホイ35の存在も、意に介した様子はない。イ・ソンミョクが行くと言うなら、その命令が絶対なのだ。

イ・ソンミョクとチョンの間で話がついたと見るや、背後で待機していた部下たちも、機銃を抱き、ライフルの弾を込め、突撃の準備を整える。それぞれに国から裏切られ、国を捨てる理由を持つ男たちだ。

――まだ、行ける。

今はまだ夢の途中だ。道は半ばで、自分の運も部下たちの生命も尽きてはいない。それは彼の心の中で、確信となっている。

「いいか、諸君。我々は断じてテロリストなどではない」

イ・ソンミョクは部下たちひとりひとりの目を見つめた。彼の声は、スホイの爆音の中でもかき消されることなく、よく届いた。部下たちが真剣な眼差《まなざ》しで聞いている。

「新しい世を造る革命家だ！　私に続け！」

イ・ソンミョクは小銃を振り、身のこなしも軽く立ち上がって、白煙の中に身を躍らせた。歓声とともに、チョンらが従った。

24　潜航

劉の病室で直接言葉を交わしたいという安濃の望みは叶《かな》えられなかったが、同じ病院で安濃が診察を受ける際、ガラス越しに通訳を介して会話することだけは許可された。安濃も胸部に痛みが残るほか、格闘したり運河を泳いだりしたせいで、全身あざと傷だらけだ。しかし、監禁を手伝った看護師の女や、かくまってくれた吉村夫妻、日本の警察、自衛隊など様々な証言や口添えがあったおかげで、対馬から拉致され意識がないまま釜山に連れて来られたという安濃の供述は、韓国警察にも抵抗なく受け入れられたらしい。思いのほか早く、自由の身になれそうだった。

劉亜州は現在、重い火傷《やけど》と弾傷に苦しみ、傷口から細菌に感染したらしく、釜山の病院に入院している。一時は生命も危ぶまれたが、回復しつつあるそうだ。ユ・スビンという韓国人刑事に付き添われて病室の前まで来ると、廊下側が一面ガラス張りになった個室のベッドにうつ伏せになり、顔だけ横に向けて目を閉じる劉亜州が見えた。酸素マスクこそつけていないが、点滴など多くのチューブが彼の身体から生えている。恐るべき膂力《りょりょく》を誇る怪人だが、こうして見ると傷のせいかやや面やつれしたようだ。制服姿の警察官が病室を警備しているが、彼が逃亡するおそれはないだろう。それでも、海上での猛烈な戦闘が印象に残ったのか、安濃を病室に入れると、劉がベッドから飛び出してまた大立ち回りを見せるのではないかと恐れているようだ。

ユ・スビンが病室に入り、劉に声をかける。薄く目を開いた劉が、苦労して焦点を合わせ、ユ・スビンから安濃へと視線を彷徨《さまよ》わせた。その目には既に、あの激越な野獣めいた怒りはない。

安濃の供述と、病室で劉に対して行われた数時間にわたる事情聴取の内容を総合し、安濃が何のために拉致《らち》されたのか、今では少し明らかになっている。劉は事情聴取にもほとんど黙秘を通したが、人民武装警察の雪豹突撃隊と呼ばれる特殊部隊の一員であることが、様々な傍証から明らかになったそうだ。道理で、すさまじい戦闘能力だった。安濃が晋級潜水艦のデータを盗み、兄の乗る艦を危地に陥れた工作員だと、劉が考えていたのは間違いない。釜山で偽造させられた日記やメモなどが、どのようにインターネットを通じて中国人に開示されているか、安濃は警察官から見せられて初めて知った。

「――言葉が通じないというのは、不便だな。誤解を生む元になる」

ユ・スビンを通じ、安濃は劉に伝えたかったことをつかえながら話した。劉は目だけ光らせている。

「最初に知らせておきたい。日本海で爆発事故を起こした晋級潜水艦は、浮上して青島に向かっているそうだ。劉艦長の名前で、事故の発生を知らせる無線放送を行った」

安濃がそう知らせると、劉のいかつい肩から力が抜け、張り詰めていた空気が和らいだ。彼の兄が艦長として乗っているというイ・ソンミョクの話は、真実だったらしい。

「私は対馬で誘拐され、ここに来た。中国には、まだ一度も行ったことがない。潜水艦の情報を盗んだこともないし、君のお兄さんを窮地に陥れるような真似をした覚えもない。ひとこと、直接話して誤解を解きたかった」

ユ・スビンの通訳が終わると、劉は黙って目を閉じた。つまらぬことを耳にしたかのように、表情を動かさず瞑目《めいもく》している。シーツから覗《のぞ》く裸の肩は、それ自体が鋼の鎧《よろい》のような筋肉に覆われて盛り上がっている。彫像のような見事な筋肉だった。重度の火傷も弾傷も、彼の身体をひどくそこなってはいないようだ。

劉が何も言おうとしないので、ユ・スビンが困惑したようにこちらを見て、ひとこと劉に何かを促した。反応はない。

気にしないでください、という気持ちを込め、安濃はユ・スビンに頷いた。劉と直接会って、自分は何を期待したのだろう。兄を陥れた人間ではなくとも、劉にとって安濃は味方でもなければ敵でもない、無関係な人間だというに過ぎない。安濃を追ったせいで韓国警察に逮捕され、おそらく今後長い時間を刑務所の中で過ごすことになると思えば、むしろ憎らしい敵だろう。その自分が、わざわざ劉と会ってどうするつもりだったのか。

——自己満足だ。

劉と会うことに意味などない。ただ、事情を聞いてほしかった。身に覚えのない理由で誰かに恨まれ、憎まれる状況が疎ましかった。見たところ、劉と自分はほぼ同年代のようだ。自分の甘さに呆《あき》れる。劉が自分を無視するのは当然だ。

「邪魔をして申し訳なかった。イ・ソンミョクが君に嘘を吹きこんだと考えて、つい釈明したくなってしまった」

安濃を工作員に仕立て上げようとするのは、あの男くらいのものだ。電話でも自分の仲間に引きずりこもうとしていた。それも、彼の計画の一環に違いない。

ユ・スビンの通訳を耳にした時、劉がふいに枕から頭をもたげたので驚いた。目を開き、眉《み》間《けん》に皺を寄せている。

「イ・ソンミョクを知っているのだろう?」

劉の態度を不審に思い、安濃は続けた。

「彼は、日本国内でも事件を起こしたテロリストだ。私たちは、君が彼に騙《だま》されて利用されたと考えている」

イ・ソンミョクという男に対して安濃が感じるのは、怒りと憐《あわ》れみの入り混じった複雑な感情だ。他人の運命を弄《もてあそ》び、自分の仲間に無理やり引きずりこもうとすることに対する怒りと、彼がおかれた境遇に対する同情。劉は相変わらず黙っていたが、真剣に聞いていた。安濃は意を強くして、話し続けた。イ・ソンミョクがそもそも工作員であったこと。日本で発生したF－2奪取事件。そして、自分の恩師がテロリストの仲間にされたこと。イ・ソンミョクがこれまでに試みた策謀など、知る限りの情報を劉の耳に注ぎこんだ。

「あの男を信用してはいけない。イ・ソンミョクは他人の耳に蜜《みつ》のように甘い言葉を注ぐ。しかし、それは決して真実ではないんだ」

こちらを向いた劉亜州の目は、安濃を見ていなかった。どこか、遠いところを見つめている。唇が開き、短く何かを呟《つぶや》いた。それきり彼は目を閉じて、二度と口を開こうとしなかった。ユ・スビンが何かに心を打たれたように、真剣な表情で劉を凝視し、病室から出て来た。これ以上、何も聞き出すことはできないと察したようだ。

「彼は何と答えたのですか」

待ち切れず、安濃は彼ににじり寄った。ユ・スビンが複雑な表情を見せる。

「『それでも、彼を信じている』と」

強い衝撃を受け、安濃は唇を引き結んだ。イ・ソンミョクは、いったいどうやって劉を籠絡《ろうらく》したのだろう。あの身体を見て、戦いぶりを体感すれば、劉亜州がとてつもなく禁欲的な訓練に耐え、己を鍛え抜いた超一流の戦士だとわかる。その劉に、そこまで言わせるイ・ソンミョクとはどういう人物なのか。それとも自分は、イ・ソンミョクを誤解しているのだろうか。

劉は、安濃に暴行しただけでなく、スヨンのマリーナでは他人のボートを強奪し、吉村の船を銃撃し、海洋警察庁の警備艇を攻撃するなど、片手の指では数えきれない罪を犯した。死者が出なかったのは不幸中の幸いだが、重傷を負った警察官もおり、今後裁判を受けて何年の刑に服することになるのか、見当もつかない。イ・ソンミョクは、やはり劉を騙したのだ。

「あまり長居はできません。そろそろ、安濃さんも診察を受けに行きましょう」

ユ・スビンが思いきりをつけるように、決然と言った。彼も、劉の言葉に心を動かされるものがあったのだろう。後ろ髪を引かれる思いだったが、彼らはそこを離れて歩き出した。廊下を過ぎ、病院の待合室に出たとたん、誰かが首に飛びついてきた。

「紗代！」

驚いた。いつの間に釜山に来たのか、妻の紗代が自分にしがみついている。言葉にならぬ嗚《お》咽《えつ》が聞こえ、申し訳なくてただ彼女を抱き締めることしかできなかった。紗代はパステルカラーのカーディガンを羽織っているが、こんな薄着ではまだ外は寒いだろうと思った。取るものもとりあえず、東京を飛び出して来たのに違いない。

紗代も自分も、不器用だ。こんな時、苦労をかけた妻に何と言葉をかけるものだろうかと考えたが、何も言葉にならず、紗代の背中をしっかり抱いて慰めるように軽く叩《たた》いた。

紗代の向こうで、遠野真樹が澄ました顔でこちらを見ていた。きっと、彼女が対馬と連絡を取って、紗代がこちらに来られるよう手配してくれたのだ。

「いつまで抱き合ってるつもりですか、おふたりとも」

真樹が苦笑交じりにつかつかと近づいて来て、腰に手を当てると辛辣《しんらつ》な台詞《せりふ》を吐いた。

「さっさと診察を受けちゃってくださいよ、安濃さん。早くみんなで日本に帰りましょう」

——日本に帰れる。

安濃は紗代の身体を抱きとめたまま、呆然《ぼうぜん》とその言葉を噛《か》みしめた。ここ数日は、自分の身に起きたこととは、とても思えなかった。このまま異国の地で果てるのかと、幾たびか覚悟を決めた身だ。——日本に帰ることができる。今この腕の中に紗代がいる。近いうちに、娘の美冬をこの手に抱くこともできるだろう。やっと、日常生活が戻ってくる。

——生きている。

そのこと自体が信じられなかった。気を緩めると、涙腺《るいせん》が思いもよらぬ醜態を晒《さら》しそうな気がして、安濃は唇を噛んだ。

「いつも置いて行かれる身にもなって」

紗代が涙声で囁《ささや》く。

「日本に帰ったら、必ず美冬を連れて一緒に対馬に行きますからね」

家族のためを思うと言いながら、自分がやりたいこと、やるべきことを優先して、紗代と美冬を置き去りにしてきた。紗代の言葉に、しみじみとそう思う。迷う必要はない。対馬には、家族みんなで赴任しよう。美冬は東京の生活を離れて戸惑うかもしれないが、珍しい野鳥や魚を、きっと気に入ってくれるだろう。家族一緒に釣りを楽しむこともできるかもしれない。

紗代から甘やかな香りがして、安濃はそっと彼女の髪に顔を埋《うず》めた。

「今回は貸しですからね、安濃さん」

真樹が不敵に笑い、親指を立てて見せた。思わず笑いが漏れる。こんなに大きな借りを、いつか返せる日は来るのだろうか。

＊

「艦長、司令部からの返電です！」

通信士官が、電文の暗号を解いた用紙を緊張した面持ちでこちらに差し出した。暁江はさっと読み下し、大きく頷《うなず》いた。

「諸君、北京における政変は鎮圧された！」

発令所に、おお、と声にならないざわめきが満ちる。司令部からの電文は、かなりの長文だった。北海艦隊の正式な司令員だった陳世明《ちんせいめい》上将は、政変の勃発《ぼっぱつ》時に襲撃を受け、亡くなっていた。政変側の首謀者のひとり潘貴鮮上将が暫定司令員となり一時的に指揮を執っていたが、既に人民武装警察によって逮捕されたとのことだ。現在は、陳世明の部下だった黄又俠《こうゆうきょう》中将が司令員代行として、北海艦隊を取りまとめている。

暁江が打電した、長征七号内部の反乱と爆発事故、巨浪の発射、呉勝英副長の死にいたる一連の報告を受け、司令部は艦内の反乱鎮圧を嘉《よみ》するとも書かれていた。帰港の後は、反乱と鎮圧の経緯を詳細に聴取され、責任を取る者も出るだろうが、まずは帰るべき港を確保できたという意味で、ひと安心だ。何より、司令部は、最新鋭の晋級潜水艦と核弾頭搭載の巨浪を、無事とは言えぬまでも、かろうじて守り抜いたことを称賛すると言っている。楽観視はできないが、政変を鎮圧した面々に対する咎《とが》めは軽いかもしれない。

「青島に帰れるのですね」

熱が引き、起き上がれるようになった小琳が、発令所の隅に佇立《ちょりつ》している。薄い髭《ひげ》が伸び、怪我と熱のためか若干顔立ちが引き締まり、長征七号に乗り込んだ当初と比べると、格段に軍人らしい風情を漂わせている。それでも、思わず漏らした言葉には彼の内心が滲《にじ》み出ていて、暁江の微笑を誘った。

「帰りましょう」

みんなで、と言いかけた言葉を呑《の》み込む。この航海で、なんと多くの乗組員を失ったことだろう。中には、魚雷発射管室の爆発により、遺体すら残さず散った者たちもいる。彼らの遺族に事情を説明するのも、艦長たる自分の責務だ。

一度だけ会ったことのある呉勝英の妻と、二歳になる幼い娘の顔を思い浮かべた。勝英が裏切り者であったと彼らに告げねばならないことを思うと、心臓が痛くなるほど苦しい。彼女らはきっと、誰かを恨まねば辛《つら》くてやりきれないだろう。深海で死んだ夫、もしくは父親を恨むことなどできない。勝英を殺し、汚名を着せる男。つまり自分は、彼女らの敵になるのだ。それも、自分のような職業を選んだ人間の宿命なのかもしれない。

「艦長、対馬海峡を通過します」

崔が艦の位置を確認し、海図に線を引いて報告する。暁江はそちらに頷きかけた。

＊

夕映えの残照に輝く対馬海峡を、真っ黒なセイルが悠然と通過する。吸音タイルが貼られた、晋級潜水艦の艦橋部分だ。

「他国の領海内であっても、浮上して通過する分には国際法違反ではありませんがね」

双眼鏡を覗《のぞ》きながら、柾目が口惜《くや》しそうに呟いている。本来その存在を秘すべき潜水艦が浮上して航海すること自体、潜水艦好きの柾目には許せないらしいのだ。苦笑しそうになるのをこらえ、新海も双眼鏡を覗いた。レンズの向こうに、晋級が見える。

新海たちがいるのは、海栗島分屯基地の庁舎の屋上だ。対馬海峡西水道と呼ばれる、対馬と朝鮮半島の海峡を、この一週間近くひそかな騒動を引き起こした晋級潜水艦が通過中と聞き、様子を見に来たのだ。晋級潜水艦の後ろには海上自衛隊の護衛艦がぴたりとついているし、空からは海上自衛隊の哨戒《しょうかい》ヘリが数機、激しいローター音と共に入れ替わりで監視している。晋級潜水艦から最初の爆発音が聞こえた日以来、中国の哨戒機が近海に何度も飛来していたが、それはぴたりと止んでいた。こちらが推測した通り、当時は中国側も晋級の行方を捜索していたらしい。

今、晋級の艦橋は水面から露頂しているが、人の姿はない。海上自衛隊の護衛艦がすれ違った際には、艦橋に艦長らしき男性の姿を認めたそうだ。尖閣諸島にミサイルが落ちた時には、これで戦争が始まると、新海も内心で覚悟を固めた。反撃を命じられれば、海上自衛隊の潜水艦が晋級を攻撃しただろう。ついに——と感じたのは、新海ひとりではなかったはずだ。あの時巷《ちまた》には、煮えた油に投げ込まれた豆が跳ねまわる勢いで、反撃を使嗾《しそう》する過激なメッセージが溢《あふ》れていた。日本人は決して好戦的な民族ではないが、自らが攻撃を受けた時には徹底的に抗《あらが》わねば気が済まないところがある。

北京で発生したクーデターの情報とその背後にいるテロリストの情報を加味し、反撃の構えを残してひとまず静観すべしという冷静な判断が下されなければ、何が起きていたかわからない。

「際どいところだったな」

新海の想念を見抜いたように、門脇二佐が自らも双眼鏡を覗きながらさらりと言った。

「まったくです」

これも未確認の噂に過ぎないのだが、クーデターの背後にテロリストがいると知らせてきたのは、釜山に拉致《らち》された安濃一尉だったそうだ。どんな経緯で知ることになったのか、安濃が赴任すれば話を聞いてみたいものだ。

「これで状況が落ち着けば、やっと安濃一尉をここに迎え入れることができますね」

——今度こそ、本物の安濃一尉を。

いったいどんな男が現れるのかと、期待がふくらむばかりだ。府中に勤務していた頃の武勇伝にも興味がある。門脇二佐が、微苦笑を含んで「そうだな」と応じた。

屋上に現れた通信小隊長の寺岡一尉が、門脇を捜して大股《おおまた》で近づいてくる。

「隊長。市ヶ谷から命令書が届きました。至急、隊長とお話ししたいとのことですので、お持ちしました」

ものに動じない寺岡が、困惑したような顔をしている。何事かと門脇二佐が命令書を受け取り、読み下すと複雑な表情で吐息を漏らした。何の命令書かと、新海と柾目は興味深く門脇を見守る。

「人事異動が発令された」

門脇が首を振った。

「新しい監視小隊長が、明日から赴任するそうだ。みんなで迎え入れよう」

新しい監視小隊長が来るということは、赴任するはずだった安濃一尉はどうなるのか。そもそも、人事異動の前には、現場と調整が行われるはずだ。急な成り行きに新海は目を丸くし、門脇の説明を待った。だが、門脇は西水道を悠々と通り過ぎて行く晋級潜水艦の後ろ姿をちらりと見やっただけで、それ以上は何も語らず階段に向かった。市ヶ谷の人事部門と話をするのだろう。

——結局、安濃一尉とは何者だったのか。

新海は、まばゆい夕焼けが消えて、すっかり薄墨色に暮れた対馬海峡と、その遥《はる》か向こう岸に瞬き始めた釜山の街の灯火を眺めた。春とは言え、まだ肌寒い風が吹く中を、晋級潜水艦は遠ざかっていく。

——一度くらいは、会ってみたかったな。

春日DCから派遣された遠野真樹一尉は、ぶっきらぼうなもの言いながら、安濃の行方を案じているようだった。紗代という奥さんも、あまり感情を露《あら》わにしない女性ではあったが、彼を心配していることがありありと伝わってきた。人間的な魅力のない男なら、そうはいかないはずだ。

家族で対馬に来ればどうかと、紗代に勧めたことを思い出し、面映《おもは》ゆい気分になる。

安濃という不思議な男のことを考えながら、新海は双眼鏡を再び目に当てて、釜山の灯《ひ》を見つめた。風が少し強くなったようだ。

エピローグ

　どこに連れて行かれるのかもわからぬまま、先導する男性の指図のままに、安濃は迷路のような地下通路を歩いている。

　釜山から航空機で東京に戻り、防衛省と警視庁でほぼ二週間にわたる事情聴取を受けた後、やっと自宅に帰れるとほっとしたところだった。警視庁の本部ビルを出る前に、迎えが来ていると地下駐車場に案内され、黒塗りの車に押し込まれるように乗せられて、連れて来られたのだ。どこに行くのか不安を覚えて尋ねたが、濃い色のスーツ姿の屈強な男たちは、何も説明する気がないらしかった。受令機のイヤフォンを見て、どうやら警察官らしいと判断した程度だ。道路を読み、彼らが向かう場所を推測したものの、それはまさかと思うような場所だった。

「どうぞ。こちらです」

　やがて車がなだらかなスロープを下りて停まったのも、地下の駐車場だった。エレベーターに乗り込み、後はおひとりでどうぞと指し示されたのは、赤い絨毯《じゅうたん》が敷かれた廊下だ。凝った浮彫を施された両開きのドアが開くと、シャンデリアが眩《まぶ》しく輝き、さらに目を射る照明がスポットライトのように向けられる。

安濃は反射的に腕を上げて目をかばい、腕の陰から室内を観察しようとした。

「安濃一尉ですね。どうぞ中へ」

誰かが光の洪水の中から声をかけ、室内へと差し招いた。すらりと背の高いシルエットだけが、光の輪に浮かび上がっている。

安濃は目が慣れるのを待って、ゆっくり足を踏み出した。巨大な楕円《だえん》形の卓が、部屋の中央に据えられている。壁面に古色を帯びた赤煉瓦《れんが》の暖炉があるが、設計者は総じて重厚かつシンプルな部屋をこしらえようとしたのに違いない。絨毯などの調度品も、装飾を最小限に抑制している。しかし、よく見れば素材は贅《ぜい》をつくしたもののようだ。

「こちらへどうぞ。お会いするのは初めてですね」

円卓の向こう側から、親しげな笑みを浮かべた人物が、立ったまま話しかけてくる。

――これは、現実だろうか。

安濃は毛足の長い絨毯を踏み、踵《かかと》が沈むので歩きにくいなどとぼんやり考えながら、声のした方向に向かっていた。相手はにこやかに右手を差し伸べ、円卓越しに向かいの席を勧めている。新聞やテレビのニュースで、よく見知った顔だった。

「どうぞ、かけてください」

勧められるまま、安濃は本革のアームチェアに腰を下ろした。ようやく目が光に慣れたようだ。

内閣総理大臣、石泉利久《いしずみとしひさ》。数年前、F―2奪取事件が発生した時には、倉田《くらた》総理のもとで内閣官房長官として危機管理の指揮を執った。まだ五十歳になったばかりで、政治家としては若手の部類に入るだろう。官房長官時代は印象が地味で、「黒子」とあだ名されるほど控え目な男だったが、どうやらそれは官房長官という役割に徹していたためらしい。倉田政権が倒れた後、政権与党の交代や大震災、財政の悪化や経済危機など、国家の屋台骨を揺るがす事態がいくつも発生するうち、石泉の腰の据わった取り組みと、意外に華のある柔軟な性格とが少しずつ表に現れて人気が上昇し、つい数か月前に総理の座についたばかりだ。まさに、いま上り調子の若獅子《わかじし》というところだった。

石泉の背後には、やはり黒衣のSPがふたり、少し離れて見守っている。石泉が正面にさりげなく腰を下ろす。彼の目尻《めじり》に、深い笑い皺《じわ》があることに安濃は気付いた。

「突然で驚いたでしょう。釜山の件、大変でしたね」

総理じきじきにねぎらいの言葉をかけられ、安濃は戸惑いを隠せずに背筋を伸ばした。

「――いえ。自分の不注意で世間をお騒がせして、申し訳ありませんでした」

「無事に戻ってこられて、本当に良かった」

石泉のその言葉には、こちらが意外に感じるほど深い実感がこもっていた。かなり詳細にわたり、安濃の拉致事件について報告を受けているのだろう。しかし、ただねぎらいの言葉を受けるために、自分は首相公邸に呼ばれたのだろうか。

扉が開き、つい反射的に振り向くと、濃紺のお仕着せと白いエプロンを身に着けた女性が、ワゴンを押して現れた。上品なカップにサーバーからコーヒーを注ぎ、給仕してくれる。彼女が部屋から去るまでは、石泉も沈黙していた。

「なぜここに連れて来られたのかと、不審に思っているでしょう」

給仕の女性が扉を閉めたとたん、石泉が悪戯《いたずら》そうな笑みを浮かべる。

「はい、確かに」

「実は、三年前——加賀山事件の頃から、あなたに注目していました」

何と応じて良いのかわからず、安濃は落ち着かない視線を彷徨《さまよ》わせた。この人はいったい、何を言おうとしているのだろう。

石泉は金のスプーンを手に取り、ミルクだけ入れたコーヒーを軽くかき混ぜた。

「加賀山事件の裁判の後、あなたは硫黄島に配属された。硫黄島で三年。そして、今度は海栗島に転属——その間、私はあなたの様子をずっと人づてに尋ねていたんです」

石泉の唐突な告白を聞いて、安濃は居心地の悪さを誤魔化すためにコーヒーに口をつけた。香りの高い液体は、きっと安濃が普段飲んでいる缶コーヒーとは別世界のもののように美味《おい》しいのだろうが、緊張のため味がよくわからない。

「安濃さんのような経験を持つ人は、現在この国にはそう何人もいないでしょう。テロリストを独力で追跡したり、格闘したり。北軽井沢では、木の上から飛び下りた工作員を、見事に撃って仕留めたそうですね。後日、発砲の是非をめぐり裁判になりましたから、みんな肝心な点から目を逸《そ》らされてしまったようですが、安濃さんは銃の腕前もいいということです。釜山でのボートとの戦闘についても話を聞きましたが、よく生きて帰れたものだと感心しました」

安濃は首を傾げた。

「──それは、大勢の人が助けてくれたからです。決して自分ひとりの力だとは考えていません」

工作員を撃ったのは、遠野真樹を救おうと必死だったからだ。真樹が聞いたら怒るだろうが、まぐれ当たりのようなものだ。釜山では、偶然にも吉村夫妻のような人々に出会って、命を助けてもらった。少額とは言え、タクシー代を気前よく貸してくれた草野や、劉から逃がしてくれた女も含め、彼ら全員のおかげで自分は生きて今ここにいられるのだ。

「謙虚ですね。聞いてみたかったんです。硫黄島にいた三年間、あなたは何を考えて暮らしていたんですか」

あらたまって問われ、安濃は自分の中の答えを探した。

「──特別なことは何も。目の前にある仕事について考えていました」

「あなたは加賀山元一佐を救出し、工作員の陰謀を暴き、ミサイル迎撃を見事に成功させた。そのあなたが、年齢的には当然あってしかるべき昇任も受けられず、硫黄島に三年も閉じ込められたのに、何も考えなかったんですか。あなたをそこに追いやった上官や世間を恨んだり、怒ったりすることはなかったんですか」

失礼を顧みず失笑した。石泉は勘違いをしているか、安濃が置かれた立場について、思いこみで妙な味付けをして空想している。

「閉じ込められたわけではありません。離島勤務とは、そういう任務ですから」

石泉が満足げに微笑し、両手を腹の上で組むと椅子の背に凭《もた》れた。

「──なるほど。あなたは足るを知るタイプなのでしょう。だから、何が起きても飄々《ひょうひょう》としていられるし、他人を憎まず、恨まず、こうして確実に生還できる」

「そんな大げさなことではありません。私はただ、運が良かったのです」

本心だったが、そう聞いた石泉の顔に会心の笑みが浮かぶのを見て、内心で慌てた。何かまずいことを口にしてしまっただろうか。かりそめにも一国の首相に対して、「大げさだ」などという反論は言葉が過ぎただろうか。石泉が、我が意を得たりと言いたげに大きく頷《うなず》く。

「もう話してもいいでしょう。あなたには、謝らなければならないことがある。ここ三年間の処遇のことです。私たちは、あなたを試しました。通常通りに昇任させず、おそらくあなたにとっては退屈な離島勤務を通常より長く経験させることで、どんな反応をするか試したのです」

「おっしゃる意味が、よくわかりません」

安濃は途方に暮れて、石泉を見つめた。確かに自分は、硫黄島勤務の三年間を決して不満に思うことがなかった。東京とは時間の流れが違う島だ。悠久の時を感じる三年間、安濃は倦《う》まず、己の内面とじっくり向き合い、仕事に打ち込む以外は、星を眺め、波の音を聞いて過ごした。自分の反応を試すとは、どういう意味なのか。

「適性検査と言ってもかまわない。──安濃さん。我々は、あなたの〈運〉を買いたいのです」

総理はいったい何を言うのだろう。不審を通り越して不安になり、安濃は両手を膝《ひざ》に載せたまま石泉の言葉の続きを待った。

「近々、内閣官房に新しい部署を設置する予定です。正式名称はまだ決めていませんが、たぶん毒にも薬にもならないような、何をする部署か見ただけではわからない平凡な名前になるでしょう。ただ、私たちの間では既に、アナリストという通名で呼ばれています。安濃さんには、航空自衛隊からそちらに出向してもらいたい」

　青天の霹靂《へきれき》という言葉が、これほど自分の心情に馴染《なじ》む日が来るとは思わなかった。安濃は驚愕《きょうがく》のあまり、脈が速くなるのを感じて深呼吸をした。

　自衛隊の幹部が、人事交流や専門知識の獲得などの理由で、外務省や内閣官房など他省庁に出向することは、ままある。しかし、自分がその対象になるとは思わなかった。しかもアナリストという言葉は、ＣＩＡの情報分析官を想起させる。あまり考えたくないが、職務内容の特殊さが予想された。

「――私は海栗島での勤務がありますから」

　安濃は弱々しく言い訳を試みた。石泉が気の毒そうな顔になり、小さく二度ほど頷《うなず》いた。

「海栗島勤務を楽しみにされていたのなら、申し訳ない。しかし、既に別の自衛官が海栗島への異動を命じられたようですよ」

　そんな、と安濃は口の中で言葉を噛《か》みつぶした。自分の与《あずか》り知らないところで、運命がどんどん変化していく。弄《もてあそ》ばれている気分がする。

「スパイになれと言われるのですか」

　思い切って率直に尋ねると、石泉は目を瞬《しばたた》いてしばし沈黙した。

「――スパイというのは、適切な言葉ではありませんね。国家の安全保障上、必要な情報収集を行うアナリストです」

その言い回しを聞いて、安濃にもぴんと来るものがあった。しばらく前、日本版NSCと呼ばれる組織の発足が決定されたのだ。NSCとは国家安全保障会議の略称で、各国の大統領や首相、内閣などに所属し、外交や国防、安全保障などに関わる問題について、調整機能を果たし助言を行う機関のことだ。我が国には以前から安全保障会議と呼ばれる機関が存在したが、アルジェリアで発生したテロ事件で多くの日本人が巻き込まれ被害を受けたことを直接のきっかけとして、機能強化が求められたものだった。それと合わせて、官邸の情報収集機能を強化するため、内閣情報調査室に代わる新たな組織を内閣情報局として発足させるという話もある。

「災害、テロ、経済危機、食料危機、水不足、領土をめぐる紛争、内戦、クーデター。世界の混迷は深まるばかりです。米国などには、例えばテロの計画を未然に暴き、実行を防ぐための盗聴システムがある。――もちろんご存じでしょう」

米国政府は公式に認めていないが、エシュロンという巨大な盗聴ネットワークの存在が、二〇〇〇年頃からひそやかに囁《ささや》かれ続けている。米国、英国、カナダ、オーストラリア、ニュージーランドが参加し、米国の友好国にも通信傍受のための巨大なレーダードームを置いて、世界中の無線電波を傍受しているという噂だ。日本の国内にも、三沢《みさわ》飛行場の近くに「象の檻《おり》」と呼ばれるレーダー施設が置かれているという。

「民間人の携帯電話の会話まで聞いてしまう通信傍受の是非や、そこまでしなければ国家の安全を守ることができない世界の理非は、今はおきましょう。問題は、この荒《すさ》んだ世界情勢の中で、我が国がいまだ無防備な状態に置かれているということです」

それもそのはずで、日本国内から出なければ、これほど安全な社会はないと誤解してしまうからだろう。六十年以上も平和を守り、悲惨な戦争の記憶を持つ世代はその人口を減らしている。安全と平和は、何ら代償を払うことなく手に入ると信じているのだ。

「国内では、情報収集や情報分析への心理的抵抗もまだ大きい。しかし、ご存じの通り、外交において情報ほど大切なものはありません。だから我々は、まず隠密裏《おんみつり》に小規模な機関を内閣官房に立ち上げることにしたのです。いわばテスト期間を設けようというのです」

それが《アナリスト》というわけか。

安濃は眉間《みけん》にかすかな皺《しわ》を寄せ、俯《うつむ》いた。とても自分には務まらない仕事のようだ。偶然、いくつかの事件に遭遇したために、石泉やその側近は自分を買いかぶっている。

「しかし、エシュロンのように、システマティックに大規模な情報収集を行うならともかく、わずかな人数で行う情報収集など、どれほどのことができるでしょうか」

安濃の精一杯の反論も、石泉は莞爾《かんじ》と受け止めた。

「安濃さん。たとえ我が国がエシュロンを手に入れたとしても、最後の最後に判断を下すのは、やはり人間です。総合的に、あるいは直感的に情報を読み取り、分析する能力において、コンピュータが人間を超えたとは私は思いません。それに、我が国には明石《あかし》元《もと》二《じ》郎《ろう》大佐という、良き先例があるではないですか」

「明石工作は、明治時代の話です」

「時代が違うと言われますか。いや、私はそうは思わない」

明石元二郎大佐とは、ロシア帝国公使館付き武官としてサンクトペテルブルクで諜報《ちょうほう》活動を行い、日露戦争を勝利に導いたとされる情報参謀だ。日露戦争の開戦直前に、反ロシア帝政運動の革命家たちを煽動《せんどう》し、資金援助を行い、ロシア帝国を内側から崩壊させたのだった。『落花流水』という、工作報告書も残されている。

「今も昔も、情報の使い方が国家の足元を固めも、危うくもするのです」

石泉にそこまで言われると、安濃も反論を控えざるをえない。石泉が身を乗り出した。

「安濃さん。あなたが監禁されている間に、主にインターネットで、どのようにあなたのことが扱われていたか、ご存じですか」

石泉に教えられるまでもなく、韓国の警察や、東京に戻ってから警視庁でも何度となくネットの記事などを見せられたものだ。安濃は辟易《へきえき》する感情を隠さず、頷いた。

イ・ソンミョクらがでっち上げた安濃＝日本特務機関工作員説は、まず微博や、中国版のチャットツール微信《ウェイシン》を通じて中国全土に広められた。その後、中国語を解する日本人などの手によって翻訳され、日本でもツイッターやブログで紹介されるようになった。日本に特務機関が存在するという説が目新しかったのか、かなりの速さで情報は拡散し、テレビのニュースなどでも報道されたらしい。いつの間にか盗撮されていたらしい制服姿の安濃の写真も、さまざまなバージョンがアップされており、驚いたものだ。

「そういう意味では、あれだけネットやニュースで顔を晒《さら》した人間が、諜報活動など行うのは無理ではありませんか」

安濃はわざわざその話題を持ち出した石泉の真意を測りかね、探るように尋ねた。石泉が微笑した。

「いいえ、安濃さん。それこそまさに、我々があなたをアナリストにと考えた点なのです。なぜなら、中国で広まった情報が偽情報であることは、既に防衛省などがあなたの勤務状況まで公開して証明しており、今ではあなたが特務機関の工作員だなどという情報を信じる人間はいなくなったからです。狼少年の理屈ですよ。イ・ソンミョクは、あなたが工作員だという嘘を触れまわってくれた。そのおかげで、今後もし誰かがあなたに工作員の疑いをかけたとしても、信じる者はいないでしょう」

安濃は呆然《ぼうぜん》と石泉の上気した頰を見た。何もかもが、自分の希望には不利に働いているようだ。

——でも、俺はもう、紗代と美冬を置いていかないと約束したのだし。

この話は断ろうと心に決めて、顔を上げた。安濃の勢いをくじくかのように、石泉が手を挙げ、SPのひとりに何かを指示した。無線で連絡したらしく、扉が開く。今度は何事かと安濃も振り向き、そこに立つ男を目にして啞然《あぜん》とした。

「アナリスト室には事務方も数名採用しますが、あなたとペアを組んで仕事をするアナリストが必要だと考えて」

石泉の説明を最後まで聞かず、相手が憮然《ぶぜん》として、「よう」と安濃に片手を挙げた。

「お前とコンビを組んでるのは、遠野真樹だと俺は説明したんだがな」

「泊里——！」

制服姿の泊里三佐は、印刷物を石泉に差し出した。

「先ほど釜山の警察病院が複数の男に襲撃され、例の男が連れ去られました」

はっとして、安濃は泊里を見た。

連れ去られたのは劉亜州だ。

（それでも、彼を信じている）

イ・ソンミョクの裏切りを突きつけられ、そう告げた劉を思い出す。イ・ソンミョクは、彼を裏切ってはいなかった。それを示すために、劉を奪還したのだ。

石泉が長いため息を漏らした。

「またひとり、虎が野に放たれたわけだ」

新しい国を造ると宣言したイ・ソンミョクの、誇らしげな声を思い返した。今回、北京でのクーデターは失敗したが、生きている限り彼は諦《あきら》めないだろう。繰り返し、自分の夢と目標に向かって走り続ける。たとえそれが、他人にとって、どれほどはた迷惑なものであろうとも。そしておそらく彼の周囲には、劉亜州のような傑出した人物が心惹《ひ》かれて集まるのに違いない。

「安濃将文一尉」

石泉首相が凜《りん》と声を放った。はっとして、背筋が伸びた。

「アナリスト室へ出向する前に、あなたは三佐に昇任します。表向きは、政府の統計資料作成や海外との情報交換を担当することになるでしょう。普段は東京で勤務し、時々は海外にも出張してもらうことになるかもしれない。本当の仕事については、決して誰にも口外できないでしょう。これからあなたは、家族にも大きな秘密を抱えて暮らすことになります。アナリストは内閣官房副長官の直属ですが、緊急時には私にも直接連絡が取れるようにしておきます」一断ろうと考えていたはずなのに、声が出なかった。それほど、石泉の態度に強い気迫がこもっていた。

「日陰の存在に甘んじてもらうことを、許してください。こんな言葉を使うのは、私はあまり好きではありませんが——自衛隊の最高指揮官として、しばしの間、あなたがたに潜航を命じます」

石泉が起立して告げると、安濃も立ち上がるしかなかった。石泉が白い歯をちらりと覗《のぞ》かせる。その清潔な力強さに打ちのめされた。

泊里と並んで部屋を出る。今後の困難な道のりを思いやっているのか、いつも陽気な泊里ですら無言だった。

これからは、家族にも大きな秘密を抱えて暮らすことになる。石泉のその言葉が、石の塊のように胸につかえて離れない。

「——まあ、あれだ。なんとかなるだろう」

エレベーターに乗り込むと、ようやく泊里が重い口を開く。

「なるか?」

懐疑的に尋ね返した安濃に、無理やり楽観的な言葉を探そうとしたらしい泊里が、腹の底から長い吐息をついた。

「俺たちはあれだ。いわゆる《勇猛果敢・支離滅裂》だ。なんとかならなくても、なんとかするんだよ！」

昇進するんだから、ちょっとは喜べと言われて背中をどやされたが、少しも嬉《うれ》しくない自分に気付く。

――紗代。僕は、また君を置いていくかもしれない。

エレベーターは一階で停まった。開いた扉から差し込むまばゆい光が、新しい仕事と新しい人生に誘うようだった。

＊

魚の臭いが染み付いた漁船で二日、貨車《トラック》の荷台で揺られて三日を過ごした。

背中の傷は、少しずつ癒《い》えている。病院から彼を救出した男たちの中に、医学の知識を持つ者がいて、適切な治療を施してくれたおかげで、少々荒っぽい行動をとっても、出血したり体液がじくじくと滲《にじ》んだりするようなことはなくなってきた。熱もすっかり下がったようだ。全身に力の漲《みなぎ》る感覚が戻り、腕がむずむずする。仕事が欲しい。身体を動かす仕事が。

昨日からずっと、貨車は見渡す限りの荒野を走り続けている。

砂漠だ。その荒涼とした風景は、子ども時代を過ごした田舎街を思い起こさせた。

明けても暮れても、漠々《ばくばく》と広がる黄土色の大地。埃《ほこり》っぽく、たまに見かける寒さと乾燥に強い植物は、深く根を張って強い風にもけなげに耐えている。

——暁江。

どこまでも広々とした砂漠が、大海原を連想させた。もう会うこともないだろう兄の謹厳な顔が浮かび、静かに胸が痛んだ。自分はいつまでも、迷惑ばかりかける弟だった。子どもの頃からずっと、いつか暁江の力になれることがあれば、力の限りを尽くすのだと考えてきた。しかしどうやら、自分にその機会は与えられなかったようだ。

「——!」

男たちが、華やかな鬨《とき》の声と共に手を振った。

荷台にあぐらをかいた男らが、その声で一斉に腰を浮かし、手を庇《ひさし》のように掲げて土埃の舞う大地を見つめている。

亜州も荷台の柵《さく》につかまり、目を凝らした。

地平線の彼方《かなた》から、もうもうとした土埃が近付いてくる。

——馬だ。

二十を超える騎馬の群れが、猛然と駆けてくる。その中央にいて、ひときわ馬体のがっしりとした蒙古《もうこ》馬にまたがり疾駆する男の姿が目に入り、亜州の唇には自然に微笑が浮かんできた。

イ・ソンミョク。

彼が従えるのは、いずれも精強な兵士の集団だ。農民のように貧しい身なりで偽装しているが、それぞれの引き締まった体軀《たいく》や、強い意志の光に輝く瞳《ひとみ》は隠せない。

「劉先生!」

勢い余って貨車とすれ違い、こちらに馬を駆って戻ったソンミョクが、頭を包むぼろ布から日焼けした笑顔を覗かせる。亜州は首を振った。

「先生は困る。あなたのほうが年上です」

釜山で韓国警察から事情聴取を受けるうちに、そのことを知って驚いた。ソンミョクがにこりとして、貨車の横にぴたりと馬をつけ、大きな手を差し出した。

「では劉亜州。私と国を盗《と》らないか」

——国盗りか。

その言葉を聞いて、亜州はぞくぞくと身内に震えが走るのを感じた。軍人の子に生まれ、警察官になり、生まれる時代を間違えたと言われるほどの乱暴者で、故郷でも人民武装警察でも持てあまされていた自分が、正しい道を行うために国を盗るのか。

「それこそ我が望むところ！」

亜州は破顔した。

「チョン、馬を！」

ソンミョクが声を張ると、顎《あご》に大きな刀傷のある騎馬の男が、替え馬の手綱を引いて前に進み出た。いかにもふてぶてしい面魂をした男だが、手綱をこちらに寄こす時、ちらりと照れたような顔を見せた。

「馬に乗るのは初めてなんだろ。大人しい馬がいいだろうと俺は言ったんだが、あんたのように気性の荒い馬がいいと、大将が言うんでな。悪く思うな」

ソンミョクは笑っている。

それを聞いて、彼らは自分の仲間だと瞬時に認めた。人民武装警察にいた時ですら、感じたことのない連帯感。

ソンミョクの腕に支えられて荷台の柵を越え、馬の背に飛び乗る。思った以上に身体の位置が高くて驚く。

間髪をいれず、ソンミョクが馬の脇腹をふくらはぎで締めて走りだした。ついて来い、とその広い背中が呼んでいる。亜州は乗り心地を確かめ、鐙《あぶみ》をしっかり踏むと、見よう見まねで馬の腹を締めた。

「落ちるなよ、亜州！」

チョンが横合いから叫んだ。答える暇もなく、嘶《いなな》いて駆けだした馬の背中に、必死でしがみつく。なるほどこれは気性が荒い馬のようだ。自分の背中に取りついた異物を、なんとかして振り落としてやろうと思うのか、わざと弾むように走っている。負けずに亜州も強い力で馬の腹をぐいぐい締めつけた。こうなれば、根競《くら》べだ。

恐ろしいほどの振動で振り回されながら、口元には自然に微笑が浮かぶ。

――この時代に生まれて良かった。

いま初めて、亜州はそう確信していた。

あとがき

「日本一、運の悪い自衛官」こと、安濃将文《あのうまさふみ》シリーズ第二弾、『潜航せよ』がいよいよ文庫になりました。

前作『迎撃せよ』は、明日夜二十四時に東京にミサイルを撃ち込むと脅迫するテロリストと、事件に巻き込まれた航空自衛隊の隊員である安濃らとの攻防を描いておりました。自衛隊のミサイル防衛とは、どのような仕組みで行われるものなのかという、技術的な興味からも取材をして、書いた作品でした。

今作『潜航せよ』の主な舞台は、対馬《つしま》と、中国人民解放軍海軍の潜水艦です。対馬の先端に位置する海栗島《うにしま》の、レーダー基地に異動になった安濃。単身、島に向かう彼ですが、ほぼ同時に中国の軍港から最新鋭の潜水艦が、勇猛な名艦長のほまれ高い若き艦長の指揮のもと、日本海に向けて発進します。彼らが積んでいるのは、核弾頭を搭載した新型のミサイル――。

航空自衛隊に所属する安濃が、どのように潜水艦とかかわりを持つのか――。安濃、今回も、どんどん事件に巻き込まれますよ。

これから読まれる方のために、あまり内容に触れることは避けますが、兄は潜水艦の艦長、弟は武装警察の雪豹《ゆきひょう》突撃隊の隊員という中国人兄弟が登場します。そして『迎撃せよ』のあの人も再登場！

今回は対馬が舞台ということで、連載開始前に女性編集者さんおふたりと私の女性三名、いわゆる「かしましい」状態で、対馬取材に参りました。対馬までは福岡から航空機でおよそ三十分。そこから、航空自衛隊の海栗島分屯基地までは、船で向かうのです。

対馬にある韓国展望所から見ると、プサンの海岸線の近いこと。子どものころに防人《さきもり》の歌などで対馬をイメージしてはいたものの、国境の島と呼ばれる理由が皮膚感覚で伝わる取材旅行となりました。そして、浅茅《あそう》湾に浮かぶこんもりと丸い小さな島々など、『古事記』に出てくる神話の景色そのままの、美しい島でした。

世界の秩序を脅かすテロ、各国で噴き出した移民排斥の動き、不安定な経済、世界はますます混沌《こんとん》としつつあります。安濃たちの冒険は、これからも続きます。このちょっぴり頼りないけど、生き抜く力の強い主人公を、どうぞ、応援してやってください。

ついでに宣伝しますと、第三弾『生還せよ』の単行本も、六月にKADOKAWAより刊行される予定です。『潜航せよ』を気に入ってくださった方は、もしよろしければ単行本を「ついうっかり」手に取っていただくと、この続きがすぐ読めるんですよ、ということで、筆をおくといたしましょう。

福田　和代

本作品の執筆にあたり、航空自衛隊　航空幕僚監部広報室、西部航空警戒管制団第十九警戒隊の皆様に、多大な取材ご協力をいただきました。謹んで御礼を申し上げます。

【主要参考文献・映像資料等】

『紅の党　習近平体制誕生の内幕』朝日新聞中国総局　朝日新聞出版
『チャイナ・ナイン　中国を動かす9人の男たち』遠藤誉　朝日新聞出版
『チャイナ・ジャッジ　毛沢東になれなかった男』遠藤誉　朝日新聞出版
『7．5ウイグル虐殺の真実　ウルムチで起こったことは、日本でも起きる』イリハム　マハムティ　宝島社新書
『中国人民解放軍の正体　平和ボケ日本人への警告!!』鳴霞　日新報道
『2013年、中国で軍事クーデターが起こる』楊中美　文海ほか訳　ビジネス社
『中国人民解放軍』平松茂雄　岩波新書
『中国人民解放軍総覧』笹川英夫　双葉社
『潜水艦入門　ミリタリー選書26』柿谷哲也ほか　イカロス出版

『最強　世界の潜水艦図鑑』坂本明　学研パブリッシング
『世界の潜水艦　Uボートからハイテク潜水艦まで』坂本明　文林堂
『世界の艦船増刊　潜水艦100のトリビア』海人社
『これが潜水艦だ　海上自衛隊の最強兵器の本質と現実』中村秀樹
光人社NF文庫
『敵対水域　ソ連原潜浮上せず』ピーター・ハクソーゼンほか　三宅真理訳
文春文庫
『ドキュメント「原潜爆沈」「クルスク」の10日間』西村拓也　小学館文庫
『Jane's Underwater Warfare Systems　2011-2012』Commander David Ewing RN
Jane's Information Group
『EXTREME MACHINES　原子力潜水艦』（DVD）ディスカバリーチャンネル
『ヴァージニア級潜水艦　海戦新時代の幕開け』（DVD）
ディスカバリーチャンネル

本書は、「小説　野性時代」二〇一二年六月号から二〇一三年六月号まで連載されたものです。二〇一三年十月に小社より単行本として刊行されました。

潜航《せんこう》せよ

福田和代《ふくだかずよ》

平成28年 5月25日 初版発行
令和6年 9月20日 7版発行

発行者●山下直久

発行●株式会社KADOKAWA
〒102-8177 東京都千代田区富士見2-13-3
電話 0570-002-301（ナビダイヤル）

角川文庫 19760

印刷所●株式会社KADOKAWA
製本所●株式会社KADOKAWA

表紙画●和田三造

ISBN978-4-04-104480-3 C0193

◆◇◇